조선시대 춘천 문인들

조선시대 춘천지역 **시문학 연구**

조선
시대
춘천
문인들

조선시대 춘천지역 **시문학 연구**

2023년 12월 15일 초판 1쇄 발행

글   한희민
펴낸이   원미경
펴낸곳   도서출판 산책
편집   심주영 김미나

등록   1993년 5월 1일 춘천80호
주소   강원특별자치도 춘천시 우두강둑길 185
Tel   033) 254-8912

ISBN 978-89-7864-130-2   정가 20,000원

조선시대 춘천 문인들

조선시대 춘천지역 **시문학 연구**

한 희 민

조선시대 춘천의 문인(文人)

조선 후기 춘천 시문학(詩文學) 연구

『장자』「추수」편에 "남쪽에 원추(鵷鶵)라는 새가 있는데, 오동이 아니면 머물지 않고, 대나무 열매가 아니면 먹지 않으며, 예천이 아니면 마시지도 않는다「非梧桐不止, 非練實不食, 非醴泉不飮」"는 구절이 나온다. 원추는 봉황을 말하며 봉황은 오동나무에서만 머물고 연실(練實)은 대나무 열매인데 60년에 한 번 맺힌다. 예천(醴泉)은 어진 임금이 다스리는 시대에만 솟아나는 샘을 말하는 것이니 한마디로 봉황은 성군이 다스리는 태평성대에만 나타난다는 전설의 새를 말하는 것이다. 춘천의 별호는 봉산(鳳山)이다. 이는 시내 한가운데 자리 잡은 봉의산(鳳儀山)에서 온 것이다. 그러한 이유로 춘천은 예부터 봉황이 거주하는 마을로 형상화하였다.

지방화시대가 도래하면서 각 지역의 정체성 확립을 위하여 다양한 지역학 연구가 활발한 가운데, 필자는 옛부터 춘천을 소개한 각종 『지리지』를 읽는 것을 좋아했으며 그곳에 기록된 지역과 인물들을 찾는 것에 많은 시간을 보냈다. 그러나 춘천지역을 소개한 각종 『지리지』 및 논문에서는 춘천 지역인들의 작품을 논하거나 연구한 것이 매우 저조한 것에 아쉬움이 많았다. 그러한 연유로 대학원에서 고전문학을 전공하게 되었다.

이 책은 필자의 대학원 졸업 논문을 실은 것이다. 필자는 진정한 춘천 지역의 문학은 조선 후기(1600년 전, 후)에 전개되었다고 보았으며, 세기별로 나누어 춘천지역 출신 문인들의 작품들을 다루었다. 그들 가운데는 중앙 문단에서 문명(文名)을 들어낸 분이 있는가 하면, 벼슬에 나가보지도 못한 채 고향에서 평생을 보낸 문인들도 있다. 주지하다시피 옛부터 문인들은 춘천을 선경(仙境)과 봉황(鳳凰)으로 형상화하였다. 그러한 풍속에서 지역 문인들이 남긴 작품을 통하여 지역의 정서를 살피고 춘천 문학사를 다루었다.

필자는 평소 한문으로 기록된 각종 『지리지』 및 고문(古文)의 문장해석을 정확하게 하고자 하였으나, 그 정확성이 예리하지 못함을 늘 자괴하고 있다. 부족한 필자가 책을 내게 응원해주신 박사학위 심사위원이었던 신성환 선생, 유춘동 선생, 권진옥 선생, 이국진 선생, 백진우 선생에게 감사를 드리고 정용건 선생에게도 감사드린다. 자료를 내주신 춘천지역 여러 문중들에게도 고마움을 표한다. 특히 종친이신 한명수 회장 내외분의 응원과 종친들의 격려에 깊은 감사를 드린다. 아울러 도서출판 산책 원미경 선생과 직원들에게도 감사드립니다.

2023년 11월
봉산을 바라보며 관남재에서 한희민 삼가 씀

초록

조선 후기 춘천지역 시문학(詩文學) 연구

　본 책은 조선 후기 춘천지역 시문학(詩文學)을 연구한 것이다. 그동안 춘천지역의 시문학을 다룬 논문들에서는 은둔과 절의 그리고 한정된 지역 승경을 읊은 내방객의 작품연구에만 초점이 맞춰져 진행되었다. 이러한 연구는 춘천지역의 시문학을 통시적으로 조명하지 못하였고, 지역의 특성과 정서를 밝히는 데 한계가 있었다.

　그런 이유로 본 책에서는 기존의 논문 중에서 연구되지 않은 춘천지역 시문학의 변천과, 18세기 지역 출신 문인들이 남긴 작품 중, 지역 경물과 정서를 담은 시문학 작품을 처음으로 드러내고 연구하였다.

　Ⅱ장에서는 조선 전기 춘천지역의 역사와 시문학 배경을 언급하였고, 조선시대 간행된 『춘천지리지』속에서 17세기 이전 문학 작품들의 전개 양상을 분석하였다. 그 목록 중에는 춘천지역 출신자들의 작품은 보이지 않았다. 그 이유를 찾기 위해 18세기 이전의 교육시설인 춘천향교와 문암서원 · 도포서원 · 지구당 · 동천서숙의 記文을 살펴본 결과 열악한 교육환경에서 찾을 수 있었다.

　Ⅲ장에서는 17세기 춘천지역 학문을 위한 기반(基盤) 형성을 살펴보았다. 17세기 춘천지역은 중앙으로부터 문학적 소양을 갖춘 인사들의 유배와 이거(移居)를 통하여 지역 문인과의 교류가 이루어져 실질적인 지역 문학의 기틀이 잡힌 시기였다.

　Ⅳ장에서는 18세기 지역 문인들의 詩文學 형상화 양상을 다음과 같이 살펴보았다. 첫째, 최성대의 시에 있어 춘천 자연의 형상은 춘천 지방의 특이한

풍토와 백성의 삶의 모습을 사실적으로 한시에 담아내었다. 둘째, 남옥은 서얼 문사로서 유년 시절을 춘천에서 보내고 이봉한, 성대중, 유후 등 서얼 시인과의 교류를 통하여 독특한 시체(詩體)인 초림체(椒林體)를 이루어 18세기 한국 한시사(漢詩史)에 새로운 움직임을 형성하였다. 18세기 새로운 조선 시를 탐색하는 움직임 속에 춘천지역 출신 '수춘문사(壽春文士)' 남옥이 있었다. 셋째, 홍언철의 『만곡동사록』 소재 춘천 표현의 양상은 대과에 합격하여 시사(詩社)를 주도적으로 이끌었다 하나, 밑바탕에는 권점에 들지 못하여 고향에 은거하면서 내심 출사를 기대하고 있었다. 그 답답함을 마을 선·후배와 함께 자연 경물을 통하여 내면세계를 시에 담은 것을 알 수 있었다. 또한 전원을 누리며 지적 만족을 누리고자 하였으며, 지역 후배를 위한 교육의 시간과 장으로도 이용한 것을 확인하였다. 넷째, 〈만곡동사〉 속 지역 문인들의 시문학을 통하여 고향에 대한 자부심과 지역 문인들의 현실적 고뇌도 살펴보았다. 그들은 만곡동이라는 한정된 공간을 넘어 춘천지역의 승경을 찾아 새로운 시어(詩語) 즉, 용산(龍山)의 구름. 봉수(鳳岫)의 연경(烟景). 우강(牛江)의 하얀 눈(雪)을 설정한 것은 춘천지역의 시문학 주제에 있어 새로운 발견이었다. 또한 지역 문인들의 현실적 고뇌를 투영한 시문학은 포의의 처사로써 자존(自尊) 가치의 표출이었다.

이상의 연구를 통하여 본 책에서는 다음과 같은 성과를 이루었다. 첫째, 그동안 연구되지 않았던 조선 후기 춘천지역 문인들의 시문학 연구를 통하여 지역의 승경(勝景)과 정서 그리고 학문 기반 형성을 통시적으로 볼 수 있었다.

둘째, 한국 한시사(漢詩史)의 변천과 함께 18세기 춘천지역 문인들도 時代詩風의 중심에 함께 있었음을 알 수 있었다. 특히 두기 최성대와 추월 남옥의 독특한 시풍을 춘천 지역과 관련된 시문학에서도 확인할 수 있었다.

셋째, 18세기 춘천지역에서의 시사(詩社) 활동을 기록물로 남긴 것은 적와 홍언철이 주도한 〈만곡동사〉가 유일한 문학 활동이었다. 그들의 작품을 통하여 춘천지역의 고유한 정서와 풍속을 알 수 있었다.

Ⅴ장에서는 19세기 지역 문인들의 시문학(詩文學) 형상화 양상을 다음과 같이 살펴보았다. 첫째, 자하 신위는 당시 춘천에서 경작하던 13종의 농작물

을 소재로 하여 작품의 특징, 재배 방법, 농업 상황, 관련 풍속 등을 시로 표현하였는데, 춘천의 농촌 풍속을 기록한 향토문화사 자료로서 가치가 크다. 또한 민요풍이 담긴 연작 한시로 표현한 점에서 문학사적 의의도 크다고 하겠다. 청평사 시문학에 있어서는 「청평산문수원기(淸平山文殊院記)」를 탁본하고 「문수사시장경비(文殊寺施藏經碑)」를 영지에서 발굴하여 탁본하는 등 유적의 발굴과 고증에 관심을 기울이고 이를 시로써 표현하였다. 자하 시의 고증학적 경향이라는 특이한 시적 경향의 일면을 볼 수 있었다.

둘째, 19세기 말 개화기 화서학파 유림들의 도학 실현을 위한 사유를 지역산수에 투영된 시문학의 표현양상을 살펴보았다. 춘천 유림이 지키고 싶었던 조선은 소중화(小中華) 사상의 나라였다. 비록 조선이 멸망하였지만, 항일전쟁으로 회복할 국가도 성리학적 사상에 통치 기반을 둔 국가이기를 바라고 있었다. 그러한 사상적 무장으로 춘천 화서학파 유림은 목숨을 걸고 지속적인 항일전쟁을 전개하였다. 춘천지역의 시문학 출발은 앞장에서 살폈듯이 절의(節義)의 공간에서 시작되었다. 절의 대상은 비록 다르지만, 그 정신은 지역 유림의 시문학에 투영된 것을 알 수 있었다. 또한 비로소 지역을 넘어 전국적으로 주목받는 시문학의 일면을 볼 수 있었다.

Ⅵ장에서는 기존 연구를 참고하여 동시대를 살아갔음에도 각기 다른 현실 인식과 문학적 표현을 보여 준 춘천 지식인들의 면모를 전체적으로 일별하고, 이러한 문화적 유산이 춘천지역에 어떠한 영향을 끼쳤는지 고찰하고자 한다. 개화기 춘천 지식인의 면모를 기독교 개화파, 천도교 문명개화파로 나누었다. 그리고 이들이 당시 국내 정치 상황을 어떻게 인식했으며, 이런 시대상황에 대한 인식을 문학작품 속에서 어떻게 표현하였으며, 마침내 그렇게 표현함으로써 이루고자 했던 가치는 과연 무엇이었는지 밝혀보고자 한다.

주제어: 춘천지역학, 이주, 이기홍, 최성대, 남옥, 홍언철, 만곡동사록, 신위, 김평묵, 송광연, 문암서원, 도포서원, 청평사, 소양정.

차례
—
Contents

I

서 론

I
서 론

1. 문제 제기 및 연구사 검토

　본 책은 조선 후기 춘천지역 출신 문인들과 특별한 연고로 인하여 '춘천'이
라는 하나의 지역에서 창작된 시문학(詩文學)을 고찰하여 지역의 시적 형상
화의 양상을 밝히는 것에 목적이 있다. 연구의 필요성을 서술하기 앞서 '조선
후기'로 시기를 한정한 이유를 밝히고자 한다.

　춘천지역은 신라와 백제 그리고 고구려의 수도로부터 원거리에 위치하여
늘 변방의 지역이었다. 그러한 연유로 문학사에 지역 문인들이 춘천을 형상
화한 작품은 볼 수가 없다. 문학사에서 춘천 관련 시문이 등장하는 때는 고
려시대 이후로 볼 수 있는데, 고려의 개경과 조선의 한양으로부터 비교적 가
까운 80~200km에 있어 그나마 정치적으로 탄핵된 인물들의 일시적 은거와
관리들로부터 주목받는 지역이었기 때문이었다. 그러나 경기권에서는 벗어
나고, 유배지로서는 너무도 가까워 이름난 정치, 문장가들의 유거 및 적거의
흔적이 열악한 편이었다. 이러한 이유는 중앙의 선진문학이 춘천지역으로의
공급이 원활하지 않았던 지역이라 하겠다. 그러나 임진왜란(1592)을 거치면
서 중앙 세거씨족들이 한양과 가까우면서도 화란(禍亂)지역에서 벗어난 춘
천지역으로의 이거(移居) 양상이 발생함으로써 춘천지역은 비로소 문화적
으로 숨통이 트여 지역 문인들의 활동을 볼 수 있게 되었다.

　조선시대의 시기 구분에 대해서는 여러 이견이 있으나, 본 책에서는 1650
년부터 1897년 대한제국 성립까지를 조선 후기로 정의하고자 한다. 1650년
을 기점으로 삼는 까닭은 춘천지역에 문학적 소양을 갖춘 문인의 존재가 '문

암서원(1648년 사액)'과 '도포서원(1650년 건립)'이 설립된 전후 시기부터 확인되기 때문이다. 현전하는 춘천지역 문인의 시문학 작품은 17세기 중기부터 본격화되었으므로, 연구대상 시기는 두 서원의 설립 기점으로 삼는 것이 타당하다고 본다. 대한제국 성립을 종점으로 삼는 이유는 성리학적 이념을 추종하는 지역 화서학파 유림들의 활동이 마무리되었기 때문이다.

1) 문제 제기

춘천을 소개한 『지리지』[1] 속 문학 작품들은 대부분 강원도와 춘천부에 부임한 관료들과, 고려시대 청빈한 은둔자 진락공 이자현과 조선 초기 매월당 김시습의 절의(節義) 자취를 찾아온 내방(來訪)객들이었다. 이들의 시문학 또한 춘천지역 문학의 범위에서 벗어나지는 않을 것이다. 그러나 그들이 창작한 시문학은 대상물의 한정으로 춘천지역의 특색을 보여 주기에는 한계가 있다.

실질적인 춘천지역의 문학 도입은 임란 중에 지퇴당 이정형의 이거와 광해군 시절 상촌 신흠의 적거, 출옹 이주의 은거로 인한 지역 세거씨족과의 교류에서 찾아볼 수 있다. 또한 17세기 중엽에 신안동김씨 곡운 김수증과 퇴우당 김수홍의 춘천 유거 및 적거에 맞추어, 그들의 생질 농암 김창협과 삼연 김창흡 그리고 직재 이기홍 등의 의해 주도된 강학 활동은 춘천지역 출신 문인들에게 커다란 학문적 영향을 미치기에 충분하였다.

이런 중앙인물들의 정착과 교류를 통하여 춘천지역의 문학은 18세기에 들어 진정한 특징을 드러냈다고 할 수 있다. 그러한 특징은 시문학의 시제(詩題)의 측면에서, 기존 청평사와 춘천부 관아 및 누각에 한정되었던 데서 벗어나 그동안 주목하지 않았던 지역의 산수 경물과 백성들의 풍속을 담았다는 데서 찾을 수 있다.

그동안 춘천지역의 시문학을 다룬 논문들에서는 은둔과 절의 그리고 한정된 지역 승경을 읊은 내방객의 작품연구에만 초점이 맞춰져 진행되었다. 이러한 연구는 춘천지역의 시문학을 통시적으로 조명하지 못하였고, 지역의 특성과 정서를 밝히는 데 한계가 있었다.

---

1 『신증동국여지승람』, 『춘주지(엄황)』, 『동국여지지(유형원)』, 『여지도서』, 『여재촬요(오횡묵)』, 『춘천읍지』, 『관동읍지』, 『관동지』.

그런 이유로 본 책에서는 기존의 논문 중에서 연구되지 않은 춘천지역 시문학의 변천과, 18세기 지역 출신 문인들이 남긴 작품 중, 지역 경물과 정서를 담은 시문학 작품을 처음으로 드러내고 연구하였다.

2) 연구사 검토

춘천 관련 한문학사 연구를 통시적 또는 시기별로 연구한 것은 없다. 1997년 춘천시에서는 조선시대 기간에 발간된 각종 『지리지』소재 춘천부 관련 기사들을 한 권에 묶어 책명을 『춘천지리지』[2]라 하여 발간하였다. 2015년에는 춘천시·춘천문화원에서 발행한 『춘천 정체성을 확립을 위한 역사문화아카이브 불교문화』와 『춘천 정체성을 확립을 위한 역사문화아카이브 유교문화』를 발간하면서 각 지리지에 수록되지는 않았으나, 개인 문집에 수록된 춘천 관련 문학 작품들을 모아 출간하였다. 그나마 흩어져 있었던 작품들을 작가별, 사물별로 집대성한 것은 커다란 업적이라 하겠다. 필자가 살펴본 춘천지역의 시문학 연구의 주요 대상은 대부분 위 책에 있는 서지적(書誌的) 사항을 선택하고 또한 역사적 주요 인물들 위주로 고찰한 것이었다. 정작 춘천 출신들의 작품들은 소외되고 연구되지 않은 실정이었다.

첫 번째로 춘천지역 관련 인물의 시문학을 논의한 연구사를 살펴보기로 한다. 심경호는[3][4] 상촌 신흠의 춘천 유배생활과 문학을 연구하여 17세기 지역 인사와의 교류양상과 지역 형상을 노래한 시의 존재를 처음으로 밝혔다. 지역 유림의 학맥을 밝힌 것은 지역학 연구에 커다란 업적이라 하겠다.

이효숙[5]은 17세기 춘천지역에 은거하였던 곡운 김수증의 문학을 연구하였다. 산촌에서의 소박한 삶을 형상화한 시문학 연구를 통하여 은자의 전형과 실경에 대한 묘사, 그리고 산수 문학의 발흥을 꾀한 점을 밝혔다. 그러나 이 논문에서는 장동 김문의 문인들만 한정하여 그들의 시 세계에 나타난 처세관

---

2 오강원 외, 『춘천지리지』, 춘천시, 강원일보사, 1997.

3 심경호, 「신흠의 춘천유배생활과 문학」, 『한국한시의 이해 』, 태학사, 2000.

4 심경호, 「조선후기 북한강 유역의 학맥과 분포」, 『북한강유역의 유학사상』, 한림대학교아시아문화연구소, 1998.

5 이효숙, 「17~18세기 장동 김문(壯洞金問)의 산수문학 연구」, 강원대학교 박사학위논문, 2008.

과 산수문학관만을 분석하였을 뿐 지역 인사들과의 교류 관계 및 지역 문학에 끼친 영향을 살피지 못한 아쉬움이 있다.

김근태[6]는 지역학으로서의 한문학의 역할과 방향을 모색하여 지역에서 은거한 춘주(春洲) 김도수(1699~1733)를 발굴하여 그의 시(詩) 세계를 분석하였다. 연구에서 김도수는 춘천을 은일의 고장으로 평가한 기존의 성격에서 벗어나 현실지향적인 의식과 위정자들의 무능력과 안일함을 지역 자연물을 통하여 시문에 투영하였다고 하였다. 이 연구는 춘천지역 시문학에 있어 새로운 은거 양상을 보여 준 것에 의의가 있다.

이경수[7]와 권혁진[8] 한희민[9]은 춘천지역을 형상화한 시문학을 통하여 지역의 승경과 풍속을 살폈으며, 지역 문인들의 시대 인식 양상을 연구하였다. 그러나 위의 논문들은 지역 문학의 단면을 연구한 것에 불과하며 지역의 시문학 형성과정과 지역 문학의 특징을 밝히는 것에는 한계가 있었다.

정용건은[10] [11] 17세기 전반기 춘천지역 서원의 배향 인물 연구에서 그들이 지역 인사들과 주고받은 시(詩)·문(文)을 새로이 발견하여 심층적으로 분석하였다. 이는 기존의 논문에서 밝히지 못한 지역 문인과의 교류를 구체적으로 밝힌 연구로 의미하는 바가 크다고 하겠다.

두 번째로 춘천지역의 승경인 청평사와 관련된 시문학을 논의한 연구사를 살펴보기로 한다.

이경수[12]는 이자현과 김시습이 청평사에서의 은둔 과정을 정리하고 그들의 시문학을 연구하였다. 또한 이자현, 김시습이 청평사에 은거한 것을 소재로 한 후대 문인들의 시문학에서 은둔을 상징하는 하나의 한국 한시의 문학적 전통을 발견하였고, 청평사란 사찰을 중심으로 하여 한국의 한시는 은둔자의

---

6 김근태, 「춘주 김도수의 춘천유거와 시세계」, 『한문고전연구』, 한국한문고전학회, 2011.

7 이경수, 「신위의 『맥록』과 춘천의 시적표현」, 『춘주문화』17, 춘천문화원, 2010.

8 권혁진, 「춘천지역의 경관을 노래한 한시 연구」, 『강원문화연구』, 강원대학교 강원문화연구소, 2007.

9 한희민, 「개화기 춘천 지식인의 현실인식과 문학적 표현」, 강원대학교 국어국문학과 석사논문, 2018.

10 정용건, 「강원지역 문인연구 우정 김경직의 춘천 도포서원 배향과 그 추숭 양상」, 『한국연구』10, (재)한국연구원, 2022.

11 정용건, 「知退堂 李廷馨의 春川에서의 문한 활동과 그 추숭 양상 -文巖書院배향의 동인과관련하여-」, 『어문논집』, 중앙어문학회, 2022.

12 이경수, 「은둔의 전통과 청평사 한시」, 『한국한시연구』, 한국한시학회, 1996.

시, 은둔자를 노래하는 시란 하나의 문학적 전통을 전개해 나간 것을 밝혔다. 이는 청평사와 관련된 시문학을 통시적으로 보여 준 선행 연구였다.

신성환[13]은 지역문화의 기원, 과정, 미래적 가치를 포괄하는 지역연구 개념에서 청평사와 이자현에 대한 다양한 기록들을 검토하고 청평사가 갖는 인문지리적 의미를 탐색하였다. 그는 지역원형이라는 개념을 토대로 청평사와 이자현을 검토한 결과, 강원도 춘천지역 불교의 원형으로서 충분한 위상과 가치가 있다는 결론을 얻었으며, 이러한 시도는 향후 지역의 문화나 문학을 검토하는 데도 새로운 시각을 제시하였다는 점에서 의의가 있다고 하겠다.

위에서 살펴본 것처럼 기존의 연구들은 각기 춘천지역에 한정된 공간이나 시기, 인물에 맞추어 분석하였다. 이에 본 책에서는 그동안 드러나지 않았던 인물과 시문학 작품을 통하여 춘천지역의 새로운 문학적 지리와 배경, 아울러 문화적인 요소들을 밝히고자 한다.

2. 논의 방향과 연구 대상

1) 논의 방향

본 책의 논의는 다음과 같은 방향으로 진행할 것이다. 고전문학의 경우 지방간 이동이 활발하지 않았던 데다 일정한 역사적 시기에 특정한 공간적 배경을 바탕으로 창작된 경우가 많다는 특성을 염두에 두어야 할 것이다.[14] 본 책에서는 춘천지역 출신 문인들의 독자적인 문학 활동이 17세기 중·후반에 드러났다고 보았다. 그 시간적 배경과 연결된 상황과 장소에 영향을 받았을 가능성을 고려하지 않을 수 없다. 따라서 춘천지역의 시문학을 살피기 위해서는 우선적으로 춘천이 갖는 공간적, 시간적 요소와 자질을 변별해 낸 논의의 대상으로 삼을 필요가 있다.[15]

본격적인 연구에 앞서 II장에서는 조선 전기 춘천지역 시문학 전개 양상을 살펴볼 것이다. 춘천의 역사와 지역적 특징을 문헌을 통해 살펴보겠다. 문학

---

13 신성환, 「이자현에 대한 기억과 청평사의 인문지리적 특성」, 『동양고전연구』, 동양고전학회, 2019.
14 서종문, 「지방화와 고전문학의 대응」, 『우리말글』 통권 제25호, 우리말글학회, 2002, pp.91~92.
15 이민희, 『강화 고전문학사의 세계』, 인천학연구원, 한림, 2012, p.13.

적 토대가 완성된 17세기 이전의 관찬(官撰) 『지리지』에 수록된 문학작품의 창작연대와 작가의 춘천방문 목적 그리고 시 주제를 분석할 것이다. 이는 춘천지역 시문학사를 통시적으로 볼 수 있기 때문이다. 그 작품들 속에서 춘천지역을 표현한 시문학 특징을 밝혀보겠다.

Ⅲ장에서는 조선 후기 지역 문인들이 출현할 수 있었던 가장 큰 원인인 교육 기관들의 설립과 지역의 자구(自求) 노력이 있었기에 가능하다고 보았다. 이를 위해 춘천지역 서원의 설립과정과 자구 노력이 담긴 기문(記文)을 통해서 17세기 당시 교육 환경과 지역 동향을 살펴보겠다. 또한 지역 문학의 토대 성립을 위해선 현달한 문인들과의 교류가 필수적이다. 그런 이유에서 광해군 때 출옹 이주(1564~1646), 숙종 직재 이기홍(1641~1708)의 춘천으로 이거와 지역 문인과의 교류 양상을 살펴보겠다.

Ⅳ장에서는 18세기 춘천지역 문인인 두기 최성대(1691~1762), 추월 남옥(1722~1770), 『만곡동사록』소재 적와 홍언철(1729~1795)과 사우들의 시문학을 살펴볼 것이다. 이들은 17세기 이전 한정된 시제에서 벗어나 실지명(實地名)에서의 탈속적 모습과 사실적(寫實的)인 장면구성, 감흥의 술회, 세시풍속 등 다양한 모습을 나타내었다. 이는 지역 문학의 새로운 발견이기에 중점적으로 다루겠다.

Ⅴ장에서는 1818년 춘천부사로 재임하였던 자하 신위의 『맥록』을 통해서 당시 춘천의 농업 풍속을 7언절구로 읊은 「맥풍(貊風) 12장」과 지역 문인과의 교류, 그리고 〈청평사〉에 관련된 경물을 고증학적으로 표현한 시문학을 살펴보겠다. 또한 1850년경 춘천지역 화서학파 유림들이 道學 실현을 위한 심사를 은거지의 경물에 투영한 시문학을 살펴보겠다.

Ⅵ에서는 춘천 개화기 격변의 시대를 보낸 전통적 유림, 기독교 개화파와 천도교 문명 개화파들의 시대인식과 사상을 살펴보겠다. 현대의 가치 기준으로 그들의 사상을 옳고 그름을 평가할 수는 없다. 다만 본 책에서는 그들의 문학작품 속에 나타난 사상 표현을 통하여 그들이 추구하였던 삶과 정신을 찾아 보겠다.

이러한 연구는 지역 인문학의 중요한 영역이다. 지금까지의 춘천지역 시문학 연구는 중앙의 주요 인물과의 연관성 내지는 그들이 본 한정된 지역 경물을 통하여 시문학을 살폈다. 그러나 본 연구는 춘천지역 문인들의 지역명을 형상화한 새로운 문학의 발견이며, 이를 통하여 춘천지역의 시문학 연구에 이바지하는 것에 의의가 있다고 하겠다.

2) 연구 대상

본 책의 연구 대상은 춘천지역 문인의 시문학이다. 지역 시문학에서 취급 가능한 대상으로 첫째 춘천에서 태어난 문인과 그 작품, 둘째 춘천에서 태어나지 않았지만, 춘천에서 관직 생활 또는 은거를 하면서 춘천지역을 표현한 작품을 남긴 이와 그들의 작품으로 한정하였다. 이 두 가지 요소를 갖추고 있었음에도 제외된 인물들은 기존에 연구가 되었거나, 춘천 지역과 관련된 작품을 찾지 못했기 때문이다. 연구 대상자들의 문집을 제시하면 다음과 같으며 본격적인 서술에 앞서 간략 소개를 하겠다.

〈표 1〉 연구 인물 현황

번호	성명	생몰	출생지	거주지 (묘지위치)	문집	비고
1	출옹 이주	1564~1646	서울	춘천(?)		
2	직재 이기홍	1641~1708	서울	춘천(충주)	직재집	尤庵문인
3	두기 최성대	1691~1762	서울, 춘천	서울(춘천)	두기시집	
4	추월 남옥	1722~1770	춘천	춘천(춘천)	일관시초	
5	적와 홍언철	1729~1795	〃	〃	만곡동사록	
6	송재 이계	1715~?	〃	〃	〃	
7	구봉 김지수	1721~1786	〃	〃	〃	
8	어은 이수량	1724~1775	〃	〃	〃	
9	곡구 정지안	1724~1800	〃	〃	〃	
10	이원윤	1736~?	〃	〃	〃	
11	자하 신위	1769~1845	서울	춘천 관아	경수당전고	춘천부사
12	중암 김평묵	1819~1891	경기	춘천(포천)	중암집	화서학파
13	의암 유인석	1842~1915	춘천	춘천(춘천)	의암집	〃
14	직헌 이진응	1847~1896	춘천	춘천(춘천)	직헌집	〃
15	습재 이소응	1852~1930	〃	춘천(재천)	습재집	〃
16	한서 남궁 억	1863~1939	서울	홍천(모곡)	동사략	독립협회
17	호암 이준용	1860~1920	춘천	춘천(춘천)		천도교
18	청오 차상찬	1887~1946	춘천	춘천(분당)	개벽	천도교

춘천지역의 문학 환경이 조성되기 이전 춘천으로 이거하여, 생을 마친 문사(文士)로 출옹 이주가 최초인 것으로 파악하였다. 광해군 즉위 후 이이첨의 폭정과 어지러운 정국을 피하여 은거를 한 것으로 확인된다. 50여 년을 은거하는 동안 지역의 산천과 전일(前日)에 앞선 은일자들의 유허지를 찾고 감회를 몇 편의 시에 담았다. 그는 춘천 최초의 서원인 〈문암서원〉을 설립하는 발기인이기도 하다. 이렇듯 출옹 이주는 지역의 문학 설립에 이바지한 주요 인물이며 그가 춘천 지역 사회의 문인들에게 끼친 영향은 매우 크다고 하겠다. 그는 서울 낙성에 살다, 광해군 시절 大北의 실세인 이이첨의 국정 농단과 영창대군 사사, 인목대비 폐위 등 현실 정치에 대한 반감으로 춘천부 난산(현 사북면 고탄)으로 은거하였다. 바깥세상과의 인연을 버리고 춘천에서 은자의 삶을 살다 간 문인이었다.

직재 이기홍은 1674년 스승인 우암 송시열이 북쪽 덕원(德源)으로 귀양을 갈 때, 동문수학한 동문들과 선생의 억울함을 탄원하였다. 그 사건으로 직재는 춘천에 거주하는 형제와 자식들과 교류하면서 인근 가평(加平) 산중으로 들어가 문을 닫고 세상일을 사절하고, 인근 유림을 강학하였다. 춘천시 서면 현암리에는 '백운동모현비(白雲洞慕賢碑)'가 전해지고 있는데, 이곳은 퇴우당 김수홍이 1674년 유배한 곳으로 당시 이기홍과 김창흡·김창협 형제가 춘천지역 유림들에게 학문을 전수한 곳이다. 이에 춘천지역 문인들이 그들의 학덕을 기리고자 건립한 비(碑)이다.

두기 최성대의 연고는 한양과 경기도 안산지역으로 알려져 있다. 본 연구에서는 최성대의 가계 및 작품 분석을 통하여 춘천과 매우 밀접한 인연이 있는 것으로 파악하였다. 그는 춘천지역의 민중의 삶과 선산(先山)과 자연을 그만의 서정적인 형상으로 담은 인물이다. 문집으로 『두기시집』이 있으며, 춘천에 묘소가 있는 인물이다.

추월 남옥은 춘천지역에서 유년 시절과 관련된 일화가 지금까지 전해져 오고 있으며, 한양에서 관직 생활을 하면서 시사(詩社)를 통해 불우(不遇)한 처지에서도 그 만의 독특한 한시 세계를 개척한 인물이다. 문집으로는 『일관기』·『일관시초』·『일관창수』 필사본이 있다. 묘소는 춘천에 있다.

적와 홍언철과 만곡동사(晚谷同社) 사우들은 18세기 지역에서 유일한 시사(詩社)를 결성하여 향촌 생활과 애향(愛鄕)의 서정을 노래한 시문학과 포의(布衣)의 신분으로 살아가는 지역 문인들의 자존(自尊)을 표출한 시문학을 『만곡동사록』에 담았다. 만곡동사(晚谷同社)의 결성과 활동은 당시 춘천 산촌 지역의 문학 활동을 엿볼 수 있는 유일한 사례이다.

신위(申緯 1769-1845)의 자는 한수(漢叟), 호는 자하(紫霞)이며 본관은 평산으로 조선후기에 있어 "시서화(詩書畵) 삼절(三絶)"로 명성이 높았다. 창강(滄江) 김택영(金澤榮)이 "송나라 시는 소동파가 제1이라면 우리나라 시는 신자하가 제1이다"라고 평가했을 정도로 한국한시사에서 중요한 위치를 차지하는 인물이다. 청나라 옹방강의 고증학과 문예(文藝)를 19세기 조선조의 지식인들에게 전달하는데 중요한 역할을 했다는 점에서, 청대 학술과 문예의 수용이란 측면에서도 학계에서 주목을 받고 있다. 『맥록1』에는 춘천부사로 부임한 1818년 3월부터 6월까지, 『맥록2』에는 1818년 7월부터 12월까지, 『맥록3』에는 1819년 1월부터 3월까지, 『맥록4』에는 1819년 4월부터 6월까지 지은 시가 실려 있다.

김평묵·이진응·이소응은, 19세기 말 개화기 시대에 춘천을 대표하는 화서학파 문인들이다. 김평묵은 1853년 춘천으로 이거하여 강회를 열고 홍재학·홍재구 등의 화서문인들을 배출하였다. 이진응과 이소응은 화서 이항로의 제자인 성재 유중교가 배출한 지역 출신의 문사들이다. 이들은 위정척사와 소중화 사상을 유지하기 위하여 실천적 행동인 의병활동과 당시 시대 인식을 담은 시문학을 문집에 담았다.

춘천 기독교 개화파 중에는 한서 남궁 억(南宮檍)이 대표적인 인물이다. 남궁 억은 1863년 12월 27일 서울 정동에서 태어났으며 중추부도사를 지낸 남궁 영(南宮泳)과 덕수 이씨의 아들로 태어났다. 호는 한서(翰西)이다. 한서 남궁 억은 1896년 7월 2일 독립협회 결성에 간사원으로 참여하였고, 1897년에는 서양세력의 이권 요구의 부당함을 주장하다 체포되었다. 그 사건으로 9월에 토목국장에서 해임되었으며, 1898년 『황성신문』을 창간하고 초대 사장에 취임하였다. 한서는 대한제국의 정치체제를 전제군주제에서 입헌군주제로 전환하고자 하였으며, 대대적인 개혁을 단행하려는 독립협회 지도자로 활동하였다. 1918년 선조의 고향인 홍천 서면 모곡으로 낙향하여 모곡학교를 세웠다.

천도교는 사민평등과 보국안민의 이념을 갖은 종교이다. 대표적인 춘천 문인은 청오 차상찬이다. 그는 서울에서 한서 남궁 억과 문명개화를 위하여 언론·문학 활동을 하였다. 한편 춘천 관내에서는 독립운동을 한 호암 이준용이 있었다.

위에서 언급한 문인들은 조선 후기 춘천지역에서 자기 위안과 지역의 풍속, 경물 그리고 시대 인식을 시문학에 담았다. 이들의 시문학 연구는 그동안 춘천지역의 미온적이고 산발적이었던 고전 시문학을 통시적으로 조명하는 것은 물론이고, 춘천지역을 형상화한 시문학이 우리 문학사에서 새롭게 주목받을 수 있는 실마리가 될 것이다.

II

조선 전기 춘천지역
시문학 전개 양상

Ⅱ
조선 전기 춘천지역 시문학 전개 양상

1. 은둔과 절의의 형상

『삼국사기』에 춘주(春州)라는 지명이 처음으로 기록된 후, 『세종실록지리지』에서는 "고려 성종 14년(成宗: 995년) 을미년에 춘주단련사를 고쳐 안변(安邊)에 속하게 하였다. 그 후 조선 태종13년(1413년) 계사에 춘천군(春川郡)으로 고쳤다고 하였다. 戶는 1,119이며 인구는 1,950명이고, 토성(土姓)이 셋이니 최(崔)·박(朴)·신(辛)이다. 속성(續姓)은 여덟이니 김(金)·임(林)·윤(尹)·지(池)·석(石)·안(安)·원(元)·함(咸)·한(韓)이라 하였다. 인물로는 찬성 박항(朴恒)이 있으며 소양정(昭陽亭)은 북쪽 봉산 아래에 있다"고 하였다. 이후 조선 후기까지 춘천을 기록한 『地理志』[16]에서는 춘천의 건치연혁에 대해 『세종실록지리지』를 인용하고 있다. 1611년에 간행된 『신증동국여지승람(新增東國輿地勝覽)』 속에 처음으로 춘천의 산천과 누정 그리고 제영(題詠)을 기록하였다.

『세종실록지리지』 춘천도호부 조(條)에,

> 춘천은 본래 맥(貊)의 땅이다. 신라 선덕왕 6년(637년)에 우두주(牛首州)로 삼았는데, 즉 당나라 태종 정관(正觀) 12년(673년)이다. 문무왕 13년에 수약주(首若州)를 두었다. 경덕왕이 삭주(朔州)로 고쳤다. 수차약(首次若)이라고도 하고 오근내(烏根乃)라고도 한다. 고려 성종 14년(995년) 을미에 춘주단련사(春州團練使)로 고쳐 안변(安邊)에 속하게 하

---

16 『신증동국여지승람』, 『춘주지』, 『동국여지도』, 『여지도서』, 『춘천읍지』, 『여재촬요』, 『관동읍지』.

였는데 주민들이 길이 험하여 왕래하기에 곤란하므로 신종 6년(1203년) 계해에 이르러 권신 최충헌(崔忠獻)에게 뇌물을 바치고 승격되어 안양도호부(安陽都護府) 〈남송 영종 가태 3년(1203년)〉가 되었다가 후에 지춘주사(知春州事)로 낮추어졌다. 본조에서도 그대로 따랐는데 태종 13년(1413년) 계사에 춘천군(春川郡)으로 고쳤다. 15년(1415년) 을미에 예(例)에 따라 춘천도호부(春川都護府)로 고쳤다. 별호는 수춘(壽春)이다. 순화(淳化) 연간에 정하였다. 또 광해(光海), 봉산(鳳山)이라고도 한다.[17]

춘천의 지명은 맥, 우두, 수약, 삭주, 수차약, 오근내, 춘주, 안양, 춘천으로 변천하였다. 한양과의 거리가 80㎞(200리)로 비교적 가까웠으나, 그렇다고 근기(近畿)지역으로 불리지는 않았다. 그런 이유로 고려시대 및 조선시대의 근기 문학과 유배문학 자료가 빈약한 곳이었다. 『지리지』에 기록된 지역 풍속은 온순하고 선비들은 시서(詩書)를 읊고, 백성들은 힘써 농사에 힘쓰며, 좋아하는 바를 하고자 하는 욕심이 적다고 하였고, 공부(貢賦)와 형률(戒律)을 거역하는 법이 없으며, 분수를 지키고 안빈(安貧)하는 기풍이 있으니, 부자가 거드름을 피우거나 호족이 사치하는 습관이 없다고 하였다. 남도 지역처럼 평야 지역이 넓게 형성된 지형이 없는 관계로 물산은 풍부하지 않아 세도가나 거대 가문이 번창하지 않았다고 평가하였다. 또한 "고려 고종 4년(1217) 거란의 군대가 안양도호부를 함락시켰을 때와, 1253년 몽고 군대가 성을 겹겹이 포위하여 여러 날 동안 공격하였는데 성안의 샘이 마르자 문학(文學) 조효립이 성을 지킬 수 없음을 알고 아내와 함께 불에 뛰어들어 죽고, 박항은 부모의 시체를 찾지 못하자 얼굴이 닮은 자를 거두어 묻으니 그 수가 300여 인에 달했다."는 전고(典故)로 보아 절의와 효행의 풍속이 일찍부터 흐르는 지역이었다.

춘천지역의 시문학 전개 양상을 보기 위해서는 당시 관찬(官撰)된 서적에서 찾는 것이 가장 확실할 것이다. 그것은 당시 지역과 관련된 시문이 전국적으로 넓게 퍼져 읽히고 일정한 호응을 갖추었기 때문이다. 본 책을 본격적으로 논의하기에 앞서 조선 후기 이전의 춘천 관련 시문학을 『신증동국여지승람(1530)』과 『춘추지(1648)』에 실린 작품을 시대별로 구분하고 시제(詩題) 대상별로 분석하였다.

---

17 오강원 외, 『춘천지리지』, 춘천시, 강원일보사, 1997. p.4.

〈표 2〉 춘천지역 관련 시문(조선 후기 이전, 출전: 『신증동국여지승람』, 『춘주지』)

번호	시대	이름	생몰년	詩題 대상	형태	방문목적	비고
1	고려	곽여(郭璵)	1058~1130	청평사	7언율시	안부(관직)	
2	〃	이자현(李資玄)	1061~1125	청평사	7언율시	은둔	
3	〃	유숙(柳淑)	1316~1368	소양강.회고	7언고시	유람	
4	〃	이달충(李達衷)	1309~1385	소양강.회고	7언고시	유람	
5	〃	최여(崔汝)	미상	소양강.회고	7언고시	유람	
6	〃	최약(崔瀹)	미상	思君	7언율시	관지부임	
7	〃	이첨(李詹)	1345~1405	牛頭寺	5언절구	知春州事	
8	〃	강회백(姜淮伯)	1357~1402	소양정	7언절구	도순사	
9	〃	이변(李卞)	1391~1473	소양정	7언고시	유람	
10	조선	이황(李滉)	1501~1570	청평사	7언율시	災傷御使	
11	〃	〃	〃	소양정	7언고시	災傷御使	
12	〃	이주(李胄)	1564~1646	사탄(곡운)	5언율시	퇴거, 은둔	
13	〃	〃	〃	고탄	5언고시	〃	
14	〃	〃	〃	청평사	5언절구	〃	
15	〃	〃	〃	우두정	7언율시	〃	
16	〃	〃	〃	고산	5언율시	〃	
17	〃	〃	〃	삼악산	5언고시	〃	
18	〃	〃	〃	청평사향원	5언절구	〃	
19	〃	허봉(許篈)	1551~1588	소양강	5언절구	유람	
20	〃	이수록(李綏祿)	1564~1620	백로주	7언율시	유람	
21	〃	〃	〃	우두사	7언절구	유람	
22	〃	〃	〃	고산	7언절구	유람	
23	〃	성현(成俔)	1439~1504	소양정	7언고시	강원관찰사	
24	〃	오숙(吳翻)	1592~1634	소양정	7언율시	유람	
25	〃	〃	〃	요선당	7언율시	유람	
26	〃	유영길(柳永吉)	1538~1601	소양정	7언고시	관찰사	
27	〃	유항(柳恒)	1574~1647	소양정	7언고시	관찰사	
28	〃	〃	〃	요선당	7언절구	유람	
29	〃	신흠(申欽)	1566~1628	우두정	5언율시	유배	
30	〃	〃	〃	청평사	5언율시	〃	
31	〃	이항복(李恒福)	1556~1618	고산	5언절구	유람	
32	〃	박승종(朴承宗)	1562~1623	수춘관	7언고시	유람	
33	〃	홍서봉(洪瑞鳳)	1572~1645	수춘관	7언고시	유람	
34	〃	이명한(李明漢)	1595~1645	수춘관	7언고시	이정구 子	

번호	시대	이름	생몰년	詩題 대상	형태	방문목적	비고
35	〃	〃	〃	요선당	7언절구	유람	
36	〃	이준(李埈)	1560~1635	요선당	7언율시	유람	
37	〃	박신(朴愼)	1576~?	요선당	7언율시	유람	
38	〃	이민구(李敏求)	1589~1670	문소각記	기문		李睟光 子
39	〃	신식(申湜)	1551~1623	문암서원記	기문		按關東節巡
40	〃	유영길(柳永吉)	1538~1601	청평사영지	7언절구	유람	
41	〃	이정형(李廷馨)	1549~1607	청평사영지	5언율시	퇴거	
42	〃	유몽인(柳夢寅)	1559~1623	청평사	5언율시	유람	
43	〃	〃	〃	청평사서천	7언절구	유람	
44	〃	유숙(柳潚)	1564~1636	청평사	八詠詩	퇴거	
45	〃	조우인(曺友仁)	1561~1625	청평사	八詠詩	유람	
46	〃	정광성(鄭廣成)	1576~1654	청평사	5언절구	유람	
47	〃	〃	〃	청평사	5언절구	유람	
48	〃	정호선(丁好善)	1571~1633	청평사	7언율시	유람	
49	〃	〃	〃	청평사	5언율시	유람	
50	〃	안숭검(安崇儉)	1554~1619	청평사	7언절구	유람	
51	〃	〃	〃	청평사	5언절구	유람	
52		春州續誌					
53	〃	무명씨		無老谷	5언절구		
54	〃	김시습(金時習)	1435~1493	청평사	5언절구	은둔	

위 표에서 볼 수 있듯이 『신증동국여지승람』과 『춘주지』에는 시 51수, 기문 2편이 수록되어 있다. 인물은 고려시대 9명, 조선시대 27명이다. 작품은 5언고시 2수, 5언절구 10수, 5언율시가 6수, 7언고시 10수 , 7언절구 6수, 7언율시 15수 , 팔영시 2수, 기문(記文) 2편 이다. 시제(詩題)는 사군(思君) 1수, 곡운계곡 1수, 고탄 1수, 백로주 1수, 우두사 2수, 우두정 2수, 삼악산 1수, 고산 3수, 수춘관 3수, 요선당 5수, 청평사 19수. 소양정 10수, 기타 1수. 기문으로는 문소각 1편, 문암서원 1편 뿐이다. 방문 목적은 유람 21명, 관직부임 9명, 은둔 3명, 유배 1명, 퇴거 2명이다. 시제 대상은 청평사 36%, 춘천 관아 및 누정 39%, 자연 18%, 기타 7%이다.

위 도표에서 확인하였듯이 이자현이 은둔하였던 청평사를 형상한 시문학 작품은 전체에서 36%를 차지한다. 이렇듯 춘천지역의 시문학 전개 양상은 춘천 청평사에 은거한 진락공 이자현과 과시동기(科試同期)인 곽여로부터 시작되었음을 확인할 수 있다. 이 절에서는 이자현과 김시습으로 대표되는 시문학 전개 과정을 살펴보겠다.

이자현(李資玄)[18]의 詩

暖遍溪山暗換春	따뜻함이 시내와 산을 두루 돌면서 봄이 돌아왔는데
忽紆仙仗訪幽人	문득 신선 지팡이 짚고 은둔자를 방문하였네
夷齊遁世唯全性	백이(伯夷)와 숙제(叔齊)가 세상 피한 것은 천성 보존함이요
稷契勤邦不爲身	직(稷)과 설(契)이 나랏일에 부지런함은 자신 위해서 아니었네
奉詔此時鏘玉佩	조서(詔書)를 받들고 온 이때 옥패물(玉佩物)이 쨍그랑 거리나
掛冠何日拂衣塵	어느 날 관을 걸어 두고 옷의 티끌을 떨쳐 버리는지
何當此地同棲隱	어느 때나 이곳에서 함께 은둔하면서
養得從來不死神	종래의 사그러지지 않는 정신을 길러나 볼까

위 시는 조선 후기까지 춘천을 기록한 각종 『지리지』에 빠짐없이 기록되어 있다. 고려 후기 성리학을 수용한 사대부들은 조선을 창업한 이후 출사와 은거의 갈림길에 처할 때면 전조(前朝)에서 세속적 가치를 버리고 청평사에 은거한 이자현의 정신을 최고로 받아들였다. 그러한 정신을 담은 이자현의 시는 유림(儒林)들에게 정신적인 고향으로 춘천을 인식하게 하는 매우 의미 있는 시라 할 수 있겠다.

이자현과 동년에 과거에 합격한 곽여는 어느 날 부절(符節)을 지니고 관동으로 나와, 청평산에 은거하고 있던 이자현을 방문하였다. 삼십 년 전 함께 과거에 합격한 후 자신은 현실정치에 몸담고 있으나, 홀연히 세속을 벗어던지고 '뜬구름(浮雲)'처럼 청평산에 은거한 이자현을 마주하며 옛 정신(舊精神)을 주고받았다. 3, 4구에서 이자현은 자신이 은둔을 선택한 것은 본성을 보존함이고, 곽여의 관직 생활은 위민(爲民)임을 말하고 있다. 마지막 7, 8구에서는 관직과 세상의 티끌에서 벗어나 이곳에서 함께 은둔하며 천성을 보존하자고 권고하는 말로 마무리하고 있다.

---

18 이자현(1061~1125): 본관 인주(仁州). 호는 식암(息庵)·청평거사(淸平居士)·희이자(希夷子)등이다. 1089년 과거에 급제하여 대악서승(大樂署丞)이 되었으나, 관직을 버리고 춘천의 청평산(淸平山)에 들어가서, 아버지가 세운 보현원(普賢院)을 문수원(文殊院)으로 고치고 당(堂)과 암자(庵子)를 짓고는 안빈(安貧)으로 일관했다. 시호는 진락(眞樂)이다.

이황(李滉)의 「회청평산인유감시(過淸平山人有感詩)」

峽束江盤棧道傾	산골짜기 감도는 강가 잔도는 구불구불
忽逢雲外出溪淸	홀연히 구름 밖에 맑은 시내 흐르네
至今人說廬山社	지금 사람들은 여산사를 말하는데
是處君爲谷口耕	이곳에서 그대는 곡구 밭을 갈았다네
白月滿空餘素抱	하얀 달빛 허공에 가득하듯 그대 기상 남았으니
晴嵐無跡遣浮榮	아지랑이 자취 없듯 헛된 영화 버렸다네
東韓隱逸誰修傳	우리나라 은일전(隱逸傳)을 누가 지어 전하려나
莫指微疵屛白珩	조그만 흠 꼬집어서 흰 옥구슬을 타박 말라

위 시는 춘천을 전국적으로 알리는 것에 결정적 역할을 한 작품이다. 퇴계 이황이 청평사의 진락공 이자현을 문집에 남김으로써 조선 후기까지 유자들이 끊임없이 춘천을 방문하게 되는 계기가 되었다.[19]

퇴계 이황은 시병서(詩幷序)[20]에 이자현에 대한 세간의 혹평에 관하여 "내가 일찍이 『동국통감』을 읽었는데 사관(史官)이 이자현을 논하면서 그를 몹시 깎아내리고 심지어 그를 가리켜 탐욕스럽고 인색하다고 한 것을 보고 괴이하다 여겼다. 이자현이 그 자취를 숨긴 것은 그가 고상하다는 명성을 얻기 위해서였다."와 "은자는 세상에 구하는 것이 없어야 하는데, 어찌 밭을 마련하여 농사를 짓는가?"라는 혹평의 근거를 밝히고, "이자현이 부귀에 대해서는 자신을 더럽히기라도 할 듯이 뒤도 안 보고 떠나갔으며 은둔에 있어서는 거침없이 나아가 종신토록 돌아보지 않았는데"와 "전 시대의 사관이 의심스

19 홍성익, 「청평사와 이자현, 그리고 퇴계 이황의 敍事」, 『인문학 더드림』, 강원대학교 철학과, 2022.
20 『퇴계선생문집』, 권지일 「過淸平山有感幷序」, "春川之淸平山, 卽古之慶雲山也. (중간생략) 余讀東國通鑑, 嘗怪史臣論資玄之辭, 深加貶剝, 至指爲貪鄙吝嗇. 噫, 何其甚也. 自古, 高人逸士如資玄比者豈少哉. 然類多出於畎畝之中, 草澤之遠, 其與木石居, 鹿豕遊, 而 飯糗茹草, 乃其素所積習, 而其心安焉, 其於長往而不返, 固亦無難矣. 至若脫屣於聲利之場 抽身於紈綺之叢, 不怨不悔, 終始不變如資玄者, 蓋絶無而僅有之, 斯不亦可尙哉. 或謂資玄之去, 其跡涉於爲名, 以是爲可貶, 則吾又不知其說也. (중간생략)此乃當時士夫之貪榮嗜利, 役役於世途者. 自見資玄之與己相去, 不啻黃鵠之與壤蟲 於其心, 蓋亦有所不平焉. 竊竊然伺其所爲而摘之, 以爲隱者之無求於世也. 亦以置田業爲事乎. (중간생략) 余之奉使而來也. 過淸平山下, 問驛吏, 知山中有日淸平寺者, 疑卽古所謂普賢院也. 限於嚴程, 不得叩山門訪幽蹟, 聊書此, 以發其嘗讀史而有感於胸中者如右, 而繼以詩云, 峽束江盤棧道傾, 忽逢雲外出溪淸, 至今人說廬山社, 是處君爲谷口耕, 白月滿空餘素抱, 晴嵐無跡遣浮榮, 東韓隱逸誰修傳. 莫指微疵屛白珩."

러운 것을 빼지 않고 심한 말로 전하였고, 뒤의 사관이 그것을 경솔하게 믿고서 함부로 논하니, 사람이란 의론하기를 좋아하고 남을 아름답게 만들어 주기를 좋아하지 않는 것이 이와 같은가?"[21]라고 본인의 견해를 밝히며 이자현이야말로 진정한 우리나라의 은자라고 말하였다.

시에서 "여산사"는 청평사를 지칭하는 것이며, "곡구에서 밭을 간" 것은 영화와 벼슬을 버리고 은거한 것을 의미하는 것이다. 이황은 청평사를 지나며 이자현의 은거 행위를 마치 더러운 세속에서 매미가 껍질을 벗은 진정한 은자로 보았으며 이자현의 자취를 "백월만공(白月滿空)"과 "청풍무적(晴風無跡)"에 빗대어 공간과 시각적으로 투영하였다. 이러한 표현은 더 이상 역사와 세속인들로부터 혹평을 불식시키고자 했던 것이었다.

지퇴당 이정형(李廷馨)의 시

老人携四子	늙은이 네 아들을 데리고
乘興偶來遊	흥을 따라 우연히 이곳에서 노니는데
秋晚楓林脫	가을은 깊어 단풍잎은 떨어지고
雲迷石路修	구름이 자욱하여 돌길은 아득하네
濯纓雙瀑下	쌍폭 아래서 갓끈을 빨고
散策影池頭	영지 머리에선 산책을 해보네
却憶淸寒子	문득 청한자 생각하니
高蹤邈寡儔	높은 자취 아득하여 짝할 수 있는 이 없다네
昨到淸平寺	어제 청평사에 와
今遊仙洞庵	오늘은 선동암에서 노닐고
眞精去已久	진락공은 간 지 이미 오래고
宿霧鎖空龕	안개 싸인 빈 사당은 닫혀있네

『지퇴당집』에 실려 있는 이정형의 「연보」에 따르면, 그는 1597년 춘천 천전촌에 이주하여 1600년까지 약 3년간 이곳에 거주했던 것으로 되어 있다. 다만 이정형과 춘천의 인연은 그 한참 이전부터 존재하고 있었다. 그가 처음

21 홍성익 외, 『춘천 정체성을 위한 역사문화 아카이브1 불교문화』, 춘천문화원, 2015. p.256.

춘천과 관계를 맺은 것은 24세가 되던 1572년(선조5)의 일이다. 「연보」 기록에 '처음으로 춘천부 천전(泉田) 왕래하였다'고 만 되어 있어 왕래의 구체적인 경위는 파악이 어렵지만, 이정형은 당시 연접도감(延接都監) 낭청(郎廳)으로 재직하다 파직된 상태로서, 고향과 멀지 않고 친척 관원들도 다수 거주하고 있던 이곳을 자주 왕래하며 관계를 돈독히 해 나갔던 것으로 추측해 볼 수 있다. 그리고 『지퇴당집』에는 1595년(선조28) 장남 이표(李漂)에게 지어준 「시표부춘장(示漂赴春莊)」이라는 제목의 글이 실려 있는데, 이 글을 통해 이정형이 이전부터 춘천에 별도의 장원을 마련해 두고 왕래하였던 정황을 확인할 수 있다. 49세가 되던 1597년에 이르러 춘천으로 내려와 비로소 본격적인 우거(寓居) 생활을 시작하게 된다. 이해 6월 그는 모친 의성 김씨(義城金氏)의 상을 당해 경기 양주에서 장례를 지낸 뒤 거상(居喪)하고 있었는데, 얼마 뒤 정유재란이 발발하였다. 이에 양주가 큰 길목에 위치해 있어 왜적의 침탈을 받기 쉬운 점을 염려하여 모친의 궤연(几筵)을 받들고서 자신의 장원이 있던 춘천으로 피난을 오게 된다.[22]

위 시는 춘천에 천전리에 거주하면서 가까운 이자현과 김시습의 흔적이 있는 청평사를 방문해 쓴 시이다.

나이 오십에 4명의 아들들과 함께 늦가을에 청평사를 찾았다. "쌍폭"은 지금의 "구송정 폭포"이다. 김시습이 노닐던 "영지" 또한 청평사 경내를 들어가기 전에 있어 이정형은 이곳에서 탁영(濯纓)을 하고 높은 절의 정신을 가졌던 청한자와의 만남을 표현하였다. 다음날에 진락공 이자현이 머물렀던 "선동암"을 찾아 청빈한 은일자를 생각하며 빈 사당에서 하룻밤 묵은 사실을 그렸다. 시간을 뛰어넘어 두 은자를 대하는 작가의 경건한 정신과 담백한 모습을 볼 수 있는 시이며, 춘천을 상징하는 청평사를 찾은 이유가 잘 나타난 시라 하겠다.

---

22 정용건, 「知退堂 李廷馨의 春川에서의 문한 활동과 그 추숭 양상 −文巖書院배향의 동인과 관련하여 −」, 중앙어문학회, 『어문론집』, 2022. pp.202~203.

상촌 신흠(申欽)의 시

倦客尋初地　게으른 나그네 초지(사찰)를 찾으니
層厓闢梵廬　절벽 위에 절집이 있네
雲開眞樂觀　구름은 진락공의 암자가 보이고
龍護悅卿書　용은 열경의 글씨 보호하네
飛瀑霑芒屨　날리는 폭포수는 짚신을 적시고
危矼度竹輿　위태로운 돌다리 대 가마로 건너가니
東林晴月上　동쪽 숲 개이니 밝은 달 오르고
天影落潭虛　하늘 그림자는 빈 연못에 떨어지네

위 시의 부기(附記)에 상촌 신흠은 1617년 1월부터 1621년 8월 사면되기까지 5년 동안 춘천에서 유배생활을 한 것으로 기록하였다.[23] "춘천에 도착하니 춘천에도 사인(士人)이 많아 찾아오는 자들이 줄을 이었는데, 모두 옛날부터 아는 얼굴들이 아니라서 서로 대하는 분위기가 썰렁하여 어색하기만 하였다."라고 술회하고 있다. 지역 문인들의 방문이 끊이지 않았음을 알 수 있는 대목이다.

1613년 광해군을 옹호하는 대북파는 선조의 계비인 인목대비 아버지 김제남(金悌男)이 영창대군을 옹립하려는 역모에 가담했다 하여 사사시키고, 영창대군은 폐서인이 되어 강화도에 위리안치되는 계축옥사 사건이 발생하였다. 이때 이이첨 등이 선조로부터 유명을 받은 이항복(李恒福), 이덕형(李德馨), 신흠(申欽), 박동량(朴東亮), 한준겸(韓浚謙) 등 7대신과 이정구(李廷龜), 김상용(金尙容) 등을 비롯한 서인과 남인 세력 대부분을 축출하고 정권을 장악하였다.

신흠은 계속되는 어지러운 정국에서 춘천으로 유배되는 신세가 되었다. 일찍이 청평사를 알고는 있었으나, 유배된 몸으로 처음 방문하니, 작가는 자신을 게으른 나그네로 표현하였다. 3, 4구에 청평사를 찾은 목적이 담겨 있는

---

23 『상촌선생집』 11권, "余纍于春川五年, 而罪罟中人, 不敢爲放遊蟄藏矮屋, 時値山僧來往者談山中勝跡而已. 歲辛酉夏得蒙宥西邊始成臨川蠟屐舊事云."(나는 춘천(春川)에 5년 동안 있었다. 죄의 그물이 걸려있는 사람이라서 감히 밖으로 나가 놀지를 못하고 오두막에 틀어 박혀 때때로 왕래하는 산중 승적(勝跡)을 이야기할 뿐이었다. 신유년(辛酉年) 여름에 용서를 받아 서쪽으로 돌아가게 되었다. 비로소 임천(臨川)의 납극(蠟屐) 구사(舊事)를 이루었다).

상촌 신흠 묘소

데, 은일자 진락공 이자현과 절의의 상징인 매월당 김시습의 자취를 보고자
한 것이었다. 구름은 허공을 자유롭게 흐르는 것이니, 진락공이 세속을 등지
고 진정한 자유로움을 얻은 것에 대한 대입일 것이다. 불사이군의 절의를 지
킨 매월당은 용이 지키고 있으니 그 용은 불법을 수호하는 천용(天龍) 또는
단종 임금의 변신일 것이다. 작가는 영창대군을 보필하지 못하고 유배의 몸
으로 청평사를 찾아갔다. 그 여정에 날리는 폭포수는 작가의 짚신을 적신다.
권력자들의 핍박이 마치 폭포수가 되어 자신을 억누르고, 자칫하면 물로 떨
어지는 돌다리를 건너는 듯 위태로운 현실을 담았다. 해는 저물어 밤이 찾아
오니 현실정치에서 제외된 쓸쓸한 마음을 동림(東林)[청평사]에 뜬 달에 의
지하며 이자현이 만든 빈 연못[영지(影池)]에 투영하였다. 이렇듯 신흠은 춘
천을 은둔과 절의의 지역으로 형상화하였다.

조선 전기 춘천지역 시문학 전개 양상은 고려시대 청평사에 은거한 진
락공 이자현과 과시동기(科試同期)인 곽여로부터 시작되었음을 확인할 수
있었다. 진락공 이자현은 퇴계 이황의 「過淸平山有感幷序」로 인하여 세간
의 혹평에서 벗어나게 되었고, 진정한 은일자로 드러나게 되었다. 더불어
춘천 청평사는 은둔의 지역으로 인식하게 되었다. 또한 매월당 김시습의

청평사 은거는 16세기부터 시작한 사육신 담론의 변화와 함께 절의(節義) 지역으로 각인되기 시작하였으며, 조선 후기까지 시문학의 중심 시제(試題)였다.

2. 신선(神仙)이 사는 지역의 형상

위 〈표 2〉에서 춘천을 선경으로 형상화한 작품은 39%이다. 시제인 소양강과 소양정 그리고 춘천부 관아건물을 읊은 詩 속에 반영되어있는 선경 표현 기교와 주제 의식에 대해 살펴보겠다.

최여(崔汭)[24]의 「춘일 소양강행(春日昭陽江行)」

上元佳節好風煙	정월 대보름 아름다운 계절에 풍경이 좋은데
千古昭陽江上天	천고의 소양강 위 하늘에
山光靑靑倒鏡面	산 빛은 푸르러 거울 속에 비추는 듯
柳帶裊裊搖風前	버들가지 한들한들 바람 앞에 흔들리네
江邊行客發春興	강가의 나그네 봄 흥을 못 이겨
信馬閑吟垂竹鞭	말 위에서 한가로이 읊조리며 대 채찍을 드리웠다
入城景物更奇絶	성에 들자 경물은 더욱 뛰어나
野廣白沙分二川	넓은 들 흰 모래는 두 고을을 나누었네
停車久立汀洲際	수레를 멈추고 한 동안 강가에 섰더니
白鷗落照心悠然	흰 갈매기 지는 해에 마음이 유유하다
想見當時全盛日	옛날의 한창 번성한 그 때를 생각노니
朱樓畫閣擁管絃	붉은 누대 그림집은 관현을 끼었으리
繁華一逐東流去	번화가 동으로 흐르는 물을 따라갔으니
江草江花年復年	강 풀과 강 꽃만 해마다 푸르고 붉은데
誰家玉笛吹落梅	누구 집의 옥젓대가 낙매곡을 부는가
令人無端感旅懷	지금 사람 무단히 나그네 정을 느끼네

---

24 한국역대인물 종합정보시스템(people.ac.kr), [고려문과] 충렬왕(忠烈王) 16년(1290) 경인(庚寅) 경인방(庚寅榜) 동진사(同進士) 10위(20/31) 이명(異名): 최가(崔㳽), 본인본관: 미상(未詳), 거주지: 미상(未詳), [이력사항] 선발인원 31명 [乙3·丙7·同進.21], 전력: 동정(同正), 관직: 사문박사(四門博士), 시중(侍中).

昔日紅粧映水處	옛날에 붉은 단장이 물에 번지던 곳에
浣紗石老空莓苔	비단 씻던 돌은 늙어 푸른 이끼만 끼었네
吾人年少好遊樂	우리는 나이 젊고 놀기를 즐기어
每逢勝景輒忘廻	좋은 경치 만날 때마다 돌아가기를 잊네
鸚鵡洲邊木蘭棹	앵무주 가에서 목란배의 노를 젓고
鳳凰臺上黃金杯	봉황대 위에서 황금 술잔을 들었네
自從身嬰利名累	몸은 이익과 명예를 좇아
十載蠢蠢趨塵埃	십 년 동안 허우적거리며 세속을 달렸네
如今按轡水雲界	이제는 물과 구름 경계에서 말고삐를 당겨
坐使逸想凌蓬萊	앉아서 세상일 버리고 봉래산으로 들어가네
休道關東多寂寞	관동이 적막하다고 말하지 말라
誰將醉墨語江風	어느 누가 취한 먹으로 강바람에 말하리
紫薇花下草綸客	자미화 밑에 윤을 초하는 손님이라고

위 최여의 시는 유숙(柳淑)[25]의 「유소양강(遊昭陽江)」, 이달충(李達衷)[26]
의 「차춘일소양강행(次春日昭陽江行)」과 함께 『신증동국여지승람』과 『춘
주지』에 기록되어 있는 점으로 보아, 동일한 시기에 춘천을 방문한듯하다.
3명은 고려말 신돈(辛旽)의 정치적 핍박으로부터 정계에서 파면되거나 피
살되었다는 공통점이 있다. 단지 같은 시대에 살다 간 최여(崔洳)의 행적
에 대하여 학계에 보고된 것이 없어 3명의 교우관계를 확인하기는 어렵다.
『동문선』에 형군소(邢君紹: 생몰불분명)의 「춘주소양강행차운」, 이변(李
弁: 생몰불분명)의 「소양행」, 조준(趙浚: 1346~1405)의 「춘일소양강행」, 권
담(?~1423)의 「同前 춘일소양강행」, 이선제(李先齊: 1390~1453)의 「춘일
소양강행」, 유효통(兪孝通: 생몰불분명)의 「춘일소양강행」과 함께 전해지고
있다.

---

25 유형원(柳馨遠), 『동국여지지(東國輿地志)』卷三忠淸道德山縣에 유숙(柳淑: 1316~1368), 본관: 서
산(瑞山), 경력: 연저수종1등공신, 안사공신, 신돈(辛旽)의 뜻에 거슬려 파직되고, 서령군(瑞寧君)에
봉해졌다.

26 이달충(李達衷: 1309~1384): 고려 충숙왕(忠肅王)~우왕(禑王) 때의 문신·학자. 이천(李蒨)의 아
들로 유학(儒學)에 정통하였다. 밀직제학(密直提學)을 지낼 때 공석에서 신돈(辛旽)을 비판하여 파
면되었다가, 신돈이 실각한 후 계림부윤(鷄林府尹)으로 복직하였다.

시 제목 「춘일소양강행(春日昭陽江行)」에서 볼 수 있듯이 작가는 정치 일선에서 실각하고 또 인생의 말년에 이른 듯하다. 이른 봄 소양강을 찾은 작가는 신선이 타는 목란선에 올라 노를 젓고 술을 마시고 지나간 시절의 부와 명예를 좇는 자신을 부끄러워하며, 탈속의 세계인 봉래산으로 들어가고 싶은 심경을 시에 담았다. 신선들의 땅, 즉 춘천 소양강을 찾아 정치적 굴곡과 허무함, 그리고 인생의 덧없음을 표현하였다. 춘천을 형상화한 "앵무주(鸚鵡洲)", "봉황대(鳳凰臺)"라는 시어는 문헌상 처음으로 사용한 것으로 보인다.

오숙(吳翽)의 시

三韓形勝古春州	삼한의 형승으론 옛날부터 춘주이니
千尺飛甍望裏浮	천 길 누대의 용마루 날려 공중에 떠 있네
水盡東流分鷺渚	강물은 동에서 흘러와 백로주서 갈라지고
山爭北去拱牛頭	산들은 다투어 북으로 달려가 우두산에 읍하네
雲霞點綴時將晚	붉은 노을은 점점 늘어져 장차 저물어가고
松桂蕭森境轉幽	소나무 계수나무 숲은 어둠속에 잠기네
看取使君無事飮	사군은 일없어 술 마시니
眞仙不必訪瀛洲	신선이 영주를 꼭 찾을 필요 없으리

地盡天開萬象虛	땅이 다하고 하늘이 열려 만상은 욕심 없는데
旅情詩料欲何如	나그네 마음에 시 재료는 무엇을 하려는가?
崗巒猛氣氷霜裏	산들은 얼음과 서리 속에 맹렬한 기세를 품고
原野淳風穢貊餘	들판의 순박한 풍속은 예맥에 남아있네
飛閣只緣迎羽客	높이 솟은 누각은 단지 신선 나그네를 맞이하기에
閑雲渾是護儲胥	한가한 구름은 모두 울타리처럼 보호하네
探看疊疊牛頭勝	계속하여 우두의 승경을 보고 있노라면
直擬投簪賦卜居	곧바로 벼슬 버리고 이곳에서 살고 싶다네

오숙(1592~1634)은 조선 광해군과 인조 때의 인물이다. 당대에 문장이 명료하고 기유시(紀遊詩)에 뛰어났다는 인물이다. 위 첫 번째 시는 〈소양정〉 읊은 시다. 오숙은 춘천의 절승인 소양정을 삼한시대부터 유명한 것으로 보았다. 강물은 동쪽인 오대산부터 흘러와 백로주에서 합쳐져 서쪽 한양으로 흘

러가고, 산은 북쪽으로 돌아 우두산과 마주한다고 하였다. 사군(使君)은 당시 춘천 고을 사또인 이여황(李如璜: 1590~1632)일 것이다. "영주"는 신선이 사는 곳인데, "눈 앞에 펼쳐진 춘천이 선경이니 굳이 찾을 필요 없다" 하며, 한껏 춘천의 절경을 형상화 하였다.

두 번째 시는 〈요선당(邀仙堂)〉을 읊은 시이다. 『춘주지』유경종(柳慶宗)의 「요선당기」[27]에 1573년 성의국(成義國)이 처음 창건하였고, 임오년에 부사 심충겸(沈忠謙)이 공사를 마치고 요선이라 하였다고 기록되어 있다. 춘천부의 객사로 그 이름의 의미는 신선을 맞이한다는 것이다. 오숙은 춘천의 옛 고도인 "맥국"을 사용하여 춘천을 유서 깊은 곳으로 표현하였다. 춘천에 머무는 자신도 "신선 나그네[우객(羽客)]"로 지칭하고 벼슬살이를 벗어던지고 살고 싶다는 것으로 마무리하였다.

박신(朴愼)의 시

邀仙名勝冠吾東　요선당은 우리나라 제일의 명승으로
物色森羅四望同　아름다운 경관 펼쳐져 어디서 보든 같다네
積雨霽來秋水遠　지루한 비 그치니 가을 물이 아득하고
晴嵐收盡暮山空　맑게 갠 기운 모두 걷히니 저무는 산 쓸쓸하네
鶴歸三岳白雲裡　학이 돌아간 삼악산은 구름에 묻히고
人在重欄明月中　사람은 누각 난간 보름달 가운데 있구나
羽盖鸞驂如有待　신선의 수레가 마치 기다리고 있는 듯
桂花香氣落天風　계수꽃 향기 하늘에서 바람 타고 내리네

박신(朴愼)의 인물 정보에 관해서 알려진 것이 없다. 『춘주지』에 그의 시가 실린 것으로 보아 1600년대 이전 인물로 추정한다. 박신은 춘천의 경치를 신선이 사는 곳으로 형상화하였다. 요선당에서 서쪽 하늘을 바라보면 마지막 하늘과 맞닿은 곳이 삼악산이다. 비 갠 후, 학이 돌아가는 흰 구름으로 속 삼악산을 신선의 사는 곳으로 본 듯하다. 요선당에 뜬 보름달 속에서 신선의 수레가 내려와 기다리는 듯하며, 달에 심겨 있는 계수나무의 향기가 주위의 바람을 타고 흩날린다고 하며, 춘천을 선경의 형상으로 읊었다.

---

27 오강원외 역주, 『춘천지리지』, 춘천시, 강원일보사, 1997. p.44.

〈표 2〉에서 볼 수 있듯이 소양강과 소양정 그리고 춘천부 관아건물이라는 한정된 주변 공간을 선경에 비유하여 탈속적 이미지로 형상화한 작품들이 39%였다.

조선 전기 이전까지 춘천지역을 형상화한 시문학을 살펴본 바에 의하면 첫째 이자현과 김시습의 흔적이 남아있는 청평사를 찾아 은둔과 절의라는 공통된 이미지를 작품에 투영하였다. 〈표 2〉에서 볼 수 있듯이 전체 작품 중 36%를 차지한다. 둘째 소양강과 소양정 그리고 춘천부 관아건물이라는 한정된 주변 공간을 선경에 비유하여 탈속적 이미지로 형상화한 작품들이 39%였다.

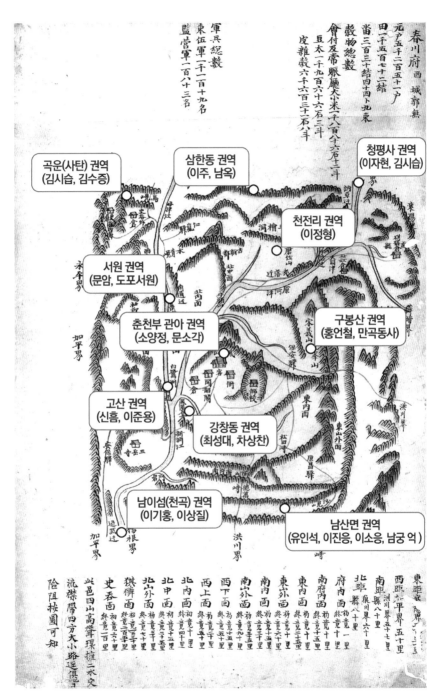

곡운(사탄) 권역
(김시습, 김수증)

삼한동 권역
(이주, 남옥)

청평사 권역
(이자현, 김시습)

천전리 권역
(이정형)

서원 권역
(문암, 도포서원)

구봉산 권역
(홍언철, 만곡동사)

춘천부 관아 권역
(소양정, 문소각)

고산 권역
(신흠, 이준용)

강창동 권역
(최성대, 차상찬)

남이섬(천곡) 권역
(이기홍, 이상질)

남산면 권역
(유인석, 이진응, 이소응, 남궁 억)

조선시대 춘천부 문학 권역 「해동지도: 춘천부」, 1750년 경 제작, 서울대학교 규장각 소장.

III

17세기 춘천지역 학문을 위한
기반(基盤)형성

Ⅲ

17세기 춘천지역 학문을 위한 기반(基盤) 형성

조선 사회는 16세기 후반에 들어 퇴계, 율곡의 성리학이 자리를 잡으면서 당쟁의 격화와 양란(兩亂)으로 인하여 사회적 변화를 맞이하게 된다. 그러한 변화와 함께 춘천지역으로 이거한 중앙인물과 지역을 다스린 위정자들의 낙후된 춘천지역의 학문 제고(提高)를 위한 역할을 볼 수가 있다.

이 장에서는 춘천지역 학문 기반 형성을 위한 지역인들의 자구 노력과 중앙 인물들의 이주(移住)와 문학 활동을 살펴보겠다. 이를 통하여 춘천지역의 학문을 위한 기반 형성을 살펴볼 것이다.

1. 지역 학문을 위한 협력(協力)과 자구(自求) 의식

춘천에서 유가 문화가 본격적으로 확산하기 시작한 것은 16세기 초반부터라 할 수 있다. 본래 춘천부에는 고려말 조선 초기부터 향교가 건립되어 지역 교육의 중심 역할을 하였으나, 1592년 임진왜란으로 인해 건물이 불에 타고 말았다. 이후 1594년 춘천부사 서인원이 이를 중건하였고, 1601년 부사 허상이 명륜당을 건립하고 주희의 글씨로 현판을 달았다. 그리고 1620년에는 부사 이원엽이, 인조 때에는 부사 엄황이 이를 재차 중수하여 이 지역의 학풍 조성에 이바지하였다.[28]

신식(申湜)이 1610년에 쓴 문암서원 기문은 다음과 같다.

---

28 정용건, 「강원지역 문인연구 우정 김경직의 춘천 도포서원 배향과 그 추숭 양상」, (재)한국연구원, 2022.

경술년(庚戌年)[29] 겨울, 나는 관동(關東)을 살피며 돌아다니다가 춘주(春州)에 이르렀다. 유생 여러 사람이 배알하고서 말하기를, "이 고을은 퇴계선생의 외관(外貫)이니, 가르침을 듣고 흥기하는 자가 없다고 할 수 없습니다. 지금 서원을 세워서 선비들이 노닐 수도 있고 쉴 수도 있으면서 그 사이에 학문을 닦고 연구하려고 하니 감히 아뢰지 않을 수 없습니다."라고 하였다. 나는 그 뜻을 가상히 여겨 장려하고 권하였다. 이에 부백(府伯) 문후(文厚) 유희담(柳希聃)[30]과 의논하여 노비 약간 명을 몰입(沒入)하고 구속(口屬)을 전복(典僕)으로 삼는 것을 허락하였다. 이것이 서원을 짓게 된 시초이다. 임자년(壬子年)[31] 여름에 내가 또 춘주(春州)로 부임하는 것을 원하여 동쪽으로 가보니 서원이 아직 이루어지지 않았다. 대개 주장하는 사람이 없고 구습을 따라 시간을 보냈기 때문이다. 내가 탄식하며 말하기를 "우리 선생은 학문을 제창하고 도를 밝힌 공이 있으니 우리나라의 주자(朱子)이다. 내가 어렸을 적에 문하에 이르니 호향(互鄕)[32]인데도 찾아옴을 허락하였다. 선생을 위해 일을 주관하는데, 이 일을 내가 아니면 그 누가 하겠는가?"라 하고, 이에 고을의 명성이 있는 사람 안숭양(安崇讓)[33]과 이주(李冑)[34] 등과 함께 고을의 북쪽 큰 강가에 있는 문암(文巖) 위에 땅을 상의하여 정하고 일을 시작하였다.[35]

---

29 경술년(庚戌年): 1610년.

30 유희담(柳希聃: 1563~1614): 조선 중기의 문인으로 자는 경백(景伯)이다. 28세 되던 1590년 증광시(增廣試)에 합격한다. 1608년 10월에 춘천부사(春川府使)로 임하고 1611년 1월에 임기를 채우고 교체된다. 『강원도춘천부선생안(江原道春川府先生案)』에 그는 춘천부사 재직 시 1605년 대홍수 때 유실된 소양정(昭陽亭)을 중건한 것으로 알려진다.

31 임자년(壬子年): 1612년.

32 호향(互鄕): 옛날 중국 고을 이름. 지금 강소성(江蘇省) 패현(沛縣). 풍기가 나쁜 고장.『論語述而』.

33 안숭양(安崇讓):『사마방목(司馬榜目)』에 의하면 그는 선조(宣祖) 21년(1588) 식년시(式年試)에 합격하였다. 1560년 생으로 합격 당시 29살이었고, 자는 중례(仲禮)이다. 아버지는 안일(安軼)이고, 형은 안숭검(安崇儉)이라는 기록도 보인다.

34 이주(李冑): 순조(純祖) 때 발간된『춘천읍지』는 이주(李冑)에 대해 "호는 출옹(朮翁)이다. 도를 닦고 가난을 편안히 여기며 영리(榮利)를 도모하지 않았다."고 기록하고 있다. 『관동읍지』는 이주를 다음과 같이 소개하고 있다. "난산에 은거한 50여 년 동안 도를 닦고 빈한함을 꺼리지 않으며 영화와 이익을 구하지 않았다." 권득기(權得己;1570~1622)의『만회집(晩悔集)』에서도 이주와 관련된 기사를 찾아볼 수 있다. "이주가 영서(嶺西)의 산곡(山谷)에 은거하고 있는데, 소를 타고 삿갓을 쓰고 고을 수령을 알현하곤 해서 고을 사람들이 그를 은사라고 불렀다고 한다."

35 홍성익 외,『춘천 정체성을 위한 역사문화 아카이브2 유교문화』, 춘천문화원. 2016. p.211.
"庚戌冬余按關東節巡至于春. 有儒生數人上謁而言, 此府乃退陶先生外貫也. 聞風而興起者, 不爲無人. 今欲爲建書院, 俾士子得以遊焉息焉, 而講學於其間, 不敢不以告. 余嘉其意而奬勸之 與府伯柳文厚希聃議, 許以沒入藏獲若干名, 口屬之爲典僕, 此書院作事之權輿也. 壬子夏. 余又乞麾于春, 而東出則 書院迄未成. 蓋緣主張無人, 而因循度日也. 余喟曰, 我先生倡學明道之功, 卽吾東朱子也. 余於少時, 亦嘗 及門, 而恭互鄕 之與進, 爲先生幹. 斯事 舍我其誰歟. 乃與府之聞人安崇讓李冑等, 謀卜地於府北 大江之滸文巖之上,而經始之".

위 내용을 보면 1610년 신식(申湜)이 지역 유생들의 건의를 받아들여 처음 시작하였으나. 2년이 지나 다시 와보니, 일을 주도적으로 하는 사람은 없고 시간만 보내고 있어, 고을의 명망이 있는 안숭양과 이주 등과 함께 북쪽 강가 문암(文巖) 위를 정하여 세웠다고 하였다. 앞서 1610년에 서원 건립을 위하여 춘천부사와 상의하여 약간의 노비를 지원한 사실에 비추어 볼 때, 官에서는 지원하였으나 지역 유림들의 관심은 그다지 높지 않았을 것을 짐작할 수가 있다. 당시 퇴계 이황의 학맥을 지닌 지퇴당 이정형이 춘천에 머물며 춘천의 학인들과 교류하고 있었다는 점도 눈여겨보아야 할 것이다.

다음은 춘천의 유생 이절(李梲) 등이 이정형을 문암서원에 배향을 하고자 하는 상소문이다.

저희 고을[春川]에는 문암서원(文巖書院)이 있으니, 곧 선정신(先正臣) 문순공(文純公) 이황을 제사 지내는 곳입니다. 지난 효종 신묘년(1651, 효종 2)에 많은 선비들이 한 목소리로 함께 상소하여 사액(賜額)을 내려줄 것을 청하니, 높이고 장려하는 조정의 뜻이 지극하였습니다. 다만 생각건대, 이황은 곧 우리 동방 道學의 宗儒로서 실로 가장 앞세워 제사 지내는 것이 마땅하지만, 그 이후 鄕先生으로서 風聲을 수립하여 士林의 모범이 된 자에 대해서도 제사 지내는 예를 빠뜨려서는 안 됩니다. 그러므로 온 고을 선비들이 함께 의논하여 故 吏曹參判 臣 이정형(李廷馨)을 이황을 제향하는 자리에 함께 모시고자 합니다. 이정형은 宣祖 때의 名臣으로 천성이 빼어나고 영특하여 총명함이 남보다 뛰어났으며, 행실이 방정하고 일 처리가 치밀하였으며, 기상이 온화하여 자연히 道에 맞았습니다. 또 효성과 우애가 천성으로 지극하여 집에 있을 적에 마치 손님과 같이하였으며, 출사하여 임금을 섬김에 있어서는 효성을 충성으로 옮겨 왕실을 위해 진력하였습니다. 임진년의 난리가 일어났을 때 선조께서 어가를 타고 개성으로 오셨는데, 이정형이 일찍이 경력(經歷)으로서 치적을 남긴 일이 있다고 하여 특별히 유수(留守)에 제수하였습니다. 이에 이정형은 밤낮으로 부지런히 일하고 의기를 북돋워 서북 지역을 가로막아 마침내 중흥의 공을 이루었습니다. 선조께서는 이에 경기 관찰사에 제수하고, "'하늘이 이성(李晟)을 내셨도다'라는 탄식을 오늘날 다시 보게 되었구나."라는 말씀을 하셨습니다. 이 윤음을 엄중히 읽어보면 나라를 위해 자신을 잊은 충심을 상상해 볼 수 있습니다. 언로(言路)에 있어서는 논의가 공명정대하여 한쪽으로 치우치지 않았으며, 비록 심한 논척을 입더라도 확고한 마음을 변치 않았습니다. 만년에 전원으로 은퇴하고 유유자적 생활하여 장차 그대로 생을 마칠 것처럼 하였으니, 은혜로운 소명이 연달아 내려왔음에도 번번이 사양하고 출사하지 않았습니다. 심학(心學)에 마음을 두고 이황을 존모하여 그에게 직접 배우지 못한 것을 한스럽게 여겼으며, 항상 그의 유집을 대하고서 반복 음미하여 기뻐하고 근심을 잊었습니다. 일찍이 꿈에서 이황을 만나고 시를 지어 광세상감(曠世相感)의 뜻을 드러냈으니, 그 학문을 향하고 道를 구하는 정성을 여기에서 볼 수 있습니다. 여사(餘事)인 문장에 있어서는 조리에 맞게 글을 짓고 분명하게 차례를 이루었으니, 참으로 포백(布帛)의 문장으로서 조탁과 표절을 일삼는 자들이 미칠 수 있는 바가 아닙니다. 행실이 돈독하고 재능이 있어 이와 같은 점이 많았으니, 이 분은 조정에 있을 적에는 나라의 중신(重臣)이 되고 재야에 있을 적에는 향리의 본보기가 되었습니다. 일찍이 저희 고을에 왕래하고 거주하였는데, 향기로운 자취가 아직까지 남아 있어 여러 유생의 본보기가 되고 있으며, 훈도에도 공이 있습니다. 사림들이 그 학문을 존숭하고 서리들이 그 은택을 기억하여 오랜 시간이 지나도 더욱 흠모하고 있으니, 유풍과 여운이 사람들을 경동하고 흠모하도록 만들었으며, 비루하고 속된 무리를 감격시켜 풍교(風敎)에 도움 준 것을 이루 말할 수 없을 정도입니다. 그러니 이는 참으로 옛날 덕이 있는 향선생을 사당에 모신 상황에 해당합니다.

이 상소에서 이절 등은 춘천의 문암서원에 현재 이황이 모셔져 그에 대한 추모와 강학 활동이 이루어지고 있기는 하지만, 지역의 학풍 진작을 위해서는 이황 이외에도 지역 학문에 역할을 한 향선생(鄕先生)들을 추가로 배향할 필요가 있다고 하였다. 이어 그러한 자격을 갖춘 인물로 이정형을 거론하면서, 그가 과거 춘천에 왕래하고 거주하면서 이곳 유생들에게 학문으로 가르쳐준 공이 있을 뿐 아니라, 평소부터 이황에 대한 존모의 감정을 품어왔음을 언급하였다. 전술한 바와 같이 이정형은 이곳에 머무르는 기간 동안 여러 유생 및 지역 인사들과 교유하며 관계를 유지하였고, 그들에게 학문을 권면한 바 있었기 때문에, 이러한 여론이 자연스레 조성될 수 있었다. 이와 함께, 이정형의 문암서원 배향 명분을 강화하기 위해 그를 이황과 직접적으로 연결시켜 언급한 점 또한 눈에 들어온다.[36]

---

36 정용건, 「知退堂 李廷馨의 春川에서의 문한 활동과그 추숭 양상 – 文巖書院배향의 동인과 관련하여–」, 『어문논집』, 제89집, 2022. pp.223~226 인용.

신한장(申漢章)의 도포서원 기문은 다음과 같다.

효묘(孝廟) 경인년(庚寅年)[37]에 구당(久堂) 박공(朴公) 장원(長遠)[38]이 이 땅에 수령으로 와서[39] 많은 선비들의 바람으로 인하여 비방동(悲芳洞)의 묘 아래에다 사우(祠宇)를 창립하여 향사처로 삼았다. 구당(久堂)은 장절공의 외손이다. 성상 갑술년(甲戌年)[40]에 후손 참판(參判) 양(懷)[41]이 본도를 안찰하다가 이 사우가 해마다 퇴락한 것을 안타깝게 여겨, 유생들과 더불어 도장포(道藏浦)의 고산(孤山)에다 이건할 것을 논의하였다. 물력의 대부분은 감영 예산과 내외 자손으로부터 나왔다. 당시는 새로이 조정에서 금령이 있었기 때문에 다른 사람에게서 부조를 요청할 수 없었다. 이에 역사를 장대하게 거행할 수 없어서 체단(體段)은 전혀 구비되지 못했다. 그러다보니 유생들이 유식(遊息)하는 장소 따위는 실마리도 얻지 못하여 사람들이 병통으로 여긴지 오래되었다. 불초손은 부임[42]한 다음 봉급을 기부하여 날로 역사를 경영하였다. 문언(門垣)과 외숙(外熟)은 옛 규범대로 하여 지난날에 겨를이 없던 일을 지금 이미 수거하여 창건하였고, 장차 퇴락해지려고 하자 또 수리하였으나 갖추질 못하였다. 갑자기 지금에 이르러서야 서원의 모양이 대강 이루어졌으니, 어찌 사문의 다행과 불행의 운수가 그 사이에 존재하는 것이 아니겠는가? 예전에는 묘전에 대석(坮石)이 없었으나 새로 만들어서 설치하였다. 조그맣게 선조를 향한 것이 진시로 마쳐졌으며, 조금도 저버리지 않은 것은 모두 성스런 임금의 은택이다. 부인(府人) 황관(黃琯) 역시 공의 외파로서 시종일관 한 마음으로 역사를 도왔다. 아! 황상사(黃上舍) 위양(渭陽)의 생각 또한 족히 드높일 만하다. 대략이나마 그 전말을 기록하여 이 역사의 내력에 대한 기록으로 삼고자 하나 진실로 참람되고 비루함을 면할 수 없다.[43]

---

37 경인년(庚寅年): 1650년.

38 박공(朴公) 장원(長遠1612~1671). 조선 후기의 문신. 본관은 고령(高靈). 자는 중구(仲久), 호는 구당(久堂)·습천(隰川). 강원도관찰사를 지냈다.

39 재직기간은 1649년 12월~1652년 4월이다.

40 갑술년(甲戌年): 1694년.

41 『관동지』에 의하면 1694년 6월에 부임하였다가, 같은 해 12월 대사간으로 이배하였다.

42 1708.4~1709.6

43 홍성익 외, 『춘천 정체성을 위한 역사문화 아카이브2 유교문화』, 춘천문화원. 2016. p.272.
"孝廟庚寅, 久堂朴公長遠來守此邦, 因多士之願, 創立祠宇於悲芳洞墓下,以爲妥靈莊壬之所 久堂公之外裔也.上之甲戌, 姓孫參判懷 按本道節, 悶茲宇之歲頹圮 慨然與章甫 議移設於道藏 浦之孤山, 物力多從營經 與內外子孫出. 蓋新有朝禁, 不敢求助於人, 遂不能張大其 役, 體段百不備, 如諸生遊息之所幾於不成緒 士林病之日久矣. 不肖孫余忝莅之後 爲捐所捧, 日有經紀門垣外熟 爲之假觀 昔所未遑今旣修擧旣創 而將廢又修而不備. 卒至今日 院貌略成 斯豈非斯文幸不幸之數存其間歟. 墓前田無坮石亦且新造而設之, 區區向先誠畢 不負萬一秋毫 皆聖主賜也. 府人黃琯亦公之外波 終始相役一心無怠. 噫, 黃上舍渭陽之思 亦足尙已 略序顚末 爲 斯役廢修之記 僭陋固不可避也."

도포서원은 1650년 춘천부사 박장원(朴長遠)이 지역 선비들의 건의로 비방동에 사우(祠宇)로 시작하여, 1694년 후손 신양(申懹)이 강원도를 안찰하다가 사우가 퇴락한 것을 보고 도장포 고산(孤山)에다 이건한 것으로 기록하였다. 이때 서원의 모습을 갖추었으며 필요 재원은 내외 자손들로 이루어진 것을 볼 수가 있다. 문암서원과 더불어 도포서원에서도 창건과 함께 활발한 운영이 되지 않은 듯하다.

도포서원에 배향된 춘천 출신 우정 김경직은 일찍이 춘천 천전리에 우거하고 있던 이정형과의 교류를 통하여 학문적 성취를 이루었다. 1610년에는 문과에 급제 후 관직에 나아갔으나, 광해군의 난정에 실망하여 고향 춘천으로 낙향하였다. 김경직은 신흠과 약 4년여간 춘천에서 함께 생활하며 깊은 교우 관계를 형성하였다. 오랜 기간 동안 춘천을 기반으로 이어진 이들의 우정은 당시 지역사회에서 크게 회자되었고, 이는 후일 이들이 나란히 도포서원에 추향되는 데 있어 중요한 명분을 제공하였다.[44]

문암서원은 1612년에 건립되었고 춘천향교는 1620년 중수되었다. 1650년에는 도포서원이 설립을 마쳤으나, 지역교육을 위한 구체적인 실행 자료를 볼 수 없어 그 운영 실태를 확인할 수는 없다. 1684년 춘천부사로 부임한 범허정 송광연의 「지구당기」를 통해 어느 정도 가늠해 볼 수 있다.

> 나는 이 고을에 부임한 뒤로 스스로의 역량을 헤아리지 않은 채 과업(課業)을 권장하고 인재를 길러내는 데 뜻을 두었다. 이에 고을 자제 가운데 준수한 인재와 장병 중 속적(屬籍)에 이름이 올라 있는 자를 선발하여 경서(經書)를 지니고 문난(問難)하며 과녁을 설치해 재주를 겨루게 하되 매달 삭망(朔望)에 모여 각기 그 재주를 시험하였으니, 이에 사람들이 다투어 일어나 감히 혹시라도 뒤처지려는 자가 없었다. 다만 유궁(儒宮, 향교)에 무예를 강습할 곳이 없고 교장(敎場, 군사 조련하는 곳)은 강학하는 곳이 아니어서, 매번 『시경(詩經)』과 예서(禮書)를 끼고 결습(決拾)[45]을 갖추고서 나아갈 때면 함께 거행하고 아울러 보

---

44 정용건, 「우정 김경직의 춘천 도포서원 배향과 그 추숭 양상」, 『한국연구』, (재)한국연구원, 2022. p.202.
45 결습(決拾): 결(決)과 습(拾)은 활을 쏠 때에 쓰는 기구인데, 결은 짐승 뼈로 만든 깍지로서 활 쏘는 사람이 왼쪽 엄지손가락에 끼워 시위를 당기는 것이고, 습은 가죽으로 만든 팔 싸개로서 왼팔에 걸어서 활줄이 옷에 닿는 것을 막는 것이다.

지 못하였으니, 문무(文武)의 재능을 지닌 고을의 자제들이 대부분 이를 아쉽게 여겼다. 이에 객관의 왼편에 터를 닦아 한 구역의 건물을 대략 조성하였다. 기둥은 네 개, 가(架)는 다섯 개요, 섬돌엔 계단이 없어 지붕의 모서리가 땅과 가깝도록 하였다. 앞에는 당(堂)을 만들어 경전을 공부하는 곳으로 삼았고, 뒤에는 장원을 만들어 활쏘기하는 곳으로 삼았다. 또 직도(直道)를 닦아 말을 마음껏 달릴 수 있게 하였으니, 이전에 아쉽게 여겼던 것들이 지금은 성대하고도 질서 있게 갖추어졌다. 공사를 마친 뒤에 이곳에 '지구(志彀)'라는 편액을 달았으니, '반드시 구(彀), 활시위를 잡아 당기는 것)에 뜻을 두어야 한다'고 한 맹자(孟子)의 가르침[46]을 취한 것이었다.[47]

---

46 반드시……가르침: 『맹자』 「고자 상(告子上)」에, "예가 사람에게 활쏘기를 가르칠 적에는 반드시 구에 뜻을 두게 한다. 그래서 배우는 자도 반드시 구에 뜻을 둔다.(羿之敎人射必志於彀, 學者亦必志於彀)"라 하였다.

47 송광연, 『泛虛亭集』 卷之七 記, 「志彀堂記」, "虞夏商周之際, 所以敎人者, 不過曰學與射是以敎 胄之法, 必兼侯明之訓, 明倫之道. 又有序射之禮, 卒之賓興之目, 亦不外此. 降而後也, 此義不明, 射與學歧而二之. 操觚弄墨者, 不知游薐之義, 挾矢彎弧者, 專昧志道之方, 以之鄕無善俗, 世乏良材者, 職竟由此良可慨然余自受委玆土, 竊不自揆, 有意勸課而作成之, 乃選邑中子弟俊秀及將士名隷屬籍者, 橫 經而問難, 設而較材, 輒以月朔望期會 而各以其藝 試之, 於是人爭興奮, 無敢有或後者. 但儒宮無閱武之所, 敎塲非講學之處, 每當挾詩謂具決拾而進, 不能俱擧而幷觀, 文武邑子, 率以是歉焉.乃開地于客舘之左, 略搆一區屋, 楹有四而架以五, 階無級 而廉近地, 前而爲堂, 有擁經之處, 後而爲圃, 有張帳之所. 又除場爲直道, 可以馳騁橫騖, 向之所爲歉者, 今則奐焉而侈, 秩然而具矣. 工旣訖, 遂扁之曰志彀, 盖取鄒孟氏必志於彀之訓也. 凡射必有彀率. 師之所以敎, 弟子之所以學, 未有舍此而他求者. 非惟曲薐爲然, 唯學亦有彀焉.射而不志於彀, 則雖有燕角之弧, 朔蓬之榦, 終必不中而已. 學而不志於彀, 則雖涉獵之博, 剽竊之工, 歸於無用而已. 其所謂彀, 亦各有法焉, 夫內體正外體直, 持弓矢審固, 必滿貌而發者, 射之彀也, 自灑掃應對, 以至曲禮三千經禮三百, 學之彀也. 今之射者, 必揖讓而升, 正己而立, 耦進而叶, 騶虞采蘋之節發矢, 而知疏注襄尺之方, 眞積力久而不已焉, 則甘蠅之貫蝨, 由基之穿札可攀而倫之矣.學者, 當修身以爲弓, 矯思以爲矢, 求道必審其準的, 處物必循乎規矩, 猶失鵠而反求諸身,若機張而往省于括, 切磨以義, 矯揉以正, 則離引而不發, 而天理躍如於心目之間, 漸以至於巧力俱, 優入時中之域矣. 吁 旣有其志, 斯得其彀異日賓興之士, 安知無爪牙王國, 黼黻治朝, 以副時 需者乎? 嗟! 我文武諸人, 勗之哉!雖然, 徒射而不知學, 則無以親長上, 而見危授命, 不足責也; 徒學而不知射, 則無以觀德行, 而除 暴救亂, 不足道也. 此序射之所以明倫, 敎胄之亦用侯明, 而彁相之圃, 不入債軍之將, 又必 使門人, 揚觶而語者也. 抑余之不以趣舍異途爲嫌, 而並用於一堂之間, 仍以彀扁名者, 亦豈 無以哉. 然亦有本末焉, 此在夫承流宣化者, 知所後先而提挈糾督之如何耳. 余旣以是誌諸人 而又自勉."

순(舜)임금과 하(夏)·상(商)·주(周) 시대에 사람을 가르치는 방법은 '학(學)'과 '사(射)'에 과할 따름이었다. 때문에 자제를 가르치는 법도는 반드시 활쏘기를 밝히는 가르침과 윤리를 밝히는 도리를 겸하였다. 또 서사(序射)의 예에서 빈흥(賓興)의 조목에 이르기까지 또한 여기에서 벗어나지 않았다. 그러나 시대가 지난 뒤에는 이러한 뜻이 밝혀지지 않아 사와 학이 두 갈래로 나뉘고 말았다. 이에 종이를 쥐고 붓을 휘두르는 자는 기예를 닦는 뜻을 알지 못하고, 화살을 끼고 활을 당기는 자는 도(道)에 뜻을 두는 방도를 전혀 알지 못하게 되었으니, 고을에 선량한 풍속이 없고 세상에 훌륭한 인재가 부족한 것은 오직 여기에서 말미암은 것이다. 참으로 한탄스러운 일이다. 나는 이 고을에 부임한 뒤로 스스로의 역량을 헤아리지 않은 채 과업(課業)을 권장하고 인재를 길러내는 데 뜻을 두었다. 이에 고을 자제 가운데 준수한 인재와 장병 중 속적(屬籍)에 이름이 올라있는 자를 선발하여 경서(經書)를 지니고 문난(問難)하며 과녁을 설치해 재주를 겨루게 하되 매달 삭망(朔望)에 모여 각기 그 재주를 시험

윗글의 내용을 살펴보면 춘천향교의 열악한 교육환경을 볼 수가 있다. "유궁(儒宮, 향교)에 무예를 강습할 곳이 없고 교장(敎場, 군사 조련하는 곳)은 강학하는 곳이 아니어서, 매번 『시경(詩經)』과 예서(禮書)를 끼고 결습(決拾)을 갖추고서 나아갈 때면 함께 거행하고 아울러 보지 못하였으니, 문무(文武)의 재능을 지닌 고을의 자제들이 대부분 이를 아쉽게 여겼다." 하였다. "지역의

하였으니, 이에 사람들이 다투어 일어나 감히 혹시라도 뒤처지려는 자가 없었다. 다만 유궁(儒宮, 향교)에 무예를 강습할 곳이 없고 교장(敎場, 군사 조련하는 곳)은 강학하는 곳이 아니어서, 매번 『시경(詩經)』과 예서(禮書)를 끼고 결습(決拾)을 갖추고서 나아갈 때면 함께 거행하고 아울러 보지못하였으니, 문무(文武)의 재능을 지닌 고을의 자제들이 대부분 이를 아쉽게 여겼다. 이에 객관의 왼편에 터를 닦아 한 구역의 건물을 대략 조성하였다. 기둥은 네 개, 가(架)는 다섯 개요, 섬돌엔 계단이 없어 지붕의 모서리가 땅과 가깝도록 하였다. 앞에는 당(堂)을 만들어 경전을 공부하는 곳으로 삼았고, 뒤에는 장원을 만들어 활쏘기하는 곳으로 삼았다. 또 직도(直道)를 닦아 말을 마음껏 달릴 수 있게 하였으니, 이전에 아쉽게 여겼던 것들이 지금은 성대하고도 질서 있게 갖추어졌다. 공사를 마친 뒤에 이곳에 '지구(志彀)'라는 편액을 달았으니, '반드시 구(彀, 활시위를 잡아 당기는 것)에 뜻을 두어야 한다'고 한 맹자(孟子)의 가르침을 취한 것이었다. 무릇 활쏘기에는 반드시 구율(彀率)이 있어야 하니, 스승이 가르치고 제자들이 배울 적에 이것을 제쳐두고 다른 것에서 구하는 경우는 없다. 비단 기예만 그러한 것이 아니라 학문 또한 구율이 있다. 활을 쏘되 당기는 것[彀]에 뜻을 두지 않으면 비록 연각(燕角)으로 만든 활과 쑥대로 만든 화살대가 있다고 하더라도 결국 적중시키지 못한다. 또 학문을 하되 당기는 것에 뜻을 두지 않으면 비록 지식을 고루 섭렵한 박식함과 두루 취하는 공교함이 있다고 하더라도 쓸모없는 데에 귀결되고 만다. 이른바 '당기는' 데에는 또한 각기 법도가 있다. 무릇 내체(內體)를 바르게 하고 외체(外體)를 곧게 하여 활과 화살 쥐는 것을 세밀하고 견고히 하여 반드시 한도까지 당긴 뒤에 발사하는 것은 활쏘기의 구율이요, 쇄소응대(灑掃應對)에서 시작하여 곡례(曲禮) 삼천 가지와 경례(經禮) 삼백 가지에까지 이르는 것은 학문의 구율이다. 오늘날 활쏘기를 하는 자가 반드시 읍양(揖讓)하고 올라 자신을 바르게하여 서고 짝하여 나아가서 화합하여 「추우(騶虞)」와 「채빈(采蘋)」의 절도로 화살을 쏘되, 소주(疏注)의 양척(襄尺)의 방도를 알아 실로 오래도록 힘을 쌓아 그치지 않는다면, 이[蝨]를 쏘아 맞추었던 감승(甘蠅)과 일곱 겹으로 된 갑옷을 꿰뚫었던 양유기(養由基)의 경지에 오를 수 있을 것이다. 또 배우는 자가 마땅히 자신의 몸을 닦아 활로 삼고 생각을 바로잡아 화살로 삼아 도를 구할 적에 반드시 목표를 잘 살피고 사물에 대처할 적에 반드시 법도를 따르되, 그래도 표적을 벗어나면 자신에게서 돌이켜 구하고 활을 당길 적에 오늬를 살펴보아 의(義)로써 절차탁마하고 정(正)으로써 바로잡는다면, 비록 당겨서 쏘지 않더라도 천리(天理)가 심목(心目) 사이에 환하게 드러나 점차 정교함과 힘이 모두 온전해지는 지경에 이르러 시중(時中)의 영역에 넉넉히 들어가게 될 것이다. 아! 이미 그러한 뜻이 있고 그러한 구율을 얻는다면, 훗날 빈흥(賓興)의 선비들이 나라를 든든히 호위하고 치세를 보좌하여 시대의 쓰임에 부응하게 될 줄 어찌 알겠는가! 아, 우리 문무의 여러 사람들은 힘쓸지어다! 비록 그러하나, 한갓 활쏘기만 하고 학문을 알지 못하면 윗사람을 친애할 수 없어 위태로움을 보고 목숨을 바치는 일을 요구할 수 없게 된다. 또 한갓 학문만 하고 활쏘기를 알지 못하면 덕행(德行)을 볼 수 없어 포악한 이를 제거하고 난리를 구제하는 일을 말할 수 없게 된다. 바로 이것이 서사(序射)에서 윤리를 밝힌 까닭이요 자제를 가르칠 적에 활쏘기를 가르친 까닭이며, 확상포(矍相圃)에 패전한 장수를 들이지 않고 또 반드시 문인(門人)으로하여금 술잔을 들고 사법(射法)을 일러주도록 하였던 까닭이다. 내가 학문과 활쏘기가 길을 달리하였음을 꺼리지 않고 한 공간을 함께 쓰도록 하고서 편액 이름을 '구(彀)'라고 한 것은 또한 어찌 이유가 없겠는가. 그렇지만 또한 본말(本末)은 엄연히 존재하니, 이는 전통을 계승하고 교화를 펼치는 데 있어 선후(先後)할 바를 알게 하고 규찰과 감독을 어찌해야 하는지 인도할 따름이다. 나는 이미 이러한 뜻으로 여러 사람에게 알리고 또 스스로 면려하는 바이다.

자제 가운데 준수한 자"들이 文武의 교육을 할 수 있는 장소가 없었다는 것을 말하고 있다. 당시 교육환경의 한 단면을 보여 주는 것이라 하겠다. 이러한 교육환경을 위해서 춘천부 관아 내에 "지구당"을 짓고 고을 자재들을 위하여 강학과 장원을 만들었다는 것이다. 춘천부사가 본 춘천의 교육환경이다.

윤사국[48]의 『동천서숙기』

　　춘천의 동천에 거주하는 유생 윤기오 등 여러 사람은 나와 더불어 같은 태사공 할아버지의 후손이다. 내가 관찰사로서 각 고을을 순찰하다 춘천에 도착하여 이내 동천에 들러서 그의 아들과 동생을 불러보니 모두 준수하여 가르칠 만하였다. 그래서 그들의 학업에 관하여 물어보니, 모두 말하길 "집이 가난하여 스승을 따를 도리도 없으며, 또 학업을 익힐 장소도 없다"라고 하였다. 내가 듣고 측연하여 곧 관찰사의 늠여(녹봉)중 약간의 여분을 내주어 그들로 하여금 먼저 서당을 짓게 하고, 또 여러 종인으로 하여금 각각 벼 10두를 내놓아 계(稧)를 맺고 이자를 불려, 선생을 맞이하고 학업을 익히는 바탕으로 삼게 하였다. 모두 일어나 절을 하고 "감히 명령대로 하지 않겠습니까." 라고 하였다. 그 해 서당을 영건하고 곡물을 거두고서는, 나에게 한마디 말을 기록하여 후세에 보여 줄 것을 요청하였다. 내가 드디어 이것을 써서 돌려주며 "여러 종인이 만약 여기에 느끼어 마음이 움직여 자손을 깨우치며 영세토록 이 제도를 폐하지 않는다면 글을 읽고 몸가짐을 조심하는 선비가 어찌 이 서당에서 배출되어 학사가 되고 관찰사가 되지 않을 줄 알겠는가. 학사가 될지 관찰사가 될지 모르는데, 어찌 지난날 부절을 안고 갔던 나의 행보를 부러워하겠는가. 대개 이러한 뜻으로 수레 앞에서 바쁘게 뛰어다니던 아이들에게 말해주어 그들을 면려하라." 라고 하였다. 경술년 가을 종인 삼산노초가 관동 선화당 안에서 쓰다.[49]

48　윤사국(1728~1809) 본관: 칠원(漆原), 대사성, 강원도감찰사, 형조판서, 한성판윤, 판돈녕부사.
49　한희민 외, 『춘천시향토문화유산 총람』, 「東川書塾記」, 춘천시 외, 2020. p.319.
　　"春州之東川, 尹生基五諸人, 與余同祖太師公. 余以按使巡部到春, 仍歷入東川, 招見其子若弟, 俱俊秀可敎. 而問其學業, 皆云家貧無從師之道, 又肆業之所. 余聞而惻然, 卽若干廩餘使之先講書堂, 亦使諸宗各出十斗租結稧取殖, 俾爲延師講業之資. 咸氣而, 拜日, 敢不惟命. 以是年營書堂聚穀物, 要余識一言以視後. 余遂書此復之日, 諸宗若感發於斯. 牖厥子孫, 永世勿替, 則讀書仗飭躬之士, 安知不輩出於是堂而爲學士爲按使, 兩未可知, 何羡余向日擁節之行耶. 蓋以是語諸車前奔走之兒曺而勉勵之也. 歲庚戌秋 宗人三山老樵書于關東之宣化堂中."

윗글은 윤사국이 1790년 가을에 강원도 관찰사로 춘천을 방문하여 자신의 종인(宗人)들이 사는 동면을 방문하여 친척 자제들의 학업을 물어보고 익힐 장소가 없다는 말에 자신의 녹봉과 종인들의 계모임 결성을 통하여 마련한 자금을 통하여 서숙(書塾)을 지었다는 기문이다. 이 글에서는 물력이 풍부하지 않아 향교나 서원을 다닐 수 없는 산촌 마을의 교육환경과 지역민의 교육열을 볼 수 있는 중요한 자료라 하겠다.

이상에서 춘천지역 서원의 기문과 상소문을 통하여 서원 설립 배경과 지역 인사들의 학문 제고를 위한 자구·자생의식을 살펴보았다. 또한 춘천부사와 강원도 관찰사의 기문을 통하여 춘천향교와 동천(東川)촌락의 교육 환경 개선을 위한 목민관의 업적과 열정을 볼 수가 있었다.[50] 조선 말 흥선대원군의 서원철폐시까지 춘천의 사액서원은 문암서원이 유일하였다. 이는 다른 지역과 비교하면 교육환경이 매우 열악한 지역으로 보아야 할 것이다. 그나마 문암서원에 배향된 지퇴당 이정형이 임진왜란 전후 시기에 춘천으로 이거한 사건[51]과, 상촌 신흠이 춘천에서 5년 동안의 유배 생활[52], 그리고 인조(仁祖) 때 춘천으로 은거한 출옹 이주, 숙종 때 곡운계곡에서 은거한 곡운 김수증과 그의 조카들의 춘천 문인들과의 교류는 지역 문풍을 고취 시키는 데 결정적인 사건이었다. 이러한 영향으로 18세기 들어 춘천지역의 시문학 중흥기가 도래하였다.

2. 출옹(尤翁) 이주(李冑)[53]의 정착(定着)과 서원(書院) 건립 참여

〈표 3〉『춘주지』에 수록된 이주의 시 형태

번호	연대	주제	형태	내용	비고
1	조선(1650년. 전,후)	청평산	5언절구	이자현	
2	〃	곡운계곡	5언율시	김시습	
3	〃	고탄	5언고시	은둔	
4	〃	소양강	7언율시	춘천경치	

---

50 송광연의 「지구당기」와 윤사국의 「동천서숙기」는 본고에서 학계에 처음으로 밝힌다.
51 李廷馨,『지퇴당집』,「四絶奉寄山中崔【順卿】, 金【敬直】, 洪【霅】, 鄭【鏻】四 友.
52 申欽,『상촌집』,「自淸平邊 諸門生邀酌於牛頭亭 金察訪敬直與焉 臨別留贈一律【進退格】.

번호	연대	주제	형태	내용	비고
5	〃	고산	5언율시	춘천경치	
6	〃	삼악산	5언고시	춘천경치	
7	〃	청평산	5언절구	김시습	
8	〃	현실정치	7언절구	이이첨	
9	〃	영귀정	기문	설립 배경	

출옹 이주의 가계와 생애는 지금까지 학계에 보고된 것이 없으며, 그를 기록한 문헌으로는 춘천을 소개하는 각종 지리지 속에 「문암서원 기문」과 「영귀정詩序」, 한시 7수가 전해지는 것이 전부다. 그나마 『수춘지』속 인물(人物)편에 기록된 기사가 있어 생애를 추측할 뿐이다. 내용은 다음과 같다.

> 호는 출옹이며 상서(尙書) 홍지성(志誠)의 문인이다. 광해(光海) 때에 낙성(洛城)으로부터 와서 옛 난산(蘭山: 춘천 고탄)에 은거하였다. 무려 50여 년 동안 베 옷을 입고 갓끈을 빨고 귀를 씻었다. 도(道)를 닦으며 안빈 하였으며, 자애롭고 검소하여 영리(榮利)를 구하지 않았다. 신유년에 권간(權奸) 이이첨(李爾瞻)이 편지를 써서 관작(官爵)을 빌어 꼬드겼으나, 답하기를 "쌍리문(雙里門)은 높아 하늘까지 5척이고, 일시에 영화와 총애가 남보다 앞섰네, 전산옹(前山翁)은 자연에 흠뻑 빠져, 궁궐 가에 따라가기를 원치 않는다오."라고 하였다. 문장(文章)과 사한(詞翰)이 좋았고, 나이 83세에 졸했다.[54]

위 기사를 보면 이주(李胄)는 서울 낙성에 살다, 광해군 시절 大北의 실세인 이이첨이 행한 국정 농단과 영창대군 사사, 인목대비 폐위 등에 대한 정치

---

53 홍성익 외, 『춘천 정체성을 위한 역사문화 아카이브2 유교문화』, 춘천문화원, 2016. p.212.
이주(李胄): 순조(純祖) 때 발간된 『춘천읍지』는 이주(李胄)에 대해 "호는 출옹(朮翁)이다. 도를 닦고 가난을 편안히 여기며 영리(榮利)를 도모하지 않았다"고 기록하고 있다. 『관동읍지』는 이주를 다음과 같이 소개하고 있다. "난산에 은거한 50여 년 동안 도를 닦고 빈한함을 꺼리지 않으며 영화와 이익을 구하지 않았다"고 하였고, 권득기(權得己: 1570~1622)의 『만회집(晚悔集)』에서도 이주와 관련된 기사를 찾아볼 수 있는데 다음과 같다. "이주가 영서(嶺西)의 산곡(山谷)에 은거하고 있는데, 소를 타고 삿갓을 쓰고 고을 수령을 알현하곤 해서 고을 사람들이 그를 은사라고 불렀다고 한다". 『璿源續譜·義安大君派』卷1, "嘉靖甲子洗馬, 丙戌四月二十四日卒, 墓春川北面狼通山鶴洞卯坐. 娶晉州柳訥女".

54 김영하, 역주: 한희민, 허남욱, 권혁진, 정재경, 이구영, 『국역 수춘지』, (사)춘천역사문화연구회, 2019. p.192. "號 朮翁, 尙書志誠文人, 光海時自洛城來隱古蘭山. 凡五十有餘年, 服木衣布濯纓洗, 修道安貧, 慈仁勤儉, 不求榮利. 辛酉年, 權奸 李爾瞻 以書邀之咭官爵曰, 雙里門高尺五天, 一時榮寵出入前, 山翁自有煙霞癖, 不願追隨紫陌邊, 善文章詞翰, 年八十三以卒."

적 반감으로 춘천부 난산(현 사북읍 고탄)으로 은거한 듯하다. 바깥세상과의 인연을 버리고 은자의 삶을 살다 간 문인이었다. 50여 년을 춘천에서 보냈으니 지역 문인들과 많은 교류가 있었던 것으로 판단한다.

출옹은 자신의 은거지였던 고탄과 그리고 청평사와 사탄(곡운계곡)을 방문하고 느낀 감정을 아래 시에 표현하였다.

고탄(古呑)

朝出東亭子	아침에 동쪽 정자로 나가
悠然坐半空	여유롭게 허공에 앉았네
有鷗來水上	물새는 물 위를 오는데
無客到山中	산중엔 오는 손님은 없구나
岸柳風前綠	언덕에 버들가지는 바람에 푸르고
溪花雨後紅	개울가 꽃은 비온 뒤 더욱 붉어
更從松下路	다시 소나무 아래 길을 다니며
課得採芝童	송이 캐는 아이들 만났다네

休道碧山澳	길에서 쉬니 푸른 산은 깊은데
在山猶不深	산에 있어 오히려 깊지 않다네
世言時到耳	세상 이야기 때때로 들려 오니
何處更深深	어느 곳이 더욱더 깊고 깊겠는가?
寢外空金屋	잠자리 외에는 금옥도 부질없고
飽餘無八珠	배부른 뒤에는 팔진미도 소용없네
如何貪利子	무엇 때문에 이익을 탐하여
終日自勞神	종일 스스로 애를 태우는가

위 시는 춘천지역 실지명을 시 제목에 사용한 첫 사례이다. 〈고탄〉은 현재 사북면 고성리 일대를 지칭한다. 김시습이 노닐던 곡운계곡(사탄)에서 청평사를 왕래하는 중간 지역에 위치한 마을이다. 이주가 고탄을 은거지로 선택한 이유는 전일(前日)에 은자들의 흔적을 볼 수 있다는 점일 것이다.

1수에서는 세속에서 벗어나 깊은 산속에서 은거하며 유유자적하는 작가의 모습을 그렸다. 새들은 물길을 따라 서로 오고 가는데 산중에 오는 인적이 없다는 것은 외부와의 단절된 생활을 하고 있음을 보여 주는 것이다. 다만 만나는 사람이 "송이[芝]"를 캐는 아이들이다. 이처럼 출옹은 속세로부터 떨어진 산촌에서 도가적(道家的) 정신과 은일자의 숭고함을 찾고자 하는 은자의 모습을 표현하고 있다. 2수에서는 지금 살고 있는 고탄은 깊고 깊은 산중임에도 불구하고 가끔 세상 이야기가 들려와 더 깊은 곳으로 숨어들어 갈지를 갈등하는 자신의 내면을 투영하고 있다. 작가는 "잠자리 외에는 금옥(金屋)도 필요 없고, 배부른 뒤에는 팔진미도 소용없네"라는 표현으로 세속적 가치를 버렸다고 생각하지만, 아직도 마음 한구석에는 이익을 탐하는 욕망이 있어 고민하는 것으로 마무리하였다. 그러나 마지막 구절의 의미는 자신에게 경계하는 것이었다.

청평사(清平寺)

眞樂曾遊地　진락(眞樂)이 일찍이 놀던 땅
文殊不住天[55]　문수도 아무런 집착이 없다네
客來休俗念　객이 와서 세속의 생각을 잊으니
始覺片時禪　비로소 잠깐에 선을 깨닫네

서향원(瑞香院)

吾知梅月老　내 알기론 매월당 노인이
曾遊此山中　일찍이 이 산중에서 놀았다 하네
有魂如不滅　넋이 있어 없어지지 않았다면
應與魯陵通　응당 노릉(魯陵)과 함께 통하리라

사탄(史呑)

余訪史呑幽　내가 사탄의 그윽한 곳을 찾아
衰年一勝遊　나이는 늙었어도 승경에서 즐거워하네

---

55 『杜少陵詩集』卷12, "부주(不住)"는 머무르지 않는다는 뜻으로, 불교 용어로는 마음이 텅 비고 고요하여 아무런 집착이 없음을 말하고, 또 일반적으로는 사시(四時)의 운행이 끝없이 순환하는 것을 말하기도 한다.

翠屛開細逕　푸른 병풍에 가느다란 길이 열리고
白石瀨淸流　흰 돌 여울에 맑은 물 흘러내리네
魚躍層層級　물고기 뛰어 오르고
花紅岸岸頭　언덕 변에 꽃이 붉은데
是知梅月老　누가 매월 노인을 알리오
構屋此淹留　이곳에 집을 짓고 오랫동안 머물렀다네

춘천의 은자 역사는 고려시대 진락공 이자현으로부터 행촌 이암, 조선시대 매월당 김시습으로 이어져 왔다. 이주는 조선 광해군 때 인물로서 춘천 고탄으로 은거하여 후대까지 은자로 일컬어지는 인물이다.

위 시들은 작가의 은둔자적 내면세계를 매월당이 머물렀던 청평사와 사탄(곡운계곡)을 방문하고 쓴 작품들이다. 용화산에서 내려오는 맑은 물과 괴석이 있어 예나 지금이나 춘천의 명승지다.

「청평사」는 은일자 진락공 이자현이 머물던 곳이며, 「서향원」, 「사탄」은 매월당 김시습이 머물렀던 곳이다. 이자현을 긍정적으로 기억한 조선조 사대부들은 세속적 가치를 버리고 은거를 택한 그의 행적에 초점을 두었다. 출옹 이주도 사대부들의 고민거리이기도 했던 출처(出處)·행장(行藏)의 기로에서 처사적 삶을 선택하여 앞선 은일자의 정신을 찾는 자신을 작품에 녹여넣었다.

위 시에서는 볼 수 없지만, 앞 장에서 「문암서원 기문」과 「영귀정시서」에서 이주의 은둔 행적을 보면, 이자현과 김시습이 세속적인 욕망을 버린 긍정적인 바탕에 애민과 현실 개선을 위한 적극적인 행보를 볼 수가 있다.

소양강(昭陽江)

春州山水十分好　춘주의 산수가 십분 좋다면
維此昭陽得九分　오직 이 소양강이 구분을 가졌구나
勝在遊人心理會　아름다운 경치는 노니는 자의 마음에 있으니
難將詩句細云云　시구로는 자세하게 말하기 어렵구나

고산(孤山)

試上孤山頂	처음으로 고산 정상에 올라
四看爾不孤	사방을 둘러보니 너는 외롭지 않구나
綠屛環衆岫	푸른병풍 같은 여러 산이 둘려 있고
明鏡夾雙湖	맑은 거울 같은 두 호수에 감싸여 있으니
疎雨時來歇	가랑비는 때때로 내리다가 그치고
斜陽半有無	석양도 반이나 넘어갔구나
自足生羽翰	날개가 돋은 것[56]에 스스로 만족하니
非復向來吾	더 이상 예전에 내가 아니라네

삼악산성(三岳山城)

三岳城何代	삼악산성은 어느 시대였던가
重新越方今	거듭 만들어 지금에 이르렀으니
內城高萬丈	내성의 높이는 만 장이요
外城俯千尋	외성은 엎드려보면 천 길이라
基峭鳥度難	그곳은 험준하여 새도 건너기 어렵고
基堅鐵不如	그 견고함은 쇠도 뚫지 못하리라
一人荷戈立	한 사람이 창을 메고 선 듯하니
萬夫足趑趄	만부의 발은 자꾸 머뭇거리네

위의 시들은 이주가 어지러운 정국을 벗어나 춘천에 은거하면서 인근의 자연을 찾아 그 감흥을 시에 담았다. 「소양강」은 춘천의 경치 중 10분의 9에 해당한다며 매우 높게 평가하였다. 이는 소양강 변에는 청평사와 소양루 그리고 우두산과 같은 명찰과 명승이 있었기에 가능하였을 것이다. 진락공의 청빈한 삶과 매월당의 절의(節義)를 닮고자 하는 작가의 의식이다.

〈고산〉은 지금의 상중도(上中島) 상단에 있는 작은 산을 말한다. 춘천분지 중앙, 양강(兩江) 사이에 홀로 우뚝 선 모습에서 고산(孤山)이라 한 듯하다. 작가는 고산이 외로운 산인 줄 알고 정상에 올랐으나, 사방의 산들이 병풍을

---

56 주자(朱子)의 〈재거감흥(齋居感興)〉에서 연단(鍊丹)하여 신선이 되는 것을 "금솥에 용과 범이 서려 있더니, 삼 년 만에 신선의 단약을 고았어라. 한 숟갈 입에 떠서 넣으니, 대낮에 날개 돋혀 하늘로 올랐도다.(金鼎蟠龍虎, 三年養神丹, 刀圭一入口, 白日生羽翰)" 하였다. 산 위로 올라온 것을 형용하였다.

친 듯 둘러쳐 있고, 양강(兩江)이 감싸고 있어 외롭지 않다고 하였다. 현실정 치의 회의로 은거를 선택하였으나, 외롭지 않다는 은유적 표현이다. "가랑비 도 그치고, 석양도 반이나 넘어간" 표현은 정치적인 어려움이 지나간 것이며, "생우수(生羽輸)"는 자신도 신선처럼 은거에 만족하고 있으니, 속세 일들에 는 관심이 없다는 표현일 것이다.

〈삼악산성〉을 주제로 창작한 시는 이주의 작품이 최초이다. 삼악산은 춘 천부 서쪽에 위치하고 있으며, 한양으로 가는 관로(官路)에 접한 산이다. 또 한 삼악산성은 고대 춘천지역에 존재했던 맥국(貊國)의 전설이 전해오는 산 성(山城)이다. 지금에도 찾는 사람이 없는 험준한 지역이며 산성의 존재 또 한 아는 이가 많지 않다. 그러나 작가는 은거 지역의 역사적인 유적에도 많은 관심을 두고 직접 답사한 듯하다. 춘천지역의 다른 문사의 유집이 전해지지 않아 확인할 수는 없지만, 역사 이래로 "삼악산성"을 처음 읊은 작가로 판단 하였다. 시에서는 객관적인 산성의 현물 상태를 읊었을 뿐이다.

다음은 출옹이 남긴 시서(詩序)를 통하여 지역주민들과의 교류와 풍류를 살펴보겠다.

「영귀정시서(詠歸亭詩序)」[57]
경술년(1610년) 청명하고 화장한 날 유사군(柳使君)과 함께 여가를 틈타 산수의 아름다움을 구경하러 수레를 타고 나가 세호정(世豪亭)에

---

57 홍성익외, 『춘천 정체성을 위한 역사문화 아카이브2 유교문화』, 춘천문화원. 2016. p.374. "詠歸亭 在書院西百步許, 一名使君亭, 一名西臺, 石峰頭起於江岸兩, 三老松盤陰其上, 可列筵而觴俯臨澄 潭. 白石平鋪, 隔岸有數三村店, 東瞰幽谷, 松林鬱密, 杜鵑躑躅尤勝. 李冑詩序 庚戌淸和惟我柳使君 占致化之餘閒, 趁山水之佳麗, 命駕出遊於世豪亭. 世豪民名. 崔其姓也. 從而遊者十有一人, 冠者九 人, 童子二人. 亭處重巖之上, 背障俯潭, 潭曠而碧, 潝而涵, 萬象形形色色. 倒景, 輸眞不逃, 妍蚩 如 明鏡焉. 潭上之諸峰羅列, 或聳或蹲, 或縱或橫, 往而復者, 斷而緖者, 俛者仰者, 各露其態, 其幽阻蕭 灑, 逈絶無比也. 是日也雨初霽, 沐天浴地, 松風乍起 亭不受暑, 優遊愉怡懷洒落, 若舞雩之詠歸也. 少焉, 漁父送魚饗人縷切醯母提榼茶女細酌, 引觴而酬酌, 序行吟詩而答, 鳥時和, 旣醉旣飽, 欣欣如 有得也. 座有徐生者, 衆外人也屬左右而言曰 此亭之勝如此而號襲民名, 此潭之勝如此而古今無稱, 野哉惜哉. 盍今善名以, 傳好事亭座有朴生者, 詞伯人也. 卽應曰 諾 凡名號之作, 有取於古義者, 有取 於卽事者, 我今就目見而名 之名其亭曰使君亭. 志今日使君之來賞, 而猶古者郎官湖僕射坡之類也. 名其潭曰十二潭 以同來遊者, 合十二人也. 左右咸曰 得矣. 此境勝矣. 而無使君之來賞, 今我使君 之來賞, 而有此名, 非數也耶. 使君之樂山樂水之至能有是耶. 於戲. 使君之化. 旣被於人而使君之名. 又著於亭. 亭萬古而亭. 亭則 名萬古而長存. 潭萬. 古而滔滔則名萬古而永流美歟".

서 놀게 되었다. 세호는 백성의 이름으로 최씨가 그의 성이다. 같이 와서 노니는 사람은 11인인데, 어른이 9인이요 동자가 2인이다. 정자가 있는 곳은 중첩된 바위 위이며 뒤로는 막혀 있고, 내려다보면 못이 있다. 못은 넓고 푸르며 맑아, 삼라만상을 머금으니 형형색색 거꾸로 비친 그림자가 참된 모습을 보여줘 예쁘고 추함을 피하지 않으니 맑은 거울과 같다. 연 못 위로는 여러 봉우리가 늘어서 있는데, 혹 솟아오르기도 하고, 혹 쭈그 리고 있기도 하며, 혹은 세로로 혹은 가로로, 갔다가 다시 돌아오는 듯, 끊어졌다가 이어진 듯, 굽어보는 듯 올려다보는 듯, 각각 그 자태를 드러 내고 있다. 그 그윽하고 험하며 쓸쓸하고 깨끗한 것은 매우 뛰어나 비할 것이 없다. 이날은 내리던 비가 처음 개이니 천지가 씻기고 솔바람이 갑 자기 일어나니 정자에는 더위란 없었다. 한가로이 노니는데 즐겁고 생각 이 더없이 시원하여 무우(舞雩)[58]에서 읊조리며 돌아오는 것 같다. 조금 있으니 어부가 보낸 고기는 밥 짓는 이가 잘게 썰고, 술 빚는 어미가 술 동이를 가져오고, 다녀(茶女)가 차를 따르고, 술잔을 끌어다가 술잔을 주 고받으며, 차례대로 시를 읊으니 새들이 화답하였다. 이미 취하고 이미 배부르니 득의함이 있는 듯 기뻤다. 좌중의 서생(徐生)은 뛰어난 사람인 데 좌우를 보며 말하기를, "이 정자의 아름다움이 이와 같은데 이름을 백 성의 이름으로 이어받고, 이 못의 아름다움도 이와 같은데 옛날이나 지 금이나 이름이 없으니, 촌스럽고 아깝습니다. 이제 훌륭한 이름으로 좋 은 일을 전합시다."하니 좌중에서 박생(朴生)이 시문에 뛰어난 사람인데 곧 응답하기를, "예, 무릇 이름을 짓는 일은 옛날의 뜻을 취하기도 하고, 지금의 일을 취하기도 합니다. 내가 지금 눈에 보이는 대로 이름 붙이겠 습니다. 정자를 부르기를 사군정(使君亭)이라 할 것이니, 뜻은 오늘 사 군(使君)이 와서 구경한 것을 기록한 것이니 옛날 낭관호(郎官湖)와 복 야파(僕射坡)의 무리와 같습니다. 그 연못을 부르기를 십이담(十二潭)이 라 할 것이니, 함께 와서 노니는 사람이 합하여 12인이기 때문입니다." 라고 하였다. 좌우가 모두 좋다고 하였다. 이 경계가 아름답되 전에는 사 군(使君)이 와서 감상하지 않았으나, 이제 우리 사군(使君)이 와서 감상 하였다. 이 이름을 갖게 된 것이 자주 와서가 아니요, 사군의 요산요수의 지극함이 이런 일을 있게 하였다. 아! 사군(使君)의 덕화가 이미 남에게 미쳤고, 사군(使君)의 이름이 또한 정자에 나타났으니, 정자가 만고토록 우뚝하면 정자의 이름은 만고에 길이 이어지리라. 연못이 만고토록 쉬지 않고 흐르면 이름은 영원히 전하리니 아름답도다.

---

58 『論語』 先進, 그가 "늦은 봄에 봄옷이 만들어지면 관을 쓴 자 5, 6인과 아이들 6, 7인으로 기수에서 목욕하고 무우에서 바람씌고 노래하며 돌아오겠습니다.(莫春者, 春服既成冠者五六人, 童子六七人, 浴乎沂, 風乎舞雩詠而歸)".

시서(詩序)에 〈영귀정〉은 서원의 서쪽 백 보쯤에 있으며, 일명 사군정 일명 서대라고 부른다. 석봉의 머리가 강 언덕 양쪽에서 일어나고 세 개의 늙은 소나무가 그늘지게 하여, 그 위에 줄지어 자리하여 술을 마실 수 있다. 앞에는 맑은 연못이 있고 흰 돌이 평평하게 깔려있다. 언덕을 사이에 두고 두서너 개의 주막이 있으며, 동쪽으로 그윽한 계곡이 보이는데 소나무 숲이 울창하고 빽빽하여 진달래와 철쭉이 더욱 아름답다."[59] 고 하였다. 서원이란 〈문암서원〉을 이르는 것이다. 지금은 춘천댐 건설로 서원 터는 훼손된 상태이며 영귀정과 12담 또한 물에 잠겼거나 훼손된 것으로 보인다. 금강산에서 출발한 모진강 물줄기가 마지막으로 굽어 돌면서 급한 여울이 있는 곳이기에 절승(絶勝)의 모습을 두루 갖춘 장소인듯하다. 동쪽으로 보이는 그윽한 마을은 작가가 은거하는 고탄마을이다. 경술(1610)년은 광해군 재위 2년 차이다. 광해군을 옹립한 大北派 인물들은 권력 유지를 위하여 임해군을 살해하고 영창대군을 제거하는 등 정권 강화를 위한 작업을 하였다. 이런 정치 상황을 목도한 이주는 은거를 결심하고 춘천으로 이거하였다.

시서에 나오는 인물들은 총 12명이며 성인이 10명이고 아이가 2명이다. 그 중 使君은 李胄·柳生·徐生·朴生·최세호 등으로 5명이고, 평민 신분은 어부·밥 짓는 사람·술빚는 어미·다모(茶母)등 4명이다. 나머지 2명은 동자였다. 은거한 지역에 뜻을 같이하는 전직 관료들이 있어 李胄는 기존에 이름난 지역 명소보다는 나름 새로운 명소들을 찾은 듯하다. 〈영귀정〉 시서에는 어떠한 정치적인 언사가 없으며, 세태에 대한 불만도 없다. 정자(亭子) 이름도 지역 백성 이름으로 불린 〈세호정〉을 使君들이 모여 요산요수의 지극함을 알아 〈사군정(使君亭)〉이라 명명했다는 점과, 비록 〈영귀정〉의 의미를 詩序이 기록하지는 않았지만, 『論語』「先進」에 그가 "늦은 봄에 봄옷이 만들어지면 관을 쓴 자 5, 6인과 아이들 6, 7인으로 기수에서 목욕하고 무우에서 바람쐬고 노래하며 돌아오겠습니다(莫春者 春服旣成 冠者五 六人 童子六七人 浴乎沂 風乎舞雩詠而歸)"에서 유추할 수 있다. 벼슬을 쫓기보다는 자연

---

59 홍성익 외, 『춘천 정체성을 위한 역사문화 아카이브2 유교문화』, 춘천문화원, 2016. p.217. "詠歸亭在書院西百步許, 一名使君亭, 一名西臺,石峰頭起於江岸兩三老松盤陰, 其上可列筵而觴俯, 臨澄潭白石平鋪隔, 岸有數三村店, 東矙幽谷松林鬱密杜鵑躑躅尤勝."

과 더불어 살아가는 은일자의 풍류를 말하는 것이다. 또한 정자 아래 연못을 "12담(潭)"이라 명명한 것은 일반 평민들을 포함한 이 모임에 참석한 인원의 숫자에서 연유한다고 하였다. 이는 속세에서 벗어나 여민동락을 하겠다는 민본사상을 의미하는 것이다.

출옹 이주는 그에 관한 가계 및 생애, 관직 이력, 교류 인사, 당파, 유집등 세상에 드러난 자료가 없는 지역의 은자이다. 그러나 1686년 범허정 송광연이 춘천부사로 와서 출옹의 집을 방문했다는 기록[60]으로 보아 관직과 명망은 있었던 것으로 추측할 뿐이다. 그가 남긴 한시 8수와 유일한 시서(詩序)를 통하여 춘천의 유거(幽居) 형상을 담기에는 너무도 적은 분량이다. 그렇지만 17세기 춘천 지역문화에는 상당한 영향을 미친 것으로 보인다. 그 일례로 춘천 문암서원을 건립하는 데 중추적인 역할을 한 것에서 찾아볼 수가 있다. 이는 17세기 춘천지역의 학문 환경을 세운 가장 큰 사건이었다. 또한 도연명의 사군(使君) 정신을 찾고자 지역 명승을 직접 찾아보고 그 느낌을 시에 담백하게 표현하였으며, 지역에 남아있는 이자현의 흔적과 김시습의 유허지를 찾아 그들의 청빈한 삶과 절의 정신을 찾고자 하였다.

3. 직재 이기홍의 노론계 도학(道學) 식재(植栽)

직재는 1641년(인조 19) 12월 4일에 부사과(副司果) 숙(塾)과 여산송씨 사이에 첫째 아들로 태어났다. 중종(中宗)의 별자인 덕양군(德陽君)의 5대손이며, 증조(曾祖)는 귀천군(龜川君) 수(睟)이다. 시호는 충숙이다. 조부는 형신(炯信)이며 봉산군(蓬山君)이다. 부친 숙은 슬하에 기홍(箕洪), 기범(箕範), 기인(箕仁), 기부(箕傅)를 낳았다.

한수재 권상하가 직재의 묘갈명 병서에 기록하기길 "1665년 직재 나이 24세에 회덕(懷德)으로 동춘당 송준길을 찾아 '진실심지각곡공부(眞實心地刻

---

60 『泛虛亭集卷之七』 "丙寅維夏, 余謝府事, 臥聞韶閣中, 風日淸和, 殘花悵望, 忽起山水之思携, 幕客登古蘭山, **訪朮翁舊居**."

直齋 李 先生 生

何以將此 淮 추(至) 若德其瞷而論之君子人歟 言子之出也不可斯邪理不起自然 言子汲汲于聞然不慕揆揚者耶 垂立遑垂宴然有夫父者耶

직재 이기홍 초상

苦工夫)'[61]라는 글을 받고 권면하게 되었고, 25세의 나이에 우암 송시열에게 공부할 것을 청하여 근사록·통서·태극도에 나오는 의심스러운 뜻을 질문하였다.”[62]라는 글이 있어, 직재와 우암과의 사제관계를 엿볼 수 있다. 1685년 김수홍이 그를 학행으로 천거하자 사양의 뜻을 전했지만, 1687년 효릉 참봉으로 관직에 부임하였다. 1674년 우암 송시열이 북쪽 덕원(德源)으로 귀양을 가게되자 동문수학한 동문(同門)들과 선생의 억울함을 탄원하였다.

이 사건으로 직재는 춘천과 접경지인 가평(加平) 산중으로 들어와 문을 닫고 세상일을 사절하고 호학과 강학을 하였다. 이때 많은 춘천지역 문인들이 배움을 얻고자 직재를 찾아왔다고 하였다.[63]

1689년(숙종 15) 스승 송시열이 제주도로 귀양 가게 되자, 동문 40여 명과 함께 이를 변론 하다가 숙종의 노여움을 사서 회령에 유배되었다. 유배지로 향하던 중 경성에 이르렀을 때 우암이 사사되었다는 소식을 듣고, 장암 정호와 함께 위패를 마련하고 통곡하였다. 이듬해 유배지인 회령에 서재(書齋)를 짓고 ‘직재(直齋)’라 편액하고 이를 자호로 삼았다. 직재의 ‘직(直)’은 “천지가 만물을 내는 것과 성인이 만사에 응하는 것은 정직일 뿐이다. 이는 주부자가 임종하실 때에 문인들에게 말씀하신 것이니, 어찌 힘쓰지 않을 수 있겠는

---

61 『동춘당집』 제15권, 서(書), 答李汝九庚戌. “從來此學, 爲世譏誚, 而左右勵志如此, 每得華翰, 令人爲之歆聳. 只望以**眞實心地刻苦工夫**八字, 爲受用強勉之資耳. 尊先世家乘, 已刊否, 一á乞寄示之.”
62 『한수재 선생 문집』, 제26권, 묘갈. “乙巳, 始拜同春先生於懷德, 聞爲學之要, 又請業於尤菴先生, 質近思通書太極圖疑義.”
63 『한수재 선생 문집』, 제26권, 묘갈. “甲寅與同門諸人, 訟尤菴冤, 及先生竄北亦如之, 仍入加平峽中, 杜門謝世, 學者頗從之.”

가."라고 한 스승의 '직(直)' 사상에 영향을 받은 것이며, 스승의 뜻을 따르겠
다는 의미이기도 하였다.

직재는 그 후 1696년에 통천 현감을 거쳐 1700년에는 청풍 부사를 지냈다.
1702년 장령이 되었으나 사직하고 동문 이만형이 수령으로 있는 연풍 문산
에 정착하여 평생을 마칠 계책을 세웠다. 직재는 오랜 병으로 일어나지 못하
고 1708년(숙종 34) 향년 68세로 타계하여 양주의 대산(臺山) 봉산군 묘소 아
래에 묻혔다.[64]

1685년 직재가 김수흥(金壽興)에게 보낸 편지 「상퇴우김상국(上退憂金
相國)」[65]에서 자신을 누차 천거해 준 데 대한 감사의 마음을 전하고 있어 각
별한 관계임을 알 수 있다. 이 둘의 관계는 김수흥이 1674년 갑인예송에서
실각하여 춘천시 서면 현암리(옛 堰臥里)에 유배되었고, 직재 또한 같은 해
춘천지역에서 은거하면서 둘의 교유가 깊어진 것으로 보인다. 당시 김수흥
의 형인 곡운 김수증은 1670년부터 이미 춘천부 사창리에 은거하고 있었
다. 이러한 관계에서 직재와 안동김문(김창흡, 김창협)과의 교류가 더욱 긴
밀해진 것으로 파악하였다.

1708년 권상하(權尙夏: 1641~1721)에게 보낸 「與治道(戊子九月)」[66]에서
는 우암 송시열의 후손이 우암의 행장을 직재에게 처음으로 부탁한 것으로
보아 우암문인들에게 있어 직재의 위상을 짐작할 수 있다. 이렇듯 직재의 교

---

64 조영임, 위의 논문. p.11 인용.

65 "乃者朝廷命薦人才, 其所以飭敎者. 不啻申嚴, 而大監屢以賤生姓名, 登諸薦剡, 至以操行學識, 爲
題目, 侍生顔頳背汗, 竊欲一暴心事."(지난번 조종에서 인재를 천거하라는 명을내려 신척한 것이 엄
중했을 뿐만 아니었습니다. 이에 대감께 여러번 미천한 저의 성명을 천거의 명단에 올렸고 심지어
조행과 학식이 있다고 제목에 쓰셨습니다).

66 "宋生和源泣講先生行狀之語. 台兄想亦惕然動心矣.(중간생략)大抵此事之尙今未就者. 蓋緣當初敍九
有所屬意於三洲, 未遂其志, 徑先殞歿故也. 敍九旣逝之後, 本家子孫之未能整頓 家狀, 及時講成,固已
可惜. 而三洲之遽爾逝世於今年者. 亦本家之所未料者也. 追昔往事,無 益於善後, 只當以見在事勢, 善
推而圖成, 則可以有辭於後世, 無憾於師門矣. 目今三洲亡亡之後, 老先生狀德之文, 非台兄則無可擔
當者. 非但吾兩人之意如此."(송화원군이 선생(송시열)의 행장을 눈물로 청하였는데, 그 말은 형도 상
상하고 서글픈 마음이 생겼을 것입니다.(중간생략) 대체로 이 일이 지금까지 성취되지 못한 것은 당초
에 서구(宋疇錫)가 삼주(김창협)에게 부탁할 뜻이 있었으나, 그 뜻을 이루지 못하고 먼저 죽었기 때문입
니다. 본가의 자손들이 가장 정돈하여 제 때에 글을 청해 이루지 못하였으니 참으로 애석한 일이었습
니다. 그러다가 삼주마저 갑자기 금년에 세상을 떠났으니 이것 역시 본가에서는 생각하지 못했던 것입
니다. 그러나 지난 일을 허물해 봤자 후일을 도모함에 무익할 것이며 다만 현재의 형편을 잘 미루어 성
취를 도모해야 할 따름입니다. 현재는 삼주가 세상을 떠난 후이니 선생의 행장을 짓는 일은 형이 아니면
담당할 만한 사람이 없습니다. 이것은 우리 두 사람(이기홍, 정호)의 생각이 이 같을 뿐입니다).

유 대상은 초려 이유태, 현석 박세채, 농암 김창협, 동보 이희조, 미백 최방언 등 당시 노론 문신들이었으며, 우암의 문인들이었다.

이 절에서는 직재와 함께 그의 형제들이 춘천지역으로의 이거(移居) 연유와 학자로서의 지역 학문을 위한 노력, 그리고 직재가 남긴 시문학을 살펴보겠다.

우선 춘천과의 인연은 그가 남긴 「祭亡弟進士文」, 「祭亡弟季受文」, 「祭亡弟一卿文」, 「與金子益昌翁 戊寅」, 「尤齋先生語錄」를 통하여 알 수가 있다.

〈표 4〉 직재 이기홍의 4형제 현황

이름	생몰	관직	묘소	은거지	비고
기홍(箕洪)	1641~1708	청풍부사	충주시 엄정면	춘천, 가평, 충주	제3子 춘천거주
기범(箕範)	1648~1690	진사	성남시	춘천 방하리	婦 고흥유씨
기인(箕仁)	1651~1699	학생	괴산군	양근	
기부(箕傅)	1653~1697	학생	춘천시 동산면	춘천 우두촌	婦 선산김씨

위 표에서 볼 수 있듯이 직재의 동생들은 모두 형보다 일찍 사망하였다. 기범은 직재가 1689년 회령으로 유배를 떠난 다음 해인 1690에 사망한 것으로 확인된다.

「祭亡弟進士文」에,

> 또한 의식의 걱정으로 경향(京鄕)에 흩어져 떨어져 살며 슬픔 속에 보낸 세월이 많았고 서로 모여 화락한 때는 적었다. 그래서 늘 조용하고 넓은 땅을 얻어 담장이 잇닿게 집을 지어 형제가 모여 살며 자질(子姪)들이 따르게 하여 한가하게 노닐며 여생을 보내기를 도모하였다. 그러나 누가 알았으랴! 이 계획이 이루어지지 못한 채 작년 여름 내가 북쪽으로 귀양 오는 일이 생겨 창황하게 길을 떠났다. 이때 자네와 기부 아우는 수춘(壽春)에 있고 기인 아우는 양근(楊根)에 있어 서로 악수하며 작별하지 못하였다.[67]

당시 기범은 춘천시 남산면 방하리에 거주하는 것으로 나온다. 직재가 1674년 가평으로 은거한 천곡(泉谷) 마을 강 건너 마을이 방하리다. 기범의

---

67 "且以憂衣食散京鄕, 相離戚戚之日常多, 相會怡怡之日常少, 每議圖得閑曠之地, 結舍連墻, 弟兄相聚, 子侄相隨, 優哉游哉以送餘年矣. 誰知此計未成. 而昨夏余有北遷之行."

처가 고흥 류씨인데 인근 마을(가정리)이 고흥 류씨 집성촌인 점으로 보아 관련이 있어 보인다. 이후 기범의 후손들의 묘소가 방하리에 소재하는 것을 족보에서 확인할 수 있다.

춘천에 기거하던 막내 동생 기부의 제문 「祭亡弟季受文」에서는,

> "내가 그다음 달 보름에 벼슬을 버리고 우강(牛江: 소양강)으로 돌아왔으나, 군의 집 이웃에 전염병이 그치지 않아 즉시 가보지 못하고, 해가 바뀌어서야 비로서 와서 곡하였네."[68]

라고 한 것으로 보아, 기부 역시 춘천에 살고 있었던 것으로 파악된다. 기부의 아내는 선산김씨로 우정 김경직의 후손이다. 그의 묘소는 김경직의 묘와 가까운 가산리에 함께 있다.

또한 기인을 위한 제문 즉 「祭亡弟一卿文」에는,

> "지난 겨울 계수(季受)의 상사(祥事)를 지내기 위해 수춘으로 들어갔을 때 군과 함께 하곡의 진사댁에서 만나 우강의 시정(蓍定: 직재의 3子) 집에 가서 머물렀네, 그동안 손을 잡고 청평사에 올라 진락의 옛집을 찾아보고 열경의 유적지에 감회를 느끼었네. 또한 영지와 현폭 사이를 노닐다가 밤이면 선당으로 돌아와 설월이 비친 창가에 앉아 서로 술잔을 권하다가, 같은 이불 속에서 함께 잤다네. 그때의 그 즐거움은 대체로 평생에 없었던 것이었네."[69]

이 제문에서는 셋째 동생 기부의 기일에 맞추어 직재의 셋째 아들 시정(蓍定) 집에서 둘째 동생 기인과 함께 춘천 청평사를 방문해서 형제지간의 추억을 제문에 담았다.

한편 직재는 춘천지역에서 호학과 강학을 통하여 지역 학문 제고에 노력하였다.

---

68 "咎實在余, 悔將何及, 餘月之望, 解歸牛江, 而君家隣比, 尙且不淨, 未卽相通, 乃以開歲, 始克入哭."
69 "去冬十一月. 爲過季受祥事, 入去壽春, 與君遇於霞谷進士家, 仍與偕往牛江蓍定家, 留連之暇, 携手上淸平寺, 訪眞樂之舊棲, 感悅卿之遺躅, 趺宕於影池懸瀑之間, 夜歸禪堂, 雪月牛 熄煮酒相勸, 聯衾共宿, 此時此樂, 蓋亦平生所未有也."

「與金子益昌翕 戊寅(1698년)」[70]에서는 "기홍은 부귀(賦歸)하는 길에 춘협 (春峽)의 우강(牛江)에 주접(姑接, 住接)하려 합니다. 대개 그 산수가 또한 스스로 싫지 않음으로 일이 년간 소요할 계획을 세우려고 요청하오니 노형의 진외(塵外)에 부유하는 뜻으로 한번 와주시어"라고 하였다. 이 글을 통하여 숙부인 이야(李漼)가 강원도 관찰사로 부임하자 친혐(親嫌)을 이유로 통천군 수를 사직하고 춘천으로 돌아와, 김창흡과의 교류와 춘천 유림들에게 강학을 한 것으로 판단된다.

「尤齋先生語錄」에 송시열이 직재에게 춘천 인사 김경직에 관하여 묻는 글 이 있다.

> 선생이 묻기를, "고 정랑 김경직(金敬直)은 그대 동네의 선배라고 하 는데 모르겠지만 어떤 사람인가?" 기홍이 답하길, "광해군 때에 시의(時 儀)에 빌붙지 않고 문을 닫고 자폐하여 시종(始終)의 절개를 보전하였습 니다." 하였는데 선생이 말씀하시길, "내가 들은 말과 같구나, 그가 집에 있을 때 효행이 있었는가?" 기홍이 대답하기를, "독실한 행동이 있어 지 금까지도 고을에서 칭찬합니다." 하였다. 대체로 김경직이 일찍이 강원 도 춘천에서 살았으므로, 그의 행적이 『수춘읍지』에 자세히 실려 있기 때문에 하신 말씀이다.[71]

이 편지는 1680년 도포서원에 김경직을 배향하고자 하는 지역 유림의 움 직임이 있었는데, 한 차례 배향 논의가 있었으나 무산된 소식을 들은 송시열 은 당시 춘천에서 강학 활동을 하고 있었던 제자 이기홍에게 김경직에 대한 자세한 행적에 대해 질문하고 이기홍 역시 상세하게 답한 내용이다. 이러한 노력으로 1697년에 김경직은 도포서원에 신흠과 함께 배향되게 되었다.

이상과 같이 『직재집』 소재 유고를 통하여 춘천 관련 행적들을 살펴보았다.

『전주 이씨 덕양군파 세보』 기록을 보면 직재의 작은 숙부 질(耊)의 첫째 아들 기연(箕衍: 1652~1721)은 처인 광산김씨와 함께 춘천시 신동면 혈동리

---

70 "箕洪賦歸之路, 姑接于春峽之牛江, 蓋其山水亦自不惡, 要欲作一兩年逍遙計. 以老兄浮游 塵外之 志, 倘賜一枉."
71 "先生問曰, 故正郞金敬直, 是君之洞內先輩云. 未知何如人耶. 箕洪對曰, 在光海朝, 不附時 議,杜門 自廢, 終始保節云. 先生曰, 與余所聞同矣. 居家亦有孝行云. 然否, 對曰, 果有篤行, 鄕里至今稱之, 蓋此文曾居江原道春川, 故其行蹟詳載於壽春邑志云矣."

에 묻혔으며, 둘째 아들 기좌(箕佐: 1656~1731)는 아들이 없어 직재의 동생인 기부의 아들 즉 시록(蓍綠: 1688~1738)을 양자로 삼아, 춘천에서 살게 되었다. 시록의 처는 창녕성씨 명탄 성규헌(成揆憲: 1647~1741)[72]의 손녀이며, 춘천시 사북면 송암리에 묘가 있다.

직재는 「先妣家狀」에서 "무신(1668년) 5월에 한부인(직재의 조모)이 세상을 떠나셨는데, 이때 선비(先妣)께서 가평 장사(庄舍)에 계셨다."[73]는 기록을 하였다. 이렇듯 직재 집안이 춘천과 가평에 특별한 연고가 있게 된 이유는 직재 집안의 장원(莊園)이 있었던 점과, 춘천지역의 세거씨족과의 혼맥으로 이루어진 사실에서 확인할 수 있었다. 또한 이 시기에 춘천지역에서 직재의 강학 활동은 우암 송시열의 노론 학맥을 처음으로 전수한 인물로 추앙을 받았으며, 그를 사모하는 전통은 조선 말까지 이어졌다.

이어서 『직재집』에 춘천, 가평지역의 형상을 수록한 시를 살펴보겠다.

〈표 5〉 『직재집』에 실린 춘천, 가평지역 관련 시문학 현황

년 도	제 목	형식	비고
1670(경술)	춘일우음(春日偶吟)	7언율시	
1674(갑인)	천곡암(泉谷庵)	5언절구	
〃	차주석자운(次朱子石字韻)	5언절구	
〃	증가릉태수이군(贈嘉陵太守李君)	5언절구	
기록없음	납월우음(臘月偶吟)	7언율시	
〃	천곡8경(泉谷八景)	7언	
〃	기양제(寄兩弟)	7언 율시	
〃	유도숙 신일 견방유시(兪道叔 信一 見訪有詩(鳳儀樓)	7언율시	
1702(임오)	배감사숙부유청평산(陪監司叔父遊淸平山) 1697강원감사(李浤)	7언율시	
〃	봉황대(鳳凰臺)	7언절구	
계	10		

1674년 12월 정국은 2차 예송으로 우암 송시열이 양사의 탄핵을 받아 파직하자 직재는 동문들과 함께 억울함을 상소를 통하여 변호하였다. 그러나 우암이 1675년 6월 경북 포항 장기(長鬐)에 위리안치가 되니, 직재는 가평으로이거하고 자신의 실생활을 시에 담았다. 당시 직재 나이 35살이었다.

납월우음(臘月偶吟: 섣달에 우연히 읊다)

華岳山中一病民	화악 산중에 병든 백성 하나
蝸廬雖小亦安身	비록 오두막집은 작으나 몸만은 편안해
看書可愛寒牕靜	책보며 창문 밖 고요함을 즐기고
忍餓還甘陋巷貧	배고픔 참으며 누추한 마을에서 가난을 달게 여기네
叩井女奴呵手泣	얼음 깨는 여종은 손을 물며 울먹이고
徵租官吏打門嗔	세금징수 관리는 문 두드리며 화를 내네
年來窮乏何須歎	근래에 궁핍함을 한탄해서 무엇 하랴?
從古聖人亦在陳	예로부터 성인도 진나라에 있었다네

화악산은 춘천부와 가평현에 걸쳐 있는 산으로 주위에서 가장 높은 산이다. 1675년 숙종이 즉위하자 송시열에 대한 배척과 무고(誣告)가 심해졌다. 스승을 위한 상소에도 불구하고 우암은 귀양을 갔다. 직재는 무거운 마음을안고 가평의 산중에 은거하며 추운 겨울을 보내고 있었다. 직재의 행장(行狀)에서 당시의 분위기를 엿볼 수 있는데, "가평의 골짜기로 들어가서 문을닫고 밖의 일을 상관하지 않고, 오직 경서를 연구하고 역사를 공부하는 것으로 일을 삼았다. 이때 배우려는 자들이 자못 있어 두어 칸의 초옥을 지어 공부하는 장소로 사용하였다."[74]

직재가 여러 문인(文人)과 주고받은 편지에 보면 늘 병마와 싸운다는 것을기록하고 있어 건강은 좋은 편이 아니 없던 것으로 보인다. 위 詩 1수에서는"병든 백성 하나"는 정치적으로나 신체적으로 병든 몸이지만, 마음과 몸은평온하며 가난 또한 달게 마주하면서 호학하며 안빈낙도의 삶을 즐기는 관념적 처사의 모습을 표현하였다면, 2수에서는 눈 앞에 펼쳐진 실제 모습을 그

---

74 "因卷入嘉平之深谷中, 閉戶不接外事, 唯以窮經翫史爲務. 學子頗有相從者. 爲構數間草屋, 以爲講學之所焉."

렸다. 한겨울에 얼음 깨는 여종의 울음과 가난한 백성에게 세금 걷으러 온 관리의 호통을 통하여 현실적 어려움을 표현하였다. 마지막 구에서는 성인인 공자도 한때 궁핍한 생활을 했던 고사(古事)를 끌어와, 현실은 비록 가난한 선비이지만 진정한 수양을 위한 시련이라 여기며, 자신에게 정신적 위안을 하는 것으로 마무리하였다.

배감사숙부 유청평산
(陪監司叔父 遊淸平山: 감사 숙부를 모시고 청평산을 유람하다)

召伯觀風八月秋	소공과 구경하는 8월의 가을
棠陰又得慶雲遊	팥배나무 그늘에 구름 함께 노니네
九松傾蓋東西對	아홉 그루 소나무 뒤섞여 동서로 짝하고
雙瀑懸空下上流	두 갈래 폭포 허공에 매달려 위아래로 흐르네
眞樂舊棲僊洞邃	진락공 옛집인 선동은 깊숙하고
悅卿遺址細香幽	열경의 자취 세향원은 그윽하네
攀援桂樹歸來晩	계수나무 휘어잡고 돌아가기 늦었는데
一笛夕陽興不休	석양의 피리 소리 흥 그치지 않는구나!

직재는 1697년(숙종 23) 강원도 관찰사인 이야(1648~1716)를 모시고 청평사를 다녀왔다. 이야는 1691년(숙종 17)에 알성 문과에 장원 급제한 후 내직으로는 승정원 도승지와 대사간, 외직으로는 5道 관찰사를 역임한 문인이다. 당시 춘천에는 동생 기부(箕傅)와 아들 시정(蓍定)이 있어 동행한 것으로 보인다. 초가을에 청평사를 나이 어린 삼촌과 함께 구송폭포를 감상하고, 진락공 이자현과 매월당 김시습의 자취를 돌아보다가 아쉽게 돌아오는 발걸음을 이야기하고 있다.

직재가 가평으로 이거한 곳은 천곡(泉谷)인데 그의 유고를 통하여 유거지를 유추하면 지금의 가평읍 달전리에서 복장리 사이인듯하다. 강 건너는 춘천부 남산면 방하리와 관천리이다. 지금은 청평댐 건설로 호수로 변하였지만, 초연대, 남이섬, 가평 설악으로 흐르는 북한강의 주변 경관을 시에 담았다. 아래 詩에서 직재가 우거했던 장소를 유추할 수 있다.

천곡암(泉谷菴 甲寅(1674))

小屋依山麓　작은집 산기슭에 의지하고
柴門晝不開　사립문은 낮에도 닫혀있네
拓牕何所見　창문 여니 무엇이 보이는가?
江口是僊臺　강어귀에 신선 누대라네
臺名超然。

　강어귀에 있는 초연대를 볼 수 있으려면 가평 읍내에서 동남쪽으로 이어진
산기슭이어야 하며, 전면에는 북한강 물줄기를 볼 수 있어야 한다. 그렇다면
남이섬 쪽으로 이어진 대곡리와 달전리 사이에 있는 마을로 추정할 수 있다.
직재의 성품이 담백하였듯이 시 또한 눈 앞에 펼쳐진 풍경을 조어(造語) 없
이 사실적으로 표현하였다.
　한편 직재는 집주변의 8가지 경관을 〈孤山採薇〉, 〈雙峯賞花〉, 〈華岳晴雪〉,
〈龍門遠翠〉, 〈浮山霜楓〉, 〈超臺月松〉, 〈汝江夕帆〉, 〈興菴曉鍾〉으로 정하고,
외부와의 단절된 삶과 그 속에서의 흥취를 표현하였다.

천곡8경(泉谷八景)
제1경 고산채미(孤山採薇: 고산에서 고사리를 캐며)

遲日孤山興不孤　기나긴 날 고산의 흥은 외롭지 않아
春薇採採伴樵夫　봄날 고사리 캐며 나무꾼과 짝하네
樵夫莫笑生涯薄　나무꾼아, 생애가 박하다고 웃지 마시게
眞味在玆識者無　이곳에 참맛을 아는 자 없다네

　스승인 송시열이 귀양을 떠난 후, 직재는 곧바로 가평 북한강 강가로 이거
하였다. 1경에서는 집주변에서의 일상(日常)이다. 햇살이 길어져 봄날의 하
루는 더디게 지나간다. 작가는 비록 천곡으로 숨어들어 세상과 멀어졌지만
봄의 푸른 기운과 함께하니 외롭지 않다고 한다. 하루는 길고 삶에는 즐거움
이 없으니, 봄이 찾아온 뒷산에 올라 나무꾼과 함께 고사리를 캐며 은일자의
모습을 보이려 하지만, 이런 모습을 나무꾼[초부(樵夫)]은 비웃는다. 그런
웃음에 작가는 에둘러 세속에서 벗어난 은일자의 참맛이 있다고 하며 자신에
게 위안하고 있다.

제2경 쌍봉상화(雙峯賞花: 쌍봉에서 꽃 감상)

雙峯三月樹交花　쌍봉에 삼월이면 나무와 꽃이 어울려
春色年年此足誇　봄색을 해마다 자랑할 만하네
留取小車消永夕　작은 수레 멈추고 밤새도록 보내니
林間不妨酌流霞　숲속에 유하주 없어도 무방하다네

　지금에 쌍봉의 위치는 구체적으로 어디인지는 확실치 않다. 제2경에서는 봄날의 흥을 쌍봉에 핀 꽃으로부터 얻고자 하는 작가의 마음을 엿볼 수 있다. 직재는 세상을 피하여 대문을 걸어 잠갔지만, 자연의 변화에서 얻는 기쁨을 찾고자 대문 밖 숲속으로 나가 밤새도록 꽃향기에 취했다. 그러한 물아일치(物我一致)의 공간에서의 즐거움은 마치 신선이 먹는 유하주가 없어도 충분하다는 표현으로 평온한 내면을 드러내고 있다.

제3경 화악청설(華岳晴雪: 화악산에 눈이 개다)

華山爽氣雪初晴　화악산에 눈 그치니 상쾌한 기분
萬壑千巖一色橫　온 골짜기 모든 바위 하얗게 가로질렀네
忽有斜陽驢背客　홀연히 석양에 나귀 등 타고 가는 나그네
知應石逕訪梅行　응당 매화를 찾아 돌길을 가는 것이겠지

　눈 내린 화악산의 경치에 마음마저 상쾌하다. 자연 만물이 눈에 덮이듯이 세속의 티끌도 모두 덮었다. 함윤덕의 「기려도(騎驢圖)」와 김명국의 「설중행려도(雪中行驢圖)」를 연상케 하는 장면이다. 이 시에서 직재는 자신을 초야에 묻혀 사는 고사(高士)에 대입하여, 잔설에 묻혀 있는 고절(孤節)의 상징인 매화를 찾아 돌길로 떠나는 모습을 표현하였다.

제4경 용문원취(龍門遠翠: 용문의 먼 푸름)

蒼然遠黛是龍門　창연히 눈썹 같은 곳은 용문이니
摠入詩思起病昏　시 생각 일어 정신은 혼미해지네

簡裏考槃[75]誰占取　그 곳에 즐거움 어느 누가 차지하였는가?
至今人說養心村　지금 사람들은 양심촌[76]이라 말하네

　북한강이 남쪽으로 흘러 아득한 곳에 용문산이 보인다. 그곳에는 명종 시기
에 은거하였던 조욱과 조성 두 형제를 그렸다. 『국조보감』제22권, 명종조 7년
(임자년, 1552) 5월 기사에 "조욱은 조성(趙晟)의 동생으로 재행(才行)이 고결
(高潔)하였는데, 가난한 생활을 편히 여기고 옛날을 사모하여 용문산(龍門山)에
은거하였다."라는 대목이 있다. 직재는 이처럼 자기 집에서 멀리 보이는 용문산
의 푸른 산색을 바라보며 두 형제의 삶을 사모하며 보냈다.

제5경 부산상풍(浮山霜楓: 부산의 서리 단풍)

浮山秋色最酣楓　부산에 가을 색은 단풍이 최고인데
添得夕陽也自紅　석양이 더하니 스스로 붉구나
折取一枝撚白髮　한 가지 꺾어 백발에 꽂으니
人言坐我畫圖中　사람들이 나를 그림 속에 앉았다 하네

　부산(浮山)은 북한강 상류에서 떠내려온 산을 말하는 듯하다. 춘천 상중도
에 고산(孤山)이 있는데 이칭으로 부래산(浮來山)으로 불려 왔다. 시에서 고
산은 남이섬을 이르는 것 같다. 서리가 내리면 단풍은 더욱더 붉게 변하는데
그 단풍잎을 하얀 백발에 꽂으니 더욱 붉었을 것이다. 사계절의 변화에서 마
무리하는 가을날에 단풍과 하루를 마무리하는 석양 그리고 인생에서 노년의
상징인 백발을 대비시켜 쓸쓸함을 연상하게 한다. 그러나 작가의 백발에 단
풍잎을 꽂음으로써 화중노인(畫中老人)으로 취급하는 마을 사람들의 유희를
통하여 여유로운 일상을 볼 수가 있다.

75　산림에 은거하며 안빈낙도하는 은사의 생활을 즐긴다는 말이다. 고반(考盤)은 고반(考槃)과 같다.
　　『시경』「위풍(衛風) 고반(考槃)」에 "산골 시냇가에서 한가히 소요하나니, 현인의 마음이 넉넉하
　　도다.〔考槃在澗 碩人之寬〕"라는 말이 나오고, 「진풍(陳風) 형문(衡門)」에 "사립문 아래에서 충분
　　히 쉬고 노닐 수 있다.〔衡門之下 可以棲遲〕"라는 말이 나온다.
76　조성(趙晟, 1492~1555): 그의 본관은 평양(平壤), 자는 백양(伯陽), 호는 양심당(養心堂)이다. 조
　　광조(趙光祖)의 문하에서 학문을 닦아 성리학에 밝았으며 필법에도 능하였다. 또한 율려(律呂)에 밝
　　았을 뿐 아니라, 의약과 산수에도 정통하여 군직(軍職)에 나가서는 의술을 가르친 바도 있다. 저서로
　　는 『양심당집』이 있다.

지금도 남이섬의 가을은 아름다운데 직재가 은거한 시기에도 아름다웠다고 하니 놀라운 사실이다.

제6경 초대월송(超臺月松: 초연대 달과 소나무)

落落超然臺上松　의젓한 초연대 위의 소나무
老枝交錯訝盤龍　늙은 가지 뒤섞여 용인가 의심하네
夜來月上明如素　밤이 찾아와 떠오른 밝은 달은 하얗고
仙鶴叫空警我憜　학은 허공에서 울며 게으른 나를 타이르네

가평의 초연대[77]는 춘천으로 가는 길목에 있어 수많은 묵객으로부터 시제(詩題)로 이용된 곳이다. 대표적으로 상촌 신흠과 백호 윤휴, 농암 김창협의 시가 있다. 1, 2구에서는 〈초연대〉의 실경을 그렸다. 대(臺)와 함께한 늙은 노송의 뒤섞인 가지 모습이 마치 용 모습 같다고 하며 신비감을 더했으며, 3, 4구에서는 시간이 밤으로 전환하여 밝은 달과 선학(仙鶴)을 끌어와 선경에서 노니는 장소로 표현하였다. 물아일체와 자기반성을 들어내고 있다.

제7경 문강석범(汶江夕帆: 문강의 저녁 돛단배)

人間灩澦[78]此間江　인간 세상에 염여가 이 강에도 흐르니
落日孤帆最可慺　석양에 외로운 돛단배 가장 두렵다네
無限滿船商客語　한없이 배 안 가득 상인들의 말소리
奈如前渡又驚瀧　어쩔건가 나루 앞에 또 거센 물결을

문강(汶江)은 『신증동국여지승람』권11, 경기 가평현에 문이연[79]과 관련이 있어 보인다. 또한 가주(家州) 이상질(李尙質: 1597~1635)이 1621년 춘천에

---

77 『동국여지』제2권, "超然臺. 在縣東五里. 崖壁臨江, 天然作臺. 山麓走入江隈, 削成絶壁, 天然作臺, 上有亭宇, 景致奇絶."(초연대 현 동쪽 5리에 있다. 절벽이 강에 임해 있어 자연적으로 만들어진 대이다. 산기슭이 강모퉁이로 곧장 들어가 깎아지른 절벽이 되어 자연적인 대가 만들어졌다. 위에는 정우가 있는데, 경치가 기이하고 빼어나다.)

78 염여퇴(灩澦堆)의 준말로, 배를 타고 무사히 건너기가 거의 불가능할 정도로 험하다는 장강(長江) 구당협(瞿塘峽)의 여울물 이름이다.

79 "汶伊淵. 在縣東五里".

은거하며 쓴 「汝江 8景」[80]이 있는데. 직재의 「천곡 8경」과 겹치는 詩題가 있는 것으로 보아 지금에 춘천시 남산면 방하리(남이섬) 앞을 흐르는 북한강을 의미하는 것으로 보인다. 강에는 세찬 여울이 있듯이 인간사에도 염여(灩澦)와 같은 어려움이 있는 것으로 본 직재는 현재의 자신에게 닥친 시련을 시에 담았다. 기존의 한시에서 돛단배(帆)의 의미는 집으로 돌아오는 어부의 형상이나 이별의 대상이었다. 그러나 직재에게 돛단배는 세찬 여울을 대비해야 하는 위태로움의 대상이며, 인간에 있어서는 한 치 앞의 난관을 인식하지 못하는 것으로 보았다.

제8경 흥암만종(興菴曉鍾: 흥암의 새벽 종소리)
曇花深處木皮菴　우담 꽃 핀 깊은 곳에 나무 껍데기로 만든 암자
一路寒山傍石龕　차가운 산속 외길 옆에 석실이 있어
入夜鳴鐘來歷歷　밤이 되어 종소리 역력하게 들려오니
也應老宿佛前參　응당 노승은 부처 앞에 참선하겠지

흥암이 어디인지는 확인하기 어렵다. 기존의 8경 시에서 만종(晚鐘)과 모종(暮鐘)을 통하여 일경(一景)을 차지하였듯이 직재 또한 새벽 종소리(曉鐘)로 마무리하였다. 1, 2구에서는 '우담심처(曇花深處)'와 '일로한산(一路寒山)', '목피암(木皮菴)'과 '석감(石龕)'이라는 시각적 시어로 대구를 이루어 흥암의 주변 모습을 표현하였다. 3, 4구에서는 '명종(鳴鐘)'을 통하여 청각적인 효과를 더해 독자로 하여금 암자 실내로의 공간적 몰입을 하게 한다. 그 공간에는 늙은 노승의 깊은 참선의 시각적 모습으로 마무리하고 있다.

한편 직재는 유배지 회령에서 춘천에 사는 동생들에게 안부와 자신의 유배 생활에 대한 소회를 시에 담았다.

---

80 〈盤灘霽月〉, 〈聖谷晴嵐〉, 〈超臺夕照〉, 〈華嶽朝雲〉, 〈雨渚歸帆〉, 〈沙汀落雁〉, 〈伊溪釣魚〉, 〈瓢田放馬〉.

기양제(寄兩弟: 두 아우에게 보내다)

三年塞外作孤囚	삼년 동안 변방의 외로운 죄인이 되어
憶弟那堪遠別愁	아우들 생각에 어찌 먼 이별 시름 견딜까?
市隱川邊思渺渺	시은천변 생각은 아득하고
昭陽江上意悠悠	소양강가 뜻은 유유하다네
身留豆滿書難得	두만강에 머문 몸 소식 얻기 어려워
夢到方靈淚不收	꿈속에서 흐르는 눈물 거둘 수 없네
欲瀉悲懷無處訴	슬픈 회포 피하려하나 하소연할 곳도 없어
扶筇強起上高樓	지팡이 짚고 힘내어 일어나 누각에 오르네

직재는 1690년 유배지 서재를 직재(直齋)[81]라 편액하고 스승의 가르침인 '直'을 위한 수신의 장으로 만들었다. 그러면서도 춘천에 살고있는 형제와 아들로부터 안부 편지를 주고받았다. 시인은 천 리 밖 두만강 강가에서 형제들을 그리워하는 애절한 마음을 시에 담았다. "시은천(市隱川)"과 "소양강"에서 품은 뜻은 아마도 형제들과 이웃하여 살 계획과, 수신과 강학을 경영하는 것이었을 것이다. 그러나 유배 생활 3년이 지나가도록 한양으로부터 해금(解禁) 소식은 없다. 가끔 꿈속에서나마 볼 수 있을 뿐이다. 흐르는 눈물을 거두고 누각에 올라 유배지에서의 외로움을 그리고 있다.

직재는 장년기에 춘천과 가평지역에 은거하며 강학을 통하여 노론의 학맥을 지역 유림에게 전수하였다. 또한 1680년 도포서원에 김경직을 배향하고자 하는 지역 유림의 움직임이 있었는데, 스승인 송시열과 함께 1697년에 김경직을 도포서원에 신흠과 함께 배향될 수 있도록 노력하였다. 이러한 행위

---

81 『直齋集』卷之八 "余於丁卯冬, 往拜老先生于興農之書室. 一日先生呼余字而敎之日, 朱夫子屬纊時, 招門人誨之日, 天地之所以生萬物, 聖人之所以應萬事, 直而已, 此與論語人之生也直, 罔之生也幸而免, 可參看, 其勉之. 余於是已敬受書紳, 今遭患難, 尤覺此誨之切實. 名其 所居室曰直. 遂爲之銘".(내가 정묘년 겨울에 우암선생을 흥농의 서실에 가서 뵈었다. 하루는 선생께서 나를 불러 자애롭게 가르치시길 "주부자께서 임종에 문인들을 불러 가르치시길 하늘과 땅이 만물을 살피는 까닭과 성인이 만사에 응하는 것은 직으로 할 따름이다. 이것은 논어의 사람이 사는 데는 곧게 해야하며 그렇지 않고 사는 것은 다행히 면한 것이라는 말과 참조해볼 만하다. 그대는 힘쓰라." 라고 하셨다. 내가 이에 공손히 받아 띠에 써두었는데 지금 환란을 당하니 더욱 그 가르침의 절심함을 깨닫게되었다. 이에 내가 거처하는 방을 직재라 이름한다.)

는 지역의 학문적 발전에 기여했을 뿐만 아니라, 노론(老論) 학풍을 식재한 최초의 문인이 되었다. 그러한 까닭으로 지역 유림들이 서원 건립을 하고자 하였으나, 여의치 않게 되자 '백운동모현비'를 건립하여 그의 정신을 계승하였다. 이렇듯 직재 이기홍은 춘천지역에서의 은거로 호학과 강학을 하며 스승의 유지인 "人之生也直"을 위한 수신의 場이었다. 또한 고절한 선비의 일상과 춘천지역의 풍경을 「천곡8경」으로 설정하여 그 속에 자신의 자존적(自尊的) 가치를 부여하였다.

그동안 조선시대 17세기 이전 춘천지역을 노래한 팔경시 작품은 김시습(金時習: 1435~1493)의 「춘주 10경」, 이춘원(李春元: 1562~1609)의 「청평 8경」, 이상질(李尙質: 1597~1635)의 「문강(汶江) 8경」이었다. 이 논문을 통하여 직재의 「천곡8경」을 들어낸 것 또한 의의가 있다고 하겠다.

이 장에서는 17세기 춘천지역 학문을 위한 기반 형성을 살펴보았다. 첫 번째는 문암서원과 도포서원의 설립 기문을 통하여 출옹 이주의 역할과 지퇴당 이정형이 춘천 유생들에게 훈도한 공을 알 수가 있었다. 또한 도포서원에 배향된 김경직은 지퇴당 이정형과 상촌 신흠과의 교유의 일면을 확인 할 수 있었다. 이러한 교육시설 설립은 춘천지역의 학문형성의 토대가 되었음을 알 수가 있었다.

두 번째는 춘천부사를 지낸 범허정 송광연과 강원도 관찰사를 역임한 윤사국이 지역 자제들을 위한 학문 진작 활동을 볼 수가 있었는데, 이는 16세기와 17세기 춘천지역의 교육환경을 짐작할 수 있었으며, 그러한 위정과 함께 지역민들의 학문제고 의식도 확인할 수 있었다.

세 번째는 출옹 이주가 춘천지역에 은거하면서 그동안 시제에서 벗어난 지역경물을 찾아 처사적 심사를 담아보고, 또한 전일(前日)의 은일자 및 절의자 흔적을 찾아 그들의 지조와 절의를 돌아보고 자신의 삶을 완성하고자 하였던 면모를 알 수 있었다.

네 번째는 직재 이기홍 가족이 춘천지역으로의 이주 과정과 은거하는 동안 호학의 삶을 살펴보았다. 그는 은거지역에서 강학을 통하여 노론계 도학을 식재하였으며, 그가 남긴 「천곡8경」을 통해서는 고절한 처사의 모습을 찾을 수 있었다.

IV

18세기 춘천지역 문인 시문학 전개 양상

Ⅳ

18세기 춘천지역 문인 시문학 전개 양상

18세기 들어 한국한시(韓國漢詩)는 새로운 시세계를 모색하는 움직임이 있었는데, 그 중심에는 농암 김창협과 삼연 김창흡이 주도한 백악시단(白嶽詩壇)이었다. 그들의 움직임을 진시운동(眞詩運動)이라 하였다. 이들은 시를 씀에 있어 성정(性情)의 발로에서 벗어나 주변의 자연환경, 풍속, 인물 등을 있는 그대로 표현하는 것을 주장하고, 일체의 계획과 꾸밈을 거부하였다. 또 한편에서는 지역의 풍속과 세태를 반영하려는 시작(試作)과 변방의 풍속과 백성들의 서정을 사실적으로 그리려는 기속시(紀俗詩)가 나타나는 시기였다. 대표적인 인물로는 두기 최성대(1691~1762), 청천 신유한(1681~1752), 석북 신광수(1712~1775), 이계 홍량호(1724~1802) 등이다.

이러한 움직임은 사대부 문인뿐 만아니라 위항(委巷)시인과 서얼(庶孽)시단에도 예외는 아니었다. 이규상(李奎象: 1727~1799)은 서얼 시단의 독특한 문학적 특징을 처음으로 초림체(椒林體)란 명칭을 사용하였으며, 창시자로 이봉환을 들고 있다. 이 시기에 이봉한과 추월 남옥은 서얼문사로서 조재호 家와 홍봉한 家에서 맺은 시사를 통하여 매우 가까운 사이였다. 이들은 1748년의 통신사와 1764년의 통신사에서 활약하였다. 1764년에는 제술관은 남옥, 서기는 성대중, 원중거, 김인겸이었다. 이들은 당시 문명이 자자하였던 서얼들이었고 그리고 이들은 나중에 서로 왕래가 빈번하여 나름대로 하나의 바운더리를 형성하고 있었다. 이들 서얼을 두고 당시에 '초림팔재사(椒林八才士)'라 칭하고 있다.[82]

---

82 안대회, 「서얼시인의 계보와 시의 전개(18세기 斬新한 시풍의 형성과 서얼시인)」, 『문학과사회집단』, 1995, 한국고전문학회, p.14 인용.

이 장에서는 이러한 움직임 속에서 춘천지역을 노래한 작품들을 살펴보고, 지역 출신 문인들의 시작(試作) 경향과 정서를 살펴보고자 한다.

1. 외지 문인들의 다양한 시제(試題) 변화

〈표 6〉 18세기 『춘천읍지』에 기록된 시문학 현황

번호	시대	이름	생몰년	詩題 대상	형태	방문목적	비고
1	조선	김창흡(金昌翕)	1653~1722	청평사	7언절구	유람	
2	〃	김창흡(金昌翕)	〃	청평사, 서천	5언고시	〃	
3	〃	김창흡(金昌翕)	〃	청평사, 영지	7언절구	〃	
4	〃	조유수(趙裕壽)	1631~1741	청평사	7언고시	〃	
5	〃	오원(吳瑗)	1700~1740	청평사, 영지	5언절구	〃	
6	〃	오원(吳瑗)	〃	청평사, 영지	5언율시	〃	
7	〃	김창협(金昌協)	1651~1709	곡운, 유지당	고시	〃	
8	〃	김수증(金壽增)	1624~1701	사탄(농수정)	7언절구	은둔	
9	〃	김수증(金壽增)	〃	사탄(구곡)	7언절구	〃	
10	〃	김수증(金壽增)	〃	사탄(방화계)	7언절구	〃	
11	〃	김수항(金壽恒)	1629~1689	사탄	7언절구	유배	
12	〃	송시열(宋時烈)	1607~1689	사탄	7언절구	유람	
13	〃	박세채(朴世采)	1621~1695	사탄	7언절구	〃	
14	〃	이민서(李敏敍)	1633~1688	사탄	7언절구	〃	
15	〃	이재(李縡)	1680~1746	사탄	7언절구	〃	
16	〃	김창국(金昌國)	1644~1717	사탄, 청옥협	7언절구	〃	
17	〃	김창집(金昌集)	1649~1722	사탄, 신녀협	7언절구	〃	
18	〃	김창협(金昌協)	1651~1708	사탄, 백운담	7언절구	〃	
19	〃	김창흡(金昌翕)	1653~1722	사탄, 명옥뢰	7언절구	〃	
20	〃	김창직(金昌直)	1653~1702	사탄, 와룡담	7언절구	〃	
21	〃	김창업(金昌業)	1658~1721	사탄, 명월계	7언절구	〃	
22	〃	김창즙(金昌緝)	1662~1713	사탄, 융의연	7언절구	〃	
23	〃	김창흡(金昌翕)	1653~1722	청평사	7언절구	〃	
24	〃	김창흡(金昌翕)	1653~1722	청평사, 식암	7언절구	〃	
25	〃	오원(吳瑗)	1700~1740	청평사, 식암	7언절구	〃	
26	〃	박태보(朴泰輔)	1654~1689	소양정	7언절구	〃	
27	〃	김창협(金昌協)	1651~1708	소양정	7언율시	〃	
28	〃	김창흡(金昌翕)	1653~1722	소양정	7언율시	〃	

번호	시대	이름	생몰년	詩題 대상	형태	방문목적	비고
29	〃	조현명(趙顯命)	1690~1752	소양정	7언율시	〃	
30	〃	이재(李縡)	1680~1746	소양정	7언율시	〃	
31	〃	김진상(金鎭商)	1684~1755	소양정	7언율시	〃	
32	〃	이정신(李正臣)	1660~1727	소양정	7언절구	〃	
33	〃	오언주(吳彦冑)	1688~1741	소양정	7언절구	〃	
34	〃	홍계희(洪啟禧)	1703~1771	소양정	7언율시	〃	
35	〃	홍봉조(洪鳳祚)	1680~1760	소양정	7언율시	〃	
36	〃	이중협(李重協)	1681~?	소양정	7언절구	〃	
37	〃	조유수(趙裕壽)	1631~1741	소양정	7언율시	〃	
38	〃	한사득(韓師得)	1689~1766	소양정	7언율시	춘천부사	
39	〃	김진상(金鎭商)	1684~1755	소양정	5언율시	유람	
40	〃	이명환(李明煥)	1718~1764	요선당	7언절구	〃	
41	〃	오도일(吳道一)	1645~1703	요선당	7언율시	관찰사	
42	〃	유득일(俞得一)	1650~1712	요선당	7언율시	관찰사	
43	〃	이조(李肇)	1666~1728	요선당	7언율시	〃	
44	〃	조유수(趙裕壽)	1663~1741	요선당	7언고시	관찰사	
45	〃	송성명(宋成明)	1674~미상	요선당	7언율시	유람	
46	〃	오언주(吳彦冑)	1688~1741	요선당	7언율시	〃	
47	〃	유숭(俞崇)	1661~1734	요선당	7언율시	관찰사	
48	〃	이중협(李重協)	1681~미상	요선당	7언율시	관찰사	
49	〃	조최수(趙最壽)	1670~1739	요선당	7언율시	유람	
50	〃	한사득(韓師得)	1689~1766	요선당	7언율시	춘천부사	
51	〃	조현명(趙顯命)	1690~1752	요선당	7언율시	유람	
52	〃	조명리(趙明履)	1697~1756	요선당	5언율시	관찰사	

〈표 6〉를 보면 조선 후기 18세기에 들어 춘천지역을 찾아온 외지 문인들의 시문학에 있어 여전히 청평사와 소양루 그리고 관아건물 중 객사(요선당)를 대상으로 형상화하였다. 특이한 것은 곡운 김수증이 사탄(현 화천군 사내면 사창리)에 은거한 이후로 장동 김씨 집안의 문사들과 그의 흔적을 찾고자 하는 문인들의 발길이 이어졌다는 것이다. 이는 춘천지역의 새로운 은둔지로 주목받았다는 것을 의미하는 것이며, 삼한동 역시 새로운 시적 대상이 되었다는 것이다.

『춘천읍지(순조 31, 1831)』에는 총 102수의 시문학 작품이 수록되었으나, 18세기 인물들의 작품은 〈표 6〉과 같다.

아래 시는 김창흡(金昌翕: 1653~1722)의 청평사 시이다.

澗道橫將江路分	계곡길 가로 질러 강 길 나누어지는데
故情何限水沄沄	옛 정은 끝이 없고 물결도 넘실넘실
退陶叱馭猶蒼磴	퇴도(退陶)는 말 재촉하며 지나갔으나, 아직도 돌길은 푸르고
眞樂耕巖自白雲	진락공(眞樂公) 머문 곳엔 흰 구름 나오네
駟馬高車非晩計	사마고거[83]의 뜻은 만년 계획 아니더라도
壞蟲黃鵠豈同羣	땅벌레와 고니가 어찌 함께 무리 지을 수 있겠는가?
千秋出處知偏正	예나 이제나 나고 듦에 옳고 그름을 알고
一體終歸脫世氛	마침내 하나 되어 속세의 기운 벗어났네

시 부제가 「청평 계곡 입구에서 퇴계가 갔던 발자취를 추억하며 시를 읊조려 함께 유람하는 이에게 보여주다(淸平洞口, 憶退陶往躅, 吟示同遊)」[84]라는 것에서 볼 수 있듯이 18세기에 들어서도 여전히 청평사는 이황과 이자현의 전고에서 벗어나지 않는 것을 확인할 수 있다. 그러나 18세기 김창흡이 주도한 진시운동 시세계(詩世界)의 일면을 볼 수가 있는 시이다.

삼연은 청평사 가는 길을 실경(實景)으로 표현함과 함께 진솔한 감정을 드러내고 있다. 또한 헛된 경물 묘사를 하지도 않는다. 그러면서도 실제로 일어났던 과거의 사실을 자연스럽게 시에 녹아들게 함으로써 조선 한시의 이상적 경지를 보여주고 있다.

위 〈표 6〉에서 벗어나 새로운 지역경물을 표현한 문인들이 있어 살펴보겠다.

---

83 촉군(蜀郡) 성도(成都) 사람 사마상여(司馬相如)가 일찍이 촉군을 떠나 장안(長安)으로 가는 길에 성도의 성 북쪽에 있는 승선교(昇仙橋)에 이르러 그 다리 기둥에 "고거사마를 타지 않고서는 다시 이 다리를 건너지 않겠다.(不乘駟馬高車 不復過此橋)"라고 써서 기필코 공명을 이루겠다는 자신의 포부를 밝혔는데, 뒤에 그의 뛰어난 문장 실력을 한 무제(漢武帝)에게 인정받고 출세한 고사가 진(晉)나라 상거(常璩)의 『화양국지(華陽國志)』에 전한다.

84 『삼연집(三淵集)』, 권8.

후계 조유수(趙裕壽: 1663~1741)의 시

삼회동선암, 차금학운
(三檜洞仙菴, 次琴鶴韻: 삼회동 선암. 금학(琴鶴)[85]의 시에 차운하다.)

片石孤峯自慶來	조각 바위 외로운 봉우리 경운산(慶雲山)에서 왔으니
相傳精舍定公開	정사(精舍)는 정공(定公)이 개창한 것이라 전해져 오네
牽蘿以補初無路	덩굴 끌어다 기우는 일[86] 애초에 길이 없고
掛瀑之前輒有臺	폭포가 걸린 앞에는 문득 대가 있네
狼縣道途山嶄嵼	낭현(狼縣, 화천)으로 가는 길엔 산 높이 솟았고
貊宮基址水昭回	맥궁(貊宮) 터엔 물이 돌아 흐르네
何愁夏晚乏詩景	늦여름에 시 읊을 경치 부족한 것 어찌 근심하랴
芳草綠陰俱可裁	방초녹음(芳草綠陰)을 모두 쓸 수 있다네

삼회동법화암, 피도선위와역장, 차금학운
(三檜洞法華菴, 被盜燹爲瓦礫場, 次琴鶴韻: 삼회사 법화암. 도적의 화를 입어 기와와 자갈밭이 되었다. 금학의 시에 차운하다)

眞成破山寺	참으로 파손된 산사(山寺)가 되었으니
石柱仄金華	돌기둥이 금화전(金華殿)에 기울어 있네
亦見盜憎佛	도적이 부처를 미워함을 볼 수 있고
並燒書與家	경전과 법당까지 아울러 불태웠네
無厨泉入筧	부엌 없어 샘물이 대 홈통으로 들어오고
經火木能花	화재를 겪었으니 나무에 꽃이 필 수 있으랴
此世元灰劫	이 세상이 원래 회겁(灰劫)[87]이니
菴災不足嗟	암자의 재난이야 탄식할 것 없다네

---

85 금학(琴鶴): 금학산인(琴鶴山人) 이온(李溫)을 가리킨다. 「次琴鶴山人李溫老翁遊山歌」를 비롯하여, 『후계집』 내에 그와 교유하며 시를 읊은 흔적이 다수 발견된다. 다만 그의 생애에 관한 자세한 사항은 미상이다.

86 덩굴……일: 원문은 '견라이보(牽蘿以補)' 두보(杜甫)의 「가인(佳人)」 시에 "시비가 구슬을 팔아 돌아와서, 여러 넝쿨 끌어다 띳집을 땜질했네.(侍婢賣珠廻 牽蘿補茅屋)"라 한 데서 온 말이다. 임시로 하는 미봉책을 뜻하는 말로 자주 사용된다.

87 회겁(灰劫): 일반적으로 겁회(劫灰)라고 한다. 겁화(劫火)의 재라는 뜻으로, 재앙을 뜻하는 불가의 용어이다. 하나의 세계가 끝날 즈음에 겁화가 일어나서 온 세상을 다 불태운다고 하는데, 한 무제(漢武帝) 때 곤명지(昆明池) 밑바닥에서 나온 검은 재에 대해 인도 승려 축법란(竺法蘭)이 "바로 그것이 '겁화를 당한 재[劫灰]'이다."라고 대답했다는 고사가 전한다. 『高僧傳 卷1 漢洛陽白馬寺 竺法蘭』

후계 조유수(趙裕壽: 1663~1741)[88] 조선 중기의 문인이다. 본관은 풍양이며, 호는 후계(后溪)이다. 1738년 3월 그의 나이 76세 때 춘천의 청평산과 곡운계곡을 방문한 것으로 기록되어 있다. 이때 청평산과 곡운계곡의 중간 지점인 삼한동에 들러 위의 한시를 저술한 것으로 보인다.

현재 삼한동(三韓洞)은 춘천시 신북읍 발산리에 소재한다. 춘천 용화산 삼한동은 근접한 경운산(청평산) 청평동에 가려져 많은 시인 묵객들로부터 소외되어왔다. 엄황(嚴惶: 1580~1653)이 쓴 『춘주지』【불우(佛宇)】편에 삼회사(三檜寺)와 은선암(隱仙庵)에 대한 기사가 있는데, 다음과 같다.

> 삼회사는 경운산의 서쪽에 있다. 세상에 전하길 이 절은 소양정과 함께 모두 삼한시대에 시대에 세워졌는데, 천 년 전 옛집이 조금도 기울어지거나 틈이 생긴 곳이 없으며 섬돌은 잡석으로 어지러이 쌓았는데 조금도 미세한 틈으로 물이 새는 곳이 없으니 보는 사람으로 하여금 기이하게 여기게 했다. 을해년에 화전으로 개간하여 모두 타 없어졌다. 법화사는 경운산의 서쪽에 있다. 은선암은 삼회동 서쪽 석봉 아래에 있다.[89]

위 기사에는 삼회사. 법화사는 모두 경운산 서쪽에 있다고 하였고 은선암은 삼회동 서쪽 석봉(西石峯)밑에 위치한 것으로 기록하였다. 삼회사 창건 연대를 삼한시대로 보았으며, 을해년(1635)에 화전으로 불탄 것으로 기록하였다.

또 1686년 여름, 춘천부사(재임기간: 1684~1686) 송광연이 삼한동을 방문하고 그 주변의 지명과 유적, 그리고 자연경관을 청평동과 비교하여 「삼한동기」를 남겼다. 기록에 자연경관은 "청평동에 못지않다"라고 평가하였다. 송광연의 「삼한동기」는 삼한동을 직접 답사하고 기록한 최초의 글이라는 점에서 상당한 의의가 있다고 하겠다.

조유수는 시 제목을 「삼회동 선암」이라 하였다. 작가는 시에서 삼회동 선암의 위치를 구체적으로 밝히지는 않았다. 다만 시 속에 삼회동 봉우리가 경

---

88 조유수(趙裕壽: 1663~1741) 본관은 풍양(豊壤), 자는 의중(毅仲), 호는 후계(後溪)이다.
89 춘천시, 역주: 오강원, 임민혁, 김학수, 『춘천지리지』, 강원일보사, 1997. p.64. 三檜寺在慶雲山西. 世傳此寺與昭陽亭皆三韓幷建, 而千年古屋少, 無欹隙處, 階砌則以雜石亂築, 而少無細縛納水之, 處觀者異之. 乙亥之世爲火墾者. 法華寺在龍華山西北. 今無隱仙庵 在北三檜洞西石峰下.

운산[청평산]에서 왔고, 폭포가 걸린 대(臺)가 있고, 낭현[화천]으로 가는 길에 맥국 터와 같은 시어를 사용한 것으로 보아, 삼회동 범위를 지금의 고성리 계곡까지 포함한 듯하다. 선암은 은선암의 이칭일 것이다. 산중에 있는 암자라 화려한 모습보다는 풀과 덩굴로 덮여 걸어 다니는 길도 없다. 그래서 시로 표현하기에는 부족하였다. 그러나 조유수는 암자의 주변 모습과 지리(地理: 낭현, 맥궁)를 세밀히 관찰하여 사실적으로 표현함으로써 자신의 정감을 나타내고 있다. 「삼회동법화암」에서는 폐허가 된 사찰 모습을 더욱 생생하게 그리고 있다. 사찰 화재의 주범을 도적의 행위로 보고, 경전과 법당 그리고 스님이 기거했던 부엌까지 폐허가 된 모습을 그렸다. 한층 더해 불타버려 주인 없는 부엌으로 샘물이 들어오는 모습과 불탄 나무를 통해 쓸쓸함을 더하고 있다. 그러나 세상은 한 줌의 재로 돌아가는 것이니, 탄식할 것이 없다고 하며, 폐허가 된 사찰을 지나며 무상함을 읊었다.

김도수(金道洙: 1699~1733)의 「소양가」[90]이다.

願君莫唱西洲曲	님이여 서주곡 부르지 마오
願君且聽昭陽歌	님의 소양가를 듣고 싶어요
昭陽江水淸且暖	소양강 물 맑고 따뜻해져
門前羳羳楊柳多	문 앞엔 늘어진 버드나무 많고
東家女兒顔如玉	동가의 여자아이 옥 같은 얼굴로
月明浣紗江上來	달 밝은 밤 빨래하러 강가로 오네
夜深驚起鸕鶿羣	깊은 밤 놀라 일어난 학 무리는
鳴飛直過鳳凰臺	울며 곧장 봉황대를 날아가네

김도수는 청풍김씨로서 조부인 청풍부원군 김우명의 묘가 춘천 서면 안보리에 있어 춘천과 인연이 있다. 춘천에서 잠시 유거(幽居)한 사실이 전해오나, 35세로 요절한 문인이다.

시 제목이 「소양가」인 것으로 보아 지역에서 불리던 민요를 시로 담았는지는 모르겠으나, 1, 2구에 "서주곡"이라는 시어를 사용한 것으로 보아 「소

---

90 김도수, 『춘주유고』권1.

양가」는 춘천 지역에서 불리었던 민요로 추측한다. "서주곡"은 중국 장강 유역에서 부르던 「악부민가」로, 한 소녀가 이별한 연인에 대한 그리움을 소재로 한 작품이다. 소녀 아이는 중국의 「서주곡」보다는 춘천의 "「소양가」를 듣고 싶다"라고 표현하였다. 이는 작가의 실지(實地)에서 인식한 의도적인 표현이라 하겠다. 3, 4구에서는 강물이 따뜻해지고 버드나무에 물이 오른 봄을 나타내고 있다. 여자아이의 춘심을 표현하고자 함일 것이다. 5, 6구에서는 임을 그리는 애틋한 마음에 화장하고, 부끄러워 낮이 아닌 밤에 빨래하러 강가로 나오는 모습을 그렸다. 7, 8구에서는 늦은 밤 잠자던 학 무리는 사람 소리에 놀라, 강 건너 봉황대로 날아가는 것으로 마무리하고 있다. 강과 버드나무는 시문학에서 있어서 이별을 상징하는 대상으로 사용하고 있다. 김도수는 서얼 집안의 자식으로 불우한 세상을 살다 간 시인이다. 위 시에서 "여자 아이"를 작가로도 본다면 그대(君)를 임금으로 보아 思君詩로 해석할 수가 있다.

기존의 소양강을 주제로 한 시문학과는 다른 면을 드러낸 작품으로 볼 수 있다.

조재호(趙載浩: 1702~1762) 문소각관호렵
(聞韶閣觀虎獵: 문소각에서 호랑이 사냥을 관람하다[91]

蹴雪群圍進	눈을 차며 무리가 포위해 나가고
穿林毒砲隨	숲을 뚫고 독을 묻힌 포수가 따른다
負嵋徒自恃	산모퉁이 등지고 스스로를 의지할 뿐
離窟竟何爲	굴을 떠나니 마침내 어찌 하랴?
無賴咆哮壯	포효하던 장려함은 의지할 곳 없더니
猶能顧眄遲	좌우로 돌아보며 느릿느릿 움직일 뿐이네
蒼崖終灑血	푸른 벼랑에서 끝내 피 뿌리니
人擬寢其皮	사람이 그 가죽에서 잠을 자리라[92]

문소각은 춘천 관아건물로서 객사로 많이 사용된 곳이다. 조재호는 풍양조씨로서 영, 정조 연간에 탕평책을 주도하다 사사된 인물이다. 정치적으로 어

---

91 조재호: 『손재집(損齋集)』卷之一.
92 홍성익 외, 『춘천 정체성을 위한 역사문화 아카이브2 유교문화』, 2016. 춘천문화원. p.285.

려울 때 춘천에 은거하면서 지역과 관련된 작품을 남겼다. 그중 봉의산에서 호랑이 사냥을 관람하고 시로 남겼다.

전반적인 시상의 전개가 시제에 비해 격동적이거나 긴장감이 없다. 눈이 내린 산속을 헤쳐가며 호랑이를 쫓는 몰이꾼과 포수의 모습은 평범하다. 또한 느릿느릿 거리는 호랑이의 모습 또한 사나움이 없다. 이유는 사냥 현장에서 본 사실보다는 멀리 떨어진 문소각에서 보았기에 시 전개 상황이 흥미롭지 못하다.

그러나 이전의 시에서는 볼 수 없는 지역 풍속을 그렸다는 것에 의의가 있다.

자하 신위(申緯: 1769~1847)의 시

鳳儀山下二泉眼　봉의산 아래 두 개의 우물이 있어
大井小池俱翳然　큰 우물 작은 우물 모두 황폐해졌네
聊試金篦刮膜手　한번 쇠칼로 꺼풀을 손수 긁어내보니
展開明月水中天　물속에 하늘이 비쳐 밝은 달 펼쳐지네[93]

【연못가에서 수 십 걸음을 가면 우물이 있는데 묘수라고 부른다. 춘천에서 제일 가는 샘이다】[94]

자하 신위는 당대 추사 김정희와 청나라 옹방강(翁方綱)의 영향을 받은 인물이다. 고증학은 실사구시(實事求是)를 학문 목표로 하여 징험하지 않으면 믿지 않는다(無澂無信)는 철저한 고증방법을 취한다. 이러한 사상은 시론(詩論)에까지 반영되어 시(詩)·서(書)·화(畵) 일치(一致)를 이루게 되었다. 삼절(三絶)인 자하 신위는 춘천부사 시절 시문학을 『맥록』에 남겼다. 그중 지역의 실물을 시로 남긴 것이 있어 살펴보겠다.

신위는 춘천 봉의산 관아 내 문소각에 거처하면서 많은 시를 남겼다. 위 시를 짓게 된 동기를 말하길 "문소각 북쪽에 네모난 연못이 있었는데 진흙과 풀에 묻힌 지 수년이 되었다. 내가 틈나는 대로 그것을 걷어내어 수리하고는 이

93 위의 책. p.287.
94 "池上數十步 有井曰妙水 爲壽春第一泉"

시를 지어 일을 기록한다"(聞詔閣之北, 有池一方, 泥壅草湮有年矣. 余因暇日, 濬治之, 賦此記事.) 고 하였다. 이 연못과 관련된 시는 총 6수이다.

신위는 연못의 수원(水源)을 찾아 묘수(妙水)라 불리는 우물까지 방문하였다. 황폐해진 것을 본 신위는 손수 쇠칼로 보수하는 수고도 마다하지 않은 채 우물의 환경을 바꾸어 물 위에 달이 비추는 모습을 시에 담았다. 이렇듯 신위는 그 현장을 세밀하게 관찰하고 자신의 감정을 투영하고 있다. 이러한 시작(詩作)은 직접 목격하고 경험한 사실을 바탕으로 하는 고증적 시풍을 담고 있다고 하겠다. 신위는 또한 춘천지역의 특산 농산물을 표현한 「맥풍12장(貊風12章)」을 남겼는데, 이는 추월 남옥의 오언고시인 맥풍(貊風)을 개작한 것이었다.

정약용(丁若鏞: 1762~1836)의 시

漁子尋源入洞天　어부가 무릉도원 찾아서 춘주에 들어오니
朱樓飛出幔亭前　붉은 누각 날아갈 듯 만정봉 앞에 나왔네
弓劉割據渾無跡　궁준과 유무가 할거하였으나 아무 흔적이 없고
韓貊交爭竟可憐　한과 맥이 번갈아 다투었으니 안타깝구나
牛首古田春草遠　우수주 옛 밭에 봄풀이 아련하고
麟蹄流水落花妍　인제에서 흘러온 물에 낙화가 곱구나
紗籠袖拂嗟何補　사롱을 소매로 떨어낸들 무슨 도움이 되랴
汀柳斜陽獨解船　물가 버들에 석양이 들자 홀로 배를 띄우네[95]

【조위(曹魏)의 정시(正始) 연간에 낙랑 태수(樂浪太守) 유무(劉茂)와 대방 태수(帶方太守) 궁준(弓遵)이 바다를 건너와 이곳을 점령하고서, 북으로는 고구려에 항거하고 남으로는 진한(辰韓)을 공격하여 진한의 여덟 나라를 탈취하였는데, 이 때에 낙랑의 근거지가 실로 춘천에 있었다】[96]

정약용은 춘천을 2번 다녀간 기록을 그의 문집 『여유당전서』속 「산행일기」에 담았다. 첫 번째 방문은 1820년 봄, 3월 24일에 장조카 학순(學淳)의

---

95 위의 책. p.337.
96 정약용, 『다산시문집제7권』, 「소양정회고」, "曹魏正始年中, 樂浪太守劉茂 帶方太守弓遵越海來領, 北拒句麗, 南攻辰韓, 取辰韓八國, 此時樂浪所據實在春川".

납채(納采)하러 왔었고, 두 번째 방문은 1823년 4월 15일 자신의 아들 학연
(學淵)이 맏손주 대림(大林)을 데리고 며느리를 맞으려고 방문하였다. 위 시
는 첫 번째 춘천을 방문하여 소양정에 올라 쓴 작품이다.

정약용도 춘천의 경관을 무릉도원에 빗대고, 소양정을 중국 무이산의 만정
(幔亭)에 비유하였다. 춘천의 옛 역사를 한사군 시절 낙랑의 근거지로 보고
"그때의 자취는 없고, 삼한과 맥이 싸운 일은 가련하다"하였다. 이 전고(典
故)는 춘천 지역을 소개하는 시문학에서 역대 처음으로 사용한 것으로 추측
한다. 소양강물이 설악산에서 내려오는 것을 근거로 "인제(麟蹄)"라는 실지
명을 사용한 것도 처음이다.

이렇듯 정약용은 춘천을 형상한 시에서 기존의 전고를 사용하지 않고 자신
만의 역사 지식을 담은 것은 특이한 점이라 하겠다.

이 절에서는 18세기 들어 춘천지역을 찾은 내방객들이 그동안 주목하지 않
았던 다양한 시제를 살펴보았다. 그러나 여전히 춘천지역 주요 시문학 시제
(詩題)는 역시 청평사와 춘천부 관아건물을 소재로 하고 있다. 한국 한시사
에 있어 조선 후기 18세기는 반의고주의(反擬古主義)인 진시운동과 고증적
시작(詩作)이 전개되는 양상이 있었다, 이에 맞추어 춘천을 찾는 내방객들도
조금씩 다양한 시제를 찾는 양상을 볼 수가 있었다.

다음 절에서는 춘천지역 출신자로서 그들이 남긴 시문학에 나타난 지역 형
상과 애향의 표현을 살펴볼 것이다. 이를 통하여 진정한 춘천지역 문인들의
정서를 살펴볼 것이다.

2. 두기 최성대의 지역에 대한 서정(抒情)

두기(杜機) 최성대(崔成大: 1691~1762)는 양양 부사, 대사간을 역임한 문
인이다. 그는 조선 후기 조선의 민요적 정서를 담은 새로운 조선 詩를 창작함
으로써 18세기 조선 한시사의 중심인물로서 주목받아 일찍부터 그의 문학작

품이 연구된 바 있다.[97] 그러나 최성대에 관한 연구가 일정하게 이루어졌음에
도, 춘천과 관련된 연구 성과는 보고된 바 없었다.

최성대는 본관이 전주이며 지평공파(持平公派)이다. 최성대의 6대 조 최천
건(崔天健: 1568~1617)은 소북(小北)의 핵심적 인물이었으나, 광해군 때 대
북(大北)의 영수 정인홍·이이첨과의 정쟁에서 패배하여 목숨을 잃었다. 최
성대의 조부 최항제(恒齊)는 사마방목에 거주지를 춘천으로 기록하였으며,
또한 『全州崔氏持平公派九修族譜』와 여러 문집에 남아있는 묘지명과 제문
을 통해서 부친 최수경(守慶), 본인 최성대(成大), 아들 최명철(命哲)의 묘가
춘천에 있는 것으로 확인하였다. 이렇듯 춘천은 최성대 집안의 선영지(先塋
地)로서 특별한 인연을 가진 곳이었다.

본 책에서는 최성대의 생애와 활동에 있어서 춘천과 관련된 시문학을 정리
분석할 것이다. 이를 통하여 그의 사유(思惟)와 정서(情緖)를 살필 것이다.
이는 18세기 진시(眞詩)운동의 선구자로서 춘천 지역의 경물과 인물을 표현
한 일단을 구명하는 것은 지역 문학사에서도 매우 중요한 일이다.

〈표 7〉 두기 최성대의 년표

년도	나이	관직과 부임지	비고
1691	1	부친 최수경과 모친 한산 이씨 사이에서 태어남	
1721	31	진사에 급제	
1732	42	정시문과에 급제	
1735	45	충청도 장연 현감 부임	
1738	48	사헌부 지평이 되었으나, 강원도 강릉 종사관으로 좌천	
1739	49	사사로이 역마(驛馬)를 이용하여 채벌을 받다	
1740	50	사간원 정언, 사헌부 지평으로 임명	

97 황수연, 「두기 최성대의 민요풍 한시 연구」, 연세대학교 박사 학위 논문, 2000.
　황수연, 「두기 최성대 한시 연구(악부시를 중심으로)」, 연세대학교 석사 학위 논문, 1991. 안대회,
「杜機 崔成大詩의 민요적 발상과 서정」, 『연세어문학』, 연세대학교 국어국문학과, 1990.

년도	나이	관직과 부임지	비고
1745	55	묘향대축(廟享大祝)에 불참으로 유배. 황해도 유주(儒州)현령	
1747	57	사헌부 지평	
1748	58	사헌부 장령	
1749	59	헌납(獻納)과 필선(弼善)에 임명. 강원도 襄州(양양) 부사	
1753	63	사헌부 집의, 세자시강원 보덕	
1754	64	승정원 승지,	
1761	71	사헌부 대사간	
1762	72	별세 후 춘천 강창동(江倉洞)에 묻힘	

두기 최성대의 연보를 보면 늦은 나이(42)에 급제하여 외직으로는 충청도 장연과 황해도 유주 현감, 강원도 강릉 종사관과 양양 부사를 지냈으며, 내직으로는 주로 사헌부에서 근무한 것을 확인할 수 있다.

최성대의 조부 최항제(恒齊)는 『을묘증광사마방목』에 생년은 己丑(1649). 자는 중진(仲鎭). 본관은 전주. 거주지는 춘천으로 기록되어 있다. 또한 최항재의 형인 최숭제(嵩齊)는 『정사증광사마방목』에 생년은 丁亥(1647). 자는 중고(仲高)이며 거주지도 역시 춘천으로 기록되어 있다. 부친인 최수경(守慶)은 『병자식년사마방목』에 甲戌(1668) 생으로 거주지는 서울로 되어 있으며, 사후 청천 신유한의 「祭鳳巖崔公守慶文」[98]에 장지가 춘천으로 기록하였다. 최성대는 『신축성상즉위증광별시사마방목』에 거주지 표시는 없으며, 1762년에 졸하여 춘천에 묻혔다. 그의 아들 명철 또한 1742년에 졸하여 춘천에 묻혔고, 손자 최중순(1741~1801)은 고종사촌인 낙하생 이학규에게 묘비명을 부탁하였고, 이학규는 실제로 「영모정기(永慕亭記)」를 써서 최중순의 아들 최덕종에게 주었다.

---

98 『靑泉集卷之五』, 禮州申維翰周伯著 祭文「祭鳳巖崔公守慶文」"堂斧之屬春州, 是先生所卜於瀧岡而蟾江, 在下雪岳, 在上草樹烟霞洵美, 且爽不寧靑烏子告祥而世謂謝玄暉有靑山之葬".

〈표 8〉 최성대 가계 분석표(문집, 방목 및 전주최씨 족보)

이름	관직명	거주지	묘소	비고(관련자료)
최항제 (1649~1698)	世子侍講院 輔德	춘천	화성	-1675년 27세 급제 『을묘증광사마방목』
최수경 (1668~1726)	兵曹正郎	서울	춘천	-1696년 28세 급제 『병자식년사마방목』 -청천 신유한의 「祭鳳巖崔公守慶文」
최성대 (1691~1762)	司諫院 大司諫	서울	춘천	-1721년 30세 진사 급제 『신축성상즉위증광별시사마방목』
최명철 (1718~1742)	通德郎	서울	춘천	-24세 사망. 평창이씨 부인 -旅菴遺稿卷之十二 / 墓誌銘 全州崔公墓誌銘
최중순 (1741~1801)	昭寧園 參奉	춘천, 서울	화성	-洛下生 이학규와 고종사촌 「永慕亭記」 -窮悟集卷之三 / 土木窩輓詞 八首
최덕종 (1783~1843)		춘천, 서울	화성	-자하 신위와 교류 『맥록』

위 〈표 8〉의 사료들을 통하여 최성대 집안과 춘천과의 인연은 그의 조부 최
항제(恒齊)와 종조 최숭제(嵩齊), 최성제(聖齊), 최현제(賢齊)로부터 시작된 것
으로 파악되었다. 『전주최씨지평공파9수족보』에는 최성제(聖齊), 최현제(賢
齊) 본인과 그 후손들의 묘가 모두 춘천 송암동 삼내(三內)에 있는 것으로 확인
되었다. 이처럼 최성대의 조부 형제 4명 모두가 춘천에 살고 있었음을 알 수 있
었다. 그러나 무슨 연고로 춘천으로 이거를 했는지는 현존하는 자료가 없어 확
인할 수가 없다. 다만 낙하생(洛下生) 이학규(李學逵)의 「永慕亭記」[99]와 1818

---

99 『洛下生集冊十四』, 『文猗堂集』 庚辰 「永慕亭記」. "崔木翁之先兆墳菴曰永慕亭, 在嶺 西春川之北九
萬之原. 木翁之言曰, 昔予在齠齡, 先府君棄世, 予子子在疢. 奉先夫人曁祖考大司諫公以居. 先夫人嘗
涕泣諭予曰, 汝家先兆在春川之北九萬之原, 距京師二百餘里, 汝 季已勝冠, 而不卽使汝一往省焉. 豈
一日忘汝先府君邪. 徒以間涉巨川陟大嶺爲懼. 汝不克利稅, 汝先府君如, 有知不重詒大慽邪. 予奉先夫
人論. 未敢一日忘也. 及祖考大司諫公棄世, 承重服斬衰, 乘樸馬, 始至. 所謂春川之北九萬之原, 旣克
蕐還. 先夫人又涕泣諭予曰, 汝翎 不期其**益長**, 而汝志不期其**益壯**也. 尙不卽使汝歲一再往焉. 豈一日
忘汝先府君曁先祖考邪.徒以汝覩先兆則不節哀,去母側則不顧忌晨,惧汝不克終喪.汝先府君曁先祖考
似續之事, 惟汝在, 不詒汝大不孝耶.予再奉先夫人論, 未敢一日忘也. 今也先夫人又棄世矣. 旣克襄奉
而 旣返虖卒哭矣. 予今則已矣. 誰爲顧忌而詒爲節哀乎. 予之髮已種種, 而予之目已曹曹矣. 幸而有
小弱息, 似續之事任之, 惟子窹之所思, 寐之, 所之, 不暫去于春川之北九萬之原, 而不意其腿股之痛于
風痺也. 丈尺之內, 猶倩人取物,顧何以再涉二百餘里乎.木翁之居,西望有 荒岡嶰狀, 松柏翳狀也. 每顧
眄大慟曰,是不亦大類吾先兆邪.予惟朝晝向西望,以終吾餘秊可乎.凡爲木翁姻親故舊之聞是言者,莫不
爲之流涕,爲之哽咽未已也.當宁辛酉冬,予謫嶺表,聞木翁間已下世矣.木翁嘗屬予記墳菴,乃追叙木翁
昔日 之言, 以詒其胤君德種,俾臚于亭楣以識木翁永慕之志. 蓋如是云." 李學逵.

년 자하(紫霞) 신위(申緯)[100]가 춘천 부사로 부임하여 최성대와 관련된 일화와 후손 최덕종과의 교류내용을 『맥록』[101]에 기록하였다. 두 자료를 통하여 최성대 집안과 춘천과의 관계를 엿볼 수 있었다.

최성대의 문집인 『두기시집』은 1715년부터 1740년(50세) 사이에 지은 시 중에서 대표작품을 사위 임빈(任璸)과 함께 가려 뽑고, 1741년에 신유한(申維翰)과 이수봉(李壽鳳)의 서(叙)를 받아 『杜機詩集』을 간행한 것이다. 그에 해 당되는 작품집은 바로 『두기시집』1책이다. 『두기시집』2책은 續編과 補編上 8編으로 이루어져 있다. 續編은 選編 이후 즉 1740년 이후부터 1748년 사이에 지은 시이고 (53세~58세), 補編上은 選編에 빠진 시를 보충한 시들인데 내용 상 주로 選4~10編을 보충한 것으로 보인다. 『두기시집』3책은 補編下 9編과 拾4編으로 이루어져 있다. 補編下 1~5編은 續編을 보충한 시이고, 補編下 6 ~8編은 1750~1754년 기간에 지은 시이다. 拾 1, 2편은 選, 續의 보충으로 보 이고, 拾 3, 4편은 60세 이후부터 임종할 때까지의 시를 모은 것이다.[102]

〈표 9〉 『두기시집』속 춘천 관련 한시 작품 분석표

번호	문집	제목	주제	형식	비고
1	杜機詩集卷之一選	送客春州	춘천 서정	7언율시	
2	〃	春州送別	춘천 서정	7언절구	
3	〃	下峽口	춘천 자연	7언절구	
4	〃	江行	춘천 자연	7언절구	
5	〃	送從叔東遊	추원(선산)	7언율시	
6	〃	淸平山四篇	청평사	7언고시	
7	〃	宿淸平寺	청평사	5언고시	
8	〃	經貊都	맥국	5언율시	
9	〃	明日過昭亭	소양정	7언율시	

---

100 신위(申緯: 1765~1847), 본관은 평산(平山)이며 호는 한수(漢叟), 자하(紫霞), 경수당(警修堂)이 다. 신석하(申錫夏)의 증손으로, 할아버지는 신유(申曘)이고, 아버지는 대사헌 신대승(申大升)이다. 어머니는 이영록(李永祿)의 딸이다.

101 『맥록』「이시총」〔병서〕〔二詩塚 幷序〕
"二詩塚吟成之翌日, 杜機公孫崔仁田懿種, 致書於僕, 且有詩, 辭極懇欵, 僕與仁田, 未甞有半面之雅 而卒當, 厚禮, 怊恍驚媿.豈文字精靈, 有所感召而然歟, 輒次韻寄謝. 崔仁田和 余詩豪韻, 又爲五七言 各一篇見惠, 竝次韻通錄以贈. 官園後山脚, 同崔仁田煮蒿晩飯, 仁田和僕孫字韻, 卽用原韻謝之".

102 황수연, 「두기 최성대의 민요풍 한시 연구」, 연세대학교 박사 학위 논문, 2000. p.7.

번호	문집	제목	주제	형식	비고
10	〃	春州途中	춘천 자연	7언율시	
11	〃	嘉春途中	춘천 자연	7언율시	
12	〃	送從叔往春州	추원(선산)	5언고시	
13	杜機詩集卷之三補上	舟發新淵	추원(선산)	7언절구	
14	〃	東行路經春州	춘천 자연	7언율시	
15	〃	入春州渡新淵	춘천 자연	5언율시	
16	〃	到春州題詔舘	문소각	7언율시	
17	杜機詩集卷之四補下	春州渡新淵	춘천 자연	7언율시	
18	〃	馬上有感	추원(선산)	7언절구	
19	〃	春洪旅思	추원(선산)	7언절구	
20	〃	原昌驛.題李氏居	춘천 인물	5언고시	
21	〃	入春州峽 二首	춘천 자연	7언율시	
22	〃	登高感舊	추원(선산)	7언율시	
23	〃	芝村晩眺	춘천 자연	7언율시	

위 표에서 볼 수 있듯이 두기의 춘천 관련 한시는 총23편으로 파악하였다. 5언율시 2편, 5언고시 3편, 7언절구 6편, 7언율시 11편, 7언고시 1편이다.

1) 지역 민초들에게 향하는 시선

그동안 학계에서 최성대의 작품은 우리의 민요를 수용하고 있다는 사실을 가장 큰 특징으로 여겨왔다. 또한 중국의 전고(典故)를 사용하지 않고 조선의 전고를 사용함으로써 참신한 기운을 일으킨 효과가 있다고 하였다.

이 장에서는 앞서 『두기시집』속 춘천 지명을 형상화한 작품들을 분석하여 최성대의 사유와 정서를 살펴보겠다.

춘주도중(春州途中: 춘주로 가는 중에)

貊國山川道路難　맥국 산천으로 가는 길 험하여
攢峰峭壁白雲端　봉우리 모이고 벼랑 가팔라 하얀 구름 끝에 닿았네
縈廻石棧江流轉　돌고 돌아가는 바위 잔도 아래, 강물은 굽이쳐 흐르고
黝杳叢祠薜荔寒　어두운 숲속 성황당엔 담쟁이덩굴 쓸쓸하네
嶺上行人看古堠　산마루 행인은 옛 봉화대를 바라보고

船頭估客歇危灘　뱃머리 상인은 위태로운 강가에서 쉰 다네
幾時過盡昭陽瀨　얼마를 지나야 소양강 급류 끝나서
斗酒鄕歌且一歡　한 말 술에 민요 부르며, 한바탕 기뻐할거나

　최성대의 춘천 관련 작품 중 유독 춘천 입구인 석파령과 신연강에서 읊은 시가 많다. 「춘천도중」도 경기도 가평에서 춘천으로 들어오는 관문 즉 석파령 주변의 경물과 백성들의 실생활을 표현하였다. 위의 시에서 "맥국"은 춘천을 이르는 것으로 삼국사기에는 맥(貊)이라 하였고, 삼국유사에는 맥국(貊國)이라 하였다.

　1, 2연에서는 석파령의 주변 산세와 그 사이로 이어지는 바위 벼랑길과 흐르는 강물을 묘사하여 춘천 가는 길이 험준함을 표현하였다. 그러면서 우리 산하 어느 산마루에도 있었던 "성황당"을 끌어와 사실적이고 민속적 분위기를 더했다. 3연에서는 산마루 "행인"과 강가의 "상인"을 대구로 하여 그들의 행동과 모습을 회화적으로 표현하였다. 4연에서는 험한 산길과 위태로운 물길에서 벗어나 춘천의 민요[鄕歌]를 듣고 싶은 감정을 드러내고 있다.

도춘주제소관(到春州題韶館: 춘주에 이르러 소관에 제하다)
翩翩旌盖嶺雲西　고개 구름 서쪽에서 일산과 깃발을 날리고
落日吹鐃渡野谿　해 저물어 징소리 울리며 들판계곡 건너네
濊貊山深平地少　예맥의 산은 깊고 평지는 적어
春狼水散遠江低　춘랑수(화천 모진강) 흩어져 먼 강은 나즈막하네
金鈿側髻迎官拜　금비녀에 옆 가르마 딴 기녀, 관리에게 절하며 맞이하니
銀勒搖鬃向驛嘶　은(銀) 재갈 물린 말(馬)도 갈기 날리며 역을 향해 우네
好在紅樑懸素月　마침 아름다운 붉은 대들보 있어 하얀 달 걸렸으니
醉毫重染續前題　술 취한 붓에 또다시 먹을 묻혀 앞 시에 이어 쓴다네

　문소각(聞韶閣)[103]은 춘천 관아의 건물로써 봉의산의 아름다움과 소양강과 자양강의 경치를 모두 감상할 수 있는 곳이다,

---

103 『서경』, 「익직(益稷)」에 "순 임금이 창작한 음악인 소소를 아홉 번 연주하자, 봉황이 듣고 찾아와서 춤을 추었다.(簫韶九成 鳳凰來儀)"라고 하였다.

위 시에서도 최성대는 기존의 한시와는 다르게 민요풍으로 전개되고 있음을 알 수 있다. 황혼이 지는 춘천의 서쪽 관문인 석파령 고개를 일산과 깃발, 그리고 징소리 울리며 내려오는 관리의 행차 모습과, 그를 맞이하는 금비녀 꽂은 관기(官妓)의 모습은 매우 사실적이고 율동적으로 표현되었다. 이에 더하여 은빛 재갈을 문 말(馬)도 고단한 역로를 마칠 수 있다는 의미의 울음소리를 더해 다분히 해학적인 웃음을 자아내게 한다. 마지막 연에서는 문소각의 풍경과 작시(作詩)를 하는 시인의 일상으로 마무리하였다. 기존의 한시에 있어서는 문소각의 전고를 끌어와 마무리 짓는 것이 관념적 통례이다, 그에 반해 최성대는 춘천의 산수를 중국의 전고〈백로주(白鷺洲), 봉황대(鳳凰臺)〉를 끌어와 빗대지 않은 것을 볼 수 있는 작품이라 하겠다.

입춘주협 2수(入春州峽 二首: 춘추협에 들어서며 2수)

春州深入亂山重　춘주 땅 어지럽게 겹겹이 쌓인 산 깊숙이 들어가니
雪浪中奔萬壑從　눈처럼 흰 물결 온갖 골짜기로부터 내달리네
幾處煙霞藏祕境　비경을 감춰둔 산수는 어느 곳이며
何王城郭吊遺蹤　조문하는 남은 자취는 어느 왕의 성곽인가?
孤帆夜宿蘆間火　밤사이 외로운 돛단배 갈대 속에 불 밝히며 잠들고
絶棧秋懸霧裏峰　가을에 끊어진 잔교는 안개 속 봉우리에 매달려있네
樸馬官驂身屢過　거친 말 타고 역참을 여러 번 지나친 몸
鏡中銷盡舊顔容　거울 속에 옛 얼굴 모두 흩어졌네

千峰石黛競參差　검푸른 수많은 봉우리 다투어 솟아있고
一路煙嵐互蔽虧　남기 속 외길은 어지러이 가려져 있네
夜泊楓林眠水驛　밤엔 단풍나무에 배를 대어 수역에서 잠을 자고
晝披蘿薜看山祠　낮에는 넝쿨이 덮힌 성황당을 본다네
京商艫艓時憑客　서울 상인은 배에서 때때로 손님과 의거하고
貊女壺飱併負兒　맥녀는 음식을 들고 업은 아이와 나란히 하네
來往土風曾熟記　오가며 풍속을 일찍이 상세하게 기록하였는데
把杯今日更題詩　오늘 잔을 들고 다시금 시를 짓네

최성대에게 있어 춘천은 선산이 있는 마을이기 때문에 남다른 감정이 있었을 것이다. 그 감정에는 어릴 때부터 보아왔던 산천의 풍경과 역사, 그리고

이웃 사람들의 생활 풍속 등이 머릿속에 있었을 것이다. 해마다 한식날에 춘천 구만리 강창동(江滄洞) 선산을 찾았고, 관직에 오르면 인사차 방문을 했다. 실제로 강릉과 정선 그리고 양양(襄陽) 부사로 부임하는 길에 들렸다. 위시는 그이 나이 59세(1749) 때 양양 부사로 부임하는 도중 춘천을 지나가며 느낀 감회를 「入春州峽 二首」에 담았다.

「入春州峽 二首」중 첫 번째 수에서는 한양에서 춘천으로 가는 노정을 그렸다. 경기도 가평을 지역을 지나면 북한강을 따라 멀리 삼악산(삼악산성)이 보이고, 산 아래 춘천부 관할인 안보역(현 춘천시 서면 당림리)에 도착하게 된다. 그 지점부터 산은 높고 여러 갈래의 깊은 계곡이 보인다. 이러한 춘천지역 자연 경물을 어떠한 용사(用事)없이 진경(眞景)을 자연스럽게 표현하였다. 그러면서 마지막 연에서는 자신의 삶의 여정을 진정(眞情)으로 드러냄으로써 두기만의 정서를 보여주고 있다.

「入春州峽 二首」중 둘째 수는 첫수와는 분위기가 다르다. 楓林[단풍나무 숲]·山祠[서낭당]·京商[서울상인]·貊女[춘천여자]·土風[지역풍속]이라는 시어를 사용하여 신연(新淵) 나루에서 본 춘천지역 백성의 일상적 풍경을 표현하였다. 서울 상인과 아기를 업고 있는 맥녀(貊女)를 댓구로 삼아 신연(新淵) 나루터에서의 풍속을 그렸다. 한 폭의 민속화를 보는 듯하다. 기존의 한시에서 볼 수 없는 춘천지역 나루터 모습을 형상화하였다.

지촌만조(芝村晚眺: 지촌마을에 저녁 경치)

柳家亭北鉢山前	유가정 북쪽, 발산 앞
極目風煙思渺然	눈에 가득 보이는 풍경 묘연하네
天色襯霞衰草外	하늘빛은 노을과 가까워져 풀 밖으로 넘어가고
夕陽連水去鴻邊	석양은 강물과 연이어지고 기러기는 물가로 날아가네
傷時志士誰憐老	시국을 아파하는 지사의 늙음을 누가 슬퍼할꺼나?
過節秋花尙保姸	철 지난 국화는 오히려 아름다움을 유지하는데
惟有杜康差解悶	오직 두강[104]이 있어 번민을 조금이나 풀어내려
行歌時向酒家眠	노래하며 때때로 주막으로 가 잠드네

---

104 주(周)나라 때에 술을 최초로 빚었다는 사람의 이름이다.

『두기시집』에서 춘천 관련 지명을 시 제목으로 사용한 것은 3편의 작품이 있다. 지촌(芝村)·원창(原倉)·청평사다. 위 시에서 지촌리는 "유가정(柳家亭)北 발산(鉢山)前"이라는 표현으로 볼 때, 현 신북읍 문화 류씨 집성촌과 연관이 있는 듯하다. 그리고 신북읍 발산리에 소재한 "발산(鉢山) 앞"이라 한 것으로 볼 때 소양강과 인접한 마을인 듯하다. 최성대 사후 37년 후. 즉 1799년 낙하생 이학규가 춘천을 방문하고 쓴 시[105]에 "발산(鉢山)"과 "유전(柳田)"이 나오는 것을 볼 수 있다. 아마도 특별한 연고가 있던 마을인 듯하다. 이때 이학규는 남옥[106]의 아들 남려(南鑢)의 집을 방문하여 쓴 시「留題南生 鑢屋壁」를 함께 남겼다.

1연에서는 구체적인 지촌마을의 위치와 남서쪽으로 넓게 펼쳐진 춘천의 자연풍경을 묘사하였고, 2연에서는 낙조의 모습을 그렸다. 노을은 대지에 포개져 넘어가고, 석양은 서쪽으로 흐르는 강물과 연이어지고, 밤을 준비하는 기러기도 강변 물으로 날아가는 모습을 그렸다. 3연에서 시국을 아파하는 "志士"의 늙음을 누가 슬퍼하겠는가? 의 주체는 작가 자신일 것이다. 선대로부터 이어진 정치적 노선(小北)으로 인하여 벼슬길은 중앙직보다는 지방직으로 전전하며 늙어가는 작가를 의미할 수 있으며, 다른 하나는 사도세자의 죽음과 관련된 정치적 의미일 수도 있다. 그런 자신을 철 지난 국화, 즉 서리 맞은 국화에 대입하여, 시련이 깊을수록 더욱더 향기가 짙어지며 아름다움을 유지한다고 세상에 외치고 있다. 4연에서는 그런 자신을 위로하기 위해서 주막집으로 가는 것으로 마무리하였다.

---

105 『洛下生集』冊一, 春星堂集[己未], "雨望盧姑灘(노고탄에서 비를 바라보며). 江霧亂菰蘆(강 안개 갈대에 어지럽고). 江光畵有無(강 빛은 낮에도 없구나). 天低鈒山樹(발산리 나무는 하늘 아래있고) 雨過柳 田湖(유포리 호수엔 비는 지나가네). 出水黿龍喜(물이 나오니 용이 좋아하고). 連雲鸛鶴呼(구름이 연이으니 황새가 부르네). 前溪不可涉(앞 개울 거널 수 없고). 入夜長靑蒲(밤이 되니 푸른 청포만 길어지네)".
106 1722년(경종 2)~1770년(영조 46), 본관은 의령(宜寧), 자는 시온(時韞), 호는 추월(秋月).

원창역 제이씨거(原昌驛. 題李氏居: 원창역 이씨 거처에서 짓는다)

大籠山下路	대룡산 아래 길
原昌驛畔村	원창역 반촌마을
四圍嵐嶂合	사방 높은 산들 모여있고
一曲溪流奔	한 굽이 시냇물 흘러 내달리네
中有李氏子	그 가운데 李씨의 아들이 있어
誅茅縛衡門	띠를 잘라 묶어 문에 달아놓았고
下馬入其室	말에서 내려 그 집으로 들어가니
顔色向我溫	나를 향해 따뜻한 얼굴색 보이네
談舊及秋花	긴 시간 이야기하다 가을꽃에 이르러
愴然心所存	서글픈 마음이 있는지 물으니
自我別阿叔	우리 숙부가 떠나고부터
每念傷精魂	매냥 생각하면 마음 아프다네
何意逆旅間	어찌 생각했겠는가? 객사에서
逢子暫一言	아들을 만나 잠시 한마디 나눌 줄을
惻惻仍起去	슬퍼하다 이윽고 일어나 가니
襟前如有痕	옷깃 앞에 눈물 자국이 있네

　최성대는 외직을 통하여 전국을 다니며 그 지역의 역사와 인물, 전래 민요, 민중의 삶을 우리의 고유한 정서로 한시에 남겼다. 그 예로 부여의 「이화암노승행」·「선산의 산유화가」·개성의 「송경사」등을 들 수 있다. 그는 17세기 이전의 한국 한시에 대하여 지나친 격률(格律)에 얽매이고, 송시(宋詩)풍을 숭상하는 것이 지나쳐, 한국적인 정감과 삶을 표현하지 못하였다는 강한 비판의식을 갖고 있었다. 최성대는 자신의 시론[107]에 대하여 "나의 시에 있어서 시의 규거(規矩: 법칙)과 격률(格律)에 접근하지 아니하며 내가 다루는 것은 오직 천기(天機)이다. 천기를 분류하자면 하늘의 물상에는 해·달·별 등이며 땅의 물상에는 산천초목과 온갖 짐승이며 사람에게 있어서는 학사·일민·호협·승려·도사·기생·청상과부 등의 노래·말·웃음·울음에서 나오는 것이다."라 하였다.

---

107 『靑泉集』卷之一, 「筆園夜話有述五十韻幷序」 "吾于詩, 不以規矩不以格律, 不以聲容色澤而所把翫者. 天機也. 天之象日月星辰風雨霜露, 地之象山川草木, 鳥獸魚鼈孰陶鑄是孰磨光是孰居無事豁然而成象, 其在人而爲學士, 逸民, 任俠, 僧胡, 冶女, 孀姬之歌, 言, 笑, 泣, 繹如班如者".

위 시는 춘천 지역의 역 주변 농촌풍경과 평범한 백성의 일상생활을 문답 형식으로 표현하였다. 대룡산은 춘천부 동쪽에 있으며, 원창역은 대룡산을 넘어 홍천 방면에 있던 역이다. 지금도 원창리라는 마을이 있다.

1~4구에는 원창역과 그곳에 사는 이씨 집 주변의 자연경관을, 5~8구에서는 산촌 지역의 소박한 문을, 그리고 이씨 아들과 작가의 만남을 표현하였다. 9~12구에서는 최성대가 시론에서 밝힌 하층민중의 진솔하고 일상적인 이야기를 담았다.

민중의 삶에서 가족과의 이별은 가장 큰 일일 것이다. 작가는 이씨와의 오랜 이야기 중에서 "추화(秋花)[가을꽃]"에 이르러 이씨의 "창연심(愴然心)[슬픔]"을 포착하여 긴장감을 높이고 있다.

경맥도(經貊都: 맥 도읍지를 지나며)

綠江深復淺　푸른 강 깊어졌다 다시 얕아지고
孤榜暮相撥　날 저무니 노 저어 돌아오네
微波洲渚閒　작은 물결 모래밭에 한가롭고
去鳥碧雲沒　물새는 날아가 푸른 구름 속에 잠기네
河山昔何壯　강산은 그 옛날 어찌나 장했던가?
覇氣今蕭索　패기는 지금에야 쓸쓸하지만
但悲新丘壟　다만 새로운 밭고랑만이 슬프고
不見舊城郭　옛 성곽은 보이지 않네

역사적 소재를 형상화한 시는 한시의 양식 중에서 영사시에 해당하는데 영사시는 우리 한시에 적지 않은 비중을 차지하며 제작되어왔다. 우리 선인들이 영사시에서 수용한 역사적 소재는 역사적 사건 자체를 포함하여 역사 현장, 인물, 그림, 책 등이 포함된다. 그러나 당대의 사회적 사실에 대한 비판과 전망의 제시 등 책임의식이 강했던 한시 담당층은 우리나라의 역사 사실과 인물보다 중국의 역사와 인물을 다룬 경우가 많았고, 논단의 성격이 두드러져 민중이 느끼고 인식하는 역사와는 거리를 두고 있는 경우가 많았다. 최성대가 작품 활동을 하던 18세기는 자의식이 성장하며 중화 중심적 사고에서 벗어나 자국의 문화와 역사에 관한 관심이 증대하였다. 이 시기에 창작된 일

런의 해동악부체와 영사악부 등은 바로 우리나라의 역사에 관한 관심이 작품으로 형상화된 것이다. 이러한 자국적이고 주체적인 역사에 관한 관심과 그 실천적 양상은 최성대의 역사 소재 수용 시에서도 찾아볼 수 있다.[108]

최성대가 춘천을 방문하여 쓴 시에는 매번 맥(貊)을 적극적으로 사용하였다. 맥은 삼한시대 이전의 국가로서 춘천지역에 존재했던 부족국가로 그 도읍지가 춘천 신북읍 발산리 일대로 알려져 있다.

위 시는 맥국의 흥망을 회고한 시이다. 나라의 흥망처럼 푸른 강물도 깊어졌다 얕아지기를 반복하는 것으로 표현하였다. 이에 더하여 시간도 해가 저무는 시간이라 왕조의 흥망을 더욱더 쓸쓸하게 더해준다. 굳센 기상과 패기에 찼던 왕성은 사라지고, 그 터전 위에 민중의 생활인 밭고랑이 새로 만들어진 것을 통하여 조락(凋落)된 역사 속 춘천에 있었던 맥국의 성쇠를 읊었다.

최성대의 시에 있어 춘천 형상의 양상은 춘천 지방의 특이한 풍토와 백성의 삶의 모습을 사실적인 한시로 담아내었다는 것이다. 기존의 한시에 있어서 춘천의 산수와 누정 및 관아건물을 중국의 전고(白鷺洲, 鳳凰臺)에 빗대어 사용하였다면, 최성대는 "춘천 여자[貊女]"·"유가정(柳家亭)"·"발산(鉢山)"·"지촌(芝村)"·"대룡산(大籠山)"·"원창역반촌(原昌驛畔村)" 등에서 볼 수가 있듯이, 춘천 외곽지역의 농촌풍경과 평범한 민중의 일상생활을 표현하였다. 그리고 춘천지역의 고도(古都) "맥국" 즉 우리나라의 역사에 관한 관심을 작품으로 형상화하였다.

2) 탁영(濯纓)을 한 청평사의 형상

문헌상에 청평사 기록은 1611년에 간행된 『신증동국여지승람(新增東國輿地勝覽)』속 산천 편에 "청평산 일명 경운산이라고 한다. 부의 동쪽으로 44리에 있다. 고려 때 이자현이 이 산에 들어와 문수원을 짓고 살았다. 무척이나 선설(禪說)을 좋아하여 동중(洞中)의 그윽하고 외진 곳에 식암(息庵)을 지었다 둥글기가 마치 고니알 같았고 겨우 두 무릎을 움츠릴 정도였는데, 그 가운데 앉아 수개월 동안이나 나오지 않았다"라고 한 것이 최초이다.

---

108 황수연, 「두기 최성대의 민요풍 한시 연구」, 연세대학교 박사 학위 논문, 2000. p.91.

고려 973년 영현선사가 백암선원을 창건한 이후, 진락공 이자현의 부친인 이의(李顗)가 보현원으로 중건(1068년)하고 이자현이 문수원으로 삼창(1089년)한 이래로 청평사는 명실상부한 은둔의 중심지로 전국적으로 알려졌다. 이후 조선이 개국한 뒤 생육신인 매월당 김시습이 은거한 사찰로 전해지면서 청평사는 고려시대로부터 조선 후기까지 수많은 문인과 선승들이 방문하여 문학작품을 남긴 곳이다. 그 가운데 율곡 이이의 『김시습전』과, 퇴계 이황이 청평사를 방문하고 쓴 〈회청평산인유감시(懷淸平山人有感詩)〉로 인하여, 조선시대 내내 유자(儒子)들에게 춘천 청평사는 반드시 방문해야 하는 장소가 되었다.

청평산 4편(淸平山 四篇)

1.

峽縣今遠近　춘천 고을 지금 멀고도 가까운데
靑山向何處　청산은 어디에 있는가?
隔河望花龕　강 건너 절을 바라보니
孤磬發寒渚　외로운 경쇠 소리 차가운 물가에 들어오고
稍見松石際　소나무, 바위 사이로 멀리 보이는 곳에
獨鳴金策去　홀로 스님이 쇠지팡이 소리 울리며 걸어가네

2.

日落山逾靜　해는 떨어져 산은 더욱 고요하고
千崖林葉碧　천길 벼랑의 나뭇잎 새는 푸르네
微波生渡河　작은 물결 일으키며 개울을 건너니
孤龕傍危石　위태로운 바위 곁에 외로운 절 있네
寂寥人不見　한적하여 사람은 보이지 않고
時有經行迹　때때로 경행(經行: 스님 참선 사이사이 거님) 스님만 다닌다네.

3.

隱隱檀樹裏　울창한 박달나무 사이로
澄澄涵鏡開　맑디 맑은 거울 같은 연못 보이네
世人不照面　세상 사람들 얼굴 비추는 일은 없고
松色空照廻　소나무만 공허하게 돌아가며 비추네 (回光反照)
風寒更落石　차가운 바람은 다시금 돌에서 굴러 내리고
高上雲峰臺　높은 구름은 봉우리로 올라가네

4.
微月破蒼靄　미세한 달(초생 달) 검푸른 어스름 안개 속에서 떠오르고
松外掛白瀑　소나무 밖에 흰 폭포 걸려있네
龍宮深寂寥　용궁은 깊고 고요한데
高僧猶未覺　고승은 아직 깨닫지 못하였다네
時與經聲淸　때마침 맑은 독경소리와 함께
天際閒雲碧　하늘엔 느긋한 푸른 구름

　최성대의 청평사 시에는 아주 특이한 점을 발견할 수 있다. 역대 고려시대
와 조선시대를 통틀어 청평사를 방문하고 남긴 시문에는 이자현, 김시습. 보
우선사. 이황 등을 거론하지 않은 시문학은 없다. 이에 반해 최성대는 그런
선인(先人)들의 용사(用事)를 전혀 사용하지 않고 있다. 또한 시에서 작가는
구체적으로 청평사의 대상과 장소의 명칭을 사용하지 않았다.
　시 내용을 살펴보면 1수에서는 청평사를 찾아가는 여정. 2수에서는 청평
사 경내 모습을, 3수에서는 영지(靈地)를, 4수에서는 구송정 폭포를 읊었다.
그러나 구체적 대상의 명칭을 언급하지 않았다. 최성대는 시 제목을 청평산
으로 정하고 단지 차분하게 청평산의 모습과 그 속의 청평사를 경관을 전달
하는 데 치중하였다.

숙청평사(宿淸平寺: 청평사에서 잠을 자다)

鐘鳴夜仍坐　쇠북 종소리 울려 야밤에 일어나 앉으니
鳥驚山月白　새는 놀라 날고 산속 달빛은 하얗구나
獨伴爇霞僧　홀로 신선 같은 스님과 마주하니
了然心方寂　요연히 마음 적막해지네
垂蘿暗歸徑　담쟁이 넝쿨 드리워진 오솔길 어둡고
松際聞嵐瀑　소나무 사이로 어스름한 폭포 소리 들려 오네
長懷遁士跡　오랫동안 숨어 산 선비 자취 생각하니
適來誰復識　때마침 내가 온 것을 누가 다시 알겠는가?
明朝更拂衣　내일 아침 다시 의복을 떨어 입고
江水淸可濯　맑은 강물에 갓끈을 씻을 만하네

최성대는 위 시에 청평사에 대한 자신의 관조를 형상한 작품이라 할 수 있다. 청평사에서 잠을 자며 청각적인 쇠북 종소리와 폭포 소리, 그리고 시각적인 하얀 달빛과 어두운 오솔길을 대구로 하여 한껏 서정적으로 표현하였다. 또한 마주한 승려도 신선[紫霞]에 비유하여 일반 유자들의 태도와는 다른 점을 알 수 있다. 앞서 설명했듯이 청평사는 진락공 이자현 → 행촌 이암 → 매월당 김시습의 자취가 서려 있는 곳이다. 작가는 그런 은자들의 정신을 생각하면서 마지막 연에 "의복을 떨어 입고, 갓끈을 씻을 만하네."라 하며 작가의 내면 의식을 나타내었다. 즉 세속에서 벗어나 자신의 고결한 정신을 지키겠다는 마음을 나타낸 것이라 하겠다.

최성대의 청평사 표현양상은 역사적 인물 중 은둔과 절신(節臣)에 대한 의례적 명분보다는 주위의 경물을 노래함으로써 청평사 공간과 은자들의 행적을 더욱 드러나게 하였다. 또한 지역 사물을 사실 그대로 인용하여 시 분위기를 부드럽고, 밝게 만들었다. 이는 최성대의 시 정서라 할 수 있다.

3) 추원(楸原: 先山)의 형상

입춘주도신연(入春州渡新淵: 춘주에 들어 신연강을 건너다)

貊國平蕪濶　맥국의 거친 평야 펼쳐지고
春州遠樹連　춘주에 먼 나무들 연이어져 있네
煙霞纔峽棧　연하는 협곡 잔교에 겨우 걸리고
鐃吹又江天　군악소리 또 강과 하늘에 울리네
淚近松楸暗　어두운 선산(송추)에 가까워지니 눈물이 흐르고
詩逢物態姸　아름다운 경치를 만나 시를 짓네
邦君許相過　지방관이 지나가도록 허락하여
千騎與周旋　천기를 더불어 주선해주셨네

위 시는 최성대가 강릉의 종사관으로 부임 차(1738년 48세) 춘천을 지나다 읊은 것으로 보인다. 최성대는 1721년 31살에 진사시에 합격하고 1732년 42살에 정시(庭試) 문과에 급제하였다. 이후 본격적인 관료 활동을 시작하였다. 조부와 부친보다 늦은 나이에 사헌부 지평이라는 직책을 받았으나, 곧이

어 강원도 강릉부 종사관으로 좌천되었다.

　1, 2연에서는 삼악산 석파령을 넘고 신연나루에 도착하여 눈 앞에 펼쳐진 춘천의 풍경과, 나발 불며 행차하는 관리들의 모습을 묘사하였다. 3연에서는 신연나루를 건너면 바로 작가의 선산인 구만리(九萬里) 강창(江倉)마을(현 춘천시 삼천동)이다. "송추(松楸)"는 산소 주변에 심는 나무들로 선산을 의미한다. 늘 그리운 선조들을 생각하니 눈물이 흐르고, 그 산천은 아름답기가 그지없다는 의미를 담았다.

춘주도신연(春州渡新淵: 춘주 신연나루를 건너며)

新淵舟上客沾巾	신연강 배 위 나그네 눈물로 수건을 적시며
寒食重來問幾春	한식이 다시 돌아오니 몇 번을 봄을 보냈는지 물어보네
醉袂不禁風緒冷	취한 소매로 서늘한 바람 막지 못하고
長年應怪鬢毛新	나이 드니 하얀 귀밑머리 괴이하게 찾아오네
江奔雪浪雙流逈	강엔 내달리는 흰 물결 두 줄기 흘러가고
花帶畬煙絶棧嶙	꽃은 화전 밭에 띠를 두르고 깊숙한 잔교 깎아지르네
摠爲楸原寄在處	모두가 선영에 기탁한 곳이기에
他年願作此州民	어느 해인가 이곳 주민이 되길 원한다네

　위 시는 최성대 나이 60이 넘어 말년에 쓴 작품으로 본다. 그 이유는 『두기시집(杜機詩集)』卷之四補下에 기록되어 있다는 점과 시 전체에 나타나는 분위기에서 알 수 있기 때문이다.

　1연에서는 강창(江倉)마을 앞을 흐르는 신연강을 건너며 눈물을 흘리는 모습과, 그동안 한식(寒食)을 맞이하여 춘천을 방문한 것이 몇 번 인지 물어보는 것으로 시작하였다 이를 통하여 작가의 나이가 노년으로 접어들고 있음을 표현하였고, 2연에서는 외모적으로 귀밑머리가 하얗게 나오는 것을 보고 늙어가는 작가의 모습을 그렸다. 3연에서는 신연강을 건너며 전면(前面)에 펼쳐진 신연강과 소양강 위로 눈 내리는 풍경과 후면(後面)에 화전 밭 주위의 꽃과 석파령 산길 잔교를 그렸다. 한식(寒食)은 4월 초순인데 "눈발이 날리고"와 "봄꽃이 피고, 잔교는 끊어졌다."라는 표현은 자연의 현상을 직접적으로 표현한 것이다. 현실에 있어 최성대는 60세 이후 내직을 하였으나, 임명과 파직을 빈번히 하며 관직 생활이 평탄하지 않았다. 향후 험난한 관직 생활과 삶을 시에 반영한 듯하다. 4연에서는 춘천의 산하는 "추원(楸原: 선영)"이 있는 곳이니 삶을 마감하는 날 춘천에 묻히길 바라는 것으로 마무리하였다.

주발신연(舟發新淵: 배를 타고 신연강을 출발하다)

新淵江上鶿鴣飛　신연강 위로 산 비둘기 날고

嶺路如天叫送歸　하늘같이 높은 고갯길에 울면서 돌아가네

立馬孤兒衫袖濕　말을 세운 외로운 아이 소매엔 눈물 흐르고

山山回首駐斜暉　산마다 머리 돌려 석양 속에 말을 멈추네

　춘천에 도착하거나 출발할 때는 반드시 이르는 곳이 석파령과 신연나루이다. 위 시는 춘천을 떠나면서 쓴 시이다. 한양으로 떠나는 작가는 신연나루와 인접해 있는 선영을 반드시 거쳤을 것이다. 그런 모습을 시에 담았다. 춘천은 산골 마을이다. 그러한 의미에서 신연강 위로 나는 새도 물새가 아닌 "산비둘기"라는 시어를 사용했다. 하늘과 같이 높은 석파령 고개를 눈물을 뿌리며 넘어가는 "고아(孤兒)"는 부모를 여읜 작가이다. 작가는 석파령 고개를 넘다가 선산이 보이면 머리를 돌려 말을 멈추고 쉽사리 떠나지 못하는 조상에 대한 애절한 심정을 표현하였다.

명일과소정(明日過昭亭: 다음날 소양정을 방문하다)

高江繁渚霧中開　높은 강가 모래섬 안개 속에 열려있고

眺逈雙流噴雪來　멀리 두 강줄기 세찬 물살 흘러가네

薜荔嶺西京帆去　벽려고개(석파령) 서쪽으로, 서울로 가는 배 떠나고

棠梨樹裏峽人廻　팥배나무 속에서 산골 사람들 돌아오네

彭吳舊地殘碑在　팽오[109]의 옛 땅엔 비석이 남아있고

貊國遺墟晚笛哀　맥국 남은 터엔 황혼이 들어 저녁 피리 소리 슬퍼라

---

[109] 『사기(史記)』 평준서(平準書)에 의하면, 한 무제 때에 팽오(彭吳)가 조선(朝鮮)에 길을 뚫고 조선을 멸망시킨 다음, 여기에 창해군(滄海郡)을 설치했다는 내용이 보인다.
(牛首州有彭吳碑, 檀君命彭吳, 治國內山川, 以奠民居.金時習詩: "壽春是貊國, 通道自彭吳."夏禹十八年, 會諸侯塗山, 檀君遣子扶婁, 朝夏) 우수주(牛首州)에 팽오비(彭吳碑)가 있다. 단군이 팽오에게 국내의 산천을 다스리도록 명하여 팽오가 백성들의 주거를 안정시켰기 때문이다. 김시습(金時習)의 시에 "그 옛날 수춘은 바로 맥국이니, 길 개통하게 된 것은 팽오에서 시작되었네.(壽春是貊國通道自彭吳)"라는 구절이 있다. 하(夏)나라 우(禹)임금 18년에 제후들이 도산(塗山)에서 회합하였는데 단군은 아들 부루(扶婁)를 사신으로 보내 하나라에 조회하였다.

不用朱欄千尺好　소양정은 높은 곳에 있어 아름다우니 붉은 난간 필요 없다네
鄕愁越絶渺難裁　절절한 고향 생각 아득하여 가누기 어렵겠구나

위 시는 최성대의 춘천 형상을 집약한 시로 보인다. 춘천 관내를 흐르는 신연강과 소양강이 각기 서쪽으로 흐르다. 두 강이 합수하는 곳에 신연나루와 넓은 모래섬(현재 中島)이 있다. 그리고 작가가 어린 시절부터 보았던 선산 즉, 강창마을과 석파령(벽려고개) 그리고 삼악산이 있다.

1연에서는 춘천의 자연을 2연에서는 민중의 모습을 표현하였다. 3연에서는 춘천의 역사인 맥국을 언급하며 두기만의 역사의식을 시에 풀어 놓았다. 4연에서는 춘천의 대표적인 누정 소양정의 아름다움을 표현하였다. 시 제목에서 볼 수가 있듯이 작가는 다음날 춘천을 떠나 어디론가 가야 하는 일정이 있는 듯하다. 춘천을 떠나면 고향 춘천의 그리움이 아득하겠다고 하며 마무리하였다.

시어에서 보았듯이 최성대에게 있어 춘천은 "송추(松楸)"·"추원(楸原: 선영)"의 땅이었다. 늘 그리운 선조를 생각하며 눈물을 흘리고, 삶을 마감하는 날 춘천에 묻히길 바라는 "고아(孤兒)"였다. 춘천 선산을 바라보며 말을 멈추고 쉽사리 발길을 옮기지 못하는 애절한 심정과, 고향 춘천을 떠나면 밀려오는 그리움을 시에 형상화하였다. 두기 최성대에게 있어 춘천과의 인연은 그의 조부 최항제(恒齊)가 거주한 것에서부터 시작하였다. 그리고 본인의 부모와 처, 앞서 보낸 아들과 손자 그리고 종조부 및 종숙, 종형의 묘가 있는 선산이었다.

그러나 안타깝게도 그의 묘지명과 행장이 전해지고 있지 않아 춘천과의 직접적인 일화 또는 문학적 영향이 있었는지는 알 수가 없었다. 다만 그가 남긴 『두기시집』에 춘천 관련 詩와 그의 손자 토목와 최중순과 낙하생 이학규와의 서지(書紙), 그리고 춘천에 살고 있었던 증손자 최덕종과 자하 신위[110]와의

---

110 『맥록』「이시총병서」(二詩塚幷序) 1.僕來壽春, 得二詩塚, 一曰,崔杜機承旨(成大)之塚, 一曰, 南秋月祕書(玉)之塚也. 訪崔守塚二戶, 爲之蠲役, 南有子孫故延訪之, 遂發其家集未 刊本. 所謂曰, 觀詩艸最爲傑作, 南家又有舊本杜機詩集, 瓶借數旬, 集中酸蔣歌, 悽怆可愛, 舊聞杜機與申靑泉維翰爲前生伉儷靑泉是夫, 杜機是妻, 酸蔣歌, 卽有感於斯而作也. 余雖不及二公時, 猶幸作宰於二公之墳鄕爲此二詩以酹之".
2. "二詩塚吟之翌日, 杜機公孫崔仁田惪種, 致書於僕, 且有詩 ,辭極懇欸, 僕與仁田, 未嘗有 半,面之雅而卒當厚禮, 怊怳驚媿, 豈文字精靈, 有所感召而然歟, 輒次韻寄謝".
3. "崔仁田和余詩豕韻 又爲五七言各一篇見惠 竝次韻通録以贈."
4. "宦園後山脚 同崔仁田煮蒿晚飯 仁田和僕孫字韻 卽用原韻謝之."

교류를 기록한 『맥록』의 기사를 통하여 조금이나마 알 수 있었다.

이상과 같이 두기 최성대의 시를 통하여 18세기 춘천지역의 자연경관과 민중들의 생활 양상을 살펴보았다. 최성대는 철저하게 우리의 역사적 소재를 수용하여 형상화였다. 이전의 영사시가 중국의 역사와 인물 그와 관련된 고사의 사용 등에 치중한 반면, 최성대는 우리나라 고도의 역사 현장, 역사 인물, 사건 등을 읊고 있어 독창성과 주체성을 획득하고 있다.

최성대의 시에 비친 춘천 자연의 형상은 춘천 지방의 특이한 풍토와 백성의 삶의 모습을 사실적인 한시로 담아내고 있다. 기존의 한시에 있어서 춘천의 산수와 누정 및 관아건물을 중국의 전고(湘水, 白鷺洲, 鳳凰臺, 聞韶閣)에 빗대어 사용하였다면, 최성대는 "貊女(춘천 여자)"·"유가정(柳家亭)"·"발산(鉢山)"·"芝村(지촌)"·"대룡산(大籠山)"·"원창역반촌(原昌驛畔村)" 등에서 볼 수가 있듯이 춘천 외곽지역의 농촌풍경과 평범한 민중의 일상생활을 표현하였다. 그리고 춘천지역의 고도(古都)인 "맥국" 즉 우리나라의 역사에 관한 관심을 작품으로 형상화하였다.

다음으로는 청평사를 읊은 시를 살폈다. 표현양상은 역사적 인물 중 은둔과 절신(節臣)에 대한 의례적 명분보다는 주위의 경물을 노래함으로써 청평사 공간과 은자들의 행적을 더욱 드러나게 하였다. 또한 지역 사물을 사실 그대로 인용하여 시 분위기를 부드럽고, 밝게 만들어 최성대의 시 정서를 알 수 있었다.

"송추(松楸)"·"추원(楸原: 선영)"의 표현 형상은 늘 그리운 선조를 생각하며 눈물을 흘리고, 삶을 마감하는 날 춘천에 묻히길 바라는 "고아(孤兒)"로서의 모습을 그렸다. 또한 선산을 바라보며 말을 멈추고 쉽사리 발길을 옮기지 못하는 애절한 심정을 시에 형상화하였다.

3. 추월(秋月) 남옥(南玉)의 불우한 시선과 귀향의지

추월 남옥은 1722년(경종 2)에 태어난 조선 중기의 문신이다. 본관은 의령(宜寧)이고 자는 시온(時韞), 호는 추월(秋月)이다. 문과방목(文科榜目)에 거주지가 춘천으로 나온다. 남도혁(南道赫)[111]의 아들로 태어났으며, 모친은 안동김씨 통덕랑(通德郎) 김추건(金秋健)의 딸이다. 형제는 위로 생원(生員) 남규(南圭)가 있다. 규는 방목에 자(字)가 원복(元復)이며 생년은 신묘(辛卯) 1711년 (숙종 37)이고, 거주지는 토산(兔山)으로 기록되어 있다. 영조(英祖) 14년(1738년) 무오(戊午) 식년시(式年試) [생원] 3등(三等) 60위(90/100)으로 등재되어 있다. 동생은 찰방(察訪) 남중(南重)이다. 방목에 중

추월 남옥 초상화

의 자는 시민(時敏)이며, 생년은 을사(乙巳) 1725년(영조 1), 본관은 의령(宜寧), 거주지는 춘천으로 영조(英祖) 23년(1747년) 정묘(丁卯) 식년시(式年試) 생원(生員) 2등(二等) 23위로 등재하였다. 남옥은 1740년(영조 16) 18세 때 진주유씨 유채(柳綵)[112]의 딸과 혼인하였고, 유씨(1723~1756)와 사별한 후 찰방 창원황씨 황수정(黃壽鼎: 또는 壽昇)의 딸과 재혼하여, 슬하에 남려(南鑢)와 남개(南鐕)를 두었다.

　1746년(영조 22: 남옥 24세)에 그는 원경하(元景夏)의 진언에 따라 매문(賣文)의 죄목으로 안악(安岳)에 정배되었다가 이듬해 여름에 사면되었다. 1753년(영조 29: 남옥31세)에 계유정시문과(癸酉庭試文科)에 병과 4등으로 합격하였다. 1762년(영조 38: 남옥 40세)에는 조재호(趙載浩)의 옥사에 연루되어 유배되었으나, 그해 8월에 좌의정(左議政) 홍봉한(洪鳳漢)의 주청으로 유배에서 풀려났다. 1763년(영조 39: 남옥 41세)에 8월 3일에 계미년 일본통신사행의 제술관으로 떠났다가 다음 해 7월 8일에 복명(復命)하였다. 그 공으로

111　남도혁(南道赫: 1691~미상), 자는 회백(晦伯), 본관 의령(宜寧), 거주지 양주(楊州), 영조(英祖) 5년(1729) 기유(己酉) 식년시(式年試) [생원] 2등(二等) 21위(26/100).

112　유채(柳綵: 1698~미상), 자는 경맹(景孟), 본관 진주(晉州), 부친은 성균진사(成均進士) 유희운(柳熙運)이다. 1729년(영조 5) 식년시에서 진사 2등 1위로 합격하였으며 방목에 거주지는 **춘천**이라고 쓰여있다.

1764년 수안군수(遂安郡守)에 임명되었다. 1770년(영조 46: 남옥48세)에 최익남(崔益男)의 옥사 때 이봉환(李鳳煥) 등과 투옥되어 매를 맞아 5일 만에 죽었으며, 현존하는 문집으로는 『일관기』·『일관시초』·『일관창수』필사본이 있다.

추월 남옥에 관한 연구는 김성진의 「남옥의 생애와 일본에서의 필담창화」[113], 김보경의 「남옥의 차삼연잡영에 나타난 특성과 의미」[114], 윤재환의 「일관시초를 통해 본 추월 남옥의 일본 인식」[115] 등이 있다. 특히 김성진의 논문에서 남옥의 생애를 서술한 것이 학계의 정설(定說)로 받아지고 있으며[116], 그 근거는 남옥이 쓴 〈선부군행록(先府君行錄)〉과 〈부통훈대부행수안군수공유사(祔通訓大夫行遂安郡守公遺事)〉에 있다.[117]

의령남씨 충경공손 직제학공 장자 감찰공파(忠景公孫直提學公長子·監察公派)는 남옥의 11대조 직제학을 지낸 간(簡)으로부터 그 아들인 사헌부 감찰을 지낸 준(俊)의 집안이다. 남옥의 증조인 명핵(明翮)의 부친 계하(季夏)의 관직은 절충장군첨지중추부사로 기록되어 있다. 적형(嫡兄)으로 명우, 명익, 명한만을 기록한 것으로 보아, 명핵은 측실자(側室子)였던 것으로 판단된다.

113 김성진, 「남옥의 생애와 일본에서의 필담창화」, 『한국한문학연구』19, 한국한문학회, 1996.

114 김보경, 「남옥의 차삼연잡영에 나타난 특성과 의미」, 『한국한시연구』15, 한국한시학회, 2007. p.245.

115 윤재환, 「일관시초를 통해 본 추월 남옥의 일본 인식」, 『고전과해석』8, 고전문학한문학연구학회 2010. p.275.

116 남옥은 의령부원군 충경공 在의 13손이며, 직제학 간(簡)의 11대손이다. 간의 7대손 구봉(龜峰) 계하(季夏)는 시로 이름이 있었다고 하는데, 그의 측실자인 명핵(溟翮)이 남옥의 증조부다. 이때부터 서계(庶系)가 된 것이다. 그의 조부는 성균진사 석(晳)이고 부는 진사 도혁(道赫)이다. 1722년 5월에 전주(全州) 비래천(飛來川) 교거(僑居)에서 출생하였으며 〈선부군행록〉에 "삼십여년 동안 10여 마을을 이사 다녔다"고 하면서 "부군께서 집안일을 마음에 두지 않아, 때때로 아침저녁으로 밤을 거르고 매서운 추위에도 잠방이조차 없이 지내는 지경"이었다고 쓰고 있다. 실제로 남옥이 태어난 곳은 전주의 비래천이지만 18세 때엔 해주에 가서 과거 공부를 하고 있고, 이해에 홍주에서 결혼하며, 그 다음에는 춘천으로 갔다가 한 해 뒤에 다시 강릉으로 거처를 옮겼다.

117 필자는 2019년 김영하의 『국역 수춘지』와 2018년 자하 신위의 『맥록』을 공동 국역 번역을 하면서 남옥의 자료를 접하게 되었으며, 두 책을 통하여 남옥의 생애를 새롭게 파악할 수가 있었다.

<표 10> 의령남씨족보(충경공손직제학공장자감찰공파)

대	이름	관직	묘소 위치	비고
11대조	간(簡)	형조좌랑, 예문관직제학	김포군 하성면 후평리	
10대조	준(俊)	사헌부 감찰, 증 호조참판	경기 광주(성남시 율동)	
9대조	념(恬)	생원, 증 병조참의	경기 광주 돌마면 효일리	
8대조	효원(孝元)	원종공훈수사, 증 참판	경기 광주 숫골	
7대조	순민(舜民)	첨지중추부사, 오위장	경기 광주 숫골	
6대조	희수(熙壽)	直拜 영종만호 不任	경기 광주 숫골	
5대조	수신(守身)	별제(別提)	경기 광주 숫골 (성남시 한이산(閑伊山))	
고조	계하(啓夏)	절충장군첨지중추부사 (僉知中樞府事)	경기 광주	
증조	명핵(溟翮)	진사	경기 양주군 교문리 (첫째부인 안동장씨 묘는 경기 적성에서 후에 양평 양서면으로 이전)	
조	석(晳)	성균관 진사 통덕랑	경기 적성군(積城) 능곡	
부	도혁(道赫)	진사	춘천 신북 무지동	
본인	옥(玉)	군수	춘천 신북 삼회동 (主(兄): 춘천 신북 삼회동)[118] (重(弟: 춘천 효칙동)	
자	려(鑢)	통덕랑	춘천 신북 삼회동	
손	의(漪)		춘천 신북 개화동	
증손	주천(柱天)	주부(主簿) 순천목관	춘천 신북 율대리	
4대손	태환(台煥)		춘천 우두평	
5대손	세희(世熙)	참봉, 주사(主事)	춘천 중면 금광곡	
6대손	상학(相鶴)	도평의원(일제강점기)	화장(火葬)	

118 필자는 2019년 8월 25일 남옥의 후손인 남태우·병우와 함께 춘천시 신북읍 발산리(삼 한골)에 있는 남옥의 묘소를 찾고 방문하였다. 묘는 2기였으며, 첫째 부인인 진주 유 씨와 남옥의 합장묘가위쪽에 자리를 잡고, 아래에는 둘째 부인인 창원황씨의 묘가 있었다. 또한 경계를 달리하여 남옥의 동생 규(圭)의 묘소라 하는데 비와 상석은 없었다. 한 능선을 넘어 남옥의 아들인 려(鑢)의 무덤이 있는데, 상석과 망주석이 잘 보존되어있다. 남옥의 묘는 청평산(淸平山)을 정면으로 바라보고 있다.

<표 11> 남옥 집안 문과방목(文科榜目) 현황

이름	과거합격년도	거주	비고
남간(簡)	세종(世宗) 9년(1427) 정미(丁未) 친시(親試) 을과2등(乙科二等) 4위(7/20)	미상	
남순민(舜民)	중종(中宗) 19년(1524) 갑신(甲申) 별시(別試) 병과(丙科) 13위(17/30)	한성	
남명핵(溟翮)	효종(孝宗) 8년(1657) 정유(丁酉) 식년시(式年試) [진사] 3등(三等) 24위(54/100)	한성	
남도혁(道赫)	영조(英祖) 5년(1729) 기유(己酉) 식년시(式年試) [생원] 2등(二等) 21위(26/100)	양주	
남옥(玉)	영조(英祖) 29년(1753) 계유(癸酉) 정시(庭試) 병과(丙科) 4위(7/12)	춘천	
남규(圭)	영조(英祖) 14년(1738) 무오(戊午) 식년시(式年試) [생원] 3등(三等) 60위(90/100)	토산 (兎山)	
남중(重)	영조(英祖) 32년(1756) 병자(丙子) 정시(庭試) 병과(丙科) 9위(13/35)	춘천	
남상목(相穆)	고종(高宗) 31년(1894) 갑오(甲午) 식년시(式年試) [진사] 3등(三等) 786위(815/1055)	춘천	
* 유채(柳綵) (남옥의 장인)	영조(英祖) 5년(1729) 기유(己酉) 식년시(式年試) [진사] 2등(二等) 1위(6/100)	춘천	

〈표 11〉에서 볼 수 있듯이 남옥의 선대 묘지는 서울 근교인 경기 김포·광주에 있다. 단지 남옥의 증조모 안동장씨의 첫 번째 묘소와 조부의 묘소가 적성에 있었던 것으로 파악된다.

남옥이 전주 비래천 교거에서 태어난 연유는 무엇일까? 〈선부원군록〉에서 "30여 년을 떠돌아다녔다."라는 구절로 보아 부친 도혁(道赫)이 전주지역에서 잠시 거처하는 동안 남옥이 태어난 듯하다. 그 후 도혁이 어떠한 이유와 연고로 가족을 이끌고 춘천으로 이거 하였는지는 확인할 수가 없었다. 다만 부친인 도혁(道赫)의 무덤이 춘천에 있는 것으로 보아 남옥 집안은 이때부터 춘천에 정착한 것으로 보인다. 그 후 남옥의 6대손인 상목(相穆)이 마지막으로 1894년에 과시에 등과한 기록을 미루어보았을 때, 계속적으로 관료에 진출하였음을 알 수 있다.

『수춘지』「재예(才藝)」[119]에 기록된 남옥과 관련된 기사는 아래와 같다.

　　남옥(南玉)의 호는 추월당(秋月堂)이며 의령인(宜寧人)이다. 서상리(西
上里) 퇴동(退洞)에서 태어날 때 시냇물이 사흘 동안 말랐었다. 집이 매우
가난하여 어머니가 매일 품방아를 찧고 삯바느질을 하였다. 그 주인 아
낙으로부터 치마 한 벌을 선물 받고서, 아끼며 입지 않고 시렁 위에 두
었다가, 도리어 도둑을 맞아버렸다. 이듬해에 옥(玉)이 막 젖을 먹고 있
는데, 이웃집 여자가 오니 옥이 그 여자를 가리키면서 어머니를 돌아보
고 말하길, "저 여자가 연전에 어머니의 치마를 훔쳐 갔어요."라고 말하
였다. 옥은 일찍이 말을 하지 못하다가 이제 와서 알려 준 것이다. 이웃
집 여자가 이내 얼굴을 붉히며 실토하였다. 오히려 정부자(程夫子)가 비
녀를 가리킨 고사(故事)보다 나았다. 스스로 말을 배우니 총명함이 보통
사람 보다 뛰어났다. 할아버지가 등에 업고 입으로 천자문을 전수하였
는데, 난(蘭)자를 배우자 능히 매(梅)자가 있음을 알았다. 옥(玉)이 할아
버지에게 묻기를, "아까 만난 사람은 누구입니까?" 하니, 할아버지가 말
하길, "최생원(崔生員)이니라."라고 하였다. 옥(玉)이 말하길 "만나는 이
마다 최생원이요, 달라붙는 것마다 모래[砂石]라네. [봉칙최생員 着則
砂石是]" 하였다. 이 지방에 최씨와 모래[砂石]가 많기 때문이었다. 할
아버지가 곡식창고를 가리키며 시를 짓기를 명하니, 옥(玉)이 응하기를,
"(사람들은) 돌고 돌고 다시 돌고, (곡식을) 쌓고 쌓고 또 쌓네. [回回復
回回 臺臺又臺臺]"라 하였다. 또 청참외[靑瓜][120]를 제목으로 시를 짓기
를 명하니, "겉은 장군(將軍)의 푸른 빛깔이요, 속은 태자(太子)의 붉은
색이네. [外面將軍靑 中心太子丹]"라 하였다. 또 칡을 가지고 시를 짓기

119　김영하, 『국역 수춘지』, (사)춘천역사문화연구회, 2019. p.183. "南玉號秋月堂,宜寧人, 生于西
上里退洞, 川爲竭母日雇春針. 自主婦慰輿一裳, 愛而不着置諸架上返, 爲盜失越,
明年玉方乳之隣女來至, 玉指女而顧母日, 彼女年前窃去母裳. 玉嘗不能解語. 今來告,之女乃
赧然自服. 猶勝程夫子指釵故事.自學語聰明過人. 祖父負背, 口授千字文學得蘭字能知有梅字.
玉問祖日, 俄逢者誰日, 崔生員玉日,逢則崔生員着則沙石是.此地多崔氏,及沙石之故也.祖指穀
藁而命作詩玉應日, 回回復回回, 臺臺又臺臺. 又命作葛詩日, 靑皮從刃出, 白繩隨手長. 此五
六歲作. 其外奇談佳句多有而遺失不能盡錄. 及七世成文章通詩書易春秋早中兩試司馬連登文
科. 官至承旨, 以書狀官入中原, 有詩日, 幸有乾坤分上下, 若無日月失西東, 華人大嘉稱誦後其
子入中原, 華人以爲文章之子命題, 折柳而作乃日, 鶯失一枝春. 華人笑日, 南玉之子可謂鳳父鷄子
也. 曾使日本往,指定館舍見楣額是字怒目叱之日, 是日下人房也, 何敢待上國之使專用島夷之俗
如是無禮乎. 於是國內驚惻愈愈敬愛之, 至於語言風土謠俗一見聞輒得知記其才氣神明果如此.
及其竣事方, 回樣玄海, 滿朝敬送和贈別飛字日, 衣冠照水文章燦, 鼓角臨風律呂飛, 之句今膾
炙于, 東人之口尙. 有東樣森煩然如昨矣."
120　청참외[靑瓜]: 미상이다. '오이 과(瓜)'자에 주목하여 이렇게 번역하였다. 청참외의 속은 붉은 기
가 돈다고 하기 때문이다. 혹 수박을 가리킨 것일 수 있다는 의견도 있다.

를 명하니, "푸른 껍질은 칼날을 따라 나오고, 흰 줄은 손을 따라 길어지네.[靑皮從刃出 白繩隨手長]"라 하였다. 이 모두 대여섯 살 무렵에 지은 것이다. 그밖에 기담(奇談)과 아름다운 시구가 많이 있었으나, 유실되어 능히 다 기록하지 못한다. 일곱 살이 되니 문장(文章)을 이루었고, 『시(詩)』·『서(書)』·『역(易)』·『춘추(春秋)』를 통달하였다. 일찍이 사마(司馬)의 양시(兩試)에 합격하고 연이어 문과에 급제하였다. 벼슬이 승지(承旨)에 이르렀다. 서장관(書狀官)으로 중원(中原: 中國)에 들어가 쓴 시에 이르길, "다행히 하늘과 땅이 있어 상하(上下)가 나뉘어졌는데, 만약 일월(日月)이 없었다면 동서(東西)를 잃었을 테지.[幸有乾坤分上下 若無日月失西東]"하니, 화인(華人)들이 매우 기뻐하며 칭송하였다. 나중에 그 아들이 중원에 들어갔을 때 화인(華人: 중국인)들이 문장가의 아들이라 여겨 '절류(折柳)'를 제목으로 시를 짓게 하였다. 곧 "꾀꼬리가 한 가지 만큼의 봄을 잃었구나.[鶯失一枝春]"라 하였다. 화인(華人)들이 웃으며 말하길 "남옥(南玉)의 아들이로다. 가히 아비는 봉황(鳳凰), 아들은 닭[鷄]이라 할 만하구나.[南玉之子 可謂鳳父鷄子也]"하였다. 일찍이 일본에 사행(使行)하였을 때 지정(指定) 받은 관사(館舍)의 문미(門楣) 현판(懸板)에 시(是)자를 가리키며 성난 눈으로 꾸짖기를, "시(是)는 일본인보다 미천한 사람[日下人][121]이란 말이 아니냐! 어찌 감히 상국(上國) 사신을 접대함에 섬나라 오랑캐의 풍속을 멋대로 쓰기를 이와 같이 무례한 게냐?" 하였다. 이에 온 나라 안이 놀라 겁을 내며 더욱더 공경하고 두려워하기에 이르렀다. 언어, 풍토, 요속(謠俗)에 이르러서는 한번만 보고 듣고서도 문득 알아 기억하였다. 그 재기(才氣)와 신명(神明)이 과연 이와 같았다. 그 일을 마치고 바야흐로 배를 돌려 현해탄을 건너기에 미쳐서, 온 조정이 공경히 전송하며 비(飛)자로 증별시를 지어주었다. "의관은 물에 비치니 문장이 찬란하고, 고둥소리 바람에 임하니 율려(律呂)가 날리는 듯하네. [衣冠照水文章燦 鼓角臨風律呂飛]"라는 구절이 지금도 우리나라 사람들의 입에 회자(膾炙)되고 있다. 아직 『동사록(東槎錄)』이 있는데 어제 일처럼 환(煥)히 깨우치게 된다.[122]

　　위 기사를 요약하면 첫째, 남옥의 고향은 춘천부 서상면 퇴동(현재 춘천시 서면 뒷골)이며, 탄생부터 기이하였다. 둘째, 집안이 지나치게 가난하여 어머

121　일본인보다 미천한 사람[日下人]: 원문에는 일하인(日下人)으로 되어 있다. 시(是)자를 파자하면　일하인(日下人)이 되므로, 상국의 사신이 묵는 방에 '일본인 보다 미천한 사람' 이라고 쓴 것은 사신과 그 군주를 욕보인 것이 되기에 한 말이다.

122　김영하, 역주: 정재경, 허남욱, 권혁진, 한희민, 이구영, 『국역 수춘지』, (사)춘천역사문화연구회, 2019. p.351.

니께서 이웃집 허드렛일로 생계를 유지하였다. 셋째, 남옥의 학문은 할아버지(晳)로부터 시작되었다. 넷째, 천부적으로 시문에 뛰어났다. 다섯째, 과거 합격 후 중국과 일본에서의 활약상을 서술하고 있다.

이와 달리 남옥이 남긴 〈선부원군행록〉[123]에서는 "전주(全州) 비래천(飛來川) 교거(僑居)에서 출생하였으며, 30여 년을 가난에 매여 이리저리 떠돌며 전전하였다"고 하였다.

『수춘지』를 통하여 남옥의 집안 사정과 성장 과정을 볼 수 있으며, 그가 어릴 때부터 시문에 뛰어났음을 알 수가 있었다. 후에 서술하겠지만 춘천지역에서의 생활이 그의 시상에 적지 않게 영향을 미쳤을 것으로 추론할 수 있다. 그러나 김성진은 "18세 때엔 해주에 가서 과거 공부를 하고 있었고, 이 해(1740년: 남옥18세)에 홍천에서 결혼을 하며, 그다음 해에는 춘천으로 갔다가 한 해 뒤에 다시 강릉으로 거처를 옮기고 있다."[124]고 하였다.

김영하의 『수춘지』기사는 무엇을 근거로 하여 서술하였는지 밝히고 있지 않다. 그리고 기사 중에는 사실과 다른 것도 있다. 즉 남옥의 관직이 승지에 이르렀고, 서장관으로 중국을 방문했다는 기사는 허구이다. 또한 남옥의 아들 려(鑢)가 중국에 들어가 필담을 나눴다는 기사와, 과거에 등과한 사실은 역사기록에는 없다. 다만 일본에 제술관으로 다녀온 남옥의 행위 기술은 어느 정도 일치한다고 봐야 할 것이다.

1) 신분적 한계로 인한 불용(不用)의 감회

『영조실록』영조 22년 병인(1746: 남옥24세) 3월 27일(계사)에

> "국가에서 인재를 얻는 방도는 오로지 과거에 있는데, 근래에 선비들이 글을 읽지 않고 요행을 바라는 일만 일삼고 있기 때문에 일종(一種)의 글을 파는 무리들이 사람을 그르치는 사례가 매우 많습니다. 그리하여 과방(科榜)이 한번 나가면 그때마다 시끄러움이 야기되고 있으니, 이런 폐단을 통렬히 금단하지 않을 수 없습니다. 남옥(南玉)·박사호(朴師灝)

---

123 남옥의 〈선부원군행록〉과 〈선비행록〉을 보지 못하였다. 다만 김성진의 논문을 인용하였다.
124 김성진, 「남옥의 생애와 일본에서의 필담창화」, 『한국한문학연구』19, 한국한문학회, 1996. p.277.

· 신억(申嶷)의 부류들은 모두 글을 팔아 이름을 얻은 자들이니, 이들을
먼 곳으로 정배(定配)시켜야 합니다." 하니, 임금이 그대로 따랐다.[125]

이때 남옥의 나이는 24세이다. 기존 논문들에서는 가난을 벗어나고자 글을
팔아 생활을 했다고는 하나, 이미 남옥은 홍봉한(洪鳳漢)[126]의 숙사(塾師)로
그의 손자 홍취영(洪就英)에게『사기』를 가르쳤다는 기록[127]과, 위의『영조실
록』기사를 통하여 남옥의 이름과 문장은 장안에 알려질 정도로 높았다는 것
을 추론할 수 있다. 또한 남옥이 과거 급제하기 전의 생활을 엿 볼 수 있다. 김
성진은 "남옥은 〈부통훈대부행수안군수공유사(祔通訓大夫行遂安郡守公遺
事)〉 18세에 해주에서 과거 공부를 하였다."고 기술하였으나, 이후 관직으
로 나갈 때까지의 기록이 없어 자세한 사항은 알 수 없다. 다만『영조실록』을
통하여 어느 정도의 행적은 추론이 가능하다. 남옥은 20세 이전에 한양으로
올라갔을 것으로 추측되는데, 그 근거로 우선 조재호를 중심으로 한 시사(詩
社)의 일원으로 활동한 점을 들 수가 있다. 매사(梅社)에는 조재호를 중심으
로 그의 조카 조선진 · 조유진 형제와 이명계 · 홍우필 등이 활동하다가, 후일
남옥 · 채희범 등이 참가하였다. 매사는 그 명칭에서 짐작되듯이 매화시 창작
이 특히 성사였는데, 마포(麻浦)와 농곡(農谷)에 있던 조재호의 교거지(郊居
地)에서 주로 이루어졌다. 매사는 1738년 마포에서 각 40수의 매화시를 창작
하였으며, 1755년(남옥33세) 청교(靑橋)에서 역시 각각 40수를 창작하였다.
이때 조재호는 춘천으로 은거할 결심을 하고 있었던바, 1759년 조재호가 춘
천으로 은거한 뒤로는 매사시 모임이 이루어지지 않은 것으로 보인다.[128]
또 다른 집안과의 교류로는 홍봉한(1713~1778) 家를 들 수 있다. 홍봉한은
1743년 31살 때 그 딸 혜경궁(惠慶宮)이 세자빈으로 간택되면서부터 30여 년

---

125 行夕講. 知經筵元景夏曰: "國家得人之道, 專在科學, 而近來士子不讀書而事僥倖, 故一種 賣文之
　徒, 誤人甚多. 科榜一出, 輒致曉曉, 不可不痛禁此弊矣. 如南玉, 朴師灝, 申嶷之類, 皆以賣文得 名,
　此輩宜遠地定配也."上從之.
126 홍봉한(洪鳳漢): 1713~1778, 본관은 풍산(豊山). 자는 익여(翼汝), 호는 익익재(翼翼 齋). 이조판
　서 홍만용(洪萬容)의 증손으로, 할아버지는 홍중기(洪重箕)이고, 아버지는 홍현보(洪鉉輔)이며, 어
　머니는 임방(任埅)의 딸이다. 사도세자(思悼世子)의 장인이다.
127 김영진, 「조선 후기 사대부의 야담 창작과 향유의 일양상」,『어문논집』37, 민족어문학회, 1998. p.31.
128 신익철, 「18세기중반 초림체 한시의 형성과 특징」,『고전문학연구』19, 한국고전문학회, 2001. p.5.

조선시대 춘천 문인들 /

간 왕실의 외척으로 권력을 천단(擅斷)하다가, 이후 또 다른 외척인 경주김씨
김한구(金漢耉: 1723~1769)·김귀주(金龜柱: 1740~1786)집안과 권력 쟁탈
을 벌임으로써 이른바 노론 시벽정쟁의 장본인이 되었던 인물이다.[129] 홍봉한
家의 시사 모임은 동강(東岡)시사이며, 주변에 있던 문인들 중에 여항인으로
김광택(金光澤), 해장암(海藏庵) 이덕남(李德楠), 추월 남옥, 서정(西汀: 雨念
齋) 이봉환(李鳳漢)·서오헌(書娛軒 또는 泊翁) 이명오(李明五) 父子, 죽죽재
(粥粥齋 또는 粥狂)·김현(金玹) 등을 들 수 있다.[130]고 하였다.

이렇듯 남옥은 조재호, 홍봉한의 경화거족(京華巨族) 시사에 이봉한, 이명
계, 채희범 등 서얼 시인과 함께 참여하고 있다. 서얼문사들이 경화거족과 긴
밀하게 교류한 것은 이들의 영향력에 의지해야 미관말직이나마 벼슬자리를
얻을 수 있었던 이유에 기인한 것으로 여겨진다. 홍봉한 가의 숙사로 있던 남
옥과 노긍 같은 인사는 모두 당대 과체시의 일인자로 알려졌거니와 이명계,
채희범 등도 과체시에 능한 인물이었다. 이러한 점을 상기할 때, 경화거족이
서얼 문사와 교류를 지속한 데에는 자기 당파의 인물을 결속한다는 취지 외
에 과거시험에 대비하는 이유도 있었던 것으로 여겨진다.[131]

이러한 인연으로 홍봉한은 1762년(영조 38: 남옥40세)에 〈조재호 옥사〉로
유배된 남옥을 석방해달라고 간청하고, 1765년(영조 41: 남옥43세)에는 남옥
을 관직에 임용할 것을 추천하기도 하였다.[132]

이규상(李奎象: 1727~1799)[133]은 『병세재언록(幷世才彦錄)』[134] 「문원(文
苑)」에서 남옥을 소개하면서 科賦에 대해서는 신출귀몰(神出鬼沒)하다고
하였다. 그러면서 남옥의 시를 평하길 "섬세하고 각박함이 또한 봉환체의

129 김영진, 「조선후기 사대부의 야담 창작과 향유의 일양상」, 『어문논집』37 , 민족어문학회, 1998. p.26.
130 위 논문 p.28.
131 신익철, 「18세기 중반 초림체 한시의 형성과 특징」, 『고전문학연구』19, 한국고전문학회, 2001. p.9.
132 영조 38년 임오(1762) 8월 22일(임자).
133 이규상(李奎象: 1727~1799) 자는 상지(償之), 호는 일몽(一夢), 본관은 한산이다. 평생 벼슬을
     하지 않고 학문에만 전념하였다. 한산이씨 문집인 『한산세고』에 그의 문집인 『일몽고』가 실려있다.
134 『18세기 조선 인물사』, 민족문화사연구소 한문학분과, ㈜창작과비평사, 1997. 저자 이규상이 동시대를
     살았던 다양한 인물들의 행적과 일화를 자신의 견문에 근거하여 저술한 책으로, 18개 항목에 걸쳐 180
     여명의 인물을 다루고 있다. 학자·시인·정치가·무관·서예가·화가·역관·기인·수령·귀화인·여류문
     인 등 각계각층, 각양각색의 인물들을 망라하여 한시대 인물의 전체적인 얼굴을 담아내고 있을 뿐만 아
     니라, 인물의 내면까지 감지 할 수 있도록 배려하고 있어, 가히 '18세기 조선인물지'라 할 수 있다.

테두리를 벗어나지 못하고 있다"고 하였다. 봉환체는 이봉환(李鳳煥)[135]을 이르는 것인데, 이규상이 시평 하길, "정밀하고 엄하여 들어가는 글자 하나라도 구차하게 놓인 것이 없었으니 근세의 절조(絶調)라 하겠다. 그러나 기미(氣味)가 초쇄(焦殺)하고 풍운(風韻)이 번거롭고 급하여, 교묘한 생각의 예봉이 수단은 비록 뛰어나지만, 기교가 각박 첨예한 데에 흘러, 한번 바뀌어 입에 급히 올리면 산초 열매가 혀를 얼얼하게 하는 것 같고, 눈을 가리게 되면 시큼한 바람이 눈동자를 쏘는 듯하니, 결코 중화(中和)에 맞는 성정의 표출이 아니다. 그가 창시한 이 시체(詩體)는 오직 개를 만들어 놓은 꼴이 되고 말 뿐이다. 이른바 초림(椒林)의 유파가 다 봉환체(鳳煥體)를 따르지 않는 이가 없었으니, 재질이 넉넉한 사람은 졸(拙)을 알아서 감출 정도가 되고, 힘이 모자라는 사람은 비쩍 마르고 비틀거려, 말이 조리에 닿지 않고 괴벽(怪僻)이 기괴하여, 마치 귀신이 울고 도깨비가 웃는 듯하다. 아마도 서얼들의 억울한 기운이 그 괴이한 빛을 솟구치게 한 것이 아닌가 한다."[136]라고 하였다.

18세기 조선 시단에는 새로운 시세계를 찾고자 하는 움직임이 일어나는데 이른바 진시운동(眞詩運動)이다. 이러한 움직임은 사대부 문인뿐만 아니라 위항(委巷)시인과 서얼(庶孼) 시단에도 예외는 아니었다. 이규상은 서얼 시단의 독특한 문학적 특징을 처음으로 초림체(椒林體)란 명칭을 사용하였으며, 창시자로 이봉환을 들고 있다. 이 시기에 이봉환과 남옥은 서얼 문사로서 조재호 家와 홍봉한 家에서 맺은 시사를 통하여 매우 가까운 사이였다. 이들은 1748년의 통신사와 1764년의 통신사에서 활약하였다. 1748년의 사행에서 제술관은 박경행이었고, 서기는 이봉환, 유후, 이명계였다. 1764년에는 제술관은 남옥, 서기는 성대중, 원중거, 김인겸이었다. 이들은 당시 문명이 자자하였던 서얼들이었고 그리고 이들은 나중에 서로 왕래가 빈번하여 나름대로

---

135 이봉환(李鳳煥: 출생 미상~1770), 본관 전주이며, 호는 성장(聖章), 우념재(雨念齋)이다. 영조조에 사마시에 합격하였고, 영의정 홍봉한(洪鳳漢)의 천거를 받아 관직에 나아가 양지현감(陽智縣監)에 이르렀다. 문장으로 세상에 드날렸다. 1770년(영조 46) 경인옥(庚寅獄)에 연루되어 고문을 받던 중, 남옥(南玉)과 함께 옥사하였다. 저서로는 시문집인『우념재시고』1책이 있다.

136 이규상, 『18세기 조선인물지 幷世才彦錄』, 민족문학사연구소 한문학분과 옮김, ㈜창작과비평사, 1997. pp.97~98.

하나의 바운더리를 형성하고 있었다. 이들 서얼을 두고 당시에 '초림팔재사(椒林八才士)'라 칭하고 있다.[137]

일군의 시인들이 문예와 학문을 논하는 과정에서 문학적 공유물이 탄생하는 것은 자연스러운 일이다. 그중에서도 대표적인 존재가 이봉환, 남옥, 이명계의 그룹과 이덕무를 중심으로 한 백탑시파(白塔詩派)의 그룹이다. 서울을 중심으로 한 서얼문사들의 시사 모임은, 18세기 시단의 가장 특이한 시사로서 새로운 시단의 분위기를 만들었다.[138]

이러한 분위기 속에서 표출된 남옥의 불우한 시선의 시를 살펴보겠다,

> 尺土存全氣　한 자의 땅에 온전한 기운이 있어
> 孤花出凍根　외로운 꽃은 언 뿌리에서 나왔구나
> 無風默送韻　바람 없어 침묵의 소리만 보내오고(尋常材料)
> 過月冷留痕　지나가는 달엔 차가운 흔적이 머물렀구나(收拾清觀)
> 瘦逼姑僊骨　마고선자[139]의 뼈에 가깝고
> 幽還姹女魂　차녀[140]혼을 되돌리네
> 怪君詩欲化　詩로 변화하고자 하는 그대를 괴이하게 생각하며
> 許入謝陶門　사령운과 도연명의 문에 들어가기를 허락하네

「第二集拈杜韻賦梅」(제2번째 모여 두보의 운[141]을 집어 매화를 읊다)

위 시는 매사의 2번째 모임에서 읊은 것이다. 남옥은 서얼이다. 조선시대 서얼의 신분은 사대부이지만 신분적 한계가 있었다. 「매사오영발」에 남옥은 "지금 읊은 것은 분매(盆梅)일 따름이어서 마르고 짧은 나뭇가지가 번거롭게 감싸

---

137 안대회, 「서얼시인의 계보와 시의 전개(18세기 斬新한 시풍의 형성과 서얼시인)」, 『문학과 사회집단』, 한국고전문학회, 1995. p.14.
138 안대회, 위 논문 p.14.
139 여원……가깝고」『東坡詩集註 卷25』 소식(蘇軾)이 매화꽃을 읊은 시에 "마고선녀가 그대에게 들른다니 급히 청소를 하구려, 새는 능히 가무를 하고 꽃은 능히 말을 해라. (麻姑過君急掃灑, 鳥能歌舞花能言)"라고 한 구절이 있다.
140 姹女: 본래는 소녀를 말하는데, 불로장생할 목적으로 도가(道家)에서 연단할 때 쓰는 수은의 별칭으로도 쓰인다.
141 두보의 운: 두보의 시 「冬深」을 가리킨다.

고 있으며 방척(方尺)의 합(閤)에 담겨 있어 빛을 낼 수가 없으니, 시가 지어지기에 이미 어렵지 않겠는가.”[142]라 하였다. 1연에서 한 치의 땅은(尺土) 남옥이 처한 세상과 같이 차별되고 한정된 공간을 의미하는 것이다. 바라보는 분매 또한 넓은 자연속의 매화가 아니다. 언 뿌리[凍根]는 냉혹하게 차별화된 주위 환경이다. 그럼에도 불구하고 온전한 땅의 기운이 있어 매화는 혹독한 겨울에도 꽃을 피웠고, 남옥 또한 2년 전 과시에 합격하여 미관말직이나마 출사한다. 2연에서는 바람이라는 청각적 표현[無風]과 지나가는 달이라는 시각적[過月]을 시어를 통하여 매화꽃이 피기까지의 인내를 표현하였으며, 경련에서는 매화나무의 강인한 생명력을 세상이 완전히 뒤바뀌는 것을 볼 정도로 오래 산다는 마고선자와 불로장생할 목적으로 도가(道家)에서 연단(煉丹)할 때 쓰는 수은(水銀)의 별칭인 차녀의 전고를 끌어와 혹독한 겨울매화의 강인함을 표현하였다.

寂寥仍鼻觀[143]	적막하고 쓸쓸한데 코끝으로 매화 향 들어오니 (妙思)
堅坐待牕昏	굳게 앉아 어두운 창을 마주하네
龕影迷成畵	매합 그림자 어른어른 그림을 만들고
燈風暈欲翻	바람이는 등불은 어지럽게 뒤집히려 하네
半身低處隱	몸 절반은 낮은 곳에 숨겨져 있고
片點散來繁	꽃잎은 점점 풀어져 무성해졌네
爾識歸人意	그대는 아는가, 돌아가는 사람의 뜻이
寒星水北村	찬 별 뜬 물가 북쪽 마을에 있음을

「第三集 賦夜梅就 暗香浮動月黃昏用昏字」(제3번째 모임. 밤 매화를 읊다. 임포(林逋)의 시구 “맑은 향기는 황혼녘 달빛 아래 은은하네[暗香浮動月黃昏]”[144]에서 ‘昏’을 운자로 쓰다.)

---

142 “今所賦盆梅耳, 槁槎短枝, 冗然護之, 方尺之間, 餘無可以映發之者, 詩不旣難乎.”

143 연기처럼 코 끝을 출입하는 하얀 숨결이라는 뜻으로, 명상의 지극한 경지에 들어가면 그 기운이 보인다는 불교 수행법 상의 용어이다. 『楞嚴經』卷5.

144 임포(林逋)의……은은하네: 북송의 은사(隱士)인 임포(林逋)의 시호(諡號)이다. 항주(杭州) 전당(錢塘) 사람으로, 서호(西湖)의 고산(孤山)에 초막을 짓고는 매화를 심고 학을 기르며 숨어 살았으므로 당시 사람들이 ‘매처학자(梅妻鶴子)’라고 일컬었는데, 그가 매화를 읊은〈산원소매(山園小梅)〉시에 “맑고 얕은 물 위에 성긴 그림자 가로 비끼고, 황혼 녘 달빛 속에 은은한 향기 떠도누나.(疎影橫斜水淸淺 暗香浮動月黃昏)”라는 명구가 나온다. 『林和靖集 山園小梅 二首』그런데 여기서는 황혼 무렵의 매화 향기도 좋지만 새벽 여명 무렵의 향기도 그 이상으로 좋다는 말이다.

드디어 매화나무가 반절의 꽃을 피웠다. 위 시는 북송의 임포의 매화 시에 차운한 것인데, 댓구의 조화가 아름답다. 1연에서는 "코끝으로 매화향이 들어오고[鼻觀]"라는 후각적 표현과 "창가에 황혼[牕昏]"으로 시각적으로 표현하였다. 2연에서는 "매합의 그림자[龕影]"로 정적 표현을 "등불바람[燈風]"으로 동적 표현을 하였다. 3연에서는 매화의 상징인 은일을 낮은 곳[低處隱]이라는 시어로 사용하였다. 은일 가운데 매화는 오롯이 청결한 본연의 정신을 꽃잎에 넣어 무성케 한다. 그것은 작가와 같은 처지일 것이다. 4연에서 "돌아 가는 사람의 뜻[歸人意]" 즉 남옥의 뜻은 비록 분매와 공간적으로 서로 분리되어 살고 있지만 고결한 매화의 정신과 동일하다는 의미인 것이다.

寒月橋南一徑微	차가운 달 아래 다리와 남쪽으로 난 희미한 외길
昭陽孤旅冷無衣	소양(冬至 달: 춘천)의 외로운 나그네는 추위에 옷도 못 걸쳤네
圍城潔貌何求在	고결한 모습 성안 어디에서 찾아볼 수 있을까?
臥雪高蹤漫出稀	눈 속에 누운 고상한 자취 함부로 보이지 않았네
閣裏深深愁見客	깊숙한 방안에 핀 매화를 바라보며 시름에 젖는 나그네
水邊悄悄苦思歸	조용히 물가에서 돌아갈 생각으로 괴로워하는데
鄕園極目千峰暮	고향 땅 지극히 바라보니 온 산은 날이 저물고
欲折瓊枝驛使違	가지 꺾어 보내고 싶지만, 역사는 이미 떠나갔구나

위 시는 남옥이 『매사오영발(梅社五詠跋』에서 보여주듯 "조재호을 제외한 우리 네 사람은 모두 당시에 베풀어지지 못하여 각자 매화를 두고 시로 속마음을 폈으니 어찌 대수롭지 않게 여기겠는가."[145]라는 말에서 시의 분위기를 알 수 있다. 즉 조선 사회에서 양반도 아닌 서얼 문인들은 중간자로서의 계급적 모순을 가장 첨예하게 감내해야 했던 존재였다. 그리고 서얼통청운동이 보여주듯 그들은 현실적 모순을 해결하기 위해 노력했던 각성된 존재들이었다. 그런 존재들이었고 보면 그들이 당면한 현실적 모순을 시로 형상화했을 것이라는 추론은 오히려 자연스럽다.[146]

---

145 "四人者, 又皆不見施於時, 各於梅發之詩, 曷可少裁".
146 김형술, 「회헌 조관빈의 한시와 초림체」, 『우리문학연구』55, 우리문학회, 2017. p.99.

남옥은 위 시에서 매화를 통하여 자신의 현실적인 고뇌를 그리고 있다. 1연에서는 한양 한복판에 차가운 달빛이 비치는 다리, 남쪽으로 길게 이어진 외길은 희미하다. 소양[147] 달에(춘천) 나그네는 차가운 겨울바람을 막을 옷조차 입지 못하고 있다. 시어(詩語)인 차가운 달[寒月], 외줄기 길[一徑], 외로운 나그네[孤旅], 옷도 걸치지 못하였다[無衣]의 주체는 남옥 과 매화이다. 남옥은 20세 전후로 한양으로 올라와 10여 년을 숙사(塾師)로 지내며 험한 길을 걸어왔으나, 아직도 남옥에게는 겨울과 같은 차가운 현실을 표현했다면, 매화의 처지에서 보면 청교(靑橋)가에 자연적으로 자라고 있는 앙상한 겨울 매화 가지를 표현한 것으로 볼 수 있다. 2연에서는 남옥과 매화의 내면과 상징을 표현하였다. 즉 고결한 자신의 모습[潔貌]과 눈 속에 누운 매화의 고상한 자취[臥雪高蹤][148]를 표현하였다. 매화는 자신의 상징성을 나타내고 있다. 3연에서는 열린 세상의 존재가 아니라 깊고 깊은 방속[閤裏深深]에 제한된 존재로 자신을 인식하며 시름을 짓는 나그네가 된다. 그러면서 귀거래사[思歸]를 생각하며 괴로워한다. 매화는 자연에서 피는 꽃이 아니라 인공적인 분화(盆梅)이며 자연으로부터 원치 않게 이식(移植)된 매화이다. 그런 분매를 바라보는 나그네가 있다. 남옥일 것이다. 분매는 늘 자연 속에 매화로 돌아가고 싶은 심정에 괴로워한다. 4연에서는 남옥이 돌아가야 할 천봉(千峰) 넘어 고향 땅, 소양(昭陽)은 이미 밤이 되어 아득하다. 비록 분매지만, 꽃 핀 매화 가지를 보내고 싶었다. 비록 사방이 막히고 제한되고 차별 있는 현실이지만 과거에 급제한 것은 추운 겨울을 이겨낸 매화 가지의 상징이며, 즉 남옥 자신이었을 것이다. 그러나 그마저 전해줄 수 있는 역사(驛使: 역무원)가 떠나 버린 것으로 마무리하였다. 매화나무 또한 자기가 최초에 뿌리를 내렸

---

147 古갑자에 동짓달은 자월(子月)인데 천간(天幹: 十干)으로 표시할 때는 계(癸)를 대표로 한다. 그래서 계(癸)를 소양이라 칭하고 겨울을 뜻한다. 또한 남옥의 거주지 **춘천 소양(강)**을 의미한다고 보았다.

148 후한(後漢)의 원안이 벼슬하지 않고 초야에 묻혀 있을 때 낙양(洛陽)에 큰 눈이 수일 동안 내렸다. 눈이 그치자 모든 사람이 눈을 치우고 먹을 것을 구하러 돌아다녔는데, 유독 원안의 집 앞에만 눈이 쌓여 있었다. 고을의 현령이 그가 죽은 줄 알고 사람을 보내 살펴보게 했더니 원안은 방안에서 가만히 누워 있었다. 그 이유를 물으니 이런 재난에 공연히 돌아다니며 자신까지 남들에게 피해를 주고 싶지 않았기 때문이라고 답하였다고 한다. 『後漢書 卷45 袁安列傳』, 여기에서 '원안와설(袁安臥雪)'이라는 고사가 나오게 되었다. 이 시에서는 자신의 본성을 지키고 백성을 사랑하는 선비의 정신을 기리는 의미로 보인다.

던 자연 속의 고향으로 돌아가고 싶었다. 그러나 자기 의지로 갈 수 없다. 남옥과 분배는 세상으로부터 베풀어지지 못함을 위 시에 담고 있다.

　남옥의 매화시는 분매라는 한정된 표상물을 통하여 매화꽃 상태에 따라 세심한 관조와 참신한 시어를 사용하였다. 개화시기에 읊은 시는 당시의 매화를 완상하는 시대 풍조와 감상 대상이 자연속의 매화가 아닌 분매임을 밝히며 제한된 공간에서의 고절한 매화에 자신들의 불우한 처지를 표출하였다. 만개시기 남옥의 눈에는 매화조차도 처지가 다름을 표현하였다. 분매는 천지의 크기가 동이에 따라 구별되고, 고결함을 유지하려는 괴로운 버릇은 결국 죽음에 이른다고 표현하였다. 화로·낙매 시기 시에서는 노자와 장자의 사상을 끌어와 세상사 체념과 달관의 경지로 들어갔음을 볼 수 있으며, 또한 이 세상에서 펼치지 못할 자신의 포부를 다음 세상에서는 펼쳐지기를 기원하고 있음을 알 수 있다.

2) 사행여정(使行旅程)에서의 소회

　추월 남옥은 영조(英祖) 29년(1753: 남옥 31세)에 과거에 합격한다. 남옥의 관직과 관련된 기록은 김성진의 논문에서 1760년 봄에 결성현감(結成縣監)에서 해임되었다고 서술하고 있으나, 재직기간과 자세한 해임 원인은 설명하지 않았다. 아마도 관련된 자료가 없기 때문으로 추측한다. 이후 홍봉한이 1762년(영조 38: 남옥 40세)에 〈조재호 옥사〉[149]로 유배된 남옥을 석방해달라는 간청과[150] 함께 1763년 8월 일본으로 통신사로 가게 된다. 이때 관직이 제술관이었으며, 사료에 처음으로 보인다. 1764년 7월에 일본을 다녀와 복명한 후 다음 해인 1765년(남옥 43세) 주부(主簿)[151]에서 황해도 수안군수에 제수되었을 것으로 추론한다. 남옥의 관직 활동을 알 수 있는 기록은 다음과 같다.

149　1762년(영조 38) 윤5월에 사도세자가 비명(非命)에 죽는 사건이 일어났는데, 이때 시파의 영수인 우의정 조재호(趙載浩)가 사도세자를 비호하고 노론(老論)계 벽파(辟派)를 제거하려고 하였　다고 하여, 이른바 〈조재호(趙載浩)의 옥사〉가 일어났다. 그해 6월에 **남옥의 장인 유채(柳綵)**가 이 옥사에 연루되어 죽임을 당하였는데, 남옥도 유배되었다.

150　영조 38년 임오(1762)년 8월 22일(임자).

151　조선시대 관서의 문서와 부적(符籍)을 주관하던 종6품 관직.

『영조실록』 기사이다.

> 1765년(영조 41: 남옥43세) 임금이 경현당(景賢堂)에 나아가 유생의 전강(殿講)을 친히 시험보이고, 수석을 차지한 유학(幼學) 이민좌(李敏佐)를 직부 전시(直赴殿試)하게 하였으며, 나머지는 모두 급분(給分)하라고 명하였다. 또 이문 제술(吏文製述)을 행하여 수석을 차지한 전 주부(主簿) 남옥(南玉)이 문재(文才)가 있다고 하여 특별히 우직(右職)에 조용(調用)하라고 명하였다.[152] 임금이 경현당(景賢堂)에서 한학 문신(漢學文臣)을 친히 시험 보였다. 구익(具㿖)이 잘 읽는다는 것으로 승륙(陞六)하게 하고, 지중추(知中樞) 홍계희(洪啓禧)는 한어(漢語)를 밝히 안다고 하여 사역원 제거(司譯院提擧)로 특차(特差)하였는데, 영의정 홍봉한(洪鳳漢)이 추천한 것이었다. 홍봉한은 또 이봉환(李鳳煥)·남옥(南玉)·성대중(成大中)은 서류(庶流) 중에 인재(人才)라고 하여 추천하고 차례에 따라 조용(調用)하기를 청하니, 임금이 윤허하였다.[153]

조엄의 『해사일기』 기사는 아래와 같다.

> 상이, "남옥(南玉)이 시(詩)로 이름을 얻었다 하거니와, 누가 많이 지었는가?"하매, 대답하기를, "네 사람이 지은 수가 거의 같았습니다." 하였다. 상이 이르기를, "남옥은 몇 편이나 지었는가?" 하매, 옥이 대답하기를, "천여 수(首)를 지었습니다." 하니, 상이, "장하다, 너도 저 사람들의 시(詩)를 얻어 왔느냐?" 하매, 대답하기를, "저 사람들이 먼저 짓고, 그런 뒤에 화답(和答)하였으므로, 저들이 지은 것을 가져왔습니다."[154]

『영조실록』과 『해사일기』 기사를 통하여 남옥의 文才를 볼 수가 있다. 특히 영조실록에서 "이문 제술(吏文製述)을 행하여 수석을 차지하였다"는 것은 당시 조정 신하들을 대상으로 시험한 가운데 수석을 차지한 것이어서 그의 능력은 매우 높았다고 하겠다. 그러나 서류(庶流)라는 제한된 신분으로 곧바로

---

152 영조 41년 을유(1765)년 6월16일(庚申) "上御景賢堂, 親試儒生殿講, 命居首幼學李敏佐直赴殿試, 餘皆給分又行吏文製述, 以居首前**主簿南玉**有文才, 特命調用右職."
153 영조 41년 을유(1765)년 6월18일(壬戌) "上親試, 漢學文臣于景賢堂 以具㿖善讀, 命陞六, 以知中樞洪啓禧, 曉解漢語, 特差譯院提擧, 領議政洪鳳漢所薦也. 鳳漢又薦李鳳煥·南玉·成大中, 爲庶流中人才, 請次第調用, 上允之."
154 『해사일기』[장계(狀啓)및연화(筵話)7월8일자], "上日南玉得名云矣, 何者多作乎. 對日, 四人所作之數略同矣. 上日, 南玉作幾篇乎. 玉對日, 作千餘首矣. 上日, 壯矣. 汝得彼人詩來乎. 對日, 彼人先作, 然後和之故彼作果爲持來矣."

조선시대 춘천 문인들 /

중용하는 것에는 한계가 있었던 것으로 보인다. 조엄은 계미년에 일본 통신사 중 正使로 남옥과 함께 다녀온 문신이다. 그가 남긴 『해사일기』 기사는 통신사 임무를 마치고 돌아와 영조를 알현하고 남옥이 천여 수의 시문을 지어 이름을 알렸다는 사실과, 그 행위에 대한 칭찬을 받은 내용을 기록하였다.

다음 시는 통신사 제술관 임무를 받고 일본으로 출발하기 전 부산 영가대에서 쓴 시다.

寥落邊村久息勞　적막한 변방 마을에서 오랜 사행 길 휴식하는데
永嘉臺下列仙艦　영가대 아래에는 신선 배들 늘어서 있구나
霜深廢壘黃花病　무너진 성채에 차가운 서리 내려 국화는 시들고
葉盡疎林晚柿高　트인 숲에는 나뭇잎 모두 떨어지고 홍시만 높게 걸렸네.
蠻子喜言徵曉雨　어부는[155] 새벽 비 잦아든다고 기뻐서 말하고
美人愁思極層波　임금을[156] 걱정하고 사모하는 마음 겹친 파도처럼 지극하네
一派南北須頻見　똑같은 파도는 남북으로 끝없이 이어져 자주 보아야 하는데
可耐床蟲獨夜號　외로운 밤 침상 아래서 우는 벌레 소리 어찌할거나

사행 기간은 1763년 8월 3일 한양을 출발해서, 10월 6일 부산에서 출항 후, 이듬해 6월 22일에 조선으로 돌아왔다. 제술관은 공적문서를 작성하는 문관이지만, 역대 제술관들은 文才가 있는 서얼 출신들이 맡는 관직이었다. 비록 문장과 시문에 뛰어나도 주변의 시선에서 벗어날 수 없는 신분이었다. 그러한 분위기는 역대 선배 제술관들로부터 전승되었고, 실제 사행 기간 내 사행 단원들로부터 직간접적으로 체험하고 있었다. 그러한 연유에서 사행길의 분위기에는 우울하고 비애감이 보인다.

---

155 본 고에서는 만자(蠻子)를 소식(蘇軾)의 〈어만자(漁蠻子)〉시에 "어부들 머리 조아리고 흐느끼며 관리에게 말하지 말라 하네.(子叩頭泣 勿語桑大夫)"라는 전고를 들어 **어부**로 보았다. 그러나 『18세기 조선 인물사』, 민족문화사연구소 한문학분과, ㈜창작과비평사, 1997. 에서는 만자(蠻子)를 **왜놈아이**라고 보았다.

156 본 고에서는 미인(美人)을 소식(蘇軾)의 전적벽부(前赤壁賦)에, "아득한 나의 회포여, 하늘 저 끝에 있는 미인을 그리도다.(渺渺兮余懷, 望美人兮天一方.)"라는 전고를 들어 **임금**으로 보았다. 그러나 『18세기 조선 인물사』, 민족문화사연구소 한문학분과, ㈜창작과비평사, 1997. 에서는 만자(蠻子)의 **어머니**로 보았다.

1, 2구에서는 한양에서 출발한 지 3개월이 지나서야 모든 준비를 마치고, 바닷길이 열리길 기다리며 부산진 영가대 주변의 모습을 그렸다. 3, 4구에서는 떠나는 계절은 늦은 가을이라 "서리와 국화" 그리고 "떨어진 낙엽"을 통하여 변방의 쓸쓸함을 표현하였다. 어쩌면 남옥의 마음 속에 자리 잡고 있는, 차별된 사회에서 느끼는 허전함의 표현이라고 할 수 있다. 그런 환경에서 "홍시"는 차별화된 공간에서의 시인을 의미하는 것이라 할 수 있겠다. 5, 6구에서는 임금의 명을 받아 사행길에 오른 신하로서 임금을 향한 마음을 "겹친 파도처럼" 지극하다고 하였다. 8, 9구에서는 신하의 지극한 충성은 끊임이 없는데, 외로운 변방 침상에서 충성스러운 신하의 마음을 표현하였다.

  다음 시는 일본 사행길에서 돌아오는 길에 쓴 『일관시초』 소재 「차 망해3」 시이다.

太虛聲氣出茫冥	하늘의 음성과 기운은 아득한 곳에서 나오고
積水同雲起處長	대해(大海)와 함께한 구름은 일어나네
古國歸心迷大塊	고국으로 돌아가는 마음 천지간에 헤매다
暗窓幽意到羲皇	어두운 창 그윽한 뜻은 희황상인(羲皇上人[157])에 이르렀네
商羊自舞知何樂	상양[158]이 스스로 춤추는 것은 무엇이 즐거운지
潮鰐雖馴未易良	조주 악어[159]는 길들여도 쉽사리 순해지지 않는다네
黃鶴高高翎不濕	황학은 높고 높아 깃털 하나도 젖지 않은 체
滿天風雨獨西翔	하늘 가득 비바람 부는데 서쪽으로 홀로 날아가네

  귀국하는 계절이 6월인 점을 보면 장마 기간이었을 것이다. 하늘에서 들려오는 천둥소리와 세차게 내리는 장대비는 마치 차별화된 세상의 현실과 같

---

157 동진(東晉) 때에 일찍이 팽택 영(彭澤令)을 지냈던 도잠(陶潛)이 유송(劉宋)에 의해 동진이 멸망한 이후로는 특히 유송을 섬기지 않는다는 뜻에서 세상과 인연을 끊고 자연속에서 시주(詩酒)로 생애를 마쳤던 일을 두고 한 말인데, 북쪽 창의 청풍(淸風)이란 그가 일찍이 무더운 여름날에 청풍이 솔솔 불어오는 북쪽 창 아래 누워서 스스로 희황상인(羲皇上人)이라 자칭했던 데서 온 말이다.『南史 卷75 隱逸 列傳 陶潛』
158 상양(商羊)은 큰 비가 올 무렵이면 한쪽 다리를 구부리고 춤을 춘다는 전설의 새 이름이다.
159 당(唐)나라 한유(韓愈)가 「불골표(佛骨表)」를 올렸다가 좌천되어 조주자사(潮州刺史)가되었는데, 그때 악계(惡谿)의 악어가 사람과 가축을 해치자, 한유가 「악어문(鱷魚文)」을 지어 물리쳤다고한다.

은 상황이다. 그런 상황에서 고국으로 돌아가는 마음은 안정되지 못하고 헤매인다. 불편한 현실에서 벗어날 수 있는 것은 모든 관직을 버리고 자연 속에 은거한 도연명과 같은 삶에 이르는 것이다. "상양(商羊)"과 "조주악어(潮鰐)"는 관직 생활을 하는 동안 시인에게 불어닥친 불편한 시대의 조건을 의미하는 것이다. 그러나 시인은 "황학"처럼 속세에 타협하지 않으며 고고한 모습을 유지하는 것으로 마무리하고 있다.

千詩一半到鄉園	천수의 반절이나 챙겨 고향에 이르러
兀兀殘骸送曉昏	자족하며 쇠잔한 몸 아침저녁 보내려네.
天地浮游隨葉舸	이 몸은 천지 물 위에 떠서 조각배 따라가는데
江湖鷗鷺管紫門	강호의 물새는 사립문 지키고 있겠지!
亭名秋月虛襟契	추월정(秋月亭)이란 이름은 마음 비우는 것에 들어맞고
印刻農山晚計存	농산(農山)[160]이라 색인 인장은 만년 계획을 담았다네
忽復興魚俱大忘	홀연히 다시 고기와 더불어 크게 잊어버리는 것을 함께하며[161]
北窓高臥似吾軒	도연명이 북창[162]아래 높이 누운 것은 내 집과 같은 것이라네

160 원문은 '攝齊攘袂於農山沂水之間者'로, 다음의 두 가지 일화를 가리킨다.
　자로(子路)·염유(冉有)·공서화(公西華)·증점(曾點)이 공자(孔子)를 모시고 앉아 있을 때 공자가 각자의 뜻을 묻자, 자로·염유·공서화는 현실 정치와 관련된 뜻을 밝히고, 증점은 세속에서 초탈하여 자연과 동화된 삶을 이야기한 일이 있다. '기수(沂水)'는 본디 증점의 대답에 나오는 지명인데, 윤기는 여기서 마치 당시 공자와 제자들이 담론한 장소가 기수였던 것처럼 표현하였다. 『論語 先進』.
　공자가 농산(農山)을 유람하며 제자들에게 각자의 뜻을 물었을 때 자로(子路)는 뛰어난 용병술로 적국을 제압하는 일을, 자공(子貢)은 능란한 변론으로 전쟁 없이 나라의 환란을 푸는 일을 말한데 반해, 안연(顏淵)은 태평성세를 이루기 위한 보다 근본적인 포부를 다음과 같이 밝혔다. "현명하고 성스러운 임금을 보필하되 오륜의 가르침을 펴고 예악(禮樂)으로 도하겠습니다. 그리하여 백성들이 성곽을 수리하지 않아도 서로의 영역을 침범하지 않게하며, 창칼을 녹여 농기구를 만들고 전쟁용 마소를 들판에 풀어 놓겠습니다. 그리하여 백성들이 전쟁에 동원되는 일이 없게하고 영원히 전쟁의 환란을 없애겠습니다." 『孔子家語 致 思』.
161 『장자』 「대종사(大宗師)」에 "공자(孔子)가 '물고기는 서로서로 물로 나아가고, 사람은 서로 서로 도로 나아가는데, 물로 나아가는 물고기는 못을 파서 양육을 받아야 하고, 도로 나아가는 사람은 일을 없애서 삶을 안정되게 해야 하나니, 그러므로 가장 좋은 것은 물고기가 강호에서 서로 잊는 것이요, 사람이 도술에서 서로 잊는 것이다.' 라고 하였다. (魚相造乎水, 人相造乎道, 相造乎水者, 穿池而養給. 相造乎道者, 無事而生定. 故曰, 魚相忘乎. 江湖人相忘乎, 道術)"라고 했다는 데서 온 말로, 물고기가 강해에서 서로 잊는다는 것은 곧 물 걱정을 할 것이 없어 서로를 잊고 유유자적하는 것을 말한다.
162 전원에서 한가로이 즐기는 은일(隱逸)의 정취를 말한다. 도연명(陶淵明)이 전원생활을 즐기면서 "여름철 한가로이 북창 가에 잠들어 누웠다가 삽상한 바람이 불어와 잠을 깨고 나면 문득 태곳적의 사람인 것처럼 느껴지곤 한다. (夏月虛閑, 高臥北窓之下 淸風颯至, 自謂羲皇人)"고 말한데서 유래하였다. 『진서(晉書)』 94권. 「도잠열전(陶潛列傳)」.

위 시 또한 일본사행에서 돌아오는 길에, 관직에서 물러나 고향 춘천 소양 강 변에 추월정(秋月亭)을 짓고 만년(晚年)을 보내겠다는 계획을 노래한 것 으로『일관시초』「차 춘홍19」에 담았다.

관직으로 고향을 떠나 마치 물 위를 떠다니는 조각배 같지만, 고향 강가 의 물새는 자신을 기다리고 있다, 그 강가에 자신의 호를 딴 "추월정"을 짓고 "농산"이라는 인장을 새겨 불편한 세상을 향한 원망도 내려놓고, 자연과 더 불어 유유자적하며 분신과 같은 詩와 함께 보내겠다는 의중을 볼 수 있는 시 이다. 더하여 지나온 관직 생활의 회고도 보인다.

1765년 수안군수 시절과 1770년 〈최익남 옥사〉로 사망하기까지의 행적 을 담은 남옥의 문헌기록은 찾을 수가 없었다. 다만 그의 죽음과 관련된 기 록은 아래와 같다.

> 1770년(영조 46: 남옥 48세) 이조 좌랑 최익남(崔益男)이 상소를 올 렸는데, 새로 왕세손(王世孫)에 책봉된 동궁(東宮: 정조)이 아버지 사도 세자의 묘소와 사당에 성묘하기를 오래도록 폐지한 것에 대하여 비판하 면서, "아버지에게 효도를 하고 나서, 할아버지에게도 효도를 해야 하는 것입니다."[163]고 역설하고, 노론계 벽파의 영수인 영의정 김치인(金致仁) 의 죄상을 열거하고, 벽파의 중진들이 자기들의 잘못을 덮으려고 하는 것 은, 공론을 저버린 행위라고 공격하였다. 이에 격노한 영조가 최익남의 배후라고 의심되는 최백남(崔百男)·정석오(鄭哲吾)·이봉환(李鳳煥)·문희 민(文喜珉) 등을 체포하여 국문(鞫問)하게 하였다. 남옥은 〈최익남의 옥사〉 에 연루된 이봉환(李鳳煥)과 친하다고 하여 체포되어, 혹독한 심문을 받았 다. 남옥은 투옥된 지 5일 만에 장형(杖刑)을 이기지 못하여, 그해 11월 30 일 옥중에서 절명(絶命)하였는데, 향년이 48세였다.[164]

이상과 같이 추월 남옥에 관한 문헌 기록을 통하여 그의 가계와 생애를 살 펴보고 시사(詩社)에서의 불우한 시선과 사행여정에서의 소회를 살펴보았 다. 그동안 학계에는 남옥의 유년기와 과거 급제하기 전까지의 생애를 분석

---

163 崔益男, 以前吏郎投疏, "上款以東宮曠廢省謁於思悼世子墓祠爲言, 有曰, 孝於父而後孝於祖, 誠於 父而後誠於祖."
164 "罪人南玉物故."

한 기록이 없다. 그러나 본 고에서는 아주 어려서부터 춘천에서 성장한 것으로 추론하였다. 추론 근거로는 첫째 김영하의『수춘지』기사와 자하 신위의『맥풍12장』의 내용을 제시하였다. 둘째 의령남씨족보(충경공손직제학공장자감찰공파)에 의거하여 남옥의 선친과 본인 그리고 후손들의 선영(先塋)이 춘천에 있으며, 지금까지도 거주하고 있다는 사실을 밝혀냈다. 셋째『영조실록』에서 남옥이 춘천에 거주하는 장인인 유채(柳綵)에게 양육(養育)되었다는 기록[165]을 밝혔냈다. 넷째 남옥의 문과방목에서는 과거등재 내용을 통해 거주지가 춘천인 것을 확인하였다.

남옥의 시사(詩社)활동은 장인 유채(柳綵)의 영향 아래 서울의 조재호와 홍봉한 家의 연결을 통해 이루어졌다. 이것에 대한 단서는 〈조재호 옥사〉와 관련하여 장인 유채가 죽임을 당하고 남옥 또한 유배를 간 사실을 기록한『영조실록』에서 찾았다. 남옥은 조재호와 홍봉한 家의 숙사(塾師)로서 이봉환과 더불어 시사(詩社)에 중심적 역할을 하였으며, 시사를 통해 그의 문학적 재능을 표출하였다. 또한 이명계, 이봉한, 성대중, 유후 등의 서얼 시인과의 교류를 통하여 독특한 시체(詩體)인 초림체(椒林體)를 이루어 18세기 한국 한시사(漢詩史)에 새로운 움직임을 형성하였다. 18세기 새로운 조선시를 모색하는 움직임 속에 춘천지역 출신 '수춘문사(壽春文士)' 남옥이 있었다. 그리고 일본통신사 제술관으로서 문명(文名)을 얻은 시인이기도 하다.

또한 이 절에서는 남옥이 남긴 「매사오영기」에 실린 매화시를 통하여 이 세상에서 펼치지 못할 자신의 포부를 다음 세상에서는 펼쳐지기를 기원하는 내면 의식을 볼 수 있었다. 사행여정 소회에서는 사행 귀국길에서 읊은 시를 통하여 서얼 후손이라는 차별화된 현실에서 벗어나, 고향으로 돌아와 속세와 타협하지 않으며 고고한 삶을 살고픈 진솔한 면모를 알 수 있었다.

---

165 영조 38년 임오(1762) 6월 26일(정사).

4. 적와 홍언철의 詩社에 담긴 애향

적와 홍언철 『만곡동사록』

홍언철은 1764년 11월 26일 춘천부 만곡동에서 시사를 결성하고 이듬해 봄까지 읊은 시들을 『만곡동사록』에 담았다. 『만곡동사』는 홍언철의 1764년 겨울 승문원(承文院)에서 해임되어 고향 춘천 만곡동(현 만천리)으로 돌아와 이웃에 살고 있던 송재(松齋) 이개, 구봉(九峰) 김지수, 현암(賢巖) 노광운, 어은(漁隱) 이수량, 곡구(谷口) 정지안, 이원철 함께 한 시사였다. 이듬해 봄까지 1차로 700여 수를 지었다.

1765년 홍언철이 다시 관직에 오르자 同人인 이윤철로 하여금 책으로 만들게 하여 『만곡동사록』이라 명명하였다. 1765년 겨울, 또다시 홍언철이 관직에서 해임하여 고향으로 돌아와 이듬해 1766년 3월 홍문관 검열로 부임하기까지의 2차 同社 모임에서 지은 시들을 계속 기록하여 2책으로 만들었다. 후에 동인 중 노광운(1775), 김지수(1786), 홍언철(1796), 이수량(1800)이 작고하자 남은 동인들이 이 들을 위한 만사·만시·제문을 별록으로 묶어 전해지고 있다. 권두에 7언절구 227수, 6언절구 7수, 5언율시 136수, 7언율시 393수, 오언장률 15수, 7언장률 15수, 5언고시 165수. 7언고시 45수. 357언시 7수 합 1,038수라고 기록하였다.[166]

춘천지역에 있어서 18세기는 문학의 전성기라 할 수 있다. 홍언철을 비롯하여 김도수[167]·박사철·최내수·남옥[168]·김낙수 등 여러 문인이 등장하여 한양의 주요 인사와 교류하며 시문을 남긴 것이다. 그런 가운데 홍언철이 주도한 『만곡동사록』은 당시 춘천지역의 문학과 풍속을 알 수 있는 매우 중요한 자료임에 틀림이 없다.

---

166 박한설 역주, 『역주 만곡동사록』, 춘천문화원, 강원일보사, 1989. p.3 참조.
167 김근태, 「춘주 김도수의 춘천유거와 시세계」, 한문고전연구, 2011.
168 한희민, 「『매사오영』 소재 남옥의 매화시 연구」, 한국어문학학술포럼, 2021.

이 절에서는 홍언철의 시를 분석하여 작가의 개인적 사유와 지역 문학의 양상을 살피고, 또한 세시풍속 시에 표현된 춘천의 전통문화를 밝혀보고자 한다.

홍언철은 본관은 남양이고 익산군파이다. 호는 적와(適窩)이다. 익산군파는 남양홍씨 13대손 홍운수(云邃: 益 山群)로부터 시작된 문중이다. 조선시대 익산군파에 대표적인 인물로는 한성판윤을 지낸 홍심(深: 16대)과 아들인 홍응(應)과 홍흥(興: 17대)이 있다. 홍흥(1428~ 1492)은 벼슬이 대사헌에 이르렀으며, 청렴하고 원칙적인 인물로 평가받았다. 그

홍언철의 묘(춘천시 만천리)

후 1543년 서울에서 태어난 홍익준(翼俊: 20대)이 진사시에 입격하여 평안도사, 풍기군수, 이조정랑등을 역임하였다. 홍익준의 손자 홍진호(振湖: 22대)가 1669년 춘천부에서 발급받은 준호구[169] 문서에서 춘천으로 이주한 것으로 확인됨으로써 춘천 입향조가 된다. 춘천으로 이주한 이유는 홍진호의 장인이 춘천 세거씨족인 선산김씨 김첨명이란 점과, 그의 아들 휜

홍언철의 묘비(춘천시 만천리)

(薑: 23대)의 처가 대사헌을 지낸 李廷馨의 후손으로 춘천의 재지사족과의 혼인에서 연유하는 것으로 볼 수 있다.

홍언철의 고조는 종사랑 진호, 증조는 형조정랑 휜(薑). 조는 통덕랑 주숙. 부는 첨지중추부사 창진. 모는 숙부인 연안김씨이다. 1729년 3월 3일 춘천에서 태어나 1762년(영조 38)에 생원시와 진사시에 합격하였고, 다음 해인 1763년(영조 39)에 영조가 70살이 됨을 축하하며 베풀어진 大增廣別

---

169 최승희, 『한국고문서 연구』, 지식산업사, 2002. pp.279~280.

試에서 丙科 20人으로 及第 出身 하였다. 謝恩日에 영조는 假注書가 된 홍언철을 보며 사람됨이 지극히 정밀하며, 지방 사람인데 지방 사람답지 않은 용모를 가지고 있다며 칭찬하였다. 또한 권점(圈點)에서 홍언철이 빠지어 지방에 가 있다는 사실을 알고는, 불러들여 한림으로 삼기도 하였다. 그 뒤 홍언철은 吏曹 左郞·藝文館 待敎·藝文館 奉敎·成均館 典籍·司諫院 獻納·司諫院 司諫·寧海都護府使 등의 관직을 역임하였는데, 보는 바와 같이 사헌부·사간원·홍문관·예문관과 같은 언론이나 문학에 관한 업무를 담당하는 청환(淸宦)의 요직을 맡았다.[170] 이렇듯 18세기 춘천을 대표하는 문인이다.

1) 〈만곡동사〉 결성과 성격

『만곡동사록』詩社 결성과 성격을 살펴보겠다. 홍언철의 序文을 통하여 결성과정을 볼 수가 있는데, 서문은 다음과 같다.

> 춘천의 만곡은 나의 시골 마을이다. 이곳은 매우 깊숙한 벽지이므로 찾아오는 손님도 적고 6, 7호에 불과한 마을 사람들은 서로 친절하고 사랑하여 무릉의 주, 진씨 같은 기풍이 있었다. (중간생략) 마음이 맞는 사람이 많다는 말만 들으면 그들과 조석으로 놀기를 좋아한다"라는 고인의 시구를 읊을 때는 문득 그립고 슬픔마저 들었는데, 작년 겨울에 槐院[승문원]에서 일정한 직책을 맡지 못하여 잠시 집에 와 있었다. 이때 마침 온마을은 무사하고 농사도 약간 풍년이 들어 마을 친구들과 서로 돌아가며 닭도 삶고 기장밥도 차려 먹을 수 있는 모임을 하게 되어, 동쪽 집과 서쪽 집을 오가며 날마다 모이지 않은 날이 없었고 모이면 시를 읊지 않은 날이 없었다. 이리하여 그다음 해 봄까지 전후 60여 일에 걸쳐 5언과 7언 근체시 700여 수를 지었는데(중간생략) 휴양(睢陽)의 화상[171]과 낙양(洛陽)의 기영회(耆英會)[172] 화상처럼 찬연히 빛났으

---

170 고민정, 위의 논문, p.8.
171 두연(杜衍)의 「수양오로도시서(睢陽五老圖詩序)」와 회원은 다음과 같다. 태자 태사(太子太師)로 치사한 기국공(祁國公) 두연이 80세, 예부 시랑(禮部侍郎)으로 치사한 왕환(王渙)이 90세, 사농경(司農卿)으로 치사한 필세장(畢世長)이 94세, 병부 낭중(兵部郎中)으로 치사한 주관(朱貫)이 88세, 가부 낭중(駕部郎中)으로 치사한 풍평(馮平)이 87세. '오로회(五老會)'를 만들어 초상을 그리고 시를 지어서 구로회를 계승하였다.
172 낙사(洛社)는 송나라 때 문언박(文彦博), 부필(富弼), 사마광(司馬光) 등 낙양의 나이 은자 13명이 모여서 술을 마시며 서로 즐긴 낙양기영회(洛陽耆英會)를 말한다.

니, 이대로 묵혀두어 전해지지 않는다면 참으로 안된 일이다. 그러므로 李君 원윤에게 부탁하여 이를 수집 간행토록 하고 『만곡동사록』으로 명명한 것이다.[173]

위 기사를 정리하면 첫째, 만곡의 위치와 주변 환경을 설명하였다. 찾아 오는 사람이 없는 벽지에 이웃이라곤 6~7가구에 불과하나, 풍속은 아름답 고 朱·陳씨가 살았던 무릉의 기풍[174]이 있는 곳이라 하였다. 실제 동인(同 人) 중에 홍언철과 이수량은 처남, 매부지간이었으며, 이개와 노광운도 마 찬가지였다.

둘째 시사(詩社) 결성과 활동기간 및 결과이다. 홍언철은 1763년(영조 39)에 영조가 70살이 됨을 축하하며 베풀어진 대증광별시(大增廣別試)에서 급제하였으나, 곧바로 직책을 받지 못하여 그해 겨울 고향 만곡동으로 돌아 와 유거하고 있었다. 그러한 가운데 내심 임용되기를 기대하며 우울한 시기 를 보내는 중 동지(冬至)에 마을 친구들과 서로 돌아가며 詩 모임을 하였는 데, 1764년 봄까지 60여 일이었다.

셋째, 『만곡동사록』간행과 책명을 알 수 있다. 60여 일 동안 동인(同人) 7명 이 1,038수를 짓고, 중국의 시사(詩社) 모임에 빗대어 후대에 전하기 위하여 동 인(同人) 이윤철로 하여금 책으로 간행하고 이름을 『만곡동사록』이라 하였다.

---

173 박한설 역주, 『역주 만곡동사록』, 춘천문화원, 강원일보사, 1989. p.7. "春之晩谷吾鄕里也. 地僻而 深, 少賓客之過從, 同里六家, 驩然相親愛, 有武陵朱陳之風焉.(중간생략) 每誦古人, 聞多會心人 樂與數, 晨夕之句輒爲之去悵然慨想. 冬去年余以槐院散喞退處於家適鄕 里無事歲. 又稍登逶與里 中親朋輪成鷄黍之會, 東隣西舍, 杖屨來往, 盖無日而不會, 無會以不詩訖. 明年春首尾凡六十餘日, 摠得五七近體七百餘首.(중간생략) 粲然如睢陽之畵, 洛社之圖, 則誠不可以泯而無傳也. 遂屬李君 元胤裏集成帙, 名之曰, 晩谷同社錄."
174 당(唐)나라 백거이(白居易)의 시 「주진촌(朱陳村)」에 나오는 옛 마을의 이름이다.

2) 출사를 그리는 처사의 형상

〈표 12〉『만곡동사록』소재 홍언철 시 분석표

시형태	갯수	내용	특별대상	비고
5언절구	6	田園5, 同社1		
5언율시	178	田園10, 同社5, 歲時1, 懷古2		
5언고시	24	田園19, 同社3, 懷古2		
6언절구	1	同社1		
7언절구	29	田園25, 同社2, 歲時1, 懷古2	만곡8경 포함	
7언율시	60	田園40, 同社4, 歲時12, 懷古1, 挽詩1	茶1, 연초1, 매화1, 설악산1, 甘藷1	
7언고시	7	田園5, 歲時1, 懷古1		
계	144			

위 〈표 12〉에서 볼 수 있듯이『만곡동사록』속 홍언철의 시는 총 144수이다. 시 형태는 5언절구 6수, 5언율시 18수, 5언고시 24수, 7언절구 29수, 7언율시 60수, 7언고시 7수이다. 시 형태별로 보면 전원을 읊은 것이 72%로 가장 많다. 특별히 7언절구에는 고향 마을의 승경을 8가지로 분류하여 읊은 「만곡8경」 8수가 있으며, 茶 1, 연초 1, 매화 1, 설악산 1, 감저(甘藷) 1수가 있다.

1764년 겨울 홍언철은 권점(圈點)에서 누락되어 관직을 받지 못하고 고향 마을에서 은거하고 있었다. 한 해를 보내며 스스로 위안의 방편으로 만곡동사를 결성하여 선달 초하루에 출사를 기대하는 마음을 다음 시에 표현하였다.

朝衣脫却出秦城　조의(朝衣)를 벗고 한양성을 나와
里社招邀偶此行　同社의 초청으로 이곳으로 와 함께 하네
落日衝回殘雪色　해는 떨어져 잔설을 뚫고 들어와
終宵來臥老松聲　밤새도록 누워 늙은 소나무 소리 듣고
朋儕跌宕還奇會　친구들과 질탕 지게 다시 노니는 것은
時世豊登又太平　세상이 풍년들고 태평하기 때문이라네
蕉沒溪南田二頃　개울 남쪽 밭 두 고랑이 묵었다 해도
與君端擬耦春耕　봄날에 그대와 짝이 되어 갈아 보리라
(夜會松齋拈韻各賦 甲申至月念六日)

『만곡동사록』소재 처음 작품이다. 1, 4구에 홍언철이 관직을 벗고 한양을 떠나 고향으로 돌아와 늦은 저녁 시사에 참석하여 느낀 감회를 담았다. "늙은 소나무 소리[老松聲]"는 관직에서 제외된 작가의 고독한 모습과 처량한 목소리인 듯하다. 그러면서 그해에 풍년이 들고 나라가 태평하여서 질탕 지게 놀 수가 있다는 마을 현실을 5, 6구에 담았다. 7, 8구에서는 관직에서 소외된 현실을 인식하고 자연에 은거하여 농사를 짓겠다는 의지를 담았다. 그러나 『만곡동사록』속 홍언철의 시에는 출사의 희망이 가득한 것으로 보아 은거자들이 표현하는 관념적 시구로 보아야 할 것이다.

清宵談笑送殘年	맑은 밤 웃으며 남은 해를 보내는데
垂柳寒梅古峽天	옛 마을엔 버들가지 늘어지고 매화꽃 피었네
曉屋烟生鷄已唱	새벽녘 집에 연기 일고 닭 소리 이미 울어
雪窓燈盡客初眠	눈 내린 창가에 등불 꺼지니 나그네 첫잠에 들고
三冬活計携茶椀	삼동 생계를 위해 찻 잔을 끌고
十載豪情倒藥船	십년 동안 호탕한 정취 약선은 뒤집어졌네 (벼슬 해임)
門掩深山無俗事	문 닫은 깊은 산중에 속세 일 없으니
此身方覺是眞仙	이 몸이 진정 신선인 줄 알았네
(夜會谷口拈韻各賦臘月初吉 蓬村卽松齊谷口所居)	

『만곡동사록』서문에 "처음에 나는 약관의 나이로 박사의 학업을 거칠게 익혀 책상을 지고 나귀 등에 올라앉아 풍록을 달려서, 하루도 고향에서 편히 쉴 수 없었다. 혹 쉬더라도 앉은 자리가 따뜻하지 않은지 벌써 10년이 되었다."[175]라고 한 말에서 위 시의 내용을 짐작할 수 있다. 홍언철의 6대조 홍익준(翼俊)이 대과에 급제한 이후, 홍언철 자신이 처음으로 양시(兩試)에 합격한 것은 개인뿐만 아니라 가문의 큰 경사로서, 기대하는 바가 컸을 것이다. 그러나 현실은 무관직으로 고향에서 은거하고 있으니 내심 마음은 무거웠을 것이다. 이러한 현실에서 한 해가 저물어가고 새벽녘까지 잠 못 이루며 보내고 있다. 1, 4구에서는 한해가 지는 섣달 밤의 풍경과 매화를 넣어, 고절한 분

---

175 "余自弱冠粗習博士業, 負笈跨驢遊走風塵, 無一日安於鄕, 而坐席之不煖者, 盖已十數秊矣."

위기와 우울한 현실을 고민하면서 밤새도록 잠들지 못하는 심사를 표현하였다. 5, 8구에서는 지난 십년 동안 과거 공부에 매진하여 합격하였지만, 관직에 나가지 못하는 현실을 [도약선(倒藥船)] 시구에 담아 불편한 속내를 드러내고 있지만, 잠시 유거하는 자신을 신선에 빗대며 애써 출사를 희망하는 속내를 감추고 있다.

> 疎慵無補聖明朝　나는 게을러 조정에 나아가 도울 수 없어
> 只合山耕又谷樵　다만 산에서 경작하고 골짜기에서 나무하기 알맞네
> 放跡眞堪浮石瓠　한가로운 자취는 진실로 부석 위의 바가지며
> 狂歌且欲負田瓢　미친 듯 부르는 노래는 밭에 있는 표주박이라네
> 雲隨病客同成懶　구름은 병든 객을 따라 함께 게을러지고
> 梅似佳人故作嬌　매화는 아름다운 여인 같이 교태를 부리네
> 惟有夜來京國夢　밤사이 꿈을 꾸었는데 한양에서
> 五更袍笏禁川橋　오경에 조복입고 금천교(창경궁)를 건넜다네
> (夜會九峯軒 初八日)

위 시 역시 홍언철이 은거하면서 출사의 의지를 엿볼 수 있는 작품이다. 자신을 게으른 신하로 폄하하여 초부에 빗대었고, 3, 4구에는 자신을 부석 위의 "호(瓠: 바가지)"[176] 즉 용렬한 선비로 표현하고, 광기 어린 노래를 부르는 자신을 "표(瓢: 표주박)"[177] 즉, 은거를 즐거워하는 바가지로 표현하여 위안의 심사를 표현하였다. 5, 6구에서는 "구름"과 "매화"를 끌어와 자신의 처지를 대입시켰다. 7, 8구에서는 현실적 의지 즉 출사의 기대가 꿈속에서 이루어지는 것으로 마무리하였다. 이 시는 고향으로 돌아와 은거하지만, 다시 한양으로 들어가 조복 입고 궁궐로 돌아가기를 기대하는 작품이라 하겠다.

---

176 호(瓠): 깨진 바가지나 호리병으로, 재능이 용렬한 사람을 뜻한다. 『사기(史記)』「가생열전(賈生列傳)」에, "주나라의 구정을 버리고 깨진 바가지를 보배로 삼는다.(幹棄周 鼎兮寶康瓠)" 하였다.

177 공자가 안연을 평가한 말이다. 『論語』「雍也」에 "어질구나, 回여! 한 대그릇의 밥과 한 표주박의 물을 마시며 누항에 사는 것을 남들은 그 근심을 견디지 못하는데, 회는 그 즐거움을 바꾸지 않는구나.(賢哉 回也 一簞食 一瓢飮 在陋巷 人不堪其憂 回也不改其樂)"라고 하였다.

山齋張燭夜占厖　산집에 촛불 밝히고 삽살개는 이 밤을 지키는데
氷雪前溪響客跫　눈얼음 덮힌 앞 개울 객이 오는 소리
垂柳門井同栗里　버들가지 늘어진 마을은 율리와 같고
細鱗風味等松江　물고기 맛은 송강의 농어와 비슷하네
提携剩設新情厚　벗들과 함께 새로운 정을 두터이 하니
眞率猶看古俗厖　진솔한 옛 풍속을 보는 듯
欲祝年年閭井樂　해마다 마을의 즐거움을 축원하니
太平煙月海東邦　태평세월이 동방에 가득하길
(人日[178]夜會谷口拈韻各賦)

위 시는 시사 활동 모습을 볼 수 있는 작품이다. 평화롭게 눈이 덮인 산골 마을을 한 폭의 그림으로 보는 듯하다. 그 속에 삽살개가 시우(詩友)들이 개울을 넘어오고 있는 발자국 소리를 듣고 짖는 모습이 그려진다.

3, 4구에서 "율리(栗里)"는 「귀거래사」를 읊은 도연명이 벼슬을 그만두고 돌아온 고향 마을이며, "송강(松江)의 농어"[179]는 고향이 그리워서 벼슬을 버리고 돌아간 장한(張翰)을 말하는 것이다. 홍언철은 고향 춘천의 모습과 물고기 맛을 중국 고사(古事)에 빗대어 표현하였다. 실제 구봉산 아래 만곡동은 소양강이 가까운 곳에서 흐르고 있어, 때마다 제철 어류를 맛볼 수 있었을 것이다. 이러한 자연환경과 자신의 처지를 시에 담았다. 5, 8구에서는 시우들과의 정을 나누며 살아가는 태평세월이 온 나라에 가득하길 기원하면서 마무리하고 있다.

雪留痕燈生影　눈은 흔적을 남기고 등불은 그림자를 만드니
且與故人對聯　또 다시 시우들과 함께 마주하네
以今夕永共將　오늘 밤 오랫동안 함께 할 것이니
新詩酬佳節須　모름지기 좋은 계절로 시로 주고 받으며
言吾土卽靈境　우리들은 신선지경이라 말하네
(夜會松齊拈韻各賦20日 時元胤省試)

시우(詩友)들이 1월 20일 저녁에 모였다. 이때 동인인 원윤이 성시(省試)[180]를 준비한 것으로 보인다. 겨울밤 풍경이 시구에 보이는데 "눈은 쌓이고, 등불은 그림자를 만든다"는 표현이 아름답다. 동사의 성격이 특정된 지역에서 인척과 부자지간에 결사 된 점을 볼 때 여타의 정치적 성향은 드러나지 않는다. 창작의 공간과 시간도 자유로우며, 상황의 만족을 누리는 모습을 볼 수 있다. 더불어 부기(附記)에 원윤이 복시(覆試)를 준비하는 때라고 기록한 것으로 볼 때, 과시를 준비하는 지역 후배를 위한 교육의 장으로서 일정부분 역할을 한 것으로 보인다.

18세기 전국적으로 시사(詩社)가 결성된 것에 발맞추어 춘천에서도 〈만곡동사〉가 있었던 것은 춘천지역 시문학사에 큰 의의라 하겠다. 홍언철이라는 대과에 합격한 유생이 있어 시사를 주도적으로 이끌었다 하나, 밑바탕에는 춘천지역의 문풍이 있었기 때문일 것이다. 홍언철은 권점에 들지 못하여 고향에 은거하면서 내심 출사를 기대하고 있었다. 그 답답함 마음을 지역 선·후배와 함께 시사를 결성하고 시 속에 심사를 담았다. 또한 전원을 향유하며 지적 만족을 누리고자 하였고, 지역 후배를 위한 교육의 시간과 장으로도 이용하였다.

3) 세시풍속 詩에 나타난 안빈낙도의 삶

〈만곡동사〉는 섣달에 시작하여 다음 해 봄까지 이루어졌다. 그사이 동지(冬至)와 그믐밤, 정월대보름(1월15일), 입춘이라는 절기가 있어 詩에 세시풍속을 담았다. 18세기 춘천지역의 풍속을 알 수 있는 중요한 자료이기에 살펴보겠다.

浮世難禁暮景馳　부평 같은 세상 저무는 것을 막기 어려워
良辰不樂復何爲　명절을 즐거워하지 않으면 어찌하리오
興同客舍呼盧夕　흥에 겨워 객사에서 함께하는 저포놀이[181] 하는 밤
心似河梁惜別時　마음은 하량에서 이별하는 때와 같고

---

180 지방 시험에 합격한 사람을 서울에 모아서 거행하던 등용 시험, 복시(覆試)·회시(會試)라 하기도 한다.
181 호로(呼盧): 저포 놀이를 말한다. 이 놀이는 나무로 만든 투자(骰子) 다섯 개를 가지고 하는데, 다섯 개의 투자마다 양면의 한쪽에는 흑색을 칠하고 송아지를 그렸으며, 또 한쪽에는 백색을 칠하고 꿩을 그렸다. 이 다섯 투자를 한 번 던져서 모두 흑색을 얻는 것을 노(盧)라 외쳤다.

茶盌了回今歲事　차 주발을 돌린 것은 금년의 일이니
菜盤留待早春期　채반은 이른 봄을 기다리네
林鴉櫪馬宜新咏　숲속 까마귀와 마굿간 말도 새해를 노래하는데
斷送殘年此一詩　남은 해를 이 한수로 보내네

　〈만곡동사〉는 춘천지역의 산촌마을에서 결사된 시사인 만큼 지역적 문화를 담은 시가 많다. 홍언철에게 있어서 1763년은 대과에 합격한 아주 특별한 해였다. 그러나 정작 출사(出仕)에 실패하고 만다. 이때의 울적한 심사를 시에 담았다. 1, 4구에서는 세상사 부평초 같아 가는 세월은 막을 수는 없지만, 명절을 즐겁게 보내기 위하여 노(盧)라는 소리를 지르는 저포놀이를 하며 한 해를 마무리하였다. 악귀를 쫓는 의미에 저포놀이는 김시습의 만 「만복사 저포기」에서 볼 수가 있듯이 전국적으로 행한 놀이였다. 놀이를 통하여 가는 세월을 위안하지만, 하량(河梁)[182]의 고사를 들어 마음 한구석은 기약 없는 출사의 기대를 표현한 듯하다. 5, 8구에서는 과거 급제를 하여 하사받은 茶를 돌린 기억을 더듬으며 내년 봄을 기다리겠다는 의미를 담았다. 홍언철의 다른 시에 "孤村爆竹壯心驚(외딴 마을에 폭죽으로 강심장이 놀라고), 今夜叱臬[183]聯送歲(오늘 밤 올빼미를 외치며 해를 보내고)"라는 시구가 있는 것으로 보아, 제야에 폭죽과 함께 저포놀이를 행한 것을 알 수가 있다.

春宵紙陣各分曹　봄날 밤 윷놀이 판에 편을 나누어
四馬驅來意氣豪　4말을 몰고 오니 의기가 호탕해라
垓壘快如輕騎出　해루에서 말타고 나오듯 상쾌하고
彭城危若短兵鏖　단병으로 무찌르는 팽성의 위태로움과 같으니

182 『漢書 卷54 李廣傳』한나라 때 소무(蘇武)가 흉노에 사신으로 가서 돌아오지 못하고 억류되어 있다가 19년 만에 고국으로 돌아올 적에, 흉노에 항복하여 그곳에 살고 있던 이릉이 **하량**에서 송별하면서 시를 짓기를 "손을 잡고 하량에 오르니, 노는 사람 저문 날 어디로 가는가. 길가에서 서성거리며, 서운해서 헤어질 수가 없네. 새매는 북림에서 울다가, 반짝거리며 동남쪽으로 난다 뜬구름은 하루에 천 리를 가니, 어찌 내 마음의 슬픔을 알리.(携手上河梁 遊子暮何之 徘徊蹊路側帳帳不得辭 晨風鳴北林 耀耀 東南飛 浮雲日千里 安知我心悲)"라고 하였다. 이 시가 후대에 오언 시의 시초가 되었다고 한다.
183 저포(樗蒲) 놀이에서 가장 끗발이 높은 것으로, 그다음이 노(盧)이다.

遶床大叫元非俗　상에 둘러 앉아 큰소리를 쳐도 속되지 않고
欹枕傍看亦是高　베개에 기대어 옆에서 보아도 역시나 고상하네
共道新年多樂事　모두다 새해를 즐겁다 말하며
却忘雙鬢又霜毛　두 귀밑머리 다시 하얗게 된 것을 잊어버렸네
（人日夜會谷口拈韻各賦）

인일(人日)[184]은 1월 7일을 의미한다. 이날 윷놀이를 하는 풍경이다. 민속화 한 장면을 보는 듯 해학적인 모습이 정겹다. 1, 4구에서는 종이 위에 판을 그리고 편을 나누어 윷을 던지는 모습을 『초한지』의 항우(해루)와 유방(팽성)의 전투 모습에 비유하였다. 5, 8구에서는 실전에 뛰어든 同人들의 함성이 전혀 시끄럽지도 않고 속되지도 않다. 그런 행동을 바라보는 한 관객의 모습 즉, 베개에 기대어 바라보는 모습이 해학스럽다. 그렇게 새해를 즐겁게 맞이하는 놀이를 통하여 나이 먹는 것도 잊어버렸다.

濃煙生處柳絲齊　짙은 연기 일어나는 곳에 버들가지 가지런하니
佳約春來又巷西　좋은 약속 봄은 또다시 서쪽 마을에 오네
七種菜羹留客啖　7가지 나물국 손님에게 드리고
五更樺燭向人啼　5경에 촛불은 사람들 향하여 눈물 흘리네
新粧梁苑梅花落　새롭게 단장한 양원(동산)에 매화는 떨어지고
故俗荊門綵勝低　옛 풍속에 가시문에 아름다운 비단을 걸어놓고
且待上元明月夜　또한 상원에 밝은 달이 뜨는 것을 기다려
氷橋共踏雪中溪　얼음 다리 밑 눈 덮힌 개울을 함께 밟는다네

위 시는 정월 대보름날에 풍습을 볼 수 있는 시이다. "칠종채갱(七種菜羹)"의 시어가 흥미롭다. 구체적인 나물을 알 수는 없지만 7가지 나물을 끓여 손님에게 대접하는 풍속이 있었음을 알 수 있었다. 오늘날 5곡 밥에 호박나물, 가지나물, 고사리나물, 취나물, 바가지나물, 고비나물, 콩나물 등을 먹는 의미와 같을 것이다. 또한 "가시나무(엄나무)를 대문에 걸어 놓았다"는 것은 귀신을 쫓는 벽사(辟邪)의 뜻이니 현재까지도 행하는 풍속이다. 거기에 "비단

---

184 주 183) 참조.

을 걸어 놓았다"는 것은 정확한 의미는 모르겠지만 집안에 좋은 일이 생기기를 기원하는 의미일 것이다. 시에 "상원 달이 뜨는 것을 기다렸다 눈 덮인 개울을 밟는다" 하였는데, 달이 뜬 후 거리로 나와 종소리를 듣고 흩어져 모든 다리를 밟는데 이렇게 하면 다리병이 낫는다는 '상원답교(上元踏橋)'의 풍속을 의미하는 것으로 보인다.

今夜天東轉斗樞	오늘 밤 하늘 동쪽, 북두의 관이 회전하여
壽春城外又春初	춘천 성 밖에는 또다시 이른 봄이 찾아왔네
土牛輪與窮寒出	토우에 추위를 실어 내보내고
玉兔添將美景俱	달은 장차 아름다움 경치를 갖추고 있네
織手盤傳生菜椀	직수는 소반에 생나물을 전해주고
吉辭門換舊桃符	"입춘대길"을 붙이고 지난 도부를 바꾸어 걸었네
憂時欲問豊登兆	시대를 걱정하여 풍년의 징조를 묻고
雪麥新根長幾鬚	눈 속에 보리 새싹 얼마큼 자라는지
(立春 14日)	

위 시는 입춘날에 행해진 풍속를 담았다. "토우(土牛)" 풍속은 진흙으로 빚은 소를 말한다. 옛날 입춘 날에 토우를 만들어 멍에를 씌우고 채찍으로 때리며 관청 뜰에서 밭 가는 시늉을 하여 풍년을 기원하던 풍속이 있었는데, 이를 타춘(打春)이라고 하였다. 후대에는 진흙 대신 짚이나 갈대 혹은 종이로 만들기도 하였는데, 이를 총칭하여 춘우(春牛)라고 하였다. 지금은 춘천 지역에서 보기 힘든 풍속이다.

시에서 "입춘대길을 붙이고 지난 도부[185]를 바꾸어 걸었네"는 지금도 행해지는 立春帖이며, 도부(桃符)는 액운을 막는 부적으로 지난해 사용한 것을 뜯어내고 새로운 것을 붙이는 풍속이다.

그동안 문헌에 나타난 춘천지역의 풍속을 읊은 시는 매월당 김시습의 「춘천10경」 중 「벌토추림(伐兔楸林)」과 손재 조재호의 「문소각관호렵(聞韶閣觀虎獵)」이 있다. 시문에 전해오는 풍속시가 희소한 가운데, 홍언철의 세시

---

185 도부(桃符): 두 개의 복숭아나무 판자에다 신도(神茶)와 울루(鬱壘)의 두 귀신이름을 써서 만든 부적으로, 사기(邪氣)를 막을 목적으로 정초에 이것을 문간에 걸어 두었다. 『說郛』卷12.

풍속시의 존재는 매우 중요하다. 저포놀이, 윷놀이, 토우놀이, 가시문에 비단 걸기, 7가지 나물국 등은 중요한 민속자료로 볼 수 있어 재현을 통하여 계승 발전시키는 것은 매우 의미 있는 일이라 하겠다.

4) 「만곡 8경」에 담아낸 애향심

『만곡동사록』속 「만곡8경」은 만곡(晩谷) 주변의 승경을 소재로 동인(同人) 모두가 7언 절구로 장착하였다. 대룡산은 해발 899m로 춘천부 동쪽에 위치하며 춘천의 진산이다. 그 아래 구봉산과 만곡마을이 있다. 8경 제목은 「大龍歸雲」,「九峯霽月」,「道庵梵鍾」,「金谷樵笛」,「石溪釣魚」,「陰崖賞花」,「道谷塘荷」,「笛村松壇」등이다. 만곡동은 지역적으로 큰 하천이 없는 산촌마을이다. 그런 이유로 8경에 반석(磐石)이나 늪(沼), 여울(灘)과 같은 자연물이 없다. 대신 동인들의 집 주변 생활공간인 "음애(陰崖)"·"당(塘)"·"송단(松壇)"같은 평범한 소재를 선택한 것이 특징이라 하겠다.

홍언철의 「만곡 8경」을 살펴보겠다.

제1경 대룡귀운(大龍歸雲: 대룡산을 돌아가는 구름)
山以龍名自起雲　산은 용이라는 이름으로 스스로 구름을 일으켜
英英郁郁百千分　찬란하고 성대하게 백, 천 갈래로 나누었네
幽人對此偏怡悅　유인은 이 곳을 대하여 기뻐하니
不羨華陽古聘君　화양의 옛 빙군을 부러워 하지 않는다네

춘천부 동쪽 방향에 가장 높은 산의 이름은 대룡산이다. 일교차가 큰 봄, 가을의 이른 아침 또는 여름철 소나기가 내린 후에 대룡산을 넘어가는 모습을 묘사하고 있다. 골짜기마다 피어오르는 모습을 바라보는 유인(幽人), 즉 작가는 경탄을 하며 바라보고 있다. 그 모습을 화양곡에서 거닐던 빙군(聘君), 즉 주희(朱熹)와 비교하고 있다.

제2경 구봉제월(九峯霽月: 비 그친 후 구봉산 위에 뜬 달)

九疊峯頭十五月	아홉 개 봉우리 위에 보름달이
陰雲捲處一輪出	어두운 구름 걷힌 곳에 떠 있다가
徘徊直上斗牛間	배회하며 북두성과 견우 사이에 올라
風露三更淸透骨	바람이슬 내린 삼경이 되니 맑은 빛이 뼛속을 관통하네

　　동인(同人)인 이원윤이 쓴 시 「구봉제월(九峯霽月)」에 "금소춘우(今宵春雨)"라는 시어와 동사가 활동했던 기간으로 볼 때 봄비가 내린 보름날 밤, 구봉산 위에 걸린 달을 형상화한 작품으로 보인다. 구봉산은 봉우리가 아홉 개로 구성된 산이며, 대룡산으로부터 내려온 한 줄기 산이다. 주변 마을 지명이 월곡리(月谷里)인 점을 보아 동면(東面) 일대는 춘천지역에서 달구경 하기 좋은 마을인 듯, 동인들도 만곡 8경에 두 번째 승경으로 형상화하였다. 작가는 초저녁에 뜬 달을 삼경이 지나도록 바라보았다. 그 사이 달이 점점 솟아오르다 북두성과 견우별 사이에 놓였을 때 달빛이 가장 밝은 것으로 보았다. 그 "빛의 밝기가 뼛속을 뚫을 정도"라 표현한 것은 너무 아름다운 표현이다.

제3경 도암범종(道庵梵鍾: 도암에서 들려오는 범종소리)

小庵淸梵起晨鍾	작은 암자에 새벽 종소리 일어나니
體佛燈殘月隱峰	스님은 등불에 스며들고 달은 산봉우리에 숨었네
遙想東華門外鼓	아득히 동화문 밖 북소리 생각하니
滿城車馬愧塵蹤	성안 가득한 거마 탄 속인들이 부끄럽다네

　　만천리(晚谷) 사찰 유지(遺址) 연구를 통해 학계에서 사찰 유지를 발굴 조사하였으나, 도암으로 지칭할 만한 뚜렷한 증거를 찾지 못하였고, 다만 소규모 암자 정도로 추정한다는 자료가 있다.[186] 시어(詩語)에서도 "소암"이라 표현한 것으로 보아 규모가 작은 암자인 듯하다. 1, 2구에서는 "새벽녘에 들려오는 범종 소리에 잠을 깨니"라는 청각적 표현과 "스님은 등불에 스며들

---

186 춘천시, 『춘천의 역사와 문화 유적』, 한림대학교 박물관, 1997.

고 달은 산봉우리에 숨었다"라는 시각적 표현으로 암자의 평안함과 선경(禪境)을 보여주고 있다. 4, 5구에서는 선경의 댓구로 속세의 상징인 동화문(동대문)의 북소리와 차마 타고 다니는 속인(俗人)을 끌어와, 작가 자신을 부끄러워하며 참회하는 심사를 표현하였다.

제4경 금곡초적(金谷樵笛: 금곡에서 초동의 피리소리)

村童吹葉如吹笛　촌아이 풀피리 소리는 피리 소리와 같아
空谷樵蘇日向夕　해는 저녁으로 향하는데 빈 골짜기에서 나무와 꼴을 벤다네
潤鹿林禽相和歸　물가에 사슴과 숲속에 새는 서로 화답하며
一聲穿裂秋山碧　한 소리 푸른 가을산에 울려 퍼지네

산촌 아이의 피리 소리가 8경에 들어간 것으로 보아, 초동(樵童)이 부는 풀피리 부는 솜씨가 보통이 아닌듯하다. 전원에서 자라나는 모든 풀잎을 입술에 대고 소리를 내는 것은 쉬운 일이 아니지만, 그 소리는 정겹기가 그지없다. 늦은 저녁 산촌 아이는 땔나무와 꼴을 베는 삶 속에서 풀피리를 부는 것으로 고단함을 잊는 듯하다. 전원의 정겨움이 금수(禽獸)까지 미치어 서로 화답하는 소리가 온 가을 산속까지 메아리치는 모습을 형상화하였다.

제5경 석계조어(石溪釣魚: 석계에서 낚시질)

苔磯盤坐數遊魚　이끼낀 물가 반석(낚시터)에 앉아 노는 고기 세어보고
雨後春溪荇葉疎　비온 후 봄 개울엔 마름 풀 드물다네
蒻笠歸來山日下　삿갓쓰고 돌아오는데 해는 산 아래로 지고
夕煙微帶瀼東廬　저녁 연기 동쪽 오두막에 희미하게 띠를 걸치네

대룡산에서 시작된 시내는 만곡동 앞을 휘감고 소양강으로 흘러 들어간다. 아마도 이 개천을 "석계"로 부른 듯하다. 목가적인 분위기로 볼 수 있지만, 1, 2구에서 작가의 낚시질은 고기를 잡는 목적보다 한가로움 속에서 출사를 기대하는 것인 지도 모를 일이다. 아직 봄 풀의 줄기에 물이 오르지 않아 풍성하지 않은 상태는 작가의 현실과 같은 것이다. 3, 4구에서는 온종일 물고기와 노닐다 석양이 지는 때에 집으로 돌아오는 풍경이다. 서화적인 분위기로 평안함을 보여 주고 있다.

제6경 응애상화(陰崖賞花: 응달 벼랑에서 꽃 감상)

春山何處不開花　봄산 어느 곳이 꽃피지 않은 곳이 있으랴만
最愛陰崖洞路斜　응달 언덕길 벼랑이 가장 좋다네
爛熳芳蹊千萬朶　화려한 꽃길에 천만 송이
不應多讓四娘家　사랑가 못지 않다네

　시제(詩題)에 "응애"는 응달(陰地)쪽 언덕 또는 벼랑으로 보아야 할 것이다. 대체로 음지에 있는 초목은 꽃 피는 시기가 양지보다 늦다. 또한 같은 식물일지라도 양지쪽보다는 그 열매나 꽃이 실한 경우가 많다. 작가는 그런 자연현상을 알고 봄날 응달쪽에 핀 꽃을 가장 좋다고 하였다. 구체적인 꽃의 종류를 밝히지는 않았지만, 진달래 또는 철쭉의 군락지가 있어 봄날에 감상하기 좋은 승경을 읊었다. 두보(杜甫)의 「강반독보심화(江畔獨步尋花)」에서 말한 꽃들이 가득한 풍경에 비유하였다.

제7경 도곡당하(道谷塘荷: 도곡 연못에 핀 연꽃)

柳堤花嶼小池塘　버들 뚝방에 꽃섬이 있는 작은 연못
遲日明波滿藕香　봄날 밝은 물결에 연 향기 가득하네
道是山人還富貴　이것은 산 사람이 부귀함으로 환생하여
翠雲高盖倚紅粧　푸른 구름 높은 우산에 기대어 붉은 단장을 하였네

　만곡동 내에 도곡이라는 골짜기가 있는데, 그곳에 작은 연못이 있어 연꽃을 관조하기 좋은 장소였나보다. 일찍이 연꽃은 은자나 속세에 군자로 비교되는 식물이었다. 이런 이유로 동인들로부터 남다른 사랑을 받아 8경에 포함된 듯하다. 연꽃을 부귀한 사람의 환생으로 보고 연잎은 푸른 구름으로, 줄기는 우산대로, 붉은 모양의 꽃잎은 화장한 여인의 모습인 양 형상화하였다.

제8경 적촌송단(笛村松壇: 적촌에 소나무가 있는 단)

松翠陰陰覆小壇　푸른 소나무 그늘에 작은 단은 무너져 있고
幽姿不厭兩相看　그윽한 자태 서로 바라 보아도 싫지 않다네
棋朋纔去詩翁到　바둑 친구 떠나니 시옹이 찾아오고
臥聽崩濤六月寒　누워 성난 파도 소리 들으니 6월도 서늘하네

적촌도 만곡동 안쪽에 있는 마을인 듯하다. 단(壇)은 인위적으로 흙이나 돌을 쌓아 평평하게 만든 곳이거나 혹은 평지보다 조금 높은 곳을 의미한다. 시의 내용으로 볼 때, 마을 한편에 소나무 군락지가 있어 여름날 더위를 피해 마을을 조망하며, 바둑과 시를 창작할 수 있는 공간인 듯하다.

1, 2구에서는 단의 주인인 소나무와 작가 간의 교감을 그렸다. 3, 4구에서는 오가는 손님과의 일상과 소나무 사이로 부는 바람이 오뉴월의 더위를 식히기에 충분하다 못해 서늘하다고 하였다. 송단에 "기붕(바둑두는 친구)"과 "시옹(시 짓는 늙은이)"을 넣어 탈속적인 공간을 만들어 놓음으로써 마치 만곡동은 선계(仙界)이며, 자신은 그 속에 사는 신선인 듯한 형상을 만들었다.

『만곡동사록』 속 「만곡 8경」은 晩谷(현재 萬泉)에 사는 同人들이 마을 주변 경관 중 8승경을 시로 표현한 것이다. 「大龍歸雲」,「九峯霽月」,「道庵梵鍾」, 「金谷樵笛」,「石溪釣魚」,「陰崖賞花」,「道谷塘荷」,「笛村松壇」이며, 同人 나이순으로 수록하였다. 산수를 읊은 것은 구름과 달이고 식물을 소재로 한 것은 꽃, 연, 소나무이다, 청각적 형상은 범종 소리와, 풀피리 소리이며, 행태적 형상은 낚시질로 구성하였다.

홍언철의 『만곡동사록』 속 춘천 표현의 양상은 대과에 합격하여 시사를 주도적으로 이끌었다 하나, 밑바탕에는 권점에 들지 못하여 고향에 은거하면서 내심 출사를 기대하고 있었다. 그 답답함을 지역 선·후배와 함께 자연 경물을 통하여 내면세계를 시에 담은 것을 알 수 있었다. 또한 전원생활을 누리며 지적 만족을 누리고자 하였으며, 지역 후배를 위한 교육의 시간과 장으로도 이용한 것을 확인하였다.

춘천지역의 풍속시와 관련하여 그동안 문헌에 나타난 詩는 매월당 김시습의 「춘천10경」 중 「벌토추림(伐兎楸林)」과 손재 조재호의 「문소각관호렵(聞韶閣觀虎獵)」이 있다. 전해오는 풍속시가 희소한 가운데 홍언철의 세시풍속시가 차지하는 중요성은 매우 크다. 저포놀이, 윷놀이, 토우놀이, 가시문에 비단걸기, 7가지 나물국 등은 중요한 민속자료로 볼 수 있어, 재현을 통하여 계승 발전시키는 것은 매우 의미 있는 일이라 하겠다.

5. 『만곡동사록』 속 지역 문인들의 서정(抒情)

만곡동사에 참여한 문인들의 서정(敍情)을 살피기 위해서는 동인(同人)들의 생애와 사우들 간의 관계를 분석해야 하는데, 동사(同社) 구성원의 분석표와 현암 노광운의 기문(記文) 그리고 이원윤의 서문(序文)을 통하여 살펴보겠다.

〈표 13〉 만곡동사 구성원 분석표

번호	이름	생몰	본관	호	당시나이	비고
1	홍언철(彦喆)	1729~1795	남양(南陽)	적와(適窩)	34	이수량의 처남
2	이계(垍)	1715~?	성산(星山)	송재(松齋)	48	이원윤의 父. 노광운의 처남
3	김지수(趾洙)	1721~786	선산(善山)	구봉(九峰)	42	
4	노광운(光運)	1724~1775	의성(宜城)	현암(賢巖)	39	이개의 매제 본가 驪州
5	이수량(壽亮)	1724~1800	함평(咸平)	어은(漁隱)	39	홍언철의 매부
6	정지안(趾安)	1736~?	경주(慶州)	곡구(谷口)	27	
7	이원윤(元亂)	1745~?	성산(星山)		18	이계의 子 노광운의 조카
8	정지천	?~?				정지안의 당숙(詩奴)

현암 노광운의 기문(記文)에

> 이 모임은 갑신(1764) 초순에 든 동짓날부터 시작하였는데, (중간생략) 이때부터 서로 돌아가면서 닭고기와 기장밥을 차려놓고 모임을 하기 시작하여 만난 날이면, 한 집에서 밥을 먹고, 밥을 먹으면 같이 자고, 같이 자면, 시를 읊고, (중간생략) 시제에 처음 쓴 분이 누구냐 하면 송재로서 그는 제일 고상(高尙)하였고, 그 사람 다음은 구봉으로 그는 제일 단아(端雅)하였으며, 그 사람 다음은 나인데 제일 졸작을 남겼으며, 그리고 차례로 기록한다면 어은은 기절(氣節), 적와는 문장(文章), 곡구는 방달(放達), 원윤은 사조(詞藻)로서 제일로 꼽을 수가 있는데 이분들은 모두 춘천 고을에서 제일가는 인물이다. 그리고 노봉(老鳳)과 추봉(雛鳳)으로

불리는 분이 있는데 송재와 원윤이 이에 해당하며 혼척(婚戚)으로서 친구
가 된 분은 어은과 적와가 이에 해당하며 송재와 나의 사이도 같은 처지이
다. 그리고 어은과 나는 같은 나이다. (이하생략)[187]

위의 동인들은 〈표 13〉에서 볼 수 있듯이, 연령대는 40대 2명, 30대 3명,
20대 1명, 10대 1명으로 구성되어 있고, 또한 구성원 대부분이 한마을 안에
거주하고 있는 인척 관계인 것을 확인할 수 있다. 동인 중 유일하게 과시에
합격한 이는 홍언철이고, 다른 이들은 포의(布衣)의 선비임을 알 수 있다.

또한 시사의 결성 날짜와 동인들의 시풍(詩風)에 대하여 기록하였다. "어
은은 기절, 적와는 문장, 곡구는 방달, 원윤은 사조로서 제일로 꼽을 수가 있
는데, 이분들은 모두 춘천 고을에서 제일가는 인물이다. 그리고 노봉(老鳳
[이개])과 추봉(雛鳳[이윤철])으로 불리는 분이 있는데"라는 기술을 통하여
시사(詩社) 동인들의 문학적 성향을 알 수 있는 대목이다.

이원윤의 서문(序文)에서는 시사(詩社)의 활동을 자세하게 기술하였는데
다음과 같다.

> 대체로 들은 말에 의하면 광음은 쉽게 흘러, (중간생략) 혹 그늘진 비
> 탈에서 늦게 핀 꽃을 구경하기도 하고, 혹은 양지의 바른 골짜기에서 올
> 밤을 줍기도 하고, 혹은 날 개인 달밤에 맞는 친구가 남촌에서 오라고 말
> 을 들었을 때, 혹은 풍설이 몰아치는 새벽에 동쪽 마을로 지기를 방문하
> 기도 하였다. 술상이 아무리 초라한들 내가 들나물과 산나물을 부끄럽게
> 여기겠는가? (중간생략) 어르신들은 죽장망혜(竹杖芒鞋)를 저버리지 않
> 고 360여 일을 하루를 찾아오지 않은 날이 없었고, 시 1,040수 중 한 수
> 의 시도 수록치 않은 것이 없다. 그리고 이 시회는 갑신년 11월에 시작하
> 여 병술년 3월까지 아곡(雅谷)의 매화, 적촌(笛村)의 소나무, 도당(道塘)
> 의 연꽃을 모두 거두어 비축한 것이니 어찌 방해 될것이 있으며, 용산(龍
> 山)의 구름. 봉수(鳳峀)의 연경(烟景). 우강(牛江)의 하얀 눈 (중간생략).

187 박한설 역주, 『역주 만곡동사록』, 춘천문화원, 강원일보사, 1989. p.11.
　　"吾同社之所以作也. 斯會也.始於甲申之子而至是月也.(중간생략)自是之後輪成鷄黍之會, 會之日未
嘗不同堂而食, 食則未嘗不同枕而臥臥而吟吟而題題之首誰也. 松齋爲高尙第一, 其次爲九峰爲端
雅第一, 其次不侫爲愚拙第一自號賢巖者是也. 其次書之漁隱之氣節. 適窩文章, 谷口之放達, 元胤
之詞藻, 亦皆爲第一斯皆春之一州第一人也. 且其問或有老鳳雛鳳之聲."

제비가 지저귀거나 꾀꼬리가 울 때면 언제나 촛불의 불똥을 자르면서 운
자를 나누었고, 높은 산 위에 작은 달만 떠도 격자(聲子)를 치면서 시를
거두어 들었다 (이하생략).[188]

윗글에서는 『만곡동사록』의 활동 내용을 구체적으로 볼 수 있다. 첫째 동
인들이 방문했던 장소와 계절. 둘째 새로운 춘천지역의 자연 경물 즉 용산
(龍山)의 구름. 봉수(鳳峀)의 연경(烟景). 우강(牛江)의 하얀 눈(雪)을 시제로
사용했음을 알 수 있다. 셋째 창작한 시 작품의 전체 수(數: 1,040)와 활동 년,
월을 확인할 수 있었다.

만곡동사는 "만곡"이라는 한 지역을 공유하며 그 속의 자연 경물과 화류 감
상, 그리고 동인과의 야유회를 통한 자락(自樂)의 성격을 갖은 시사였다. 세
대를 아우른 시사 활동의 결과물은 18세기 춘천지역의 문학 향유와 흥취를
볼 수 있다는 점에서 매우 커다란 성과라 하겠다.

그들이 남긴 詩文學은 당시 춘천지역의 서정과 환경, 사우 관계, 그리고 애
향심과 자족하는 내적 의식을 볼 수 있기에 살펴보고자 한다.

1) 만곡동에서의 자락(自落)과 한정(閑情)

송재 이계의 시

茅屋三間在郡東　초가집 3칸은 郡府 동쪽에 있고
蒼松一蓋影童童　푸른 소나무 한 그루 짙은 그림자 덮고 있으니
春歸枝上安巢鳥　가지 위에 봄이 돌아와 새도 편안히 깃들고
風松雲邊展翼鴻　솔바람 구름가에 부니 기러기 나르네
芝草山連蓬海近　지초산은 연이어 봉래산 바다와 가깝고
桃花水與武陵通　복숭아 꽃핀 시내는 무릉도원과 통하네
幸逢佳客良宵話　다행이 아름다운 손님을 만나 밤중에 이야기하고
却歎金樽月下空　달 아래 술잔이 빈 것을 한탄하네

---

188 박한설 역주, 위의 책. p.19. "盖聞光陰易過, (중간생략) 或賞晚花於陰崖, 或拾栗於陽谷, 或於霽月
夜聞會心於南村, 或至風雪晨訪知己於東里, 杯盤草草我何慚野藻山, 肴節序駸駸, 君不負芒鞋竹
杖, 三百六旬餘日, 無一日而不過. 一千四十首詩無一詩之不錄. 是會也. 始於 甲申一陽生之月迄于
丙戌七星中之時, 雅谷梅, 笛村松, 道塘荷, 何妨俱收並畜龍山雲, 鳳峀 煙, 牛江雪, 不暇左應右酬,
燕語鶯啼, 每刻燭而分韻, 山高月小或敲螫而徵詩."

송재 이개는 성산(星州)이씨로서 만곡동에서 아들 이원윤과 함께 동사(同社)에 참여한 최고 연장자이다. 아들과 함께 시사(詩社)에 동참한 것은 매우 특별한 경우이다. 그러한 관계로 『만공동사록』편찬과정에서 그의 시를 맨 앞장에 실었다.

작가는 1, 4구에 춘천부 동쪽에 있는 만곡동에서 사는 가난한 선비의 모습을 그렸다. 그곳에는 푸른 소나무가 있어 새들도 깃들고, 솔바람이 부니 하늘엔 기러기가 나는 모습을 형상화하였다. 여기에서 이개의 호가 송재(松齋)임을 주목해야 한다. 반백의 나이에 고향을 지키는 자신을 푸른 소나무의 그림자로 표출하였다. 5~8구에서는 "지초"와 "봉래산", "도화"와 "무릉"을 대비하여 고향마을에 대한 자부심을 나타내고 있다. "가객"은 동사(同社)회원들을 의미하는 것이다. 포의(布衣)의 처지로 살아가는 신세이지만 시사를 통하여 친목을 도모하는 모습과 공동체적 삶을 표현하였다.

동사(同社)에서 송재는 가장 나이가 많았다. 그런 연유로 그에 시에서는 전반적으로 인생을 돌아보는 분위기가 많이 보인다. 또한 춘천지역의 지명(地名)을 시에 사용하고 있다. 그중 늙어가는 촌로의 심사를 담은 시를 보겠다.

斜陽無限好	석양이 한없이 좋아도
不必淚添腮	볼 위에 눈물 흘릴 필요 없다네
策杖登三岳	막대 짚고 삼악산 오르며
垂綸下五梅	낚시줄은 오매강에 드리우네
閑情時看月	한가할 때는 달을 바라보고
心事累書灰	심사는 묶어 재 위에 써보네
何處仙緣在	어느 곳에 신선이 있을까?
金剛第一臺	금강산 제일대에 있을 것이다

위 시에서도 "삼악(三岳)"과 "오매(五梅, 吾梅, 梧梅)"를 사용하고 있어 당시 지명연구에 도움이 될 수 있다. 삼악산은 지금까지 불리고 있지만, 오매강은 사라진 강 이름이다. 지금에 춘천시 서면 서상리와 신매리 마을 앞을 흐르는 강이다.

시에서 송재는 노년에 석양을 보고 쓸쓸함에 눈물 흘리지 않고 자신이 사는 동면(東面) 만곡동에서 해가 넘어가는 지역인 서면(西面)에 소재한 삼악산과 오매강을 찾아 일상을 즐기는 적극적인 태도를 보인다. 재(灰) 위에 심사를 써보는 것은 지나온 날들에 대한 회상일 것이다.

송재는 자신의 마을을 무릉도원과 봉래산(금강산)과 같은 공간으로 설정하여 주변 경물을 사랑하며 고향을 지키는 소나무와 같은 존재였다.

구봉 김지수는 시사(詩社)활동의 즐거움을 토속적인 식재료(食材料)를 사용하여 시로 읊었다.

風雪柴門吠短尨	눈보라 치는 사립문에 삽살개 짧게 짖고
良宵好月聽閑跫	좋은 달밤에 발자국 소리 들리네
盤中春菜新從谷	소반의 첫 봄나물은 골짜기에서 캐오고
羹裏秋魚亦自江	국 속에 미꾸라지는 강에서 잡아 왔네
去歲只看雙鬢黑	지난 해에는 두 귀밑머리만 검게 보였는데
今朝還覺兩眉厖	오늘 아침엔 두 눈썹이 희끗하게 보이네
壯遊莫道東方小	우리나라에 유람할만한 곳 없다고 하지 말게
方丈蓬萊摠我邦	방장산과 봉래산이 우리나라에 있다네

시 전반부에는 눈보라 치는 이른 봄날 밤, 저녁상을 놓고 청각과 시각을 중심으로 주변 사물을 읊었다. 눈보라 치는 밤중에 삽살개가 짖는 것은 누군가 온다는 조짐인데 좋은 달밤에 오는 이는 시우(詩友)일 것이다. 자주 방문하는 발소리이기에 삽살개도 오래도록 짖지 않는다. 구봉산 골짜기에서 봄나물을 소양강에서는 미꾸라지를 잡아와 추어탕을 끓여 놓았다. 계절의 변화와 더불어 산골 마을의 소박한 식(食)생활을 평화스럽게 표현하였다.

하지만 후반부에서는 변해가는 자기의 모습을 그렸다. 귀밑머리와 양 눈썹이 하얗게 변화된 모습을 자연스럽게 바라보고 있다. 늙어가는 것을 안타깝게 여기면서, 더 늙기 전에 금강산을 유람하고 싶은 마음을 그렸다.

현암 노광운도 시사(詩社) 모임이 있는 날 밤 풍경을 시에 담았다.

點筆驚飛雪	붓 글씨는 나르는 눈처럼 경이롭고
題詩爛彩霞	시를 지으니 노을처럼 찬란하네
紛紛兔穎脫	바쁘게 붓을 놓으니
箇箇驪珠誇	하나하나가 여주처럼 자랑스럽다네

野飯渾多軟　들 밥은 모두 부드럽고
山肴亦有嘉　산 안주 역시 맛있다네
豈宜常夢飽　어찌 항시 배부르기를 바라겠는가?
相笑拜燈花　서로 웃으며 등불에 절하네

　현암은 시사(詩社)에 모여 시 짓는 모습을 진술하게 그리고 있다. 시를 전개하면서 현장의 분위기를 오롯이 볼 수가 있는 작품이다. 각자 운에 맞추어 흰 종이에 먹을 찍어 써 내려가는 글씨체가 눈처럼 흔들거리며, 서둘러 시가 완성되면 소리치며 즐거워하는 모습이 보인다. 시가 완성되면 돌아가며 시평을 하고 "야반(野飯: 들 밥)"과 "산효(山肴: 산에서 난 안주)"를 곁들여 밤이 깊도록 보내는 모습을 정겹게 그렸다. 들 밥이란 흰 쌀보다 조, 수수, 기장 같은 거친 곡식일 것이다. 또한 산 안주 역시 산나물과 산과일 또는 산짐승으로 볼 수 있는데, 부드럽고 맛있다고 한 것은 현실에 대한 만족을 의미하는 것이다. 즉 비록 가난하고 궁핍한 산촌 생활이지만 산해진미를 원하지 않으며, 다만 동인(同人)들과 함께 이 밤을 지켜주는 등불에 감사하는 마음에 절을 하는 모습으로 마무리하였다.
　이원윤은 다음 시에 만곡동의 풍속과 눈 내린 마을 풍경, 그리고 세모(歲暮)를 보내며 시 짓는 사우들의 모습을 포착하여 산촌의 서정과 자기 성찰을 시에 나타내었다.

吾村風俗古　우리 마을 오랜 풍속은
頻頻過伏臘　복, 납일에 서로 자주 찾으며
又是三餘月　또 3개월마다
佳賓競相連　손님을 다투어 서로 초대한다네
兀兀忘形骸　우뚝하게 앉아 형체(평안)를 잊으며
歸眞返大朴　본성(죽음)을 지켜서 순박하게 지내고
時有東隣客　때때로 동쪽 마을 손님이 오시면
相對驚華髮　마주대할 때마다 흰머리에 놀라네
可憐前宵雪　사랑스러운 것은 전날 밤에 온 눈이
粧點山下玉　산하를 옥처럼 단장하고
山深村寂歷　깊은 산골이라 조용한데
歲暮天搖落　세말이라 하늘도 쓸쓸하네

月掛松竹林　달은 송, 죽림에 걸려있고
人倚琴書壁　사람은 거문고와 책이 있는 벽에 기대어 있네
人與月徘徊　사람은 달과 더불어 배회하나
空空又色色　존재는 공허하고 실제 또한 공허하다네
燭盡詩亦就　촛불이 다 타자 시도 완성되고
村鷄鳴咿喔　촌닭이 꼬끼오 울고
一覺黃粱枕　황량한 꿈에서 깨어보니
虛室已生白　빈 집은 벌써 날이 밝았네

　위 시는 5언 20행으로 〈1〉지역의 풍속. 〈2〉나이 많은 시우들과의 교유. 〈3〉세모에 눈 내 지역 한정(閑情). 〈4〉자연과 일체(一體)된 시사(詩社) 모임. 〈5〉일상으로의 복귀(復歸)로 나누어 전개하였다.

　〈1〉에서 복랍(伏臘)은 여름철의 삼복(三伏)과 겨울철의 납일(臘日)에 지내는 제사 풍속인데, 거기에 더하여 3개월마다 가까운 이웃 어르신들을 초대하여 조촐한 술과 음식을 대접하는 만곡동의 옛 풍속을 이야기하고 있다. 지금에 한여름에 행하는 복놀이와 송년회와 같은 맥락일 것이다.

　〈2〉는 시우(詩友) 중 나이 든 선배들의 꼿꼿한 외형(兀兀)과 품성을 지키며 시사(詩社) 모임에 참석하는 모습을 그리고 있다. 볼 때마다 흰머리가 늘어가는 모습을 보며 원윤은 안타까워하는 마음을 담았다.

　〈3〉은 시사 모임 전날, 만곡동에 눈이 내렸다. 온 산하가 옥처럼 하얗게 덮여 산촌의 적막함은 더욱 깊어 가는 모습이다. 여기어 더해 한해의 끝자리여서 하늘마저 고요하다는 표현(天搖落)은 세모의 한정을 느끼기에 충분하다.

　〈4〉는 시점이 밤으로 이동하여 외부는 달(月)과 송죽(松竹), 내부는 사람(人)과 거문고, 책(琴書)으로 대비하고, 사람은 달과 더불어 배회하는 물아일치의 형상을 그리고 있다. 그러한 분위기를 불교적 용어인 "색즉시공, 공즉시색"을 끌어와 사유의 정신과 자기 성찰을 보여 주고 있다.

　〈5〉는 밤새도록 등불의 심지를 비벼가며 시 짓기를 완성하니, 촌닭이 우는 새벽이 되었다. 잠시 잠이 들어 헛된 꿈을 꾸다 일어나 보니 사우들은 모두 각자 집으로 돌아가고 혼자 남은 빈집에 햇살이 들어와 작가도 일상으로 복귀하는 것으로 마무리하였다.

2) 지역 문인의 자존(自尊) 가치 표출

구봉 김지수의 시

春州形勝最關東	춘주의 아름다움은 관동에서 최고인데
吾輩優遊自小童	우리들은 어릴때부터 돈독하게 놀았네
塵裏肯爲深鎖鳥	어찌 속세에 깊게 갇힌 새가 되랴
雲間快作遠翔鴻	쾌히 구름 사이로 멀리 나는 기러기가 되리라
煙霞地僻心還靜	연하 자욱한 외딴곳 마음도 고요하고
山水琴淸響又通	산수간에 맑은 거문고 소리 미치네
一夜逍遙如羽化	하룻밤 거니니 마치 신선 같고
靈襟灑落世緣空	깨끗한 흉금엔 세상 인연 공허하다네

구봉(九峯)은 현재도 사용되는 지명이다. 김지수는 선산김씨로서 춘천의 대표적인 세거씨족이다. 앞서 서술한 우정 김경직의 후손이다. 김경직은 청음 김상헌과 과시동기로써 교분이 있었으며, 중앙관직을 거친 후 춘천 도포서원에 배향된 인물이었다. 이러한 집안 분위기와 시사(詩社) 활동을 함께하는 적와 홍언철은 이미 과거에 합격하여 출사하였지만, 본인은 불혹을 넘긴 나이로 고향에서 늙어가는 신세이다. 이러한 마음을 시에 담았다.

춘천의 뛰어난 승경과 함께 어릴 적부터 키워온 입신양명은 세속의 욕망이라는 그물에 갇힌 헛된 것으로 보았다. 즉 비록 현실은 한정된 산촌마을에서의 삶이지만, 정신만은 "기러기"와 같이 세속에서 벗어나고픈 내면 의식을 말하고 있다.

그러한 내면 의식을 실현 할 수 있는 곳은 고향마을인 만곡동이다. 그래서 작가는 고향마을을 신선이 사는 곳으로 변화시킨다. "연하(煙霞)가 자욱하고 외딴곳", "맑은 거문고 소리 들리고(琴淸響) 곳"이다. 그런 곳에서 거닐고 있는 자신을 신선에 빗대어 현실세계를 이상적인 세계로 대입하여 읊고 있다.

구봉은 시사(詩社)활동의 즐거움을 토속적인 식재료(食材料)를 사용하여 시로 읊었다.

현암 노광윤의 시

幽人欹枕壽春東　유인은 수춘 마을 동쪽에 베개에 기대어
臥看迷藏竹馬童　누워 숨박꼭질하는 동네 아이들을 바라보네
老去吾如眠月鶴　늙어 가는 나는 달빛에 잠자는 학과 같고
時來君似遇風鴻　이따끔씩 오는 그대는 바람을 만난 기러기 같다네
雲林只合稱高尙　다만 운림에 사는 나를 고상하다 일컫는데
塵世寧求倔牛通　세속에서 어찌 미관 벼슬을 구하랴
茅屋數間還自笑　초가집 두어칸에 돌아와 스스로 웃으며
百年生計等圖空　백년 생계를 도모하는 일일랑은 부질없다네

　노광윤은 송재 이재의 처남이다. 당시 나이는 40살이었다. 자신을 속세를 피해 조용이 사는 사람을 의미하는 "유인(幽人)"으로 빗대어 작품을 그렸다. 1, 4구에서는 춘천의 옛 지명인 "수춘(壽春)"을 사용하였고, 아이들이 숨바꼭질하는 아이들을 바라보며 늙어가는 자신을 "달빛에 잠자는 학"으로 표현하여 고고한 모습을 그렸다. "이따금 찾아오는 그대는[時來君] 주도적으로 동사(同社)를 결성한 홍언철을 말하는 듯하다. 5, 8구에서는 세상에서 자신을 일컫는 "고상(高尙)"이라는 평가에 대한 회답이다. 노광윤이 무슨 이유로 과거(科擧)를 포기했는지는 전해지고 있지 않다. 그러나 시 전체에 나타난 분위기로는 지역의 처사로서 삶을 선택한 것으로 보인다. "초가집 두어 칸"이 있는 이상적 생활공간인 만곡동에서 은거를 통하여 고상한 삶을 추구한 듯하다.

어은 이수량의 시

卜築安陽絶峽東　안양의 협곡 동쪽에 집을 짓고
此身已老長兒童　이 몸은 늙어가고 아이들은 자라네
畫簾誰捲飛來燕　누가 주렴을 올려 제비를 날아오게 하고
雲路高開漸進鴻　구름 길 높이 열려 점점이 기러기 나가게 할 것인가?
學士詞宗詳鳳起　학사는 문장이 뛰어나 봉황이 일어나는 듯하고
松翁心契點犀通　송옹과는 마음이 맞아 서로 통하네
春廻柳巷閑無事　봄은 다시 찾아와 마을엔 아무일 없고
山水優遊世念空　산수를 유람하니 세상 걱정 비어버렸네

어은 이수량은 당시 나이 39살이며 홍언철의 매부이다. 1, 4구에서는 춘천을 옛 지명인 안양(安陽)으로 표현하고, 만곡동은 "협곡"이라 하여 궁벽한 마을로 형상화하였다. 작가는 인척끼리 살고있는 만곡동이라는 제한된 공간에서 아이들과 늙어가는 처지이다. 다음 세대에 대한 희망을 "연(燕)"과 "홍(鴻)"에 빗대어 표현하였다. 누군가 제비가 처마 밑에 집을 지을 수 있도록 주렴을 올려주고, 넓은 세상으로 나가려는 기러기를 위해 문을 열어 줄 것인가?를 묻는다. 그 답은 5, 6구에서 찾는다. 만곡동에서 최초로 양시(兩試)에 합격한 "학사사종(學士詞宗)" 홍언철과, 마을의 어른 송재(松齋) 이재에게 기대를 하고 있다. 또한 시사 활동인 산수유람을 통하여 세상 걱정을 잊는다는 안빈낙도의 삶을 표현하였다.

어은은 처남인 홍언철을 자랑스러워했을 것이다. 산촌마을에서 과시 합격자가 나왔는데, 그런 자가 자기 처남이니 더욱 기뻐했을 것이다. 그러나 자신도 젊은 시절 영달하고픈 꿈이 있었다. 그런 속마음을 시에 담았다.

萬里雲宵倚劍看	칼 짚고 만리 높은 하늘 바라보며
老來榮達始知難	늘그막에 영달의 어려움을 알게 되었네
年衰每日長稱病	나이 들어 매일 아프다 말하지만
房煖嚴冬不怕寒	방 따듯하여 엄동에 찬바람 두렵지 않고
鄕井相隨眞契在	마을에 서로 어울리는 진실한 교분이 있어
世紛都忘此身安	세상일 모두 잊고 이 몸 평안하네
悲歌慷慨當殘臘	마지막 달 맞아 강개한 슬픈 노래 부르니
落落雄懷鬢已闌	크나큰 내 포부는 벌써 머리가 하얗다네

작가는 젊은 시절 비장한 꿈과 함께 했던 "칼" 부여잡고 공허한 하늘을 쳐다보며 지나온 과거(過去)를 돌아보았다. 세상살이는 뜻한 대로 이루어지지도 않고 또한 어렵다는 것을 인식하게 된다. 그렇게 세월은 흘러 나이가 들어갈수록 몸은 병마와 싸우며 현실에 안주하는 모습을 시 전반부에 담았다. 나이 들어 입 밖으론 앓는 소리가 들리고 강건하던 육신은 따뜻한 아랫목을 그리워지는 처지를 표현한 것이다.

그리고 후반부에서는 시우(詩友)들과의 교분을 통하여 세상을 향한 꿈보다는 현실에 만족하며 자족하는 내면을 표출하였지만, 한 해를 보내면서 멀어져가는 청운의 꿈을 생각하며 "비가(悲歌)"를 부르는 사이 그 꿈조차도 자기 머리와 같이 하얗게 늙어가는 모습을 보며 쓸쓸한 감정을 시에 담았다.

이 시는 산촌에서 늙어가는 사대부의 솔직한 내적 감정의 일면을 볼 수가 있다.

곡구 정지안의 시

第一名區鳳嶽東　제일 명승인 봉악산 동쪽
笑看沙面聚群童　모래위에서 노는 아이들을 웃으며 바라보네
深盟謾結忘機鳥　깊은 맹세는 부질없이 기심을 잊은 새와 같고
遐志欣追避弋鴻　원대한 뜻은 기쁘게 쫓았으나 하늘 높이 피했네
山水生涯同鄭谷　산수에 사는 생애는 정곡(정자진)과 같고
河汾事業憶王通　하분에서 사업한 왕통을 그리워하였네
閑來但事彈棋樂　한가하면 바둑을 즐기고
落子聲中世塵空　바둑알 소리에 세상 걱정 비어버렸네

곡구는 당시 나이 27살이다. 곡구(谷口)라는 의미는 "지조를 굽히지 않고 농사를 지으며 사는 높은 선비"를 말하는 것이다. 시에 이와 관련된 내용을 담고 있으며, 젊은 산골선비의 사유로 보겠다.

1, 2구에서는 춘천의 제일 명승을 봉의산으로 보고 그 동쪽에 있는 자신의 마을인 만곡동을 표현하였다. 마을 앞을 흐르는 시냇가에서 노는 아이들을 바라보며 잠시 자신의 어린 시절을 회상하였다. 3, 4구에서는 현실에서의 고뇌를 담았다. "깊은 맹세"는 과거(科擧)를 준비하는 것이고, "원대한 뜻"은 목민관으로서의 출세일 것이다. 그러나 "망기심(忘機鳥)" 즉, "담백하게 처신하여 세상과 더불어 다투지 않는다"라는 의미로 보아 과거를 포기한 것으로 판단된다. 그렇지만 5, 6구에서는 서한(西漢)시대 곡구(谷口)에서 노닐던 정자진(鄭子眞)의 고사와, 수나라 시절 왕통(王通)을 인용하여 과거(科擧)를 포기하고 농사짓는 자신과 동일화시켰다. 그리고 더 나아가 자신의 호를 정자진의 호와 같이 씀으로써 일찍이 처사의 길로 들어간 것을 볼 수가 있다.

다음은 만곡동사의 사원(社員) 중 가장 어린 이원윤의 시이다. 원철은 당시 나이 20세로 동사(同社)에서 가장 나이가 어렸다. 동사에서 가장 연장자인 송재 이계의 아들이며 당시 과시(科試)를 준비하고 있었다. 시사 활동에서는 작품정리 및 기록을 하였으며 시작(詩作)에도 참여하였다. 약관의 나이로 호(號)도 없이 시사 활동에 동참하여 지역에 대한 서정을 시에 담았다.

豊盈犀角少年初	이마가 도톰한 소년시절에 시작하여
十載螢窓辨魯魚	십년동안 공부하니 무식을 면했네
耿耿佛燈山下寺	산 아래 절간에 불등은 깜박이고
依依漁火水邊廬	물가 초막에는 고기 잡는 불 반짝이네
讀書已足三冬裏	겨울 동안 글을 만족하게 읽고
拈韻還經一歲餘	시를 지으며 벌써 일여 년을 보냈네
谷鳥巖花渾謾興	골짜기 새들과 바위틈에 핀 꽃을 보는 것은 부질없는 흥이니
從來吾亦愛吾居	종래는 나는 나의 집을 사랑할 것이네

원윤은 「만곡동사록」 서문에 "후생으로써 외람되게 시사 모임에 참석하게 되어 다행스럽게 노공(魯公)의 감식안(학통)을 받은 듯하였고, 후산(后山)에게 향을 태우듯 (성심을 다한 듯) 선생님들께 학문을 닦았다."[189]고 하였다. 이렇듯 원윤은 동사(同社) 선배들로부터 학문과 조언을 받았으며, 시사(詩社) 활동 사실을 기록함으로써 만곡동의 문풍을 계승한 자였다.

위 시에서 원윤은 어린 시절부터 학문을 시작하여 겨우 노(魯)자와 어(魚)자를 구분할 수 있을 정도라고 겸손을 표현하고 있으나, 실제론 동사 활동기간 지방 향시에 나갈 정도로 학문의 성취를 한 상태였다. 3, 4구에서는 "불등(佛燈)"과 "어화(漁火)"가 등장하여 분위기를 전환하고 있는데, 이러한 설정은 자신의 학업을 논한 것이 부끄러워 그림 같은 분위기로 전환하고 있다.

또한 원윤은 시사 활동에 만족하는 모습을 시에 담았다. 시를 쓰려고 많은 독서를 하였고, 시를 짓기 위한 노력을 두보(杜甫)의 「강상치수여해세요단술(江上値水如海勢聊短述)」시에 "나는 성질이 아름다운 시구를 지나치게 좋아

---

189 "元胤猥以後生叨暗丈席魯公衣鉢幸荷知鑑之明后山辨香克修師資之教."

해, 남을 놀래키지 못하면 죽어도 마지않는데, 늘그막의 시편은 다 부질없는 흥취일 뿐이니, 봄이 오매 꽃과 새들은 너무 시름하지 말거라. (爲人性癖耽佳 句 語不驚人死不休 老去詩篇渾謾興 春來花鳥莫深愁)"를 끌어와 시 짓는 기 쁨을 드러내고 있다.

이상으로 이 절에서는 〈만곡동사〉속 지역 문인들의 시문학을 통하여 그들 의 사유를 살펴보았다. 그들은 고향에 대한 자부심을 표현하기 위하여 변화 하는 계절에 따라 주변 경치를 이상향적 세계로 설정하고 자연 순리에 따르 는 모습을 그렸다. 또한 만곡동이라는 한정된 공간을 넘어 춘천지역의 승경 을 찾아 새로운 시어(詩語) 즉, 용산(龍山)의 구름. 봉수(鳳峀)의 연경(烟景). 우강(牛江)의 하얀 눈(雪)을 설정한 것은 춘천지역의 시문학 주제에 있어 새 로운 발견이었다. 이와 함께 시(詩)속에 지역의 특산물과 풍속은 당시 춘천 지역의 생활사를 엿 볼 수 있었다.

한편 지역 문인들의 현실적 고뇌도 살펴보았다. 조선시대 사대부는 출사 를 통하여 목민관으로서 입신양명하는 행위는 최대의 실천 항목이었다. 그 러나 현실은 지방 문인들에게 있어 녹녹하지 않았을 것이다. 그러한 현실에 대한 내적 심사를 시사 활동을 통하여 시에 투영하였다. 지역 문인들의 자존 (自尊) 가치의 표출이었다.

이 장에서는 만곡동사에 참여한 문인들의 시문학을 살펴보았다. 만곡동사 의 특징은 첫째, 시사의 모임이 당파, 연령, 취향 등을 배제한 결사였다. "만 곡"이라는 한 지역을 공유하며 그 속의 자연 경물과 화류 감상, 그리고 동인 과의 야유회를 통한 친목의 성격을 갖은 시사였다는 것이다. 이러한 활동은 18세기 전국적으로 시사(詩社)가 결성된 것에 발맞추어 춘천에서도 〈만곡동 사〉가 결성되었다는 것은 인문학적으로 큰 의의가 있다고 하겠다. 둘째, 〈민 곡동사〉 활동은 산촌이라는 지역적 한계성으로 인하여 명승은 아니지만, 자 신들의 고향 산천에서 나름대로 특별한 장소와 심미적 대상을 선정하여 당시 향촌 처사(處士)들의 현실적 고뇌와 고향에 대한 자부심 그리고 동인 간의 친목을 통하여 지역 문학 풍토를 형성하였다는 것이다. 이러한 시사 활동은 18세기 춘천지역 시문학 활동의 커다란 자취라 하겠다.

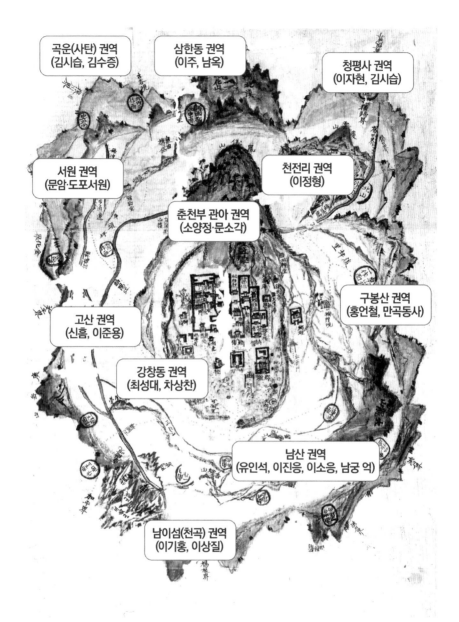

곡운(사탄) 권역
(김시습, 김수증)

삼한동 권역
(이주, 남옥)

청평사 권역
(이자현, 김시습)

서원 권역
(문암·도포서원)

천전리 권역
(이정형)

춘천부 관아 권역
(소양정·문소각)

고산 권역
(신흠, 이준용)

구봉산 권역
(홍언철, 만곡동사)

강창동 권역
(최성대, 차상찬)

남산 권역
(유인석, 이진응, 이소응, 남궁 억)

남이섬(천곡) 권역
(이기홍, 이상질)

『춘천읍지』, 1897년 제작추정, 한국정신문화연구원 장서각 소장.

V

19세기 춘천지역 시문학 전개 양상

V

19세기 춘천지역 시문학 전개 양상

이 장에서는 관념적인 시제에서 벗어나 춘천 지역인들의 생활과 풍속 그리고 시제 대상물에 대한 고증을 통하여 표현된 시문학을 살펴볼 것이다. 또한 19세기 말, 개화와 개방에 대한 춘천지역 화서학파 문인들의 현실 인식과 문명 세계에 대한 반감 의식을 살펴볼 것이다. 이를 통하여 춘천지역 시문학이 한정된 지역에서 벗어나 전국적으로 주목을 받게 되는 일면을 살펴보겠다.

1. 자하 신위의 『맥록』에 나타난 기속과 고증

1818년 춘천부사로 재임하였던 자하 신위는 『맥록』에 당시 춘천의 농업 풍속을 12수의 7언절구로 읊은 「맥풍(貊風) 12장」을 남겼다. 춘천에서 경작하던 13종의 농작물을 소재로 하여 작품의 특징, 재배 방법, 농업 상황, 관련 풍속 등을 시로 표현하였는데, 춘천의 농촌 풍속을 기록한 향토문화사 자료로서 가치가 크다. 춘천 부사로서 애민의식에 입각하여 농업에 관심을 가지고 이를 민요풍이 담긴 연작 한시로 표현한 점에서 문학사적 의의도 크다.

당시 농업과 관련된 토속어 단어를 특수한 한문 단어로 번역하여 시어로 사용하고, 농업에 관한 구체적인 지식을 주석을 달아 설명한 것 등은 19세기 춘천의 농촌 생활과 토속어를 보여준다는 점에서 흥미롭다고 하겠다.[190]

---

190 신위, 『자하신위 맥록(역주: 이경수, 엄태웅, 이훈, 김근태, 한희민)』, (사)춘천역사문화연구회, 2018. p.26.

자하 신위

1) 「맥풍」 5언古詩에 나타난 춘천의 기속

조선 후기에 이르러 새로운 조선시를 모색하는 움직임이 여러 가지 방면에서 나타난다. 엄격한 관풍(觀風)의 의지로 풍속을 징험하고 세태를 방영하려는 시작(詩作)들이 나타나는가 하면, 죽지사(竹枝詞) 또는 악부풍(樂府風)으로 변방의 풍속이나 민간의 서정을 사실적이면서 낭만적으로 그려내려는 노력도 나타나기 시작한다.[191]

자하 신위는 1818년에 춘천부사로 재직하면서 남옥의 「맥풍5언고시」를 자신의 「맥풍」12장【병서】(貊風十二章【幷序】)에 다음과 같이 기록하였다.

남시온(南時韞)【옥(玉)】의 「맥풍(貊風)」[192]이란 5언 고시가 있었다. 내가 맥(貊) 땅에 부임하여 벌써 해를 넘겼는데 풍년이 들거나 흉년이 들거나, 가뭄이 들거나 홍수가 나거나 하면 함께 참여하여 근심을 나누고자 하였다. 이에 「맥풍」을 가져다가 7언 절구로 옮겨서 노래하고 읊조리기에 편하도록 함으로써, 권농관으로 하여금 농요(農謠)로 대신하게 하여 권농(勸農)하고자 했다.[193]

---

191 민병수, 『한국한시사』, 태학사, 1996. p.383.
192 강원도 춘천 지역에 있었던 것으로 전해지는 고대 소국.
193 "南時韞【玉】有貊風五古, 余下車于貊旣踰年, 豊歉旱澇, 動關分憂, **爰取貊風**, 飜爲七言絶句." 以便歌咏, 俾田畯代爲農謳, 以勸農云."

모맥(麰麥: 보리)

地力休貪食兩根　양근을 하려고 지력을 탐하지 말라
每年還好熱耕勤　해마다 일모작을 잘하는 것이 도리어 좋다네
化膏腐草經三伏　썩은 풀 비료된 것이 삼복을 지나가면
宿麥連雲飽一村　지난 해 심은 보리가 구름처럼 연이어 온 마을이 배부르게 먹네

【일년에 두번 파종하는 것을 양근이라 하고, 일년에 한번 뿌리는 것을 열경이라 한다.】[194]

　모맥은 보리다. 시에서 2번 파종하는 것은 地力을 탐하는 것으로 보아 1번 파종하는 것을 권하고 있다. 삼복이 지나면 지난 가을에 심은 보리가 익어 온 동네가 배부르게 먹을 수 있다는 것이다. 지난해 수확한 곡식이 고갈되는 5~6월에 익지 않은 보리를 미리 수확하여 먹는 시기를 "보리고개"라 말한다.

갱도(粳稻: 메벼)

但得勤除鷄足蓁　단지 부지런히 닭발 같은 풀 제거할 수만 있다면
正金飯椀九黃樽　정금으로 지은 밥사발에 구황으로 지은 술통이라네
農家有諺注秧後　농가의 속담에 모내기를 한 후
婦手濶如春雨繁　봄비 잦은 것은 아낙네의 손 큰 것과 같다네[195]

【정금과 구황은 모두 벼의 이름이다. 정금은 밥맛이 좋고 구황은 술맛이 독하다. 논의 풀은 닭의 발을 닮았다. 봄비가 잦은 것은 비유하면 아낙네의 손이 커서 식량을 이어대기가 어려움과 같다.】[196]

　벼를 심은 후 닭발처럼 생긴 풀을 제거 할 수 있으면 가을 수확을 통하여 정금 벼는 찰벼로 밥맛이 좋고, 구황 벼는 메벼로 술맛이 좋다는 것이다. 모

---

194 "一年再種日,兩根 一年一耕日熱耕."
195 '봄비가 잦으면 마을 집 지어미 손이 크다.' 는 속담이 전한다.
196 "正金,九黃幷稌名, 正金飯美, 九黃酒釅, 水田之莠如鷄足, 春雨數比如婦手大難繼."

내기 후에 비가 자주 와도 마치 아녀자의 손이 커서 재물 또는 식량 소비가 심한 것처럼 논에 물 대기가 힘들다는 것이다. 그만큼 논물 소비가 많다는 의미이다.

서속(黍粟: 기장)

立踈和種閱耨三 　기장 묘를 세우고 세 번 김매기를 거치면
青穗黃狵尾窣金 　푸른 이삭은 누런 삽살개 꼬리처럼 금빛으로 나온다네
小雨蟹根多雨稗 　적은 비에는 해근이 나오고 많은 비에는 피가 나오네
峽農大抵不宜陰 　골짜기에다 농사짓는 것은 무릇 그늘 때문에 마땅치 않네

【보리밭 사이에 조 종자를 뿌리는 것을 화종이라 한다. 조 밭갈이를 씨 덮기라 하고 가는 뿌리는 해라 한다. 조와 비슷한 것을 피라고 하기 때문이다.】[197]

기장은 3개월이면 수확이 가능한 곡식이다. 파종 후 세 번 정도 김매기를 하면 푸른 이삭이 개 꼬리처럼 누렇게 되어 늘어진다는 것이다. 가물면 뿌리가 민물 게 발처럼 짧고 가늘다는 것이며, 비가 많이 오면 쓸데없는 피(잡초풀)가 많이 나온다는 것이다. 골짜기에는 해가 빨리 진다. 일조량이 충분치 않기 때문에 수확량이 적다는 것이다.

당서(唐黍: 수수)

美似脩篁何誕節 　아름답기는 수황과 비슷한데 어찌 그리도 마디가 얇은가
高風旆旆動新秋 　높이 바람에 흔들흔들 초가을에 날리네
甕頭初熟濃於秫 　항아리에 술이 익기 시작하면 차조보다 진하여
不向淵明栗里求 　도연명의 율리에 가서 구할 필요가 없네

【풍속에 빈곤기 7월에는 이삭을 베어 술을 만드는데 맛의 독하기가 차조술과 비슷하다.】[198]

---

197 "麥田間種粟, 日和種. 粟間耕, 日擾, 細根日蟹, 似粟日稗故云."
198 "俗貧七月, 斬穗以爲酒, 味釀似秫."

수수 줄기 모습이 대나무와 비슷한데, 마디는 가늘다는 의미이다. 초가을이 되면 붉은 수숫대가 바람에 흔들거리는 모습을 표현하였다. 수수는 도수가 높은 술을 만드는 원료로 사용하는데 차조[秫]보다 좋다고 하며, 굳이 도연명이 살았던 율리(栗里)에 가서 술을 빌려오지 않아도 된다는 의미이다.

교맥(蕎麥: 메밀)

節氣初回中伏腰　절기가 중복 시나 말복으로 향할 때
紅蜻蜓沸多陰出　고추잠자리 들끓는 저녁 어스름에 밭으로 나가네
白花如雪繞籬香　눈 같은 흰 꽃이 마을을 감싸 향기로우니
實熟其間五十日　이제 오십 일이면 낟알이 익겠구나

【중복과 말복의 사이를 허리라고 한다. 메밀밭 갈기는 잠자리가 나타나는 것으로 때로 삼는다. 날이 더운 까닭에 저녁이 되기를 기다렸다가 밭을 간다.】[199]

메밀의 생육기간은 70일 이어서 2모작이 가능한 구황식물이다. 일반적으로 4~5월에 보리를 수확한 후 메밀을 파종하면 삼복 기간 안에 수확할 수 있다. 이때쯤이면 고추잠자리가 하늘에 나타난다. 삼복 기간 내내 한낮에 일하는 농부는 없다. 그래서 늦은 오후에 밭으로 나가는 농부의 일상을 표현하였다. 메밀꽃은 하얗다. 그 모습이 눈[雪]과 같다고 하며, 향기로운 꽃향기가 온 마을을 감싼다고 하였다.

7~8월에 파종한 메밀은 10월이면 수확할 수 있다. 메일 식물의 특성을 잘 표현한 작품이다. 춘천의 대표 음식이 메밀국수라는 점과 무관하지 않은 詩이다.

---

199 "中末伏之間日腰, 耕喬麥, 以蜻蜓出爲候. 日炎故候夕而耕."

화속(火粟: 가을밭에 불놓기)

滿峽燒烟七月誅 골짜기엔 칠월주 연기 가득한데
牛耕人代倍勤劬 소 밭갈이를 사람이 대신하니 배나 힘이 드네
高山峻谷霜偏早 높은 산 깊은 골짜기라 서리가 유독 일찍 내려
熟怕饑熊與捷鼯 굶주린 곰이나 재빠른 다람쥐 걱정도 익숙하다네

【가을에는 반드시 밭을 불태운다. 이를 칠월주라 한다.】[200]

가을 시기에 곡식을 수확한 후 밭에 불을 놓는다. 이유는 부족한 거름을 보충하여 지력을 높이기 위함이다. 또한 병충해 방지 목적도 있다. 위 시는 춘천지역 산골짜기 火田 풍속을 시에 담은 것이다. 화전으로 온 마을에 연기가 가득 찬 모습을 그리고, 농부와 함께 밭을 가는 소의 수고로움을 말하였다. 또한 춘천지역 산촌에 서리가 일찍 내린다는 기후 특성을 넣었다. 서리가 내리면 모든 식물은 고사한다. 이에 맞춰 야생동물도 겨울을 대비하기 위해서 바쁘게 움직이는 모습을 표현하였다.

마자(麻子: 삼베)

藝麻之法先須密 마 농사법은 모름지기 촘촘히 하는 것을 우선하니
生怕稀莖蠹食傷 줄기가 드문드문하면 벌레 먹어 상할까 걱정이 생기네
照室松明車軋軋 관솔불 밝힌 방에 실 뽑는 소리 차알 차알
三升襏襫五升裳 삼승 베는 허드레옷으로 오승 베는 치마로 쓰이네

【마가 드문드문하면 벌레가 먹는다.】[201]

마는 의류 제작에 중요한 재료였다. 초여름에 다 자란 대마를 삶아 껍질을 벗겨 실로 만들어 베틀에서 짠 직물이다.

---

200 "秋必燒畬, 日七月誅."
201 "麻稀則蠹."

1, 2구에서는 대마를 심는 방법을 이야기하고 있다. 이른 봄에 대마 씨를 촘촘히 파종하면 줄기가 곧고 가늘며 키가 크게 자라는 특성이 있다. 이 때문에 촘촘히 심어야 한다고 말한 듯하다. 3구에서는 베틀에서 직물을 짜는 모습을 형상화하였다. 산촌에서 쉽게 구할 수 있는 소나무 송진을 사용한 관솔불로 어두운 방을 밝히고, 실을 뽑는 물레가 돌아가는 소리를 청각적으로 표현하였다. 4구에서는 베의 품질을 이야기하였다. 날실의 수가 포폭 간에 80올이 되면 1승(升)인데, 승이 높을수록 좋은 품질을 의미한다. 3승이면 허드레옷으로 사용하고, 5승이면 치마 옷으로 사용할 수 있다는 말이다.

작가는 위 시에서 지역 민초들의 생활과 풍속을 자세한 관조를 통하여 형상화하였다.

임자(荏子: 들깨)

三蹴秧秧旱不死　세 번 모를 손에 감아서 심으면 가물어도 죽지 않으니
眞油何似法油珍　참기름이 어찌 법유의 진귀함과 같겠는가?
膳羞甘旨晨興婦　달고 맛난 음식 만드느라 아침마다 일어나는 아낙네
燈火靑螢夜績人　푸른 등불 켜고 밤마다 길쌈하는 사람들

【속담에 이르길 비록 큰 가뭄에도 세 번 모를 손으로 감싸 심으면 들깨는 살 수 있다고 한다. 들기름을 법유라 하니 등잔불로 이용하고, 참깨는 참기름이라 하니 음식에 사용한다.】[202]

들깨의 줄기는 비어있어 가뭄에 약하다. 그렇기 때문에 어린 모를 심을 때 손아귀에 2~3번 감아서 심으면 죽지 않는다. 지금도 이 방식을 따르고 있다. 음식을 만들고 마지막으로 첨가하는 것이 들기름과 참기름이다. 고유의 향뿐만 아니라 윤기가 있어 보는 것만으로도 요리를 먹음직하게 만드는 필수 재료이다. 3, 4구에서는 아침을 준비하는 아낙네와 밤중에 모여앉아 길쌈하는 여인들의 모습을 그렸다.

---

202 "俗謂雖大旱, 三蹴秧則荏生. 水荏油曰法油, 供燈火, 眞荏曰眞油 供飮食."

연초(烟草: 담배)
연초, 남초는 연초라 이른다. 또 연차라고도 이른다. 또 담파고라 한다.[203]

玄液走珠升自莖	검은 진액이 달리는 구슬은, 자기 줄기로부터 올라와
翻翻芭葉代其萌	파초 잎처럼 바람에 퍼덕여 그 싹을 대신하네
種烟權當租庸稅	연초로 세금징수를 대신할 수 있으니
去換靑銅負入城	청동(엽전)을 바꾸려 등짐지고 성으로 들어가네

【초상에 고진. 그 색이 검다】[204]

담배는 1970년대까지도 춘천지역 농촌마을에서 널리 경작되었던 작물이다.

1, 2구에서는 여름날 담배 줄기를 따낸 상처에서 흐르는 검은 이슬방울처럼 매달린 니코틴을 표현하였다. 실제 담뱃잎은 파초보다는 옅은 색이지만 모양은 비슷하다. 3, 4구에서는 담뱃잎을 팔아 창출된 소득으로 세금을 낼 수 있으니 농부는 말린 연초를 등에 메고 시장으로 들어가는 모습을 그렸다.

지금까지 남옥의 「맥풍(貊風) 5언 고시」는 전해지고 있지 않다. 그런 까닭에 신위의 「맥풍12장」과 비교하여 다른 점을 확인할 수 없다. 다만 신위는 남옥의 「맥풍고시」를 가져다가 칠언절구로 옮겨서 노래하고 읊조리기에 편하도록 하고, 또한 권농관으로 하여금 농요(農謠)로 대신하게 하여 권농(勸農)하고자 했다는 기록을 병서에 밝히고 있다. 신위는 한양 출신이며, 춘천부사로 재직(1818년 3월24일~1819년 6월 18일)한 기간에 짧아 춘천 지역의 농산물과 풍속을 꼼꼼하게 관찰할 수는 없었을 것이다. 그런 이유에서 「맥풍 12장」은 신위의 작품임에도 불구하고 남옥의 시작에 가깝다고 판단하였다. 남옥은 춘천지역에서 어린 시절부터 성장하여 지역의 특산물과 민풍(民風)을 자세하게 알고 있었기에 「맥풍5언고시」라는 기속시(紀俗詩)를 창작할 수 있었다.

---

203 "南草曰,烟草. 又曰,烟茶,又曰,痰破菰."
204 "草上苦津, 其色玄."

2) 〈청평사〉 사물에 대한 고증학적 접근

청평사를 방문한 자하 신위는 「청평산문수원기(淸平山文殊院記)」를 탁본하고 「문수사시장경비(文殊寺施藏經碑)」를 영지에서 발굴하여 탁본하는 등 유적의 발굴과 고증에 관심을 기울이고 이를 시로써 표현하였다. 이때의 청평사 방문을 16제 16수의 7언 절구로 읊는 외에 별도의 44구의 장편 7언 고시로 서술하였다. 7언 고시는 발굴한 「문수사시장경비」의 내용을 문헌의 증거를 참고하면서 상세하게 고증하고 해석하는 내용으로 이루어진 시로서 자하 시의 고증학적 경향이라는 특이한 시적 경향의 일면을 보여 주는 시라는 점에서 의의가 크다. 7언 절구들도 개인적인 서정을 표출하기보다는 역사적 사실을 기록하고 고증하려는 태도를 가지고 청평사의 자연, 전각, 유물, 유적, 고사, 인물 등을 세세하게 읊고 있다. 「청평산문수원기」에 대하여도 서체에 대한 감정을 중심으로 서술하고 있는 점이 특이하며, 당시 주지였던 "송파"라는 승려에 대한 시 2수는 여타의 청평사를 소재로 한 시들에서는 볼 수 없다는 점에서 주목된다.

청평동구(淸平洞口)
大江折流處　큰 강 꺾여 흐르는 곳에
小溪來會之　작은 시냇물 내려와 모이고
仙凡此爲界　선계와 속세의 경계가 이곳에서 나뉜다 하니
過溪吾自疑　시냇물을 지나며 내 스스로 의심하여 보네

일찍이 고증학을 접한 자하 신위에게 있어 청평사 방문은 기존의 관념적 대상으로 보지 않고 경내에 존재하는 경물들을 직접 확인하여 그 실체를 파악하고 싶어 찾은 듯하다. 위 시에서도 청평사를 찾아가는 여정의 어려움은 없다. 다만, 선계와 속세의 경계가 절 입구에 흐르는 시냇물로 나누어진다는 것에 의구심을 가지고 바라보았다.

산정화(山頂花)

誰種絶嶮花	어느 누가 산마루에 꽃을 심었는가?
雜紅隕如雨	뒤섞여 떨어지는 붉은 꽃잎이 비처럼 날리고
松靑雲氣中	푸른 소나무는 구름 기운 속에 있는데
猶有一家住	오히려 집 한 채 있어 살고 있구나

이른 봄 산꼭대기에 붉게 핀 꽃은 진달래일 것이다. 꽃잎이 뒤섞여 떨어지는 것이 비처럼 날린다고 하니 아름답기 그지없다. 푸른 소나무는 하얀 구름 속에 있으니 신비로운 장소를 알리는 듯 그 속에 청평사의 모습을 그렸다. 신위의 청평사 관련 詩 중 가장 아름다운 詩인듯하다.

구송정폭포(九松亭瀑布)

此嶺萬松耳	이 고개에 만개의 소나무가 있는데
誰能以九數	누가 아홉 개로 셀 수가 있겠는가?
靈境眩奇變	신령한 장소는 현란하고 기이하게 바뀌더니
一瀑忽雙注	홀연히 한 폭포에서 두 물줄기 쏟아지네

폭포 이름이 구송정(九松亭)이다. 신위는 폭포 언덕에는 셀 수 없을 정도의 소나무가 많은데 어느 누가 9개라 한 것인지 이해할 수 없어 한다. 그러나 폭포 가까이 다가서니 신령스러운 모습으로 변하는 모습을 표현하였다.

서향원(瑞香院)[205] 【매월당 김시습 유적】

寥寥瑞香院	쓸쓸하고도 적막한 서향원
庶幾伊人在	거의 그 분이 계신 것 같네
梅梢月如新	매화가지 끝에 걸린 달은 새로운 듯한데
年代不相待	세대가 바뀌어 마주할 수가 없네

매월당이 세속을 버리고 숨어 살았던 서향원은 적막하기 그지없다. 문을 열면 그분이 계시는 듯 하나, 절의의 상징인 매화 가지에 걸린 새로운 달은 그 당시의 달이 아닌듯하며, 사람도 시간도 흘러 마주할 수 없음에 아쉬워한다.

---

205 서향원(瑞香院): 김시습(金時習,1435~1493)이 청평사에 은둔하며 서향원(瑞香院)을 짓고 살았다.

영지(影池)

草樹取暎時　풀, 나무 드리워 비추는 것을 바라 볼 때
能以正面狀　바른 모양 볼 수 있을까?
與君歃此水　그대와 더불어 이 물을 마시어
求離顚倒相　전도된 상으로부터 벗어나고 싶네

영지를 만든 이는 진락공 이자현이다. 연못 위에 비친 사물은 전도된 그림자일 뿐이다. 그러하니 사물의 바른 모습일까? 의구심이 들었다. 신위는 이자현과 연못에 가득하게 차 있는 물을 다 마셔버려서 세상에 비친 잘못된 관념들을 확인해보고 싶었다.

극락전(極樂殿)[206] 【요승보우[207]가 있던 곳】

丹漆與金碧　붉은 옻칠과 금전벽우(金殿碧宇)
汚此水晶城　이 수정처럼 맑은 세계를 더럽혔네
妖僧眞可斬　요승은 참으로 참형에 처하는 것이 옳으니
一國竭一院　온 나라가 한 전각에 재물을 다 썼네

화려한 극락전은 조선 명종 시절 승려 보우가 문정대비의 도움으로 신축하였다. 이후 유학자들로부터 많은 손가락질을 받았으며, 문정대비가 죽자 보우는 설악산으로 피신하였다. 율곡 이이가 보우를 귀양을 보내자는 상소를 올려 제주도로 유배된 후 참형으로 죽었다. 이러한 사실을 알고 있는 신위는 극락전을 마주하고 그 내용을 시에 담았다.

---

206 극락전: 청평사 가장 안쪽에 있으며, 나옹대사가 1555년경에 지었다. 1772년에 중수를 하였다는 상량문과 1889년 보수하였다는 상량문이 사진으로 전한다.

207 보우: 조선 중기의 승려. 호는 허응(虛應) 또는 나암(懶庵). 법명은 보우(普雨). 문정대비(文定大妃)의 외호 아래, 도첩제도(度牒制度)와 승과제도(僧科制度)를 부활시키는 등 억불정책 속에서 불교 중흥을 위해 힘썼다. 1552년 4월 승려 과거시험을 실시하여 승과제도를 부활시켰다. 문정대비가 죽자 한계산 설악사(雪岳寺)에 은거하였다. 이이(李珥)가 『논요승보우소(論妖僧普雨疏)』를 올려 그를 귀양 보낼 것을 주장함에 따라 1565년 제주도에 유배되었고, 제주목사 변협(邊協)에 의하여 죽음을 당하였다.

강선각(降仙閣)

此日荒薺田　오늘 날 황폐한 냉이 밭에
雲廊與月殿　구름 같은 회랑과 달 같은 전당이 함께 있네
孤閣偶不毀　외로운 강선각은 우연히 훼손되지 않아
尚掩諸佛院　여전히 여러 불당들을 가리고 있네

청평사의 문루(門樓)가 강선각이다. 대웅전으로 들어가기 전에 강선각이 있어 사찰 전체를 볼 수가 없다. 신위는 승려 보우가 화려하게 만들었던 회랑과 전당이 아직도 남아있는 것에 대하여 불편함을 느꼈다. 그나마 다행인 것은 문루인 강선각이 남아있어 바깥에서는 절 안을 볼 수 없다는 것을 시에 표현하였다.

나옹철주장(懶翁鐵拄杖)

不打紅頭走　공격을 하지 않았는데 홍건적이 도망갔다면
百斤鐵虛使　백 근의 철을 헛되이 사용 했구나
懶翁固生佛　나옹[208]은 참으로 살아있는 부처인데
哀哉佛弟子　슬프구나! 불제자들이여!

【라옹의 이름은 혜근이고 공민왕 때 국사였다.】[209]

고려 공민왕 시절 홍건적이 사찰에 쳐들어왔으나, 나옹대사의 설법과 참선에 전념하는 위엄에 눌려 부처님께 향까지 사르고 돌아갔다는 일화가 있다. 청평사에는 나옹대사가 쓰던 쇠지팡이(鐵拄杖)를 보관하고 있었는데, 이를 대하는 백성들의 믿음에 대한 쓴소리를 시에 담았다. 공격을 하지 않았는데 홍건적이 도망갔다면 철로 만든 지팡이는 헛된 물건이며, 나옹도 또한 인간이거늘 신처럼 모시는 행위에 대한 비판의 시이다.

---

208 나옹(懶翁): 고려 말기의 승려. 속성(俗姓)은 아(牙), 호는 나옹·강월헌(江月軒). 문경(聞慶) 대승사(大乘寺)의 요연선사(了然禪師)에게 가서 중이 되었다. 지공(指空)·무학(無學)과 함께 삼대화상(三大和尚)이라 일컬어졌다. 중국 서천(西天)의 지공화상(指空和尚)을 따라 심법(心法)의 정맥(正脈)을 이어받고 돌아왔다. 공민왕 때 왕사(王師)를 지냈으며, 우왕의 명을 받고 밀양(密陽) 영원사(瑩原寺)로 가다가 여주(驪州) 신륵사(神勒寺)에서 죽었다.
209 "懶翁名惠勤, 恭愍朝國師".

천년고삼(千年古樬)

眞樂公在者 진락공 살아 있었을 때
得如此樬不 이 삼나무 있었을까? 없었을까?
直拂慶雲頂 곧게 떨친 경운산 정상에
黛色橫千祅 짙푸른 색으로 천년의 세월을 가로 서있네

신위는 청평산 정상에 서 있는 오래된 삼나무(측백나무)를 보며 이자현이 살고 있었을 때도 과연 저 짙푸른 나무가 있었을까? 하는 궁금증에 빠졌다. 이러한 궁금증은 오늘날에도 오래된 사물을 보면 느끼는 일반적인 사고이다. 그러나 천년고찰 청평사 관련 시문학에서는 보기 힘든 작품이다. 이처럼 신위는 청평사의 사물에 대하여 지금껏 시제(詩題)의 대상이 아닌 것들도 시에 담았다.

송파화상(松坡畫像)

松坡無一偈 송파스님 한마디 게(偈)도 없고
畵僧無一言 그림 속의 스님 또한 한마디 말도 없구나
言說尙可離 말과 설은 오히려 떠나 갈 수 있었는데
言說尙可離 무슨 일로 화상은 생겨났는지?

청평사에 보관된 송파 스님 화상을 보고 불교적 용어인 쏜을 생각한듯하다. 송파는 살아있을 때 남긴 게송도 없는데, 그림 속 송파 또한 말이 없다. 인간은 시간이 지나 죽음에 이르면 생전에 남겼던 말과 게송은 사라지는데 어찌하여 송파 스님의 화상은 남아있는 것인지? 색즉시공(色卽是쏜)의 사유를 담았다.

사리탑(古骨)

傳師一去後 선사께서 한번 떠나간 후에
行踪誰可繫 발자취를 어느 누가 붙들어 맬 수 있겠는가?
山僧竟無謂 산승은 끝끝내 설명하는 것도 없이
區區守其蛻 구구하게 그 껍질을 지키고 있네

청평사 주변에 자리 잡은 사리탑도 신위의 눈에는 곱지 않았다. 먼저 입적한 스님의 발자취는 허공에 흩어져 윤회의 세계로 들어갔는데, 남아있는 산승에게 입적한 선사에 관하여 물어도 설명이 없다. 다만 구차하게 사리탑을 관리하는 스님을 꼬집고 있다.

선인국(仙人局)

滅跡入雲峯	속세에서 발자취를 없애고 경운산에 들어와
誰與算白黑	누구와 더불어 옳고 그름을 따졌던가?
厭聞山外事	산 밖의 세상사 듣기도 싫어하였는데
資謙方賭國	이자겸[210]은 나라를 놓고 도박을 하였다네

【진락공은 이자겸의 사촌형이다.】[211]

진락공 이자현은 3명의 고모가 왕비였고, 할아버지는 문하시중을 역임한 문벌 가문이었다. 그런 그가 세속을 버리고 청평산으로 들어와 누구하고 옳고 그름의 바둑을 두었단 말인가? 옳음은 세속을 버린 이자현이고 그름은 왕위 찬탈을 위하여 반란을 일으킨 이자겸일 것이다.

진락공중수문수원비(眞樂公重修文殊院碑)

文殊院尋碑	문수원에서 비석을 찾고
破鐺煮靑葵	깨진 솥에 아욱국 끓이네
手量陰側字	손으로 비석의 음각 글자 더듬어
登善參伯施	잘 탁본하여 으뜸으로 전하리라
楷書率更令	해서는 구양순 체이고
行書聖教序	행서는 왕희지 체이네
坦然亦麗人	탄연 스님은 단지 고려사람인데
豈有別機杼	어떻게 별다른 글씨체가 있겠는가?

---

210 이자겸: 1126년(인종 4) 고려 왕실의 외척이었던 이자겸(李資謙)이 왕위를 찬탈하려고 일으킨 반란.
211 "眞樂公 李資謙從父兄也".

【탄연 스님의 비석 글씨는 세상에 탁본으로 전해지는 것이 없었는데, 이 탁본은 명준(命準)으로부터 시작되었다.】[212]

자하 신위는 1812년 7월에 진주겸주청사(陳奏兼奏請使)의 서장관(書狀官)으로 연경(燕京)에 가서 완당(阮堂) 김정희(金正喜)의 주선으로 담계(覃溪) 옹방강(翁方綱) 父子를 만나 고증학에 관심을 두고 귀국하였다. 이후 1818년에 춘천부사가 되어 청평사를 방문하고 이자현과 매월당을 시제로 여러 편의 시를 남겼다. 그 가운데 청평사에 있던 〈진락공중수문수원비〉를 고증학적 관점에서 시에 담았다. 신위는 청평사 경내에 있었던 비석을 그냥 지나칠 수가 없었다. 흐릿한 글씨를 더듬으며 글씨체를 확인한 후, 탁본해서 후세에 전해겠다는 생각에 이르자 이를 아들 명준(命準)에게 시켰다. 이 행위는 〈진락공중수문수원비〉를 탁본한 최초의 사건이었다.

자하 신위는 당시 춘천에서 경작하던 13종의 농작물을 소재로 하여 작물의 특징, 재배 방법, 농업 상황, 관련 풍속 등을 시로 표현하였다. 이는 춘천의 농촌 풍속을 기록한 것으로 향토문화사 자료로서 가치가 크다. 또한 지역에 살고 있었던 최성대의 후손 최덕종(崔德種)과 교유하며 시를 수창하고, 남옥의 후손인 남려(南鑢)를 문소각에 머물게 하며 남옥의 시집을 정리하게 한 사실을 시로써 표현하였다. 이러한 자하의 남옥과 최성대에 대한 특별한 관심과 기록은 춘천지역의 인물로서 두 시인의 존재를 재평가하게 하는 단서로서 의의가 있다고 하겠다.

청평사 형상은 개인적인 서정을 표출하기보다는 역사적 사실을 기록하고 고증하려는 태도를 보였다. 이를 바탕으로 청평사의 자연, 전각, 유물, 유적, 고사, 인물 등을 세세하게 읊었다.

3) 지역 문인과의 교류 양상

자하 신위는 춘천지역 출신의 인물이었던 남옥(南玉), 최성대(崔成大)의 묘소를 발견해 내고 남옥의 미간된 『일관시초』와 최성대의 구본 『두기시집』

---

212 "坦然碑陰文 世無拓本之傳者 此拓自命準始也".

등을 찾아낸 것을 「이시총병서(二詩塚幷序)」에 기록하였으며 최성대의 후손 최덕종(崔德種)과 교유하며 시를 수창하고, 남옥의 후손인 남려(南鑢)를 문소각에 머물게 하며 남옥의 시집을 정리하게 한 사실을 시로써 표현하였다. 이러한 자하의 남옥과 최성대에 대한 특별한 관심과 기록은, 춘천 지역의 인물로서 두 시인의 존재를 재평가하게 하는 단서로서 의의가 있다.

이시총병서(二詩塚幷序)

내가 춘천에 와서 두 시인의 무덤을 알게 되었는데, 하나는 승지인 두기 최성대의 무덤이고, 하나는 비서인 추월 남옥의 무덤이다. 최성대의 무덤을 관리하는 두 집을 찾아가 그들의 부역을 덜어주었다. 남옥에게는 자손이 있기에 그를 초청하여 만나보고, 드디어 그의 집안에서 아직 간행하지 않은 원고를 찾아내었다. 이른바 『일관시초』라고 하는데 최고로 걸작이었다. 남옥의 집안에 또 옛날 판본인 『두기시집』이 있기에 수십 일을 빌려다 보았다. 시집 가운데 「산장가(酸蔣歌)」[213]라는 작품이 처완하여 좋아할 만하였다. 옛날에 들었는데, 두기는 청천 신유한과 전생에 부부였다고 한다. 청천같은 훌륭한 남편에 두기같은 훌륭한 아내가 있었으니, 「산장가」는 여기에서 느낌이 있어 지은 것이라고 한다. 내가 비록 두 공이 살아있을 당시에는 미치지 못하지만, 그래도 다행스럽게 두 공의 무덤이 있는 마을에 사또가 되었으니, 이 두 편의 시를 짓고 그들에게 술잔을 올린다.[214]

제1수

悵望春城酹斷雲 처량한 마음으로 춘천 고을에서 조각구름에 술잔 올리니
詩魂足以張吾軍 시 잘 짓던 혼령은 우리의 군위를 떨칠 수가 있었지[215]

---

213 최성대가 일찍이 남산에 놀러갔다가, 그곳의 인가와 전답의 풍경이 전생에 노닐던 곳이라하여 비감한 심정을 『시경』의 형식을 빌어 노래한 시로, 최성대의 대표작이다.

214 "僕來壽春, 得二詩塚, 一日, 崔杜機承旨【成大】之塚 一日南秋月祕書【玉】之塚也, 訪崔守塚二戶爲之蠲役, 南有子孫故延訪之, 遂發其家集未刊本, 所謂日, 觀詩艸最爲傑作, 南家又有舊本杜機詩集, 瓶借數旬集中酸蔣歌, 悽惋可愛, 舊聞杜機與申青泉維翰爲前生伉儷青泉是夫, 杜機是妻酸蔣歌, 卽有感於斯而作也. 余雖不及二公時, 猶幸作宰於二公之墳鄕爲此二詩以酹之".

215 군위를 떨친다는 것은 원래 『춘추좌씨전』 환공(桓公) 6년에 보이는 말인데, 한유(韓愈)의 「취증장비서(醉贈張祕書)」에 "조카인 아매가 글자는 알지 못해도, 제법 팔분서를 쓸 줄 아는지라, 시가 완성되면 그에게 쓰게 하니, 우리 군위를 떨칠 수가 있다네. (阿買不識字 頗知書八分 詩成 使之寫 亦足張吾軍)"하여, 글을 짓고 써서 자기 쪽의 성세(聲勢)를 떨친다는 뜻으로 사용하였다. 시문(詩文)을 잘 지었음을 뜻한다.

每仙掌路梅花下　　매번 선장로에 매화 떨어질 때면[216]
吊卜忠貞柳七墳　　변충정공과 유영의 무덤을 조문하네[217]
喜得嗣君問津逮　　기쁘게도 후손을 만나 진체를 물을 수 있었고[218]
獨留畊戶禁樵焚　　홀로 관리하는 집을 남겨 벌목과 들불을 금지시켰네
雖無賞月吟風契　　비록 달 감상하며 시 읊조릴 친분은 없지만
尙有殘膏賸馥分　　오히려 남겨준 기름과 향기를 나눠 가질 수는 있다네[219]

제2수

日觀雄詞酸蔣詩　　『일관시초』의 웅장한 시와 「산장가」를
晴窓瀏覽篆烟遲　　맑게 갠 창에서 읽노라면 향 연기는 더디기만 하여라
子雲玄草童烏在　　양웅이 태현경을 지을 때 동오가 곁에 있었고[220]
小吏廬江孔雀悲　　여강의 말단 관리를 공작의 시로 슬퍼하였지[221]
書種凄然刲腹願　　서하는 이는 처연하게 배를 갈라 글 남기기를 원하지만[222]

---

216 선장로는 강소성(江蘇省) 의징(儀徵)의 서쪽 지명이다. 이곳에 북송의 대표적 사인(詞人)인 유영(柳永)의 무덤이 있었는데 매년 청명절이면 많은 기생들이 모두 이곳에 모여 유영을 추모하는 의식을 거행하였다고 한다. 왕사정의 「진주절구(真州絕句)」에 "강마을의 봄일 중에 가장 슬픈 것은, 한식과 청명에 불을 지피지 않으려는 것이라네, 달지고 새벽 바람부는 선장로에서, 누가 유둔전을 조문하는가. (江鄉春事最堪憐, 寒食清明欲禁烟, 殘月曉風仙掌路, 何人爲吊柳屯田.)"라는 시가 전한다. 여기서 유둔전은 둔전원외랑(屯田員外郎) 벼슬을 지낸 유영을 말한다.

217 변충정공은 동진(東晉)의 대신인 변곤(卞壼: 281~328)을 말한다. 자는 망지(望之)로 예법으로 자처하고 당시 세상을 바로잡으려 했으며 권력을 두려워하지 않았다. 후에 소준(蘇峻)의 난에 저항하다가 아들과 함께 전사하였다.

218 진체(津逮)는 『수경(水經)』, 「하수(河水)」의 주석에 "현암(懸巖) 속에 석실(石室)이 많고 실(室) 안에는 책이 쌓여 있는데 세상 선비들이 나루터를 통해 도달한 자가 드물다.(懸巖之中多石室焉. 室中若有積卷矣. 而世士罕有津逮者)"라는 기록에서 나온 말로, 나루터에서 배를 타고 목적지에 도달한다는 뜻이다. 여기서는 후손을 통해 두기의 시에 접근할 수 있음을 나타낸 것이며, 또는 후학을 인도해준다는 의미로도 쓰인다.

219 『당서(唐書)』, 「두보전(杜甫傳)」의 찬(贊)에 두보의 시는 고금인(古今人)의 장점을 한 몸에 겸하여, 다른 사람의 부족한 것을 두보는 홀로 만족하게 갖추었으므로, "그 유풍과 여향이 후인들에게 영향을 입힌 것이 많았다.(殘膏賸馥 沾丐後人多矣)"라고 한 데서 나온 말이다.

220 동오(童烏): 한나라 양웅의 아들로, 양웅이 『태현경(太玄經)』을 지을 당시 9세 된 어린 나이에도 불구하고 함께 내용을 토론할 정도로 자질이 우수하였는데 일찍 죽었다고 한다.

221 고악부에 '공작동남비(孔雀東南飛)'로 시작하는 작자 미상의 장편 서사시가 전해 오는데, 그 서문에 "한나라 말 건안(建安) 연간에 여강부(廬江府) 소리(小吏) 초중경의 처(妻) 유씨(劉氏)가 시어머니에게 쫓겨나 살면서 스스로 재가(再嫁)하지 않겠다고 맹세하였는데, 집안에서 재가를 강요하자 강물에 뛰어들어 죽었다. 초중경이 그 말을 듣고 스스로 뜰 앞의 나무에 목을 매달아 죽었다. 당시 사람들이 그 사실을 슬프게 여겨 이 글을 지었다."라고 하였다.

222 서종(書種): 독서하는 종자란 뜻으로 책을 읽는 사람을 뜻한다.

秦箏合向響泉知　진나라 아쟁이 향천으로 알려진 것은 참으로 합당하구나[223]
平生我亦憐才甚　평생토록 나 또한 인재를 아끼는 마음 많았으니
極目靑山有所思　눈 가득 들어오는 푸른 산에 생각나는 바 있다네

　자하 신위는 춘천부사로 부임해서 처음으로 교유한 지역주민은 두기 최성대와 추월 남옥의 후손이었다. 당시 시문에 있어서 최고라 일컫는 신위는 중앙직 벼슬에서 좌천되어 궁벽한 산촌 고을에 사또로 부임하였다. 불편한 마음으로 춘천에 도착하여 처음으로 실행한 것은, 앞선 시대 시인의 무덤을 찾아 조문하고 남아있는 후손들과의 교유를 통하여 우울한 현실을 위안하는 것이었다. 시인답게 남아있는 유작들을 챙겨보고 간행되지 않은 원고를 책으로 엮기도 하였다. 더 나아가 부역을 덜어주는 세심함도 보여주었다.

　위 시에서는 많은 전고를 사용하여 자신의 마음을 표현하고 있으며, 앞선 두 시인을 흠모하는 마음이 애절함을 볼 수가 있다.

　　「이시총」을 읊은 다음날 두기공의 후손인 인전 최덕종이 나에게 글을 보냈다. 또 시가 있었는데 시어가 매우 간절하고 정성스러웠다. 나와 인전은 예전에 잠깐이라도 만난 적이 없었는데 마침내 후한 선물을 받으니 황홀하여 두려울 정도였다. 문자에 깃들어 있는 정령이 느끼는 바가 있어 그러한 것일까. 즉시 차운하여 감사한 마음을 부친다.[224]

詩翁呼欲出　시 짓는 노인 불러 나오게 하려니
荒隴水裁流　황량한 무덤에는 물도 끊겨져 흐르네
白社旌賢德　백사정은 현자의 뛰어난 덕을 드러내고
南康猥典州　외람되게도 남강의 수령을 맡았다네

---

223 진쟁(秦箏): 진(秦)나라 사람들이 타는 쟁을 말하는데, 이 가락은 매우 강개(慷慨)하다고한다. 향천(響泉)은 고금(古琴)의 이름이다. 동파의 「서중수금몽(書仲殊琴夢)」에 "元祐六年三月十八日, 五鼓, 余船泊吳江, 夢長老仲殊彈一琴, 十三絃, 頗壞損, 而有異聲. 余問云, 琴何爲十三絃, 殊不苔. 但誦, 詩曰, 度數形名豈偶然, 破琴今有十三絃, 此生若遇邪和璞, 方信秦箏是響泉."라는 구절이 나온다.
224 "二詩塚吟成之翌日, 杜機公孫崔仁田惪種, 致書於僕. 且有詩, 辭極懇欵, 僕與仁田, 未嘗有半面之雅而卒當厚禮, 惝恍驚魄, 豈文字精靈, 有所感召而然歟, 輒次韻寄謝."

【하후숭이 서유자에게[225], 주문공이 유응지에게[226] 행한 고사를 사용하였다.】[227]

    최인전(崔仁田)은 최성대의 증손자이다. 신위가 최성대의 무덤을 찾은 다음 날 인전이 글과 시를 보내와 차운하여 화답한 시이다. "시옹(詩翁)" "황룡"은 두기와 그의 무덤을 의미하는 것이다. "백사"는 백련사(白蓮社)를 뜻하니 최인전과 서로 왕래하며 시문을 주고받는 모습을 중국 동진(東晉) 시절 혜원 법사와 도연명과의 고사를 끌어와 친밀함을 나타낸 것이다. 그러면서 자신을 낮추어 춘천부 수령으로 온 것으로 마무리하였다.

> 관아 정원 뒷산 자락에서 최인전과 함께 쑥국을 끓여 느지막이 밥을 먹었다. 인전이 내가 손자를 얻은 시의 운에 화답하였기에 곧바로 원운을 사용하여 그에게 사례한다.[228]

好風入髓東皇恩   뼛속까지 스며드는 따스한 바람은 동황의 은혜인지라[229]
消散羈愁始出門   객지에서의 수심 씻으려 비로소 문을 나섰다
碧澗羹能動詩興   푸른 시냇물로 끓인 국은 시흥을 일으키고
幔亭觴似宴曾孫   만정에서의 술잔은 증손의 잔치 같도다[230]

---

225 하후숭(夏侯嵩): 위나라 조조(曹操)의 아버지 조숭(曹嵩)의 본래 성이 하후(夏侯)라고 하여 지칭하는 말이다. 서유자(徐孺子)는 후한 말기의 서치(徐稺: 97~168)로 자가 유자(孺子)인데, 『후한서』「서치전(徐稺傳)」에 "예장(豫章) 남창(南昌) 사람으로 행실이 매우 고상하여 고을 자사들이 높이 평가한 유명한 고사(高士)이다."라고 하였다. 『강서통지(江西通志)』에 의하면 서치의 묘가 예장의 남쪽에 있어 백사정이라 부르는데, 태수 하후숭이 비석 옆에 사현정(思賢亭)을 세워 그를 기렸다고 한다.
226 유응지(劉凝之): 남조 송나라의 은사이다. 관직을 버리고 처자와 함께 형산(衡山)에 은거하여 인적이 끊어진 높은 곳에 조그마한 집을 짓고 약초를 캐어 먹고 살았다고 한다. 주자가 1179년에 남강(南康)에 수령으로 와서 그의 덕을 기려 장절정(壯節亭)을 지었다.
227 "用夏侯嵩之於徐孺子 朱文公之於劉凝之故事".
228 "官園後山脚 同崔仁田煮蒿晚飯 仁田和僕孫字韻 卽用原韻謝之".
229 동황(東皇): 봄을 관장하는 천신(天神)의 이름이다. 오행(五行)의 학설에 따르면, 동방(東方)은 목(木)에 속하는데, 목은 또 봄과 청색과 인(仁)을 상징하므로 봄을 관장하는 신을 일컫게 되었다.
230 만정봉(幔亭峯): 주자가 머물며 학문을 닦고 글을 저술한 복건성 무이산(武夷山) 가운데 한 봉우리로 그가 학문의 수행 과정을 담았다는 「무이구곡시(武夷九曲詩)」에 나오는데, 만정(幔亭)은 장막을 둘러친 정자라는 뜻으로 무이산의 산신인 무이군(武夷君)이 매년 음력 8월 15일에 마을 사람들을 산꼭대기로 초청하여 만정의 연회를 베풀며 술과 음식을 대접할 적에 홍교(虹橋)를 놓아 산 아래와 통하게 했다는 전설에서 유래하여 봉우리의 이름이 되었다. 여기서는 춘천관아 뒤편에 있는 봉의산을 가리킨다.

臨邛貴客家徒立　임공의 귀한 손님 집은 벽만 서 있는데도[231]
謝朓靑山勢益尊　사조의 푸른 산은 위세가 더욱 높아졌도다[232]
異日興坊湯餠會　훗날 장흥방에서 탕병회 베풀 때면[233]
又添一座韻人存　또 한 명의 뛰어난 시인이 보태지겠지

이 시의 공간은 춘천부 관아 내 문소각 주변으로 추측한다. 신위가 최인전을 초대하여 쑥국을 끓여 함께 먹고, 마침 신위가 손주를 얻은 것에 대하여 최인전이 축하를 하며 시를 쓰니 그 자리에서 화답한 시이다.

때는 봄날이라 동쪽을 다스리는 "동황"의 은혜로움으로부터 시작하였다. 완연한 봄날에 관아에서 벗어나 시름을 달래고자 봉의산 계곡으로 나아가 쑥을 뜯어 국을 끓이니 시흥이 나오고, 마침 손자를 얻은 기쁨과 두기의 후손까지 방문하니 주변 산이 마치 이백의 시구 같았다.

최인전의 방문 화답으로 어느 해 한양에 있는 집(장흥방)으로 돌아가 손주 생일잔치를 하게 된다면 오늘 찾아온 최인전과 함께 하겠다는 화답의 시였다.

춘천 문인과 깊은 교류의 정을 볼 수가 있는 시이다.

남 정지 노인 려가 나의 지희시에 화운하였기에 원시의 운으로 답하다[234]

秋肅春生揔聖恩　가을에 초목이 시들고 봄에 태어남도 모두 성은(聖恩)이니
向來禍福歎無門　전의 화복(禍福)에는 길이 없음을 탄식했네

---

231 임공(臨邛): 중국의 지명이다. 왕길(王吉)이 이곳의 영(令)으로 있을 적에 사마상여(司馬相如)가 이곳에 와서 지내자 왕길이 그를 무척 존경하였던 고사와, 사마상여가 탁문군(卓文君)과 야반도주하여 성도(成都)에 살림을 차렸을 때, 집안에 살림살이도 하나없이 사방에 벽만 덩그러니 서 있을 뿐이었다는 고사를 차용하였다.

232 이백의 「제동계공유거(題東溪公幽居)」에 "집은 푸른 산과 가까우니 사조와 같고, 문에 버들가지 드리웠으니 도잠과 비슷하네. (宅近靑山同謝朓 門垂碧柳似陶潛)."라는 시어에서 따와 집 주위의 멋진 산 경치를 표현할 때에는 으레 사조를 떠올리곤 하는데, 이는 남조 제나라의 시인인 사조가 종산(鍾山) 아래에다 별장을 지어 놓고는 「유동전(遊東田)」이라는 시를 지은 고사에서 유래하는 바, 그 시의 말구(末句)에 "향기로운 봄술은 거들떠보지도 않고, 푸른 산의 성곽만 머리 돌려 바라보네(不對芳春酒 還望靑山郭)"라는 표현이 나온다.

233 흥방(興坊): 자하의 출생지인 장흥방(長興坊: 현재 서울 종로구 적선동과 내자동 일대)을 가리키고, 탕병회(湯餠會)는 아이를 낳은 지 3일, 또는 1주년 만에 일가친척과 친지(親知)들을 초대하여 국수를 먹으면서 베푸는 경하연(慶賀宴)을 말한다.

234 남려: 남옥(南玉: 1722~1770)이 창원 황씨 황수정(黃壽鼎)의 딸과 재혼하여 낳은 아들이다.

【그 부친 추월공이 화를 입어 거듭 아뢴 일을 추서(追敍)한다.】²³⁵

承家經術仍耕野　가문은 경학(經學)을 이어 왔는데 이제 들에서 밭을 갈며
游學京師又送孫　서울에 유학을 시키려고 또 손자를 보냈다네

【지금 손자 주명(柱明)은 서울에 있다.】²³⁶

小藝偶看三戰憊　소예(小藝)를 우연히 보니 삼전(三戰)이 피곤한데²³⁷
高年端合五更尊　나이 많은 이는 오경으로 존대하는 것이 합당하다²³⁸

【도회의 초선(初選)에서 나는 정지를 장원으로 뽑았는데 복시(覆試)의 삼장(三場)에서 정지는 우연히 불리하여 실패를 하였다.²³⁹】

遇之朝暮斯文感　아침, 저녁 만나면 유학자다운 느낌이 있었는데
鈴閣熏香任削存　영각에 모시고 책 편찬을 맡기네²⁴⁰

【추월집(秋月集)을 산정(刪定)하였다.】²⁴¹

추월 남옥은 물고 되어 춘천 천전리 〈삼한동〉에 안장되었다. 신위는 그곳에 사는 아들 남려(南鑢)를 관아로 불러 남옥의 유작을 책으로 편찬하였다.

---

235 "追敍尊甫秋月公被禍申復事".
236 "令孫柱明在京".
237 소예(小藝)는 예(禮), 악(樂), 사(射), 어(禦), 서(書), 수(數) 등 육예(六藝)를 가리키나 여기서는 『소대례기(小戴禮記)』에서 온 『예기(禮記)』와 구별하여 『대대례기(大戴禮記)』를 가리키는 듯하다. 『대대례기』의 황제(黃帝)가 적제(赤帝)와 판천(阪泉)의 들판에서 삼전(三戰)을 한 후에야 그 뜻을 행할 수 있었다는 구절을 끌어 온 것인데 여기서는 서울에 가서 삼장(三場)에 걸쳐 과거 시험에 응시하느라 어려움을 겪은 것을 말한다.
238 "都會初選 余得精之爲壯 祿試三場 精之偶不利 爲之嗟失". 『예기(禮記)』에 천자가 나이가 많고 덕 있는 원로를 '삼로(三老)'와 '오경(五更)'으로 칭하며 부형(父兄)과 같이 예우함으로써 효제(孝悌)의 모범을 보였다고 하는데 여기서는 남려가 과거시험에 실패했지만 나이가 많으므로 예우를 해야 한다는 뜻으로 인용한 것이다.
239 도회(都會): 관찰사가 도내의 유생들을 선발하여 보이던 과거 시험으로 합격자는 바로 진사시나 생원시의에 응시할 자격을 주던 것으로 공도회(公都會)라고 한다. 삼장(三場)은 회시(會試)에서 초장, 중장, 종장으로 세 번 시험을 보는 것을 가리킨다.
240 영각(鈴閣): 장수가 거처하여 업무를 처리하는 곳인데 여기서는 춘천 관아를 가리킨다.
241 "刪秋月集".

그런 가운데 남옥 후손들의 일상과 가정환경을 시에 담았다.

1, 2구에서는 남옥의 죽음을 계절에 빗대어 표현하면서 애석한 마음을 담고, 3, 4구에서는 역적으로 부친을 잃은 후손들의 생활을 그렸다. 비록 들에서 밭을 가는 사대부이지만 남옥의 손자 주명(柱明)을 서울로 유학 보낸 것을 알 수 있다. 과거를 통하여 집안을 일으키려는 모습이다. 한편 5, 6구에서 신위는 남옥의 아들 려에게 나이가 많지만, 初試에 장원합격을 시켜 복시에 응시할 수 있게 한 사실을 알 수가 있다. 비록 복시에는 실패했지만, 나이가 많고 덕 있는 노인으로 대접한다는 의미를 담았다. 7, 8구에서는 남옥의 유작을 그의 아들로 하여금 책으로 엮을 수 있게 하였다는 사실을 담았다.

진사 최내수의 향설재에 쓰다[242]

十里黎花湖上廬	십리 가득 배꽃 늘어선 호숫가의 초가집
截來艇子晚風徐	타고 온 배에 저녁 바람은 느릿느릿하네
小遲香雪難相待	조금 늦게 와 살구꽃은 볼 수 없으나
無限霜紅憶可書	서리에 붉을 무한한 단풍은 상상해 글로 쓸 수 있을 듯
裁種厚觀三世德	심고 길러 실컷 보는 것은 삼세의 덕이고
英華繁洩百年居	아름다운 초목이 무성한 곳은 백년의 거처로다
詩人去後窓前杏	시인이 간 후 창가의 살구나무
報答春光是斫餘	잘리고 남은 것들이 봄볕에 보답하는구나

【이날 최 진사는 당숙 최금의 유집을 꺼내 보여 주었다. 거기에는 「빈거절구(貧居絶句)」라는 시가 있었는데, '남은 살구나무 몇 그루가 다시 다 잘

242 최내수(崔乃秀:1760?~?): 본관은 수성(隋城). 최내수의 부친은 최준해(崔準海), 조부는 최승(崔昇), 증조부는 최태숭(崔泰崇)이고, 외조부는 통덕랑(通德郞) 이삼령(李杉齡)으로 본관은 전주이다. 부인은 안동 권씨이다. 그는 춘천 서상면 권산리와 신포리 등에서 거주했으며, 아들 최광련(崔光鍊), 첫째 손자 최재문(崔在聞), 손자며느리 선산(善山) 김씨, 둘째 손자 최재성(崔在聲), 손자며느리 전주 이씨, 그리고 이복동생 최미수(崔美秀), 그의 처 함열(咸說) 남궁씨 등과 함께 거주하였다. 그의 행적은 춘천 수성최씨가 발급했던 7통의 준호구(準戶口)에서 찾아볼 수 있다. 몰년(沒年)은 정확히 알 수 없는데, 그가 주호(主戶)로 나오는 마지막 준호구가 1831년에 발급되었고 아들인 최광련이 주호로 나오는 준호구가 1849년에 처음 등장하는 것으로 보아, 1831년~1849년 사이로 추정할 수 있다.

조선시대 춘천 문인들 /

렸으니 내년에는 어떻게 봄바람에 답하겠는가.'[243]라는 구절이 있었다. 척
암[244]은 '매우 비상한 정취를 품고 있다.'고 말했다.}[245]

최내수는 현 춘천시 서면 서상리(권산
마을)에 거주하였던 지역 문인이다. 춘천
의 대표적인 집안이며 지금도 그 후손들
이 집성촌을 이루고 살며 문집들을 보관하
고 있다. 신위는 춘천부사 재직기간에 최
진사 집을 2번 방문한 것으로 파악된다.
방문하게 된 동기를 기록하지 않아 자세
한 교유를 살피기에는 어렵다. 그러나 시
문을 통해서 서로에게 깊은 호감이 있었던
것으로 보인다.

최좌해 초상화

소양정 아래 뱃터에서 배를 타고 화천
쪽으로 4km를 올라가면 최내수가 살고 있
는 서상리다. 지금의 고슴도치[위도(蝟島)]섬 건너편이다.

강 옆으로 배꽃이 하얗게 피었다니 5월에 어느 봄날 오후인듯하다. 호수가
에 초가집과 저녁 바람에 흔들거리는 나룻배가 한가롭다. 살구꽃은 이미 떨
어져 볼 수 없지만, 가을에 붉은 단풍을 상상하며 아쉬움을 대신하였다. 최내

---

243 최내수의 당숙 최금이 썼다는 시 구절(殘杏數株遷斫盡 明年何以答春風)은 이유원(李裕元:
1814~1888)의 『임하필기』와 『가오고략』에 같은 내용이 등장한다. "옛날에 들으니, 승지(承
旨)를 지낸 두기(杜機) 최성대(崔成大)와 청천(靑泉) 신유한(申維翰)은 전생에 배필이었는데, 청
천은 남편이고 두기는 아내였다고 한다. 두기의 시집 속에 있는 산장가(酸漿歌)는 처완(悽惋)하
기 그지없으니, 바로 여기에 느낌이 있어서 지은 것이었다. 그의 무덤은 수춘(壽春, 지금의 춘천)
에 있는데, 비서(祕書) 남추월 옥(南秋月玉)의 무덤도 이 지방에 있다. 최성대의 문고(文稿)도 아
울러 남씨(南氏)의 무덤에 있었으니, 사람들은 이를 가리켜 '이시총(二詩塚)'이라 말한다. 최성
대의 손자 금(琴)은 '남은 살구나무 몇 그루가 다시 다 잘렸으니, 내년에는 어떻게 봄바람에 답
하겠는가'라는 시를 남겼는데, 매우 비상한 정취를 품고 있다. (舊聞,崔杜機承旨成大, 與申 靑泉
維翰, 爲前生伉儷 靑泉是夫, 杜機是妻. 杜機詩集中酸蔣歌 悽惋可愛. 卽有感於斯而作也. 其塚
在壽春, 南秋月祕書玉之塚, 亦在是土. 崔稿幷在, 南氏家人指謂二詩塚, 崔之孫琴有詩曰, 殘杏
數株遷斫盡, 明年何以答春風, 極有大致.)"
244 척암(惕菴): 정조 때에 규장각 검서였던 이서구(李書九: 1754~1825)를 지칭하는 듯하다.
245 "是日, 崔進士出示其從叔崔琹遺集. 集中貧居絶句, 有殘杏數株遷斫盡, 明年何以答春風之句惕菴
日, 極有大致."

수가 자신의 당숙인 최금(崔琹)이 남긴 시를 신위에게 보여 주니, 살구나무와 관련된 시구를 보고 느낀 감흥을 마지막 구에 담았다.

2. 화서학파 문인들의 道學실현을 위한 은거와 실천

이 절에서는 19세기 말 춘천지역 화서학파 유림들의 현실 인식과 도학실현을 위한 공간으로써 지역을 표현한 양상을 살펴보겠다. 지금까지 이들 유림에 관한 연구는 화서학파 사상 및 의병 활동에 초점을 맞추어 진행되었다.

주지하다시피 조선은 1876년에 일본과 강화도조약을 체결하고 쇄국정책에서 개화정책으로 전환하였고, 개화파들은 1884년 갑신정변과 1894년 갑오경장을 통하여 조선이 당면한 문제를 제도 개혁으로 해결하려 하였다. 이에 위기감을 느낀 일본은 1895년 을미사변을 일으켜 명성황후를 시해하게 된다. 이 사건은 전국에 의병 운동이 일어나는 중요한 계기가 되었다. 한편 고종황제는 1897년 10월12일 국호를 조선에서 대한제국으로 변경하고 대외적으로 자주국가임을 선포하였다. 물론 이러한 변화는 1910년 한일합방으로 말미암아 무의미해졌지만 이러한 19세기 말 격변은 서울뿐만 아니라 강원도 춘천지역에도 영향을 끼쳤다.

춘천의 대표적인 화서학파 유림은 화서 이항로, 중암 김평묵, 성재 유중교, 유인석, 이소응으로 이어지는 화서학파로 분류된다. 1876년에 강화도조약이 체결되기 전에 경기도와 강원도를 중심으로 한 50인의 화서학파 유생들은 「복합유생척사소」를 통해 왜양일체론, 개항불가론 등을 주장하였는데, 그중 홍재학[246]의 상소문이 가장 과격하였다. 그는 상소문에서 당시 개화 정책에 앞장섰던 김홍집(金弘集)·이유원(李裕元)에 대한 규탄뿐만 아니라 국왕까지도 비판하기에 이르러, 결국 이 일로 참형에 처해졌다. 1895년 단발령의 공표를 계기로 화서학파는 나라에 큰 변고가 있을 때에 처신하는 방법으로 '처변삼사(處變三事)'를 논의하였는데, 첫째 의병을 일으켜 적과 싸우는 일[舉義掃淸], 둘째 해외로 망명하여 옛 정신을 지키는 일[去之守舊], 셋째는 스스로 목숨을

---

246 홍재학: 1848(헌종 14)~1881(고종 18). 조선 말기 춘천 출신의 유학자. 화서 이항로와 김평묵의 제자이다.

끊어 뜻을 이루는 것[自靖遼志]이었다. 이러한 논의로 1895년에 습재 이소응과 이진응은 춘천의병을, 의암 유인석은 제천의병을 봉기하여 국권을 회복하고 춘추의리를 계승하고자 하였다. 춘천의 유림들이 이항로의 문하에서 수학하게 되는 결정적 계기는 첫째, 이항로의 제자인 성재 유중교의 조부이자, 의암 유인석, 유홍석의 증조부인 유영오(柳榮五)가 1836년 서울에서 양평으로 낙향한 후, 이미 양평 인근에서 강학활동을 벌이고 있었던 이항로와 제휴관계를 맺은 것이다. 두 번째는 이항로의 제자인 김평묵이 춘천부 관내인 송암리와 이거하여 강학 활동을 한 것이다.

춘천 화서학파 유림의 계보는 성재 유중교 제자인 유인석, 이소응, 유중악, 이근원, 이진응 등과 중암 김평묵 제자인 홍재구, 홍재학, 유기일 등으로 분류할 수 있다.

1) 중암 김평묵(金平默)의 〈삼한동〉 향유

중암 김평묵(1819~1891)은 조선 말기 문인이다. 본관은 청풍(淸風)이며 경기도 포천사람이다. 24세에 이항로를 찾아가 배우고, 또한 홍직필(洪直弼)을 찾아 배웠다. 1852년(철종 3) 홍직필이 죽은 다음 해인 1853년 춘천 신천(新川)으로[247] 이거 하였다. 1881년 위정척사(衛正斥邪)를 주장한 일로 전라도 지도라는 섬에 유배되기도 하였다. 스승인 화서 이항로가 죽은 뒤 화서학파의 종장으로서 화서문인들을 이끌었다. 1853년 중암 김평묵은 서구 세력의 침탈과 이에 따른 개화 · 개방의 시기를 염려하면서 화서학파의 종장으로써 춘천으로

중암 김평묵 초상화

---

247 "壬子梅山洪公卒心喪五月後遇忌日設位而哭癸丑盡室入春川之新川依族人命善, 秉善等諸人敎授後進依華西先生閭塾講規設講會蓋諸金本淫洸凶悖不齒士類者也".

이거하여 강회를 열고 후학을 양성하였다. 이때 김평묵의 제자이자 사위인 홍재구의 본가가 있는 신북읍 발산리 삼한동을 찾아, 그곳에서 전해오는 이야기와 절경을 13편의 한시에 담았다.

구암(龜巖)

龜老寒潭碧	구로(龜老)의 한담벽(寒潭)의 경치
遲遲錫我王	오래도록 우리 왕에게 전해졌으면
洋氛如虎食	서양의 재앙은 호식(虎食)과 같건만
伥鬼不知傷	창귀(伥鬼)[248]가 해칠 줄 모른다네

위 시에서 작가는 정형적인 화서학파의 사상을 작품 속에 담았다. 구로[249]는 풍류가 있는 노인이다. 한담벽(寒潭碧)[250]은 주자가 아름다운 경치를 이른 말인데, 즉 삼한동의 아름다운 경치를 우리 왕에게도 오래도록 전해지기를 바라는 마음이다. 그런데 조선의 현실은 서양의 개화·개방의 요구로 호랑이의 먹이감으로 전락되어가는 것에 대한 안타까움이 들었다. 그런 외세 세력을 "창귀(伥鬼)"로 표현하여 경계의 심정을 표출한 것이다.

경운암(景雲巖)

有女縞衣立	명주옷 입고 선 여인
東門匪我思	동문(東門)에는 내 마음 있지 않도다[251]

---

248 창귀(伥鬼): 호랑이에게 물려 죽은 사람의 영혼을 말하는데, 종종 호랑이의 사역을 받아 사람을 해친다고 한다.

249 金龜老: 벼슬아치의 관복에 차는 금거북을 풀어주고 술을 산 노인이란 뜻으로 賀知章을 가리키는 바, 그는 李白을 보자 謫仙人이라 부르고 차고 있던 금거북을 풀어 술을 산 故事가 있으므로 風流가 있는 燕思亭의 主人을 그에게 비유하여 말한 것이다. 李德弘의 『艮齋集』續集 4권에 "馬子才가 李太白으로 자처하였기 때문에 主人을 賀知章에게 견준 것이다." 하였다.

250 "송자가 그 저택에 나아간 적이 있는데 샘과 바위의 아름다운 경치를 사랑하여 삭성대도 영암 6글자를 써서 주고 바위에 새기게 하였다. 이 글은 주자가 지은 '깎은 듯한 짙푸른 바위는 우뚝하고 찬 못에는 거꾸로 선 그림자가 고요하네.'라는 시구가 있다.(宋子嘗就其第 愛泉石之勝 書與削成臺倒影巖六大字 刻于石 盖取朱夫子削成蒼石稜倒影寒潭碧之句也)"라고 하였다. 이 시의 제목은 〈조기(釣磯)〉이다.

251 동문(東門)에는……않도다: 『시경』「출기동문(出其東門)」에 "동문을 나가니 여자들이 구름처럼 많도다. 비록 구름처럼 많으나 내 마음 그들에게 있지 않도다. 흰 옷에 쑥색수건을 두른 여인이여. 애오라지 나를 즐겁게 하는도다.(出其東門 有女如雲 雖則如雲匪我 思存縞衣綦巾 聊樂我員)"라 하였다. 본래 조강지처에 대한 그리움을 노래한 것이다.

景雲峩在首　경운암(景雲巖)이 가장 높이 솟아 있으니
似解陸沉悲　은거한 이의 슬픔 풀어줄 듯하네

【'경운(景雲)'은 중국 부인이 쓰는 관의 이름으로, 우리 동방에서는 예를 아는 사대부 집안에서 혹 쓰기도 한다. 마치 지금 풍속의 족두리와 같으니, 몽고의 제도이다.】[252]

삼한동 중간 정도에서 좌측을 보면 유독 우뚝 솟은 바위 봉우리가 보인다. 경운암은 아마도 이 봉우리를 칭하는 것 같다. 작가는 그 모습이 부인들이 쓰는 족두리 모양으로 생각하여 시에 옮긴 듯 하다. "경운"은 여인이 쓰는 관이고 "동문"은 조강지처에 대한 그리움인데, 이 시에서의 명주옷을 입은 대상은 고종 임금일 것이다. 개화된 세상인 즉 "동문(東門)"에는 관심이 없다는 작가의 의중을 담았다.

촉대봉(燭臺峰)
憶昔程朱燭　생각건대 옛적 정자(程子)와 주자(朱子)의 촛불은
沉沉風雨宵　풍우 몰아치는 어둑어둑한 밤을 밝혔지
宵久油旋渴　밤 깊어 기름이 다시 고갈되니
空臺苦不聊　공허한 대에서 괴로워만 하누나

작가는 조선 성리학을 정학(正學)이라 생각하며 화서 이항로와 매산 홍직필에게 수학하였다. 정주학 사상의 배경에서 수학(修學)한 작가에게 현실은 신학문과 신문물이 들어오는 시대에 이르렀으니, 작가는 어둡고 공허한 마음에 괴로워했을 것이다. 정자와 주자학을 생각하면 어둡고 황량한 세상을 밝히는 학문이었는데, 이제 그 학문이 고갈되는 현실을 마주하니 작가는 괴로워했다. 그런 고뇌를 시에 풀어 놓았다.

---

252 "景雲, 中國婦人冠名, 我東知禮士夫家或用之. 如今俗簇頭里, 蒙古制也".

대은병(大隱屛)

大隱愁城市　　대은(大隱)[253]은 성시(城市)를 근심하니
山居掩翠屛　　산속의 집 푸른 병풍으로 가렸도다
歐羅風浪外　　구라파(歐羅巴)의 풍랑 너머엔
雲山恁麼靑　　구름과 산 이렇게도 푸르다네

　시에서 작가는 자신을 사악한 서구세력[歐羅巴]이 몰아치는 도시에 사는 은자(隱者)로 표현하였다. 또한 그런 자신이 사는 거처를 사악한 기운으로부터 막아내고자 병풍으로 가렸다. 그러면서 구라파의 풍랑이 지나가고 나면, 조선은 삼한동의 모습처럼 푸른 모습, 즉 정학(正學)인 성리학의 나라가 될 것을 희망하는 마음을 시에 그렸다.

매산(梅山)

一抹靑山號　　한 덩이 푸른 산의 이름에
回頭老淚滋　　머리 돌려 늙은 눈물 자아내네
飮河如夢裏　　스승께 배우던 일[254] 꿈속 일과 같으니
白首只童闚　　흰 머리가 되었어도 단지 동관(童觀)·규관(闚觀)에 불과할 뿐이네

【산 이름이 스승 홍 문경공(洪文敬公)[255]의 호와 우연히 같았으므로 감회가 일어 이렇게 읊었다.】[256]

　매산(梅山)은 현재 매봉을 말하는 듯하다. 다음 시에서 부연 설명을 하였듯이 수리와 매는 삼한동 지역에서 같이 부르는 방언이다. 수리봉 즉 매산을 자기 스승인 홍직필의 호인 매산(梅山)으로 대입하여 시를 지은 것으로 추론한다.

---

253 대은(大隱): 자신의 몸은 번잡한 시조(市朝)에 있으면서 뜻은 속세를 벗어나 고원한 이상을 추구하는 데 있는 사람을 가리킨다.

254 스승께 배우던 일: 원문은 '음하(飮河)'. 스승에게 교화를 받는 것을 말한다. 『장자』 「소요유(逍遙遊)」에 "두더지는 황하의 물을 마셔도 자기 배를 채움에 지나지 않는다.(偃鼠飮河 不過滿腹)"라 한 데서 유래한 말로, 황하의 물은 바로 스승의 가르침을 비유한다.

255 홍문경공(洪文敬公: 1776~1852) 자는 백응(伯應), 백림(伯臨), 호는 매산(梅山), 본관은 남양(南陽)이다. 성균관 좨주를 역임하였다. 저서로 『매산집(梅山集)』이 있다. 시호는 문경(文敬)이다. 김평묵은 젊은 시절 먼저 이항로(李恒老)에게서 수학하고 다시 홍직필에게 수학하였다.

256 "山名, 與先師洪文敬公號偶同, 故感而云云."

작가는 우연히 매산이라는 봉우리를 보고 어릴 적 스승에게 배우던 시절을 그리워하며 눈물을 흘렸다. 시간이 흘러 자신이 백수의 늙은이가 되었어도 배움을 이룬 것이 없이 다만 어린 학동에 불과하다 하며 스승을 연모하는 심경을 시로 나타내었다.

鷲峰(취봉)【방언에 '취(鷲)'를 '수리(秀里)'라 한다.】[257]

秀里峰下水   수리봉 아래엔 물이요
秀里峰上雲   수리봉 위엔 구름이네
雲水與**峰壑**   구름과 물, 봉우리와 골짜기
天借遜志君   하늘이 손지(遜志) 군[258]에게 빌려주었도다

【손지는 홍군 사백당(思伯堂)의 호이다.】[259]

취봉(鷲峰)을 방언에서는 수리봉이라 한다고 작가는 말하였다. 지금도 삼한동의 앞산을 매봉 또는 수리봉이라고 부른다. 홍재구는 강원도 춘천 출신이며, 1868년 김평묵의 사위가 된 인물이다. 위 시는 작가가 사위 홍재구와 함께 삼한동을 동행하여 그 속의 자연경관을 시에 담고, 골짜기 입구에 서 있는 상징적인 산, 즉 매봉에 사위 홍재구를 대입시켜 읊었다. "수리봉 아래 물과 수리봉 위에 구름, 그리고 봉우리와 골짜기를 하늘이 홍재구에게 빌려주었다" 하였다. 이는 홍재구가 수리(秀里)처럼 높은 학문의 경지에 오르기를 기대하며 애정을 표현한 시라 하겠다.

---

257 "方言鷲爲秀里."
258 손지(遜志) 군: 홍재구(洪在龜: ?~1898)를 가리킨다. 강원도 춘천 출신. 자는 사백(思伯), 호는 손지(遜志), 본관은 남양(南陽). 1881년 신사척사운동(辛巳斥邪運動) 때 순절한 홍재학(洪在鶴)의 친형이다. 일찍이 홍재학과 함께 양평의 이항로(李恒老) 문하에 들어가 수학하였다. 이항로 사후에는 그 적전(嫡傳)을 계승한 김평묵(金平默)을 사사하였고 나아가 김평묵의 사위가 되었다. 1876년에는 김평묵을 따라 가평군 귀곡(龜谷)으로 이주하였다. 1891년 김평묵이 죽자 횡성으로 이거, 이곳에서 문인을 양성하며 일생을 보냈다.
259 "遜志, 洪君思伯堂號."

삼한동주홍군(三韓洞主洪君)

【형은 재구(在龜)로 자가 사백(思伯)이고, 아우는 재학(在鶴)으로 자가 문숙(聞叔)이다.】[260]

>   天借遜志君 하늘이 손지(遜志) 군을 빌려주어
>   季方同隱求 아우도 함께 은거하기를 구하네
>   所求知何物 구하는 바가 어떤 물건인지 아니
>   道心傳萬秋 도심(道心)을 만년 도록 전하시게

【겸산(兼山)의 노인이 무료히 우거하던 중 진소양(陳少陽)[261]을 생각하여 다행히 사형[262]을 면하였다. 용사(龍蛇)의 해[263]에 삼한동 너머에서 지팡이를 짚고 동 안의 아름다운 바위와 폭포를 가서 구경하고 돌아오며 소시(小詩) 13수를 지어 곤괘(坤卦) 육사(六四)와 고괘(蠱卦) 상구(上九)의 뜻[264]을 굳건히 하였다. 모르겠도다, 형산(衡山)의 호자(胡子)[265]가 이 시를 본다면 체(體)가 있

---

260 "伯在龜, 字思伯, 叔在鶴, 字聞叔."
261 진소양(陳少陽): 송(宋)나라의 공생(貢生)인 진동(陳東)을 가리킨다. 소양은 그의 자. 흠종(欽宗) 즉위 후 상소하여 채경(蔡京), 동관(童貫) 등 6인의 복주(伏誅)를 청하였고, 고종(高宗)이 남도(南渡)한 뒤에 또 이강(李綱)의 유임을 청하는 상소를 올렸는데, 이일로 하여 구양철(歐陽澈)과 함께 기시(棄市)되었다. 『宋史 卷455』.
262 사형: 원문은 '동시(東市).' 한(漢)나라 때에 수도 장안(長安)의 동쪽 저잣거리에서 사형을 집행하였던 데에서 나온 말로, 형장(刑場)을 가리킨다.
263 용사(龍蛇)의 해: 십이지(十二支)의 진년(辰年)과 사년(巳年)을 '용사(龍蛇)의 해'라 하는데, 현인군자가 죽는 액운이 든 해를 말한다. 후한(後漢)의 정현(鄭玄)이 병으로 관직을 그만두고 집에 돌아와서 지내는데, 하루는 꿈에 공자가 나타나서 "일어나라! 일어나라! 올해는 진년이고 내년은 사년이다."라고 했다. 이에 꿈에서 깨어 참술(讖術)로 맞추어 보고 자신의 목숨이 다할 줄 알았더니, 얼마 후에 세상을 떠났다고 한다. 『後漢書 卷35 鄭玄列傳』. 여기서는 스승 이항로(李恒老)가 사망한 무진년(1868)을 가리키는 듯하다.
264 곤괘(坤卦)……뜻: 『주역(周易)』 「곤괘(坤卦) 육사(六四)」에 "주머니 주둥이를 묶듯이 하면 허물도없고 칭찬도 없으리라. (括囊 无咎 无譽.)"라 하였는데, 이는 은둔하고 삼가야 함을 말한 것이다 또 『주역』 「고괘(蠱卦) 상구(上九)」에 "왕후를 섬기지 않고 그일을 고상하게 한다. (不事王侯 高尚其事)"라 하였는데, 이 또한 세상에 나가지 않고 은거함을 가리킨다.
265 형산(衡山)의 호자(胡子): '호자'는 남송(南宋)의 학자인 호굉(胡宏: 1105~1161)을 가리킨다. 자는 인중(仁仲), 호는 오봉이다. 호안국(胡安國)의 아들이다. 처음에 형산(衡山)에서 20여 년간 독서에 열중하였다. 고종(高宗) 때 음보(蔭補)로 승무랑(承務郞)이 되었으나 사양하였다. 그는 양시(楊時)와 후중량(侯仲良)에게 수학하고 종신토록 가학(家學)을 전수하였는데, 학식이 풍부하고 덕행이 높아 당대의 사표로 추앙받았다. 저서에 『호자지언(胡子知言)』, 『황왕대기(皇王大紀)』, 『오봉역외전(五峰易外傳)』 등이 있다.

고 용(用)이 없는 것을 병통으로 여기지 않을는지. 다만 잘 감추어 두고서 바깥 사람의 눈을 번거롭게 하지 말기를 바랄 뿐이다. 남한산성(南漢山城)에서 맹약을 맺은 지 다섯 번째되는 정축년(1877) 2월 모일에 쓰다.)²⁶⁶

김평묵의 「삼한동제영」 13수 중에서 삼한동 자연경관을 읊은 시가 12수고, 인물을 읊은 1수가 바로 위의 시다. 「삼한동주홍군」에서 볼 수 있듯이 삼한동 주인을 홍재구로 칭하며, 향후 학문지향의 목표와 당부를 시에 담았다. 김평묵이 삼한동을 방문하기 일 년 전, 시대적 배경으로는 1876년 개항 문제를 두고(강화도 조약) 조야에서 논의가 격렬하게 일어날 때, 작가가 척화 상소의 초고를 작성하고 홍재구가 소수(疏首)가 되어 유인석(柳麟錫), 윤정구(尹貞求), 유기일(柳基一) 등 화서학파 48인과 함께 「경기강원양도유생논양왜정적잉청절화소(京畿江原兩道儒生論洋倭情迹仍請絶和疏)」를 올려, 개항 절대 불가를 주창한 사건이 있었다. 화서학파의 종장으로서 또한 사위로서 작가는 홍재구에게 기대하는 바가 컸을 것으로 추측된다. 그러한 마음을 시 3, 4구에 담았다. "구하는 바가 어떤 물건인지 아니 도심(道心)을 만년 도록 전하시게"라는 구절에서 "구하는 바"는 화서선생과 자신의 성리학을 의미하는 것일 것이다. 그러한 도심(道心)을 영원토록 후세에 전해주길 당부하면서 이 시를 마무리하였다. 부연 설명에서는 「삼한동제영」을 짓게 된 경위를 서술하였고, 은거를 통하여 화서학통을 전수하겠다는 뜻을 공고히 했다는 말로 끝을 맺었다.

김평묵은 19세기 말 개화·개방을 요구하는 서구 세력에 맞서 성리학을 지키고자 했던 일련의 사태와 집단행동을 통하여 목적을 이루려 하였다. 그러나 의도한 바로 진행되지 않자 우거를 결행한다. 이 시기에 삼한동을 방문하여 자연 경물에 자신의 심사를 시에 표출하였다. 또한 자기 사위인 홍재구에게 화서학통을 후세에 전해주길 바라는 마음을 시로 남겼다. 중암 김평묵에게 있어 〈삼한동〉은 도학을 실현하기 위한 향유의 장소였다.

2) 의암 유인석(柳麟錫)의 개화에 대한 반감 형상

의암 유인석 초상화

의암 유인석은 1842년(헌종 8) 춘천시 남면 가정리에서 출생하였으며, 화서 이항로의 문하에서 주로 김평묵(金平默)과 유중교(柳重教)로부터 춘추대의정신(春秋大義精神)에 입각한 존화양이사상(尊華攘夷思想)을 철저히 익혔다. 을미사변과 단발령을 계기로 이필희(李弼熙)·서상렬(徐相烈)·이춘영(李春永)·안승우(安承禹) 등의 문인 사우들과 함께 '복수보형(復讐保形: 抗日守舊)'의 기치를 들고 1895년 12월 24일(음력) 의병항전을 개시하였다.

서구의 개항 요구에 조선 조정은 개문청화설(開門請和說)과 파천향남설(播遷向南說)로 나뉘어져 논의가 분분하였다. 이때 이항로는 고종으로부터 승정원 동부승지, 공조참판, 오위도총부부총관, 동지의금부사 등에 임명되었으나, 그때마다 출사를 마다하고 상소를 통하여 양물금단책(洋物禁斷策)과 한양을 사수하라는 전수설(戰守說)를 주장하였다. 이때 의암 유인석은 이항로를 따라 상경한 후 그 느낌을 시로 표현하였다.

병인(丙寅) 9월 서양 오랑캐들이 강화도를 침노하매 온 나라가 흉흉해졌는데 금시라도 나라가 망할 것 같았다. 이에 조정에서는 「거빈구화(去邠求和)」[267]를 논하였는데 화서(華西) 선생이 병중에 조정으로 달려가서 「전수책(戰守策)」을 역설하여 인정을 받았다. 마침 그의 제자 양헌수(梁憲洙) 공이 군사를 거느리고 출정하게 되었다. 이날 출정의식이 있었는데 화서 선생의 둘째아들 황계(黃溪)공 그리고 중암(重菴)·성재(省齋) 두 선생이 배종하였고 인석(麟錫)도 뒤따랐다.[268]

---

267 나라에 난리가 생겼을 경우 피난을 가거나 강화를 논의하는 것을 말함.
268 유인석, 『의암집』, 丙寅九月, "洋夷侵江都, 擧國洶洶. 若將不保朝夕, 朝廷論去邠求和. 華西先生輿疾, 奔問陳戰守說得行,先生門人梁公憲洙將兵出戰. 是日有作, 時先生仲子黃溪公重菴省齋二先生陪從, 麟錫亦從後(丙寅)."

강화양란(江華洋亂)

昇平世久恬嬉存	태평성세 오래도록 즐겁고 기쁘게 있었는데
報急沁城洋祲昏	강화도 급한 소식에 양놈의 요기가 어두워지고
都民鳥散震宸念	백성들이 흩어지고 임금이 염려하여
壯士雲興重國恩	장한 선비 국가의 은혜를 위해 구름같이 일어나네
大老首陳當戰策	대로(이항로)께서 먼저 전책을 주장하고 펼치니
在廷從息去邪論	조정에선 비로소 거빈론이 종식되었네
仗義出羣梁師去	의에 기대어 양장수 군사들과 출정하니
分明天佑樹功勳	분명코 하늘이 보우하야 공훈을 세우리라[269]

위 시는 의암 유인석이 1866년에 프랑스 함대가 강화도를 침략하자 스승인 이항로(李恒老)의 주전론에 동조하며 쓴 것이다.

시에서 의암은 조선은 성리학의 정치 체제로 오랫동안 태평성대를 누리고 있었다고 표현하였다. 그 기간은 임진왜란과 병자호란을 겪은 후 200여 년을 의미하는 것이다. 그런 조선에 서세동점(西勢東漸)의 시대가 되어 프랑스가 강화도[심성(沁城)]를 침략하는 사건이 일어난 것이다. 작품에서 '급한 소식'은 놀라움과 불안함일 것이다. 개화·개방을 요구하는 프랑스를 '양놈', 그리고 그들의 문화는 '요기'라 하여 세상이 '어두워'지는 것으로 표현하였다. 이에 불안한 백성들은 피난 가고 임금 또한 불안해하자 개화를 반대하는 '장한 선비'들이 스스로 봉기함을 나타내고 있다. '장한 선비는' 이항로를 따르는 화서문인들을 지칭하는 듯하다. 이러한 프랑스의 침략에 임금과 조정은 거빈론을 따르고자 하였다. 그러나 그의 스승인 화서 이항로가 고종 임금에게 주전론(主戰論)을 역설하여 마침내 화서문인인 '양헌수 장군'이 출전하게 되었다고 한다. 의암은 양헌수 장군이 '의'로운 군대를 이끌고 강화도 전장으로 떠나는 뒷모습을 바라보며 하늘도 분명코 양 장군을 보호하여 공훈을 세워줄 것이라는 믿음으로 무운(武運)을 표현한 것이라 하겠다. 의암은 스승인 이항로의 위정척사사상을 몸으로 실천하였다.

---

269 유인석, 「강화양란(江華洋亂)」, 『의암선생문집권1』, 사단법인 의암학회, 2006. p.55.

유인석은 이항로의 서양 세력에 대한 인식[270]을 그대로 따랐으며, 이를 작품에도 가감 없이 표현한 것이다.

책망중화(責望中華: 중국을 책망하다)

中華夷狄薰蕕似   중화와 오랑캐는 향초와 누린내 나는 풀처럼 다른데
開化云云合理哉   개화 운운하니 이치에 합당하단 말인가?
如不可無開化事   어차피 개화해야 한다면
宜開吾化化他開   마땅히 나를 먼저 개화하고 남을 개화할 일이지[271]
文明夢覺昏沈是   문명개화라는 꿈이 깨니 세상이 혼미해라
平等自由禮讓無   평등, 자유만 있고 예양은 없구나
罔極也人罔極世   망극한 사람들이여, 망극한 세상이여
低看孔孟小唐虞   공·맹을 낮추어보고 당·우를 하찮게 보네[272]

의암 유인석은 성리학 교육을 화서 이항로, 성재 유중교로부터 배워 춘추 대의에 기반을 둔 존화양이와 위정척사 사상을 추구했으며, 그가 저술한『우주문답』에서 서양문명은 문명이 아니라 '경쟁'이라고 주장하고 있다. "서양의 모든 문명적인 세부단위, 예컨대 민주정치사상(평등·자유·천부인권설), 민주정치제도(대통령제=공화제·입헌제·국회의원제), 자본주의 경제 및 군사(빈익빈부익부현상·군비확장정책), 사회(남녀자유교제·여권신장·이익사회활성화), 교육(남녀평등교육·여성교육 등), 종교(천주교·기독교)등의 측면에 경쟁논리가 내포되어 있다"[273] 하였다.

첫 번째 시는 1911년 신해혁명으로 중국이 전제군주제 폐지를 통하여 서양식 대통령제인 중화민국으로 국호를 바꾸고 개화·개방으로 돌아선 것에 대하여 책망하며 쓴 시다. 중국은 의암에게 있어 아직도 '향기 나는 풀[薰]'로

---

270 이항로,『화서집』, 부록, 권5. "서양이 道를 어지럽히는 것은 가장 우려할 만한 일이다. 천지간에 한 가닥의 양기(陽氣)가 우리 동방에 있다. 나라가 망하느냐 보존되느냐 하는 것은 오히려 부차적인 문제이다. (西洋亂道最可憂. 天地間一脈陽氣在吾東. 若幷此被壞, 天地豈忍如此 吾人爲 天地立心 以明此道 汲汲如救焚 國之存亡 猶是第二事.)"

271 유인석, 「책망중화(責望中華)」,『국역 의암집 1』, 사단법인 의암학회, 2006. p.237.

272 유인석, 위의 책. p.161.

273 金度亨, 「의암 유인석의 정치사상 연구」, 연세대학교 석사학위논문, 1979. pp.121~126.

표현하고 있다. 그에 반하여 서양은 '누린내 나는 풀[猶]'이라 말하고 개화를 운운하는 것이 합당하지 않음을 역설하고 있다. 의암이 보는 개화의 관점은 중국으로부터의 아름다운 예·악과 제도·문물을 받아들이는 것을 의미한다. 그러한 문화종주국인 중국이 서양식 문화를 받아들인 것은 유교적 자기 개화가 결여된 것이라 하여 원망하는 것이라 하겠다.

두 번째 시에서는 개화 언론에 대한 불편한 마음을 표현하였다. 의암은 개화 문명 세상은 꿈속에서나 있을 것으로 생각하였다. 그러나 개화 현실이 눈앞에 당도하니 정신이 혼미해졌다고 말한다. 개화 언론에서 '자유·평등'을 이야기하지만, 전통적 유교 체제에서는 반상(班常)의 차별이 있고 그 속에 예절과 겸손이 있는데 개화 언론에서는 자유·평등만 부르짖고 '예양(禮讓)'이 없다고 한다. 불편한 의암은 개화된 사람과 세상에 대하여 망극하다 하며 울분을 나타내고 있다. 유교 철학의 '공·맹'을 낮추어 보며 '당·우' 즉 중국 요·순시대의 정치를 하찮게 본다. 라는 결구로 존화양이(尊華攘夷)사상의 성리학자로서 개화 언론을 개탄하고 있다.

여학교(女學校)

最莫成言女學校	제일 말이 아닌 것은 여자학교라
中東天地忍斯爲	중국과 조선 세상에서 차마 이러한 일이
於男平等爭鳴動	남자와 평등이라 다투는 소리 진동하니
萬物之中復有玆	만물 중에 이런 괴이한 일이 있더냐

內則之文列女傳	내칙의 글과 열녀전이니
古時懿範正如何	옛날에 좋았던 본보기 어떠했느냐?
變遷孰謂至斯境	변화를 누가 일러 이 지경에 이르렀나
百愕千驚哭可多	천백번 경악하고 울 일도 많네[274]

---

274 1910년, 의암 유인석의 「女學校」이다.

신학교(新學校)

所稱學校明人倫	인간윤리 밝힌다고 학교라 하지만
盡滅人倫尙爾云	인륜을 멸하고도 무슨 학교냐
凌罵乃先父祖事	신주를 불태워 조상을 능욕하고
搖頭轉目曰維新	머리 들고 돌아서서 유신이라네
侮華之聖疾華文	성인과 한문을 모독하고서
欲我性無奴隸	노예근성 없애라고 지껄이네
如使欲無奴隸性	노예근성 없애려는 인간이라면
於洋何獨有狂奔	서양엔 어이하여 광분하느냐
有全體用惟吾道	공맹지도 완전하고 실용이거늘
大莫大焉神莫神	위대하고 신성한 것 더는 없어라
無限新新存這裏	이 속에 새로운 것 한이 없나니
何從魅術更求新	요괴 따라 새것을 어이 찾으리[275]

시에서 의암은 서울에 '여학교'[276]가 설립되고 신식 학교가 운영된다는 것에 대한 놀라움에 그치지 않고 만물 중에 일어난 일 중 가장 괴이하다 표현하였다. 여자는 내칙지문과 열녀전을 보던 옛날을 좋게 보아야 하는데, 여학교 설립은 경악과 울 일도 많다고 하였다. 시 전체에서 신학문에 대한 반감과 기독교 계통의 신식 학교에 대한 비판적 태도를 볼 수 있다. 그는 신식 학교를 '요괴[매(魅)]'라 표현하며 '공·맹의 학문'이야 말로 완전한 '실용'적 학문이라 역설하고 타율적 개화 교육에 반감을 드러냈다. 또한 의암은 『우주문답』에서 여학교와 신식학교를 말하기를 "암탉이 울면 집안이 망하는 것으로, 한 나라에서 암탉이 운다면 한 나라에 행운이 어찌 행운이 있으며, 천하에 암탉이 운다면 천하에 어찌 행운이 있겠는가?"[277]라고 말하였다. 더 나아가 "사람의 도리가 깨어지고 떨어져서 천지가 무너지고 어지러워졌구나. 슬프다. 어디서 성인·

---

275 1910년, 의암 유인석의 「新學校」이다

276 1886년 미국 감리교, 선교사 스크랜트(Scranton,M.F.) 부인이 한 여학생을 가르치기 시작하면서 1887년 명성황후(明成皇后)가 이화학당(梨花學堂)이란 이름을 내린 것으로 시작된다.

277 『유인석의 20세기 문명충돌이야기 우주문답』, (사)의암유인석기념사업회, 강원도민일보사, 2002. p.87.

영웅이 일어나서 지금의 남·여학교를 모두 없애버리고, 옛날의 도를 회복해 사람들이 번성할 때를 다시 보게 할 것인가?"[278] 라고 하였다. 이 말로써 의암의 신학교와 여학교에 대한 교육관이 어떠한지 여실히 알 수 있다.

등소양정(登昭陽亭: 소양정에 오르다)

壽春形勝冠東嵬	수춘의 형승 관동에 높은데
更一昭陽亭子開	또다시 소양정에 오르니
遠拔靑光三岳出	아득히 빼어난 푸른빛은 삼악산에서 나오고
長涵元氣二江來	오랜 원기를 담은 두 강이 흘러오네
畫軒花暎前人板	단청 누각, 꽃 그림자, 고인의 시판
鏡水風生此日杯	맑은 물에 바람 일자 술잔을 드네.
可使夷音終屛息	오랑캐 노래 소리 끝내 숨울 죽여
動魂韶樂鳳儀廻	혼을 울리는 순임금 음악이 봉의산에 돌게 하리라[279]

의암은 춘천지역의 절경인 소양정에 올라 개방되어가는 조선의 현실과 자신의 의지를 담았다. 소양정은 춘천지역의 대표적인 누각으로 풍류의 상징이며, 사대부들의 사유 공간이었다. 소양정에서 바라보는 삼악산의 푸른 빛은 청결함을 나타내는 것이다. 즉 외세풍속에 물들지 않은 강산을 말하는 것이다. 또한 두 강(자양강과 소양강)에서 내려오는 원기는 고유한 전통을 간직한 조선의 역사를 의미하는 것이다. 1866년 병인양요와 1879년 강화도조약 체결로 조선의 국왕과 중앙 관료들은 개화의 시대로 들어갔으니, 화서 문인들이 지키고자 했던 소중화주의와 존화양이의 사상은 어그러져 가고 있었다. 시대 흐름을 체험하고 있는 작가는 자신이 추구하는 요순시대의 상징인 봉의산 소양정에 올라 옛 문인들의 시판(詩板)을 보고 술잔을 들었다. 풍류를 즐기는 술잔이 아니라 마음을 다잡는 술잔이었다. 순임금의 음악(韶)이 울려 퍼지는 그날을 위해서 의병 활동을 위한 다짐의 공간이었다.

---

278 위의 책, p.88.
279 홍성익 외, 『춘천 정체성을 위한 역사문화 아카이브2 유교문화』, 춘천문화원, 2016. p.339.

3) 직헌 이진응(李晉應)과 습재 이소응(李昭應)의 은거 공간

성재 유중교(1832~1893)는 중암 김평묵과 함께 화서 이항로의 제자이다. 춘천 남면 가정리에 〈가정서사〉를 설립하여 화서 학맥을 계승하였다. 또한 강학을 통하여 지역의 선비들에게 위정척사 사상을 전개한 인물이다.

등도봉상춘(登道峰賞春: 도봉에 올라 봄을 감상하다)

壽春三月百花辰　수춘에 삼월이면 백화가 피는 때라
遊賞衣冠問幾人　의관하고 꽃구경 가자고 몇 사람에게 물었네
曾翁風浴千年古　증자의 풍욕(風浴)[280]은 천년이나 오래되었고
歐老登臨此日新　구양수이 취옹정에 오른 날과 같이 새롭구나
地近三山皆脫俗　가까운 삼악산은 세속에서 모두 벗어나고
村幽九曲可尋眞　마을은 아득한 구곡으로 진인을 찾을만하다네
步步透迤向上去　한 걸음 한 걸음 지나 비스듬히 위로 오르니
心神飄灑淨消塵　심신은 바람에 씻기고 속세 티끌은 사라진다네

직헌은 스승인 화서 이항로와 성재 유중교의 가르침에 따라 포의의 신분으로 고향에서 도학을 실천하며 외세에 대한 거부감으로 자정(自靖)하고 있었다. 증자의 고사와 같이 봄날에 의관을 정장하고 자연과 더불어 무욕의 처세를 시에 담았다. 고향인 강촌마을은 '구곡'이라는 별칭이 있어 그 속에 사는 자신을 세속에서 벗어난 진인으로 보았다. 詩題에 "도봉(道峯)"이라는 산은 문헌상과 마을지명 유래에서 찾을 수 없다. 지금에 '검봉산' 또는 '좌수봉'으로 추측하는데 작가는 굳이 "道峯"이라 지칭한 것을 보아 자신의 사상적 공간을 담아낸 것으로 파악하였다.

【성재 유중교 옹을 모시고 함께 구곡의 문장폭포를 감상하다. 폭포는 우리 집 서쪽에 있다.】[281]

---

280 증자의 풍욕(風浴): 원문은 '風浴宜時節 冠童共詠歌'로, 공자가 제자들에게 각자의 포부를 물었을 때 증점(曾點)이 "늦봄에 봄옷이 완성되면 어른 대여섯 사람과 아이 예닐곱 사람과 함께 기수(沂水)에서 목욕하고 무우(舞雩)에서 바람 쐬고 노래하며 돌아오겠다. (莫春者 春服旣成 冠者五六人童子六七人 浴乎沂 風乎舞雩 詠而歸)"라고 하여 자연과 함께 하는 무욕(無慾)의 경지를 말하였다. 『論語』「先進」.
281 "陪省翁共賞九曲文章瀑 瀑在我家西邊."

靈瀑飛飛卦石峰　날리는 신령스런 폭포수는 돌 봉우리에 걸려있고
砭人寒氣尙如冬　찬 기운은 사람을 찌르는 듯 오히려 겨울 같구나
晴天萬里來銀漢　만리 맑은 하늘엔 은하수 내리고
雨雪千年起玉龍　천년의 눈비에 옥용(玉龍) 일어나네
塵累自消衿灑落　세속에 묵은 때 절로 사라지니 마음속 상쾌하니
眞源欲覓步從容　물 떨어지는 곳을 찾고자 조용히 걸어나가네
幸陪杖屨佳山水　행복하게 어르신 모시고 아름다운 산수에서 거닐며
鎭日盤桓撫古松　하루 종일 서성이며 노송을 어루만지네

　위 시는 현재 춘천시 남산면 강촌리(구곡리)에 위치한 '구곡폭포'를 다녀와
서 쓴 시이다. 동행한 유중교는 화서학파의 종장으로 늘 사모하는 대상이었
다. 작가는 집 근처에 있는 문장폭포를 방문하여 혼란의 시대를 사는 자신을
돌아보고 처신을 고민하였다. 겨울의 찬 기운과 같은 외세의 바람은 이상향
인 구곡까지 미치고 있으니, 그 속됨을 씻고자 폭포수의 진원(震源)까지 걸
어갔었을 것이다. 정신적 지주인 유중교를 모시고 아름다운 산수를 거니는
것은 행복한 일이지만, 개화의 세찬 바람과 "노송(老松)"과 같은 성재옹을 바
라보며 불안한 마음을 드러내고 있다.

한거잡영(閑居雜詠) 中

九曲道峰下　구곡의 도봉 아래
課茅結小廬　띠를 베어 작은 초가집을 엮어
恭承先祖業　공손히 선조의 가업을 이으며
敬讀古賢書　경건히 옛 현인들의 책 읽는다네
就塾從師友　글방에 나아가 스승님과 벗을 따르며
上堂問起居　당에 올라 살아가는 법 물어보니
凡夫如作聖　범부가 성인과 같이 되려면
要在復其初　요체[282]는 처음을 회복함에 있다하시네

---

282 요체: 『근사록』「치법(治法)」에 "정학(正學)의 요체는 선을 가리고 몸을 닦아 천하를 교화시키는데
　　에 있으니, 이것은 평민으로부터 성인에 이르는 도이다.(其要在於擇善修身 至於化成天下自鄕人而
　　可至於聖人之道)"라는 정호(程顥)의 말이 나온다. 『소학(小學)』「선행(善行)」에도 실려 있다.

직헌 이진응

직헌은 부친인 도빈(道彬)이 일찍이 성재 유중교와 친분으로 1874년에 10월 성재와 중암 김평묵을 처음 뵙고 화서학파에 입문하였다. 유중교는 이진응에게 직헌(直軒)이라는 호를 내려주었는데, 이는 『논어』「옹야」편에 "人之生也直 罔之生也 幸而免"에서 취했다고 하였다. 直은 화서학파의 도학에서 중요시하는 덕목이며 실천 강령이었다. 이렇듯 직헌은 고향에 은거하면서 처신의 사유를 시에 담았다.

고향마을인 구곡(강촌)에서 궁벽하게 살아가는 선비로서 선조의 가업을 계승하고 선현의 책들을 읽는 것은 당연할 것이다. 과거(科擧)를 포기하고 스승이 계시는 당(堂)에 올라 기거(起居)에 관하여 물어보니, 요체(要體)를 회복하는 것이 우선이라 한다. 직헌은 도학의 길로 들어서서 많은 사유를 하였을 것이다. 요체를 터득하는 것과 서구 세력의 도래한 순음세계(純陰世界)에서 독서지사(讀書之士)로서의 처신에 고민이 깊었을 것이다.

직헌은 화서문인 가운데 〈사절십현(死節十賢)〉에 들은 인물이다. 동문들의 평가는 강한 언변보다는 내면을 밝힘이 우월하였다고 하였다.

습재 이소응은 전주이씨 경창군(慶昌君)파로 왕족이었다. 경창군은 선조의 제9자였으며, 습재는 그의 9세손이다. 일찍이 습재의 6대조가 경기도 광주에서 춘천 강촌으로 이주하여 살게 되었다. 습재 나이 21살에 성재 유중교의 문하에 들어가 수학하여 위정척사론과 존화양이론을 구국의 사상으로 삼았다.

습재 이소응의 문폭잡영(文瀑雜詠)

屯德津內村 둔덕진 안쪽 마을
文瀑之下流 문폭(구곡폭포)의 하류에

卜居自先世　선세로부터 터를 잡아
迄今百餘秋　지금까지 백 여 년을 살아왔네

衣冠十數家　의관을 갖춘 십 여 가구는
擧是我族留　모두가 우리의 친족들이네
四野未耟出　사방 들에 쟁기 들고 나아간 이들
亦皆我朋儔　또한 모두가 나의 벗들이네

居人貴耕讀　주민들은 밭 갈고 책 읽는 것을 귀히 여기고
風俗曾不偸　풍속은 일찍이 구차하지 않았네
我賴淳俗化　나도 순박한 풍속에 의지하며
隨分知自求　분수를 알고 따르며 스스로 구하네

種麥垈下田　집터 아래 밭에 보리를 심고
鋤麻溪邊邱　시냇가 언덕 삼(麻)밭에 호미질하네
采薪南山側　남산 기슭에서 땔나무하고
釣魚北江頭　북강 머리에서 고기를 잡는다네

茅屋與松籬　초가집과 소나무 울타리
及時計綢繆　때가 되면 다시 엮을 일 계획하고
生涯如未足　생활이 풍족하지 않아도
親舊或相賙　친구들이 늘 서로 도와준다네

飢食而渴飮　배고프면 먹고 목마르면 마시며
夏葛而冬裘　여름엔 베옷 입고 겨울이면 갖옷 입는다네
終有不稱意　끝내 뜻을 못 이루어도
亦不爲怨尤　또한 원망하거나 탓하지 않으리라

有友滿講席　벗들은 공부방에 가득하고
有經盈書樓　경전은 책방을 채웠네
讀禮可正儀　예기를 읽어 바르게 행동을 하고
賦詩可消憂　시를 지으며 근심을 날려 보내네

言行苟不善　언행이 조금이나마 선하지 않지만
且就有道遊　장차 도학에 나아가 노닐려 하네
上堂問起居　집에 올라 부모님의 안부를 살피고
愧乏便身籌　편안히 모시지 못함을 부끄러워하네

合如鼓琴瑟　금실과 같이 처자와 화합하니
稚子兼好逑　어린 자식과 좋은 아내여라
兄弟旣翕和　형제들은 모두 화목하여
相好無相猶　서로 좋아하고 헐뜯지 않는다네

父母其順矣　부모님은 안락하셔서
日夕胥勉優　아침저녁으로 모두에게 면려(勉勵)하시고
雨露又霜雪　비와 이슬, 서리와 눈이 내려도
悽愴采繁謳　제사일 받드는(采繁謳)[283]노래는 처량하고 애달파라

敢曰西禴祭　제사는 서쪽 이웃이 때에 맞추어 검소하게 지내는 것이
優於東殺牛　동쪽 이웃에서 소를 잡아 성대히 하는 것보다 좋다네
村秀二三子　마을에 준수한 서너 명의 아이들과
相從何所猷　서로 따르며 무엇을 할까 계획하네

莫若先孝悌　효도하고 우애하는 것이 우선이지만
灑掃室堂周　집 주변을 물뿌리고 청소하는 것이라네
性道中庸依　성(性)과 도(道)는『중용』에 의지하며
明新大學由　명덕(明德)과 신민(新民)은『대학』을 따라야 하네

靑靑園中葵　푸르른 정원 가운데 해바라기
性本向日抽　본성은 해를 향해 뻗어가고
源源枕下泉　끊임없이 솟아나는 샘물을 얻어
難作霖雨休　장마비로 만들기는 어렵다네[284]

---

283 제사일 받드는 采繁謳:『시경(詩經)』국풍(國風) 소남(召南)에 있는 채빈(采蘋)과 채번(采繁)의 두 시를 말함. 전자는 대부(大夫)의 아내가 제사일을 받드는 것을 노래한 것이고, 후자는 제후(諸侯)인 남편을 받들어 제사일을 돕는 것을 노래한 것으로 모두 부인의 훌륭한 행실을 읊은 것이다.

見虜毁冕慘	오랑캐의 망가진 면류관(변발 모습) 참혹하고
見洋蠱心愁	양인들이 마음을 병들게 하는 것에 근심한다네
誰杖春秋義	어느 어른이 춘추의 의리로써
提戈雪此羞	창을 잡아 이 부끄러움 씻어줄까?

然非林泉下	그렇지만 임천(林泉)[285]아래 숨어 사는
閒人所當謀	한인(閒人)은 마땅히 도모할 일이 아니라네
此地有文瀑	이 곳엔 문폭이 있는데
窈窕何其幽	고요한 것이 어찌나 그리도 그윽한지

洞裏晴雷殷	골 안은 맑은 날에도 천둥치며
日下丹霞浮	햇빛 아래로 붉은 무지개 떠오르네
四時訪風景	사시사철 풍경을 찾아
徜徉意難收	이리저리 거닐며 뜻을 거두기 어렵다네

逐流到窮源	흐르는 물을 따라 근원에 이르니
有村開平疇	마을이 있고 평평한 밭이 열려있네
泉甘而土肥	샘물은 달고 토지는 비옥하며
山環似巨舟	산으로 둘러친 모습이 커다란 배와 갔다네

早晚結小廬	조만간 작은 오두막을 지으면
時隨麋鹿呦	때로는 사슴이 울고
松亭追涼風	소나무 정자에 서늘한 바람이 불어오면
苽田引淸溝	오이 밭에 맑은 도랑물을 끌어오리라

---

284 장마비로 만들기는 어렵다네: 『주희집』권6 〈백 길 높이의 산〔百丈山〕〉 여섯 수 중 다섯 번째 시, 〈서각(西閣)〉의 "구름 낀 창문 아래 잠들었다가, 고요한 밤 홀로깨어 괴로워하네. 어찌하면 베개 밑 샘물 얻어서, 인간 세상 뿌려줄 비를 만들꼬? (借此雲窓眠 靜夜心獨苦 安得枕下泉 去作人間雨)" 라는 말을 변용하였다.

285 임천(林泉): 곽번(郭翻)은 자가 장상(長翔)으로, 무창인(武昌人)이다. "어려서부터 지조가 있어 현량 과(賢良科)로 불러도 사양하고 임천(林泉)에 집을 짓고 세상사에 간여하지 않은 채 낚시하고 사냥 하며 가난하게 살았다.

晚對石壁矗	해질무렵엔 우뚝솟은 석벽을 마주하고
朝臨雲海悠	아침이면 아득한 운해을 내려다보며
時誦淵明辭	이따금 도연명의 귀거래사를 읊조리고
盤桓於此區	이 곳을 거닐어보리라

詩題에 丁丑년은 1877년으로 그의 나이 25세에 해당한다. 38구라는 장편의 시에 고향마을의 자연풍경과 주변 모습, 미풍양속과 가족 간의 우애, 학업과 외세에 대한 반감, 안빈낙도의 삶을 자세하게 풀어 놓았다. 약관의 나이에 인생 전체를 설계한 듯 거침이 없다. 前年(1876)에 화서학파 문인들과 함께 「복합유생척양소(伏閣儒生斥洋疏)」를 올렸지만, 시에서는 적극적인 실천 의지가 보이지 않는다. 다만 고향에서 옛 성현의 仁義禮智를 실천할 수 있는 구절들을 뽑아 암송하며 자신을 경계하고자 하였다. 또한 고향마을에서 계절에 따라 일어나는 일상과 지역 승경인 구곡폭포와 문배 마을을 찾아 안빈낙도 삶을 추구하는 모습을 그렸다. 그러나 습재 나이 43 세(1895)에 '을미사변' 발생과 '단발령' 반포로 춘천의병대장으로 추대되면서 위 시에 표현한 삶은 어그러지기 시작하였다. 고향에서 각인된 도학 사상은 한평생 그와 함께하였으며 중국으로 망명 후 절명하기까지 계속 이어졌다.

은거부앙산수이유감
(隱居俯仰山水而有感: 은거하며 산수를 바라보고 느낌이 있어)

紹朱峴北驅蠻野	소주고개 북쪽에는 구만이들이 있고
屯德津南排逸村	둔덕진 남쪽에는 바일(배일촌)이 있네
有客平生何誦法	나그네 평생 무엇을 본받아 욀까?
尊攘黜奉華翁論	화서옹의 '존양출봉(尊攘黜奉)'[286] 이어라

춘천 관할 남쪽 삼 십리에 구곡(九曲)의 물이 서쪽으로 나가 동으로 흘러 들어가고 삼악산이 북으로부터 남으로 이어지니 즉, 우리가족이 세거(世居)하여

---

286 존양출봉(尊攘黜奉): 중화를 높이고 오랑캐를 물리치며, 사사로움을 몰아내고 하늘의 충심을 받든 다는 뜻. 시의 서문에 그 내용이 나타나 있다.

온 땅이다. 삼악산 남쪽으로 둔덕(屯德) 나루가 있고 나루에서 십리나 맑은 여울을 이룬다. 구곡의 남쪽으로 구만이들(驅蠻野)이 있고 구만이들은 오리나 되는 전평(田坪)을 간직하고 있다. 그 남쪽이 소주현(紹朱峴)인데 고개의 북쪽을 통칭(統稱) 바일(排逸村)이라고 한다. 이 땅에 은거하며 산수(山水)를 바라보고 그 이름과 뜻을 구명(究明)한다면 또한 볼만하여 감흥(感興)을 일으키는 데에 일조(一助)한다. 그것으로 인해 생각해보니, 화서(華西) 이항로(李恒老) 선생은 '중화를 높이

습재 이소응 초상화

고 오랑캐를 물리치며, 천지의 경전을 궁구하여 사사로움을 내치고 천제의 충심을 받드는 것에 성현의 요법이 있다'고 하였다. 이 말은 바로 이곳의 산수의 명칭과 합치됨이 있어 참으로 후학이 본받아 외우고 무궁한 자료로 삼고자, 시의 말련(末聯)에 지어 붙인다. 숭정 249년 병자(1776년) 5월 18일 문폭거인(文瀑居人)이 쓴다.[287]

　습재의 고향 사랑은 남달랐다. 지역의 고유지명을 모두 한자화 시켰고 그에 더해 성리학적인 의미도 부여하였다. '둔더리를 屯德(덕이 쌓인 마을)으로, 구만이 뜰을 구만야(驅蠻野: 남쪽 오랑캐를 쫓는다)로, 소주고개를 소주현(紹朱峴: 朱子를 이어받는다)으로, 바일 마을을 바일(排逸村: 일본을 배척한다)으로 변경하였다. 이처럼 습재는 고향의 지명을 스승의 학문과 연계함과 동시에 시대 상황에 대한 실천적 의지를 담았다.

---

287 "春川治南三十里, 有九曲之水西出東流, 三岳之山自北而南, 卽吾家世居之地也. 三岳之陽有屯德津, 而津成十里澄潭, 九曲之陰有驅蠻野, 而野藏五里田坪, 其南有紹朱峴. 峴之北, 統稱排逸村, 隱居此地俯仰山水, 究其名義, 則亦足爲觀感興起一助, 而因而思之. 華西李先生有言曰, 尊中華攘夷狄, 窮天地之大經, 黜己私奉帝衷, 有聖賢之要法, 此語正有合於此地山名水號而實爲後學誦法, 無窮之資故末.聯及之云.崇禎二百四十九年丙子五月十八日文瀑居人書".

문폭잡영 설후우음을해
(文瀑雜詠 雪後偶吟乙亥: 문폭잡영 눈온 뒤에 읊조리다. 1875)

一天風雪盪烟塵　온 하늘에 눈보라 몰아쳐 세상 먼지 씻어내니
灑落江山霽色新　깨끗한 강산 그 빛 새로워라
冬烈不容枝葉茂　매서운 겨울 추위는 가지에 무성한 잎 허용치 않으니
千巖萬樹露其眞　오만 바위와 나무들은 참모습을 드러내는구나

이만응

　　습재는 1862년 그의 나이 11살부터 과거시험에 매진하였으나, 1873년 스승인 성재 유중교를 만나면서 과거보다는 道學에 관심을 가졌다. 1874년 유중교와 함께 화서학파의 정신적 중심지인 가평 조종암 대통단을 찾아 예를 행한 후 과거를 포기하고 스승과 같은 삶을 살기로 결심하였다. 결심 후 집 근처 문폭(구곡폭포)을 찾았다. 계곡으로 들어가니 하늘에는 눈보라가 휘몰아치며 내린 눈이 온 강산에 수북이 쌓였다. 온 세상이 순간적으로 하얀색으로 변하니 세상 티끌이 덮인 것으로 보았다. 그러나 내면에는 그동안 과거에 매달렸던 시간이 세속적인 티끌이었을 것이다. 또한 스승 유중교를 통하여 도학(道學)의 공간을 본 세상은 눈빛같이 깨끗하고 새로운 것이었다. 계절의 변화에 순응하지만, 진심을 다해 수신과 학업에 매진한다면 반드시 참모습이 드러날 수 있다는 것이다. 이처럼 습재에게 문폭은 수신의 장소였다.

　　이상에서 19세기 말 개화기 화서학파 유림들의 정치적 사건 현상을 읊은 시문과 지역 산수에 투영한 문학작품 속에서 위정척사와 존화양이의 표현, 그리고 시어의 특징인 존화, 공·맹의 도, 춘추대의, 소중화, 화하일맥 등을 통하여 현실에 대한 인식과 문학적 표현양상을 살펴보았다. 이들에게 있어 지역 시문학의 형상은 도학(道學)실현을 위한 공간의 표현이었다.

VI

개화기 춘천 지식인의
현실인식과 문학적인 표현

VI

개화기 춘천 지식인의 현실인식과 문학적 표현

1. 기독교 개화파 남궁 억의 자강(自强)의식

1) 기독교 개화파의 사상적 특징

춘천 기독교 개화파 중에는 한서 남궁 억(南宮檍)이 대표적인 인물이다. 남궁 억은 1863년 12월 27일 서울 정동에서 태어났으며 중추부도사를 지낸 남궁 영(南宮泳)과 덕수 이씨의 아들로 태어났다. 호는 한서(翰西)이다. 한서 남궁 억은 1896년 7월 2일 독립협회 결성에 간사원으로 참여하였고, 1897년에는 서양세력의 이권 요구의 부당함을 주장하다 체포되었다. 그 사건으로 9월에 토목국장에서 해임되었으며, 1898년『황성신문』을 창간하고 초대 사장에 취임하였다. 한서는 대한제국의 정치체제를 전제군주제에서 입헌군주제로 전환하고자 하였으며, 대대적인 개혁을 단행하려는 독립협회 지도자로 활동하였다.

1934년 조선총독부에 십자가당 사건[288]으로 신문에 대하여 본인 이력을 다음과 같이 진술하였다.

> 나는 12살까지 서당에서 한문을 배웠고 22세(1883년)에 경성관립 영어학교에 입학하여 1개년 간 재학했고, 그리고 총해관(總海關) 서기가 되어 2년간 근무하고 별군직으로 전임되어 3년간 근무하고 다시 궁내부 주사로 취임하여 4년간 동안 재직하다가 칠곡군수(1893년) 되어 2년간 근무하였다. 이어서 내부 토목국장에 취임하여 2년간 재직하고 성주군수로 반년 간 근무하고 이어서 양양군수가 되어 2년간 근무한 뒤 황성신문 사장(1898년)이 되어 2년간 근무했는데 지금으로부터

---

288 한서 남궁 억의 영향을 받은 교인과 제자들이 1933년 4월 하순 '공존공영의 지상천국 건설'을 목표로 결성한 항일단체.

20년 전쯤에 본적지인 홍천 모곡리로 이주하여 10년전 전에 모곡학교를 설립하고 그 학교의 교장이 되어 오늘에 이리고 있다.[289]

진술서에 볼 수 있듯이 남궁 억은 서울 사대부 집안에서 태어나 한학을 공부하다가 관립영어학교를 졸업하고 관료생활을 시작한 것을 알 수 있으며, 1890년 2월 15일에는 고종의 특명으로 사제(賜第)를 받아 내·외직을 겸임했던 전통관료 출신이다. 이러한 전통 관료가 기독교로 개신하게 된 이유를 다음과 같이 진술하고 있다.

나는 일찍이 서울에 있을 때부터 미국인 선교사들과는 밀접한 교제를 했는데 그때는 영어를 하는 사람이 별로 없었으므로 궁중에 있을 때부터 내가 주로 그들의 접대를 담당했으므로 그 때부터 예수교를 믿었다.[290]

한서 남궁 억

남궁 억의 사상은 첫째, "김부식, 권근, 서거정 등이 지은 조선의 역사는 모화주의(慕華主義)에 기울어 우리나라를 오랑캐라 자처하고, 중화에 복종하여 고래 우리 단군족 고유한 재기와 웅장발월(雄壯發越)한 성격을 말살하고 있으니 슬프다. 이 책은 첫째 단군족의 고유한 재질을 수복시키고자 함이요. 둘째 고인(古人)의 모화주의 오견을 타개코자 함이요. 셋째 학동의 자국 역사적 취미를 흥기코자 함이라."[291] 하였는데 이는 자강독립사상이라 하겠다. 둘째는 '십자가당 사건'에서 볼 수 있듯이 관련 당원들을 분석하면 기독교인으로서 민족주의 사상과 사회주의 사상을 가진 자들이었다. 이는 기독교민족자유개화사상이라 할 수 있겠다. 이러한 남궁 억의 기독교 개화사상은 일제강점기였던 1937년 춘천고등학교의 항일독립 비밀단체인 '상록회사건'과 춘천농업고등학교의 '만세사건'으로 이어졌다.

289 「남궁 억 신문조서」, 예심계 조선총독부 판사 增村文雄, 1934.1.15.
290 「남궁 억 신문조서」, 제3회, 1933.12.10.
291 남궁 억, 『조선 이야기』, 1929.

2) 문학적 표현

한서 남궁 억은 1910년 8월 일본이 조선을 병탄하자 새 세대 교육현장에 직접 뛰어들어야 한다고 생각하였다. 그는 그 해 10월 배화학당(培花學堂) 교사가 되었고 1912년에는 상동청년학원(尙洞靑年學院) 원장을 겸하면서 독립사상 고취, 애국가사 보급, 한글서체 창안 및 보급에 힘썼다.

다음은 한서 남궁 억의 배화학당 교가이다.

1. 저 인왕산 하(下) 큰 반석 만년 기상 엄연타
   그 반석 터가 되어서 이 학교 세웠 도다
   이곳에 생명 길 있고 이 문에 지식 많다
   늘 상제(上帝) 도움 힘입어 그 前途 번창하리
   씨 뿌려 열매 거두고 돌을 갈아 옥되네

2. 뭇 청년 힘써 배양해 큰 그릇 이뤄보세
   내 한집 먼저 다스려 만 가정 모범 되네
   은총 중에 큰 은총 그 기업 영원하리

   후렴.
   좋도다 배화여학당
   그 기업 영원하리
   애(愛)흡다 배화여학당
   그 제도 아름답다[292]

위 교가 1절에서는 인왕산 아래에 '큰 반석'은 만년 동안의 좋은 기상을 갖고 있다고 표현했다. '큰 반석'은 좀처럼 움직임이 없는 만고불변의 물체이며, 넓고 평평한 것은 모두를 품을 수 있다는 상징적 표현이다. 개화시대에는 여성도 사회활동에 참여할 수 있다. 신여학교 교육에는 '생명의 길'이 있으며, 교문 안에는 '신지식'이 많다고 역설한다. 이 표현은 전통적 여성교육인 내훈(內訓)방식 보다 근대식 교육내용과 여성교육방식을 옹호하는 것이다.

---

292 한서 남궁 억, 「배화학당 교가」, 1910.

이렇게 세운 여학교는 '상제' 즉 기독교 하느님의 도움으로 앞길이 번창할 것이라고 말하고 있다. 씨 뿌리고 열매 맺는 것은 농부의 생활이다. 공부를 이와 같이 성실이 배우고 익히면 좋은 지식의 열매를 얻을 수 있고, 무시당하고 보잘 것 없는 '돌'을 갈면 우러러 보고 귀하게 여기는 '옥'이 될 수 있듯이 사람 또한 배우면 좋은 인재가 될 수 있음을 표현하는 것이다. 2절에서는 많은 여학생들이 신지식을 힘써 배워 큰 그릇이 되면 한 가정의 모범이 될 수 있고 그 후 만 가정의 모범이 될 수 있다고 하였다. 이는 신식여학교 학생들이 받은 신학문 교육이 한 가정을 넘어 전국으로 확산되기를 바라는 한서의 속마음 일 것이다. 후렴에서는 좋은 신식 배화여학당이 영원하기를 바라며 그리고 사랑스러운 신식교육제도를 찬양하는 것으로 마무리 하고 있다.

다음은 한서 남궁 억의 찬송가이다.

일락은 서산에 황혼이 되고 바다와 온 우주는 캄캄하는데
옥토를 떠나서 어데를 향해 정처없이 어데를 향해 가느냐
애닯다 이천만의 고려 민족아 너의 살 길 바이없어 떠나가느냐

젖과 꿀이 흐르는 기름진 땅을 누구를 주고 자꾸만 떠나가느냐
정든 산천 고국을 등에다 지고 애닯은 눈물방울만 연해 뿌리며
두만강 푸른 물결 건너서 가는 백의의 단군민족 내 말 들어라

무궁화의 화려한 금수강산은 우리들의 소유인줄 너도 알건만
의식주의 핍박을 바이 못잊어 주린배 훔켜 쥐고서 떠나가느냐
너희의 정경이야 차마 가긍하다 그러나 낙심 말아라 고려 민족아[293]

남궁 억은 중앙관료로 개화·개방을 통하여 조국을 개혁하고자 하였다. 1907년 정미조약으로 관직을 사임하고 애국계몽운동을 시작하여 1910년에는 교육으로 국권회복을 할 수 있다는 신념으로 배화학당을 설립하였다. 1918년에는 춘천시 남면 가정리와 인접한 홍천군 서면 모곡리에 모곡학교를

---

293 한서 남궁 억, 「시절 잃은 나비」, 1929.

설립하여 자강적 계몽교육을 수행하였다. 또한 모곡교회를 설립하여 민족적 찬송가 전파, 무궁화 가꾸기 운동, 기독교인들의 비밀조직인 "십자가당" 결성지원 등 국권회복에 매진한다.

위의 작품 「시절 잃은 나비」는 1910년 전후로 북만주와 북간도로 떠나가는 독립군과 유림, 그리고 땅을 빼앗기고 이주하는 백성들을 '시절 잃은 나비'로 표현하였다.

작품에서 해는 지고 우주는 어둡다. 즉 망국의 세상이다. 애달픈 백성은 고국을 떠나 정처 없이 떠돌고 있다. 강성했던 '고려 백성'으로 표현하여 자긍심을 심어주지만 망한 조선 백성이기에 더욱 처량함을 느끼게 한다. 한서는 기독교 성경 구절을 인용하여 조국강산을 '젖과 꿀이 흐르는 땅'으로 표현하였다. 이스라엘 백성들이 이집트의 핍박에서 벗어나 고국으로 돌아 온 것에 반하여 고려민족은 일본의 핍박으로 정든 산천을 등에다 지고 눈물을 뿌리며 두만강을 건너고 있다. 비록 나라는 없어졌지만 떠나는 것만이 능사가 아니라고 말한다. 두만강은 국경선이다. 강을 건너는 것은 조국을 등지는 것이다. 그렇기 때문에 한서는 떠나가는 단군민족들에 이 땅을 지키자고 호소한다. 국경선을 넘어가는 백의민족들에게 화려한 금수강산의 소유는 우리 것이라고 강조한다. 그러면서 망국의 핍박과 굶주림에 잠시 떠날 수밖에 없는 마음을 헤아린다. 그러나 머지않아 독립이 될 것이니 그 날을 기대하고 낙심하지 말기를 고려민족에게 당부한다.

'소중화'와 '요·순 시대'를 시어(詩語)로 사용하던 화서학파 유림들과는 전혀 다른 민족의식이라 하겠다. "젖과 꿀이 흐르는 기름진 땅을 누구를 주고 자꾸만 떠나가느냐?"에서는 이 강토를 다 떠나면 응당 일본의 땅이 될 것이라며 춘천유림과 보수지식인들의 망명 및 도피를 하는 현실 상황을 비판하고 있다.

남궁 억(1863년생)과 윤희순(1860년생)은 동 시대 서울출신들이다. 그런데 이들의 사상적 경향은 전혀 다르다. 윤희순이 외세의 침략에 결연히 맞서 싸우고자 했다면, 남궁 억은 중앙관료로서 개화와 개방을 통해 조선을 개혁하고자 하였다.

다음은 한서 남궁 억의 시조이다.

雪嶽山 돌을 날라 독립기초 다져놓고
靑草湖 自由水를 嶺너머로 실어 넘겨
民主의 自由江山을 이뤄놓고 보리라[294]

위 시조는 한서 남궁 억이 1906년 양양군수로 부임하는 연회에서 지은 것이다. 1895년 조정에서 내무 토목국장을 하며 민영환이 세운 홍화학교[295]에서 조선역사를 가르친 경험이 있는 남궁 억은 양양군수로 부임하자 처음으로 학교를 설립하였다.

이때 남궁 억은 "일본이 강국이 된 것은 서구의 문명한 병기를 수입하여 새로운 전법을 훈련했고, 모든 문화 시설을 서구에서 배우다가 조선보다 먼저 개화에 손을 써서 정치와 교육과 사회제도가 우월했던 것이다. 그러나 조선은 홍선대원군 때 까지 세계정세에 어두워 쇄국정치 하에 골동품화해 가는 한문만을 숭상해 오다가 결과적으로 보호국이라는 불명예스런 비운을 빚어낸 것이 1905년 을사늑약이 아니었던가. 이제 국권 갱신의 길은 오직 하나인 교육밖에 없다."[296]고 역설하였다.

시조에서 한서는 '설악산의 단단하고 웅장한 돌'을 한양 광화문 앞으로 옮겨 독립이라는 건물의 기초 석으로 사용하고 싶어 한다. 건물은 기초석이 튼튼해야 한다. 지진과 풍우에 흔들리지 않기 위해서는 단단한 돌로 기둥을 받쳐야 한다. 한서는 양양군 관아에서 설악산 울산 바위를 바라보며 외세에 흔들림이 없는 자주적인 조국을 생각한 것이다. 그리고 '청초호수의 푸르고 자유스러운 물'도 옮겨와 조선 온 천지에 개화된 '민주 자유강산'을 만들고 싶은 표현이라고 하겠다. 시어에서 볼 수 있듯이 한서의 새로운 조선 정치체제는 자유민주주의 국가임을 시어로 알 수 있다.

---

294 한서 남궁 억, 「설악산 시조」, 1906.
295 홍화학교는 1898년 11월 5일 특명전권공사로 미국과 유럽 여러 나라를 둘러보고 온 민영환(閔泳煥)에 의해 외국어와 선진 기술 보급 등을 목적으로 설립되었다.
296 남궁 억, 「설악산 시조」, 『무궁화 선비 남궁 억』, KIATS·한서기념관, 한국고등신학연구원, 2010, p.49.

다음은 상록회의 노래이다.

이 강산의 밤이 밝았을 때 모여라 벗이여
노래 부르면서 향기로운 무궁화동산 넘어 빛나리
상록의 종소리 퍼지는 곳으로

가슴에 솟구치는 핏줄기 돌 때
흘려라 피눈물 이 강산을 위하여
잠든 이 백성 꿈에서 깨어날 때
가련한 고려민족 기꺼이 뛰겠지

단군 이래 빛나는 반만년 역사
오늘날의 치욕은 무슨 까닭인가
친구여 나아가자 조선을 위하여

백두산 산맥은 곳곳으로 뻗어서
솟아오르는 피는 가슴을 뛰게 한다
솟아오르는 피 물결은 가슴 울렁이게 노래하여
상록의 종소리는 높이 올려서
건설하는 쇠망치 들고 행진할 때
무지와 기갈에 우는 동포는 자유와 행복에 노래하며
상록의 종이 울리는 곳에 상록의 무리들을 생각하면서[297]

위 시는 일제 강점기인 1937년 춘천고등보통학교(현 춘천고등학교)학생들의 항일비밀결사단체인 '상록회(常綠會)'[298]에서 불렸던 노래이다. 상록회는 춘천기독교개화파인 한서 남궁 억 선생의 사상에 감화를 받거나 민족주의 서

297 「상록회 노래」, 『한민족독립운동사자료집』58, p.167.
298 "일제강점기 학생운동으로 1926년 10월 일본인 교사가 우리 민족을 모욕하는 발언을 하자 배일맹휴(排日盟休)을 감행하였고, 1938년에는 재학생들과 독립지사들이 상록회(常綠會)를 조직해 춘천 및 만주 등지에서 비밀리에 독립운동을 전개하다 일본 경찰에 발각되는 '상록회 사건'이 발생하였다. 이로 인해 총 137명이 연행되어 백흥기(白興基)가 옥사하였고, 그 뒤 1941년 다시 제2차 상록회 사건으로 이광훈·고웅주 등이 희생되는 등 총 3차에 걸친 검거 사태에도 굴하지 않고 항일운동을 계속하였다." 『한국민족문화대백과사전』

적을 읽고 독립사상을 가진 학생들에 의해 1937년 조직된 비밀 결사단체이다. 남궁태, 이찬우, 문세현, 백홍기 등이 창립자이다. 2년여 간을 지하에서 활동하던 상록회는 1938년 일제에 의해 탐지되어 137명이 피검되고 36명이 송청되었으며 12명이 징역 1년 6월에서 2년 6개월을 선고받고 복역하였다. 이들 중 백홍기는 일제의 가혹한 고문으로 옥사 순국하였다.

시어로 쓰인 단어를 보면 한서 남궁 억의 작품과 같은 분위기라 할 수 있겠다. 첫 소절에서는 비록 합방으로 캄캄한 밤이지만 그래도 새벽이 오면 결국 밝을 밤이니 모여서 독립을 생각하자는 것이다. 함께 모여 항일투쟁의 노래를 부르면서 향기로운 무궁화동산을 넘으면 빛나는 상록의 종소리 퍼지는 세상 즉 해방된 조국으로 가자는 표현일 것이다. 둘째 소절에서는 나라 없는 젊은 애국학생들의 울분이 핏줄기가 되어 솟을 때 이 강산을 위하여 흘리자고 한다. 그러면서 온 백성들로부터 독립의식이 일어나면 고려민족 모두가 함께 달려갈 수 있다는 표현이라 하겠다. 셋째 소절에서는 자각의 표현이다. 국조인 단군을 인용하여 반만년 역사를 가진 민족으로써 현재 치욕의 부당함을 알고 항일투쟁으로 가자는 의미이다. 후렴에서는 백두산 산맥이 팔도강산으로 뻗어 내렸듯이 우리의 피 솟는 독립기상은 가슴을 뛰게 하고 울렁거리게 한다. 건설하는 쇠망치는 개화를 의미하는 것이다. 개화청년학생들이 행진하면 그동안 무지와 기갈에 울던 동포들이 상록의 종이 울리는 곳에 상록의 무리들을 생각하며 자유와 행복에 즐거워 노래를 할 것이다. 그러니 지금은 비록 일제에 강점된 캄캄한 밤일지언정 나라와 동포를 위하여 두려워하지 말고 함께 모여 항일투쟁에 매진하자라는 격문의 노래라고 하겠다.

다음은 상록회가 조직한 농민단체의 노래이다.

붉은 아침 해 동쪽 하늘에 솟을 때
감격의 행진곡에 발맞추어
뒷산 앞들에 일 나갈 때
소년단원 기쁨은 넘쳐서 노래 부르네
나아가자 앞으로 맹진하자

강건한 소년단원들아
첫째 봉공 둘째 희생 셋째 정직
소년단원 3강령으로 표어로 하여[299]

붉은 아침 해 마적산(馬跡山)에 비치면
울리는 애향곡에 발맞추어 뒷동산
앞 들판에 일하러 갈 때
천전(泉田)사람의 솟구치는 피는 용솟음친다.

남녀노소 부지런히 일하자
뜨거운 애향곡에 용기는 더하고
합심 합력 서로 도움 부르짖을 때
천전인은 기뻐서 노래하겠지
애친 경로 미풍 살리면서
팔 걷어 올리고 애향곡 부른다
우리 청년 앞에 봉화 타오를 때
천전인의 행복이 넘쳐 흐른다[300]

위 시 2편은 상록회원들이 농촌계몽운동을 위하여 작시를 한 것으로 「모곡소
년단」 시에서는 근면함을 통하여 사회봉사와 희생정신 그리고 정직을 노래하고
있다. 그리고 「오정(梧井)애향곡」에서도 암담한 현실이지만 아침 햇살이 마적
산에 비출 때 부지런히 일하러 가자한다. 남녀모두 힘을 합쳐 일을 하면 온 마을
사람들이 기뻐한다고 하였다. 자강(自強)을 통하여 현실을 헤쳐 나아가자는 의
미일 것이다. 또한 나라 잃은 백성이지만 민족고유의 정신인 미풍양속을 살리
면서 힘차게 애향 곡을 부르면 더욱더 행복이 넘친다는 희망적 표현이다.

한서 남궁 억의 기독교개화사상 문학작품과 그 사상에 영향을 받은 춘천지
역 학생애국비밀단체의 애향문학작품을 살펴 본 결과 그들은 개화를 통한 민
주·자유국가의 건설과 민족자강 의식을 볼 수 있었다.

299 모곡소년단노래, 「남궁 태 신문조서」, 『한민족독립운동사자료집』60, 국사편찬위원회, 2007, p.224.
300 오정(梧井)애향곡, 「결사조직까지의 경위」, 『한민족독립운동사자료집』60, 국사편찬위원회, 2007, p.269.

2. 천도교 문명개화파

1) 사상적 특징

조선은 유교를 근간으로 국가체재를 유지했다. 조선 말기에 이르러 정부 관료들의 부정과 착취 그리고 국내외 정치적 혼란은 더 한층 심화되었다. 그런 가운데 천주교 교리와 개화파들의 사회제도 개혁 방안은 하층계급에게 많은 감흥을 주었다.

"하늘[天]은 인간의 마음에서 생기는 것이며, 유일한 절대 원리는 인간의 정신이라는 인간지상주의를 표방한다. 최제우(崔濟愚)는 이를 '인이시천(人以侍天)'·'인즉천(人卽天)'이라 하였고, 손병희는 '인내천'이라고 표현하였다. 천도교는 내세에서가 아니라 현세에서의 지상천국 건설을 최고 이상으로 하는데, 그러기 위해서 주관적으로는 개인의 인격을 완성하여 정신 개벽을 이루고 객관적으로는 평등한 사회를 건설하고 인간성 본연의 윤리적 사회를 이룩하여 세계의 신앙을 통일, 세계를 하나로 하는 방향으로 나아가야 함을 주장한다."[301] 천도교는 당시 유학(儒學)을 지배이념으로 하는 반상의 차별화된 사회제도로 인해서 양반 지배계급에게 압제받던 대다수 민중들이 동학의 평등사상과 보국안민의 이념에 크게 공감하였으며, 해월교주(천도교 2대 교주. 최시형)는 사람을 한울이라 평등하고 차별이 없느니라. 사람이 인위(人爲)로써 귀천을 구별하는 것은 한울의 뜻에 어긋나는 것이니 제군들은 일체 귀천의 차별을 철폐하여 수운 선생(천도교 교주, 최재우)의 뜻을 계승하도록 맹세 하라고 하면서 양반과 상민을 차별하는 것은 나라가 망하는 근본이요(班常之別 亡國之本). 적자와 서자를 차별하는 것은 가정이 망하는 근본(嫡庶之別 亡家之本)이라 강조하였다."[302]

천도교를 설명한 다음과 같은 글을 통해, 천도교가 어떠한 형태의 차별도 수용하지 않으려 했음을 알 수 있다. 즉 천도교는 철저한 평등사상을 추구했던 것이다.

---

301 『한국민족문화대백화사전』
302 김응조, 이철순, 『춘천의 삼일운동과 호암 이준용 선생』, 글나무, 2004, p.39.

2) 문학적 표현

다음은 청오 차상찬의 시이다.

家家怕爾掩芸窓	집집마다 너를 싫어해 쑥향으로 창을 가렸는데
作隊成群幾許雙	대열을 만들고 무리를 이룬 것이 그 몇 쌍인가?
兵火衝天明似晝	모기들의 화력은 충천하여 밝기가 대낮같고
將煙臨陣綠於江	장차 연기로 진을 치니 강보다 푸르네
避惟還到嫌高士	피해도 다시 돌아오니 높은 선비들은 싫어하고
逐亦頻侵皺老狵	쫓아도 또다시 빈번히 침략하니 늙은 삽살개는 인상을 쓰네
苦憫山翁眠不得	고민하는 산속 늙은이 잠들지 못하고
悵然回憶舊吾邦	서글피 돌이켜 생각하내 옛날에 우리나라를[303]

청오(靑吾) 차상찬(車相瓚: 1887년~1946년)은 강원도 춘천시 송암리 출신이며 18세에 갑진개화운동에 투신하고 천도교에 입교한다. 20세에 보성중학교 입학 후 한서 남궁억 선생을 회장으로 모시고 관동학회를 조직 및 활동을 하였다.

위 작품은 한여름 밤에 귀찮은 모기를 일본에 빗대어 현실을 읊은 시다.

모기를 잘 훈련된 군대 용어인 '대열'과 '무리'로 빗대어 일본을 표현하고 인간은 조선

청오 차상찬

을 의미한다. 잘 말린 쑥을 피워 쫓으려하나 도망가지 않고 인간을 공격하기 위한 모습이 마치 '병화가 충천하여 대낮 같이 밝다' 하였다. 조선을 침략하고자 하는 일본의 노골적인 속마음을 나타내고 있는 것이다. 그러나 인간에게도 방어책은 있다. 모기가 싫어하는 연막작전이다. 그 푸른 연기 색깔이 강물보다 더 푸르다하여 조선의 저항도 만만치 않음을 나타내고 있다. 그러나 연기를 피하여 계속 돌아와 괴롭히는 모기를 '고결한 선비[高士]'들은 싫

303 차상찬, 「咏蚊」, 『차상찬 평전』, 박길수, 도서출판 모시는사람들, 2012, p.399.

어한다고 하였다. 청오는 개화로 인한 자유·평등사상을 거부하는 유림들을 은유적으로 표현한 것이다. 또한 모기 때문에 '늙은 삽살개[老狵]'가 인상을 쓰는 모습을 시각적으로 표현했다. '늙은 삽살개'는 오백 살이 된 늙고 무기력한 조선을 의미하는 것이다. 이러한 정치 현실과 모기의 만행을 산속 늙은이 즉 청오[山翁]는 걱정하며 잠들지 못한다. 그리고 독립적이고 강국 이었던 옛 고구려의 기상을 그리워한다.

다음은 이준용의 시이다.

땅은 내 땅 이로되
나라를 잃었으니
주인은 나그네 되고
나그네는 주인이 되었네
내 모든 것 혼을 부어
자주독립 밑거름 하니
광복의 그날이 그날이 오면
춤을 추세 춤을 추세[304]

"호암(湖庵) 이준용(李俊容)은 본관이 성주(星州)이고 1860년 1월 22일 강원도 춘천시 서면 방동리에서 태어났다. 어려서 한학을 수학하였으며, 1876년 17세에 동학이 강원도에 포교되자 보국안민과 사인여천(事人如天)의 사민평등(四民平等)사상에 공감하여 입도하였다. 1892년 전답을 팔아 동학을 포교하기 위해 인근 지역을 순방하면서 동학사상을 설파하여 많은 사람을 입도시켰다."[305] 1919년 3월 28일 춘천 독립만세운동을 주도한 혐의로 구속되었다.

위 시는 이준용이 1920년 1월 22일(음력 3월 12일) 옥중에서 회갑을 맞이하며 쓴 시다.

---

304 호암 이준용의 옥중 시이다
305 김응조, 이철순, 『춘천의 삼일운동과 호암 이준용 선생』, 글나무, 2004, pp.39-38.

호암은 독립만세운동을 주도하여 보안법으로 구속되었다. 강점기 독립투사의 수감생활은 매우 힘들었을 것이다. 더구나 겨울을 보내고 따뜻한 봄날에 회갑을 맞은 시인의 독립정신은 시 전체에 뚜렷하게 보인다. '땅'은 조선을 의미하는 것이다. 본래 주인인 조선은 나라를 잃어버렸으니 권리주장을 할 수 없는 나그네가 되었다. 주인이 나그네로 나그네는 주인으로 전도되어버린 세상, 즉 일제강점기를 의미한다. 이러한 망극한 세상을 안타까워하는 표현이다. 호암은 지난해 3월 춘천관내를 돌아

호암 이준용

다니며 백성들에게 독립만세운동 참여를 격근한 것은 나라를 찾기 위하여 혼신의 밑거름이었다고 말하고 있다. 이제 봄이 왔다. 계절도 추운 겨울이 지나갔듯이 잃어버려 땅에도 '광복의 그날이' 올 것이라는 희망을 노래한다. 해방되는 날에는 기뻐서 모두 모여 춤을 추자고 한다. 회갑 날에 시인은 세상을 원망 또는 한탄을 하기 보다는 독립이라는 희망을 꿈꾸고 있다 .

조선은 1895년 개화파 김홍집·박영효를 중심으로 갑오개혁을 추진하여 고종에게 홍범 14조를 발표하게하고 개혁을 시행하였다. 개혁 내용 중 단발령, 신분제 폐지, 과거제 폐지, 신교육 실시 등은 지금껏 중국 중심의 정치, 문화, 제도를 바른 학문(正學)이라 여긴 전통적 춘천유림들에게는 소중화(小中華)의 맥이 끊어지는 말세(末世) 현상으로 보였다. 그 해 명성황후 시해 사건을 계기로 1차 의병봉기를 하였다.

1911년 중국은 신해혁명으로 개화로 돌아섰다. 이를 보고 의암 유인석은 '중화를 책망하다[責望中華]'는 시를 통하여 사대의 핵심인 중국의 개화는 유교적 자기 개화가 결여된 것이라 비판하였다. 그러나 시대변화에 따른 개화의 도도한 물결은 피할 수 없는 현실임에 안타깝지만 개화를 해야 한다면 조선에서의 개화만큼은 적어도 전통적 덕목을 유지하면서 기계문명만을 도

입하자는 선택적 개화를 『우주문답』에서 피력하였다. 그럼에도 불구하고 춘천유림과 의암 유인석은 여전히 서양의 물질문명과 신지식을 경시하고, 자유, 민주, 평등사상과 신교육을 괴이한 것으로 판단하고 있었으며, 개화언론에 대한 반감은 여전히 유지해 갔다.

1907년 고종 퇴위와 1910년 한일합방 전후로 춘천유림들은 그들이 평생토록 지키고자 했던 중화사상의 고수를 관철하고자 2차 의병봉기 하였다. 그러나 의병봉기만으로 정국을 변화시키는데 큰 효과를 얻지 못하였고 별다른 대안 역시 제시하지 못했다. 또한 위정자들의 무시와 민중의 대폭적인 지지 역시 사라지게 되었다. 따라서 지금껏 추구했던 삼강오상을 비롯한 유교적 윤리도덕, 관료제적 통치 질서, 신분 계급적 사회질서, 가부장제적·종법제적 가족질서를 포함하는 명분론적 질서를 유지하고자 일부는 국내에서의 자정(自靖)의 길로 걸어갔다.

그리고 한 부류는 중국 요녕성으로 민적(民籍)을 포기하고 망명하여 거지수구(去之守舊)의 길을 선택하고 생을 마치게 된다. 결국 춘천유림이 목숨걸고 추구했던 춘추의리와 소중화사상, 위정척사 그리고 존화양이 인식은 일제강점기 이후 새로 건국된 대한민국의 정치체제를 거치며 탄압과 외면을 당하여 그들이 목숨 걸고 지키고자했던 그 사명(使命)은 가치를 다했다고 하겠다.

본고는 화서학파 유림들의 정치적 사건 현상을 읊은 한시와 문학작품에 나타난 위정척사와 존화양이 표현들과 그들 시어의 특징인 존화, 공·맹의 도, 춘추대의, 소중화, 화하일맥 등을 통하여 현실에 대한 인식과 문학적 표현양상을 살펴보았다.

춘천유림이 지키고 싶었던 조선은 소중화사상의 나라였으며, 비록 조선의 멸망하였어도 그들이 항일로 만들 새로 회복할 국가도 성리학적 사상에 통치기반을 둔 국가이기를 바라고 있었음을 알 수 있었다. 그러한 사상이 원동력이 되어 춘천유림들은 목숨 걸고 지속적인 항일운동을 전개하였다고 볼 수 있겠다.

반면, 문명세계를 보고 체험한 기독교개화파인 한서 남궁 억은 "국권상실의 원인을 국외적으로는 서구문명을 대표하는 일본과 국내적으로는 무사안일의 공경재상(公卿宰相) 그리고 지인지감(知人之鑑)이 없었던 군주, 나아가서는 모든 민족 구성원의 허물에서 찾고 있다."[306]고 하였다. 한서의 문학 작품과 그 영향을 받은 애국청년들의 문학작품 속 시어인 실사구시, 진화, 개선, 민주, 자유강산, 자강, 신지식 등에서 새로운 시각으로 시대변화를 인식하는 것을 보았다.

그리고 사민평등과 보국안민의 이념을 갖은 천도교인으로서 서울에서 한서 남궁 억과 문명개화를 위하여 언론·문학 활동을 한 청오 차상찬과 춘천 관내에서 독립운동을 한 호암 이준용의 작품과 생애를 통하여 민족사상과 평등사상을 볼 수 있었다.

춘천 개화기 격변의 시대를 보낸 전통적 유림, 기독교 개화파와 천도교 문명 개화파들의 시대인식과 사상을 오늘의 가치를 기준으로 옳고 그르다고 평가할 수는 없다. 지금은 다만 그들의 문학작품 속에 나타난 사상 표현을 통하여 그들이 추구하였던 삶과 정신을 찾아볼 수 있다.

306 이희목, 「애국계몽기의 한시」, 『애국계몽기 한시자료집』, 성균관대학교출판부, 2004, p.24.

VII

결 론

VII

결 론

　지금까지 본 책에서는 조선 후기 춘천지역의 시문학 형상화 양상을 보기 위하여 지역의 문화 유입과 관련된 담론과 각종 지리지 그리고 문헌들을 살펴보았다. 춘천지역은 지리적으로 개경과 한양으로부터 그리 멀지 않은 지역임에도 불구하고 조선 전기까지 한국한문학사에 이름을 올린 인물이 없었다. 가장 큰 요인은 현달한 인물의 부재와 지역의 교육환경 부실에서 찾았다.

　17세기 초, 춘천으로 이거한 지퇴당 이정형과 상촌 신흠의 적거 기간 동안 지역의 유생들과의 교류는 지역 학풍 형성에 커다란 요인이었다. 또한 이와 같은 인사가 춘천에서 생활하는 것은 춘천 유생들에게 적지 않은 자극이 되었을 것이다. 그중 지역 출신 우정 김경직과의 만남이었다. 후에 김경직은 도포서원을 건립하는 주요 인물이 되었다. 또한 출옹 이주의 춘천 은거와 문암서원 설립 주도, 직재 이기홍의 강학 활동과 춘천부사 송광연과 관찰사 윤사국의 지역 영재를 위한 교육환경 개선 등과 같은 자구 노력은 지역 문학의 토대가 되었다. 이러한 바탕 위에 고려시대 이자현의 은일(隱逸) 정신과 조선 초 김시습의 절의(節義) 정신을 계승한 지역 문인들은 18세기 이후 춘천지역에서 시문학을 꽃피울 수 있었다.

　그동안 춘천지역에서 창작된 시문학 연구는 한정된 작가와 특정 지역을 형상화한 작품만을 대상으로 하였다. 그런 기존의 연구논문들은 진정한 지역 문학의 전면을 드러내지 않았으며 편향된 성과에 불과하다고 보았다. 본 책에서는 춘천지역의 시문학을 통시적으로 살펴보고, 지역 학풍 형성과 기존에 연구되지 않은 지역 거주 문인들의 시문학을 통하여 춘천지역의 다양한 시제에 담긴 지역정서를 찾고자 하였다. 이러한 성과는 본 책의 의의이기도 하다.

전체 논의를 위하여 II장에서는 조선 전기 춘천지역의 역사와 시문학 배경을 언급하였고, 조선시대 간행된 『춘천지리지』속에서 17세기 이전 문학 작품들의 전개 양상을 분석하였다. 그 목록 중에는 춘천지역 출신자들의 작품은 보이지 않았다. 그 이유를 찾기 위해 18세기 이전의 교육시설인 춘천향교와 문암서원 · 도포서원 · 지구당 · 동천서숙의 記文을 살펴본 결과 열악한 교육환경에서 찾을 수 있었다.

또한 III장에서는 17세기 춘천지역 학문을 위한 기반(基盤) 형성을 살펴보았다. 17세기 춘천지역은 중앙으로부터 문학적 소양을 갖춘 인사들의 유배와 이거(移居)를 통하여 지역 문인과의 교류가 이루어져 실질적인 지역 문학의 기틀이 잡힌 시기였다.

그중 출옹 이주는 가계 및 생애 · 관직 이력 · 교류 인사 · 당파 · 유집 등 세상에 드러난 자료가 없는 지역의 은자였다. 그러나 1686년 범허정 송광연이 춘천부사로 와서 출옹의 집을 방문했다는 기록으로 보아 관직과 명망은 있었던 것으로 확인하였다. 그가 남긴 한시 8수와 유일한 시서(詩序)를 통해서 춘천의 유거(幽居) 형상을 분석하기엔 적은 분량(分量)이다. 그러나 도현명의 사군(使君) 정신을 찾고자 지역 명승을 직접 찾아보고 그 느낌을 시에 담백하게 표현하였고, 지역에 남아있는 이자현의 흔적과 김시습의 유허지를 찾아 그들의 청빈한 삶과 절의 정신을 찾고자 하였다. 그러한 행위는 17세기 춘천지역문화에 상당한 영향을 미친 것으로 보았다. 그 일례로 춘천 〈문암서원〉을 건립하는 데 중추적인 역할을 한 것에서 찾아볼 수가 있었다. 이는 춘천지역의 문학 환경을 세운 가장 큰 사건이었다.

둘째, 직재 이기홍은 장년기에 춘천과 가평지역에 은거하며 노론의 학맥을 지역 유림에게 전수하였다. 이는 지역의 학문적 발전에 기여했을 뿐만 아니라, 노론(老論) 학풍을 식재한 최초의 문인이었다. 그러한 까닭으로 지역 유림들이 서원 건립을 하고자 하였으나, 여의치 않게 되자 '백운동모현비'를 건립하여 그의 정신을 계승하였다. 직재에게 있어 춘천지역은 학문적 교류를 통하여 스승의 유지인 "人之生也直"을 위한 수신의 場이었다. 또한 고절한 선비의 일상과 춘천지역의 풍경을 「천곡8경」으로 설정하여 그 속에 자신의 자존적(自尊的) 가치를 부여하였다.

IV장에서는 18세기 지역 문인들의 詩文學 형상화 양상을 다음과 같이 살펴보았다. 첫째, 최성대의 시에 있어 춘천 자연의 형상은 춘천 지방의 특이한 풍토와 백성의 삶의 모습을 사실적으로 한시에 담아내었다. 기존의 한시에 있어서 춘천의 산수와 누정 및 관아건물을 중국의 전고(상수(湘水), 백로주(白鷺洲), 봉황대(鳳凰臺), 문소각(聞韶閣))에 빗대어 사용하였다면, 최성대는 "맥녀(貊女)"·"유가정(柳家亭)"·"발산(鉢山)"·"지촌(芝村)"·"대룡산(大籠山)"·"원창역반촌(原昌驛畔村)" 등에서 볼 수 있듯이 춘천 외곽지역의 농촌풍경과 평범한 민중의 일상생활을 표현하였다. 그리고 춘천지역의 고도(古都)인 "맥국" 즉 우리나라의 역사에 관한 관심을 작품으로 형상화하였다. 청평사를 표현한 형상은 역사적 인물 진락공 이자현의 은둔과 매월당 김시습의 절신(節臣)에 대한 명분론보다 역사의 실재에 따른 평가가 이루어져야 한다는 역사관에서 은둔자들의 명성과, 유적에 관해서 표현한 것은 없었다. 단지 청평사의 자연경관을 담았을 뿐, 자신의 자정(自淨)의 장소였다. "송추(松楸)"·"추원(楸原: 선영)"의 표현 형상은 늘 그리운 선조들을 생각하며 눈물을 흘리고, 삶을 마감하는 날 춘천에 묻히길 바라는 "고아(孤兒)"로서의 모습을 그렸다. 또한 선산을 바라보며 말을 멈추고 쉽사리 발길을 옮기지 못하는 애절한 심정을 시에 형상화하였다. 지역 경물을 사실적이고 자연스럽게 녹여 놓은 시를 통하여 18세기 춘천지역의 자연경관과 민중들의 생활 양상을 볼 수 있었다.

둘째, 남옥은 서얼 문사로서 유년 시절을 춘천에서 보내고 이봉환, 성대중, 유후 등 서얼 시인과의 교류를 통하여 독특한 시체(詩體)인 초림체(椒林體)를 이루어 18세기 한국 한시사(漢詩史)에 새로운 움직임을 형성하였다. 18세기 새로운 조선 시를 탐색하는 움직임 속에 춘천지역 출신 '수춘문사(壽春文士)' 남옥이 있었다. 이규상은 『병세재언록』에서 "초림체의 기풍은 가슴이 막히고 억눌린 기상이 그 괴이한 빛으로 드러난 것이 아닌가?"라고 초림체의 특성을 파악하였다. 이렇듯 남옥이 남긴 매화시에서는 세상에서 펼치지 못할 자신의 포부를 다음 세상에서는 펼쳐지기를 기원하는 내면 의식과 차별화된 현실에서 벗어나, 고향으로 돌아와 속세와 타협하지 않으며 고고한 삶을 살고픈 진솔한 면모를 볼 수 있었다. 초림체의 독특한 창작 경향은 남옥과 이봉한이 옥사를 한 후 백탑(白塔) 시사회의 이덕무, 유득공, 박제가, 성해응 등의 서얼 문사에게 이어진 것을 알 수 있었다.

셋째, 홍언철의『만곡동사록』소재 춘천 표현의 양상은 대과에 합격하여 시사를 주도적으로 이끌었다 하나, 밑바탕에는 권점에 들지 못하여 고향에 은거하면서 내심 출사를 기대하고 있었다. 그 답답함을 마을 선·후배와 함께 자연 경물을 통하여 내면세계를 시에 담은 것을 알 수 있었다. 또한 전원을 누리며 지적 만족을 누리고자 하였으며, 지역 후배를 위한 교육의 시간과 장으로도 이용한 것을 확인하였다.『만곡동사록』의 성격은 동인(同人)들이 방문했던 장소와 시간 그리고 춘천지역의 대표적인 경물을 시제로 사용했음을 알 수 있었고, 또한 시사(詩社)의 모임이 당파, 연령, 취향 등을 배제한 결사였음을 알 수 있었다. 또한 〈만곡〉이라는 한 지역을 공유하며 그 속의 자연 경물과 화류 감상, 그리고 동인과의 야유회를 통한 친목의 성격을 갖은 시사였음을 확인할 수 있었다. 18세기 전국적으로 시사가 결성된 것에 발맞추어 춘천에서도 〈만곡동사〉가 있었던 것은 인문학적으로 큰 의의가 있다고 하겠다.

춘천지역의 풍속시와 관련하여 그동안 문헌에 나타난 詩는 매월당 김시습의「춘천10경」중「벌토추림(伐兎楸林)」과 손재 조재호의「문소각관호렵(聞韶閣觀虎獵)」이 있다. 전해오는 풍속시가 희소한 가운데 홍철의 세시풍속시는 매우 중요하다. 저포놀이, 윷놀이, 토우놀이, 가시문에 비단걸기, 7가지 나물국 등은 중요한 민속자료로 볼 수 있어 재현을 통하여 계승 발전시키는 것은 매우 의미 있는 일이 다 하겠다.

「만곡 8경」은 晩谷(현재 萬泉)에 사는 동인들이 마을 주변 경관 중 8승경을 시로 표현한 것이다. 시제는「대룡산운(大龍歸雲)」,「구봉제월(九峯霽月)」,「도암범종(道庵梵鍾)」,「금곡초적(金谷樵笛)」, 석계조어(石溪釣魚)」,「음애상화(陰崖賞花)」,「도곡당하(道谷塘荷)」,「적촌송단(笛村松壇)」이며, 동인(同人) 나이순으로 수록하였다. 산촌이라는 지역적 한계성으로 인하여 명승은 아니지만, 자신들의 고향 산천에서 나름대로 특별한 장소와 심미적 대상을 선정하여 시로 창작한 것은, 18세기 춘천지역 시문학 활동의 커다란 자취라 하겠다.

넷째, 〈만곡동사〉속 지역 문인들의 시문학을 통하여 고향에 대한 자부심과 지역 문인들의 현실적 고뇌도 살펴보았다. 그들은 만곡동이라는 한정된 공간을 넘어 춘천지역의 승경을 찾아 새로운 시어(詩語) 즉, 용산(龍山)의 구름. 봉수(鳳峀)의 연경(烟景). 우강(牛江)의 하얀 눈(雪)을 설정한 것은 춘천지역의 시문학 주제에 있어 새로운 발견이었다. 또한 지역 문인들의 현실적 고뇌를 투영한 시문학은 포의의 처사로서 자존(自尊) 가치의 표출이었다.

V장에서는 첫째 자하 신위는 당시 춘천에서 경작하던 13종의 농작물을 소재로 하여 작품의 특징, 재배 방법, 농업 상황, 관련 풍속 등을 시로 표현하였는데, 춘천의 농촌 풍속을 기록한 향토문화사 자료로써 가치가 크다. 또한 민요풍이 담긴 연작 한시로 표현한 점에서 문학사적 의의도 크다고 하겠다.

당시 춘천지역 출신의 인물이었던 남옥(南玉), 최성대(崔成大)의 묘소를 발견해 내고 남옥『미간 일관시초』와 최성대의 『구본 두기시집』 등을 찾아낸 것을 「이시총병서(二詩塚幷序)」에 기록하였으며 최성대의 후손 최덕종(崔德種)과 교유하며 시를 수창하고 남옥의 후손인 남려(南鑢)를 문소각에 머물게 하며 남옥의 시집을 정리하게 한 사실을 시로써 표현하였다. 이러한 자하의 남옥과 최성대에 대한 특별한 관심과 기록은 춘천 지역의 인물로서 두 시인의 존재를 재평가하게 하는 단서로서 의의가 있다고 판단하였다.

청평사 시문학에 있어서는 「청평산문수원기(淸平山文殊院記)」를 탁본하고 「문수사시장경비(文殊寺施藏經碑)」를 영지에서 발굴하여 탁본하는 등 유적의 발굴과 고증에 관심을 기울이고 이를 시로써 표현하였다. 자하 시의 고증학적 경향이라는 특이한 시적 경향의 일면을 볼 수 있었다.

둘째 19세기 말 개화기 화서학과 유림들의 도학 실현을 위한 사유를 지역 산수에 투영된 시문학의 표현양상을 살펴보았다. 춘천 유림이 지키고 싶었던 조선은 小中華 사상의 나라였다. 비록 조선이 멸망하였지만, 항일전쟁으로 회복할 국가도 성리학적 사상에 통치 기반을 둔 국가이기를 바라고 있었다. 그러한 사상적 무장으로 춘천 화서학파 유림은 목숨을 걸고 지속적인 항일전쟁을 전개하였다. 춘천 지역의 시문학 출발은 앞장에서 살폈듯이 節義의 공간에서 시작되었다. 절의 대상은 비록 다르지만, 그 정신은 지역 유림의 시문학에 투영된 것을 알 수 있었다. 또한 비로소 지역을 넘어 전국적으로 주목받는 시문학의 일면을 볼 수 있었다.

VI장에서는 1907년 고종 퇴위와 1910년 한일합방 전후로 문명세계를 보고 체험한 기독교개화파인 한서 남궁 억은 "국권상실의 원인을 국외적으로는 서구문명을 대표하는 일본과 국내적으로는 무사안일의 공경재상(公卿宰相) 그리고 지인지감(知人之鑑)이 없었던 군주, 나아가서는 모든 민족 구성원의 허물에서 찾고 있다"[307]고 하였다. 한서의 문학작품과 그 영향을 받은 애국청년들의 문학작품 속 시어인 실사구시, 진화, 개선, 민주, 자유강산, 자강, 신지식 등에서 새로운 시각으로 시대변화를 인식하는 것을 보았다.

그리고 사민평등과 보국안민의 이념을 갖은 천도교인으로서 서울에서 한서 남궁 억과 문명개화를 위하여 언론·문학 활동을 한 청오 차상찬과 춘천 관내에서 독립운동을 한 호암 이준용의 작품과 생애를 통하여 민족사상과 평등사상을 볼 수 있었다.

---

307 이희목, 「애국계몽기의 한시」, 『애국계몽기 한시자료집』, 성균관대학교출판부, 2004, p.24.

참고문헌

〈기본자료〉

김평묵, 『重菴集』, 「한국문집총간」, 민족문화추진회.

송광연, 『泛虛亭集』, 한국문집총간」, 민족문화추진회.

신경준, 『旅菴遺稿』, 「한국문집총간」, 민족문화추진회.

신위, 『警修堂集』, 「한국문집총간」, 민족문화추진회.

신유한, 『靑泉集』, 「한국문집총간」, 민족문화추진회.

유인석, 『毅菴集』, 「한국문집총간」, 민족문화추진회.

이학규, 『洛下生集』, 「한국문집총간」, 민족문화추진회.

이황, 『退溪集』, 「한국문집총간」, 민족문화추진회.

임천상, 『窮悟集』, 「한국문집총간」, 민족문화추진회.

최성대, 『杜機詩集』, 「한국문집총간」, 민족문화추진회.

한국고전번역원 고전종합DB(http://db.itkc.or.kr)

〈단행본〉

(사)의암유인석선생기념사업회, 『유인석의 20세기 문명충돌 이야기 우주문답』, 2002.

강준흠, 『삼명시화』, 민족문화사연구소 한문분과 옮김, 소명출판.

김영하, 역주: 정재경 외, 『국역 수춘지』, (사)춘천역사문화연구회, 2019.

민병수, 『한국한시사』, 태학사, 1996.

민병수, 『한국한시사』, 태학사.

박한설 역주, 『역주 만곡동사록』, 춘천문화원, 1989.

사단법인 의암학회, 『국역 의암집』1, 2006.

사단법인 의암학회, 『국역항와선생문집』1, 2012.

사단법인 의암학회, 『쉽게 풀어쓴 이소응선생 이야기』, 2012.

사단법인 의암학회, 『윤희순의사자료집』, 2008.

사단법인 의암학회, 『의암유인석연구논문선집 Ⅱ』, 2004.

사단법인 의암학회, 『의암유인석연구논문선집 Ⅲ』, 2008.

사단법인 의암학회, 『의암유인석의 항일독립투쟁사』, 2005.

사단법인 의암학회, 『의암학연구제13호』, 2016.

신위, 역주: 이경수 외, 『자하신위 맥록』, (사)춘천역사문화연구회, 2018.

안대회, 『조선후기 시화사 연구』, 한국자료원, 1995.

오강원 외, 『춘천지리지』, 춘천시, 1997.

유준영·이종호·윤진영 공저, 『권력과 은둔』, 북코리아, 2010.

이규상, 『18세기 조선인물지 병세재언록』, 민족문화사연구소 한문분과 옮김, ㈜창작과비평사.

이민희, 『강화 고전문학사의 세계』, 인천학연구원, 한림, 2012.

이소응, 역주: 허준구 외, 『국역습재선생문집』1, 춘천문화원, 2005.

정옥자, 『조선후기 문학사상사』, 서울대학교출판부, 1990.

조재호, 『매사오영』, 국립중앙도서관 소장 필사본.

춘천문화원, 『습재 이소응의 생애와 사상』, 2005.

춘천문화원, 『유교문화』, 2016.

한희민 외, 『춘천시 향토문화유산 총람』, (사)춘천역사문화연구회, 2020.

홍성익 외, 『춘천 정체성을 위한 역사문화 아카이브1 불교문화』, 춘천문화원, 2015.

홍성익 외, 『춘천 정체성을 위한 역사문화 아카이브2 유교문화』, 춘천문화원, 2016

홍성익 외, 『춘천 정체성을 위한 역사문화 아카이브3 충의문화』, 춘천문화원, 2017.

『全州崔氏持平公派九修族譜』

〈연구논문〉

강대덕, 「조선후기 춘천부 남양홍씨 익산군파와 고문서: 춘천부 만곡동 남양홍씨 가의 소
　　　장자료 분석」, 강원향토문화연구회, 2000.

고민정, 「朝鮮時代 士族의 地方 移居와 定着에 관한 硏究: 南陽洪氏 益山君派의 春川移居
　　　를 중심으로」, 춘천 강원대학교 석사학위논문, 2008.

郭祥圭, 「17世紀 初 處士文學 硏究 −英陽地域을 中心으로」, 安東大學校敎育大學院,
　　　석사학위 논문, 2002.

權耕祿, 「조선후기 한강유역의 文學地理 연구 −楊根·驪州·廣州 지역을 중심으로」,
　　　東國大學校 大學院 國語國文學科 박사학위논문, 2009.

권혁진, 「춘천지역의 경관을 노래한 한시 연구」, 강원문화연구, 2007.

김권정, 「일제말 춘천지역의 상록회운동」, 『전쟁과유물 제6호』.

김근태, 「춘주 김도수의 춘천유거와 시세계」, 한문고전연구, 2011.

김근태, 「항와 유중악의 생애와 시세계−화서학파 문인들의 문학론을 중심으로−」, 『한국인
　　　물사연구』, 2012.

김보경, 「남옥의 차삼연잡영에 나타난 특성과 의미」, 『한국한시연구』15, 한국한시학회, 2007.

김봉남, 「죽란시사의 재조명」, 우리한문학회, 2012.

김성진, 「남옥의 생애와 일본에서의 필담창화」, 『한국한문학연구』19, 한국한문학회, 1996.

김영진, 「조선후기 사대부의 야담 창작과 향유의 일양상− 노명흠·노경 부자와 풍산 홍봉한
　　　가의 관계를 중심으로」, 『어문논집』37, 민족어문학회, 1998.

김형술, 「회헌 조관빈의 한시와 초림체」, 『우리문학연구』55, 2017.

노인숙, 「의암 유인석 충절시의 비극미 연구」, 『의암유인석연구논문집II』, 의암학회, 2004.

박수진, 「장흥지역 가사문학의 문화지리학적 연구」, 한양대학교 일반대학원박사학위논문, 2010.

박중훈, 「반양시사의 활동양상과 작품세계」, 온지학회, 2014.

배종석, 「매천 한시의 서정적 특징 연구」, 성균관대학교 박사학위논문, 2011.

배종석, 「애국계몽기 한시에 대한 연구」, 성균관대학교 석사학위논문, 2006.

서준섭, 「의암 유인석의 문학사상」, 『의암유인석의 항일독립투쟁사』, 의암학회, 2005.

신익철, 「18세기 중반 초림체 한시의 형성과 특징-이봉환을 중심으로」, 『고전문학연구』19, 2001.

심경호, 「당벌의 장에 핀 매화」, 『한국한시연구』4, 한국한시학회, 1996.

심경호, 「조선후기 시사와 동호인 집단의 문학활동」, 민족문화연구, 1998.

안대회, 「18세기 시사의 현황과 전개양상」, 한국고전문학회, 2013.

안대회, 「杜機 崔成大詩의 민요적 발상과 서정」, 연세어문학, 연세대학교 국어국문학과, 1990.

안대희, 「서얼시인의 계보와 시의 사적 전개-18세기 참신한 시풍의 형성과 서얼시인」, 『문학과 사회 집단』, 한국고전문학회, 1995.

오영섭, 「화서학파의 보수적 민족주의 연구」, 한림대학교 박사학위논문,1996.

윤재환, 「『일관시초』를 통해 본 추월 남옥의 일본 인식」, 『고전과 해석』8, 고전문학한문학 연구학회, 2010.

이상동, 「청도 한문학의 역사적 전개, - 지역 한문학 연구를 위한 시론-」, 영남대학교대학원 박사학위 논문, 2010.

이효숙, 「17~18세기 장동 김문의 산수문학연구」, 강원대학교 박사학위 논문, 2008.

정병배, 「1920~30년대 천지역의청년·학생운동」, 한림대학교석사학위논문, 1995.

정용건, 「강원지역 문인연구 우정 김경직의 춘천 도포서원 배향과 그 추숭양상」, 『한국연구』 권10호, (재)한국연구원 , 2022.

정용건, 「知退堂 李廷馨의 春川에서의 문한 활동과 그 추숭 양상 -文巖書院 배향의 동인과 관련하여 -」, 중앙어문학회, 2022.

정의성, 「동국여지승람의 서지적 연구」, 연세대 박사학위논문, 1996,

정재경, 「춘천 이소응 선생과 춘천 을미의병」, 『춘주문화』제20호, 춘천문화원, 2005.

최유승, 「조선후기 서북지역 문인 연구」, 서울대학교 대학원, 국어국문학과박사학위 논문, 2010.

한희민, 「개화기 춘천 지식인의 현실인식과 문학적 표현」, 강원대학교 석사학위논문, 2018.

황수연, 「두기 최성대 한시 연구(악부시를 중심으로)」, 연세대학교 석사학위 논문, 1991.

황수연, 「두기 최성대의 민요풍 한시 연구」, 연세대학교 박사학위 논문, 2000.